荣 获

新闻出版总署优秀畅销书奖
全国优秀古籍图书普及读物奖
第十七届山西省优秀图书一等奖
第 二 届 山 西 出 版 政 府 奖
山西出版集团2008年度十种好书

全套藏书累计销售500万册

诸子百家卷

《诗经》《尚书》《礼记》《楚辞》《论语·大学·中庸》《孟子》《老子》《庄子》《荀子》《韩非子》《孙子兵法·尉缭子·鬼谷子》《墨子》《周易》《山海经》《吕氏春秋》《三十六计》

名家选集卷

《三曹诗集》 《陶渊明集》 《王勃集》 《王维集》 《孟浩然集》
《高适集》 《岑参集》 《李白集》 《杜甫集》 《白居易集》
《刘禹锡集》 《元稹集》 《李商隐集》 《李贺集》 《杜牧集》
《韩愈集》 《柳宗元集》 《李煜集》 《欧阳修集》 《王安石集》
《苏轼集》 《黄庭坚集》 《柳永集》 《秦观集》 《周邦彦集》
《李清照集》 《辛弃疾集》 《陆游集》 《范成大集》 《杨万里集》
《姜夔集》 《文天祥集》 《元好问集》 《唐寅集》 《张岱集》
《三袁集》 《李贽集》 《傅山集》 《纳兰性德集》 《袁枚集》
《郑板桥集》 《龚自珍集》

史著选集卷

《左传》《国语》《战国策》《史记》《汉书》《后汉书》《三国志》《资治通鉴》

综合选集卷

《唐诗三百首》《宋词三百首》《元曲三百首》《千家诗》《古文观止》《汉魏六朝小赋骈文选》《唐宋八大家文选》《明清小品文选》

笔记杂著卷

《蒙学六种——三字经·百家姓·千字文·增广贤文·幼学琼林·格言联璧》
《颜氏家训·朱子家训》 《世说新语》 《金刚经·坛经·心经·地藏经》
《曾国藩家书》《菜根谭·小窗幽记·幽梦影》《浮生六记》《闲情偶寄》
《近思录》《徐霞客游记》《古代书信精选》

戏曲小说卷

《元杂剧精选》《西厢记》《牡丹亭》《长生殿》《桃花扇》《今古奇观》
《三国演义》《水浒传》《西游记》《红楼梦》《聊斋志异》《儒林外史》
《封神演义》《话本小说选》《文言小说选》

中国家庭基本藏书 综合选集卷

明清小品文选

张厚余 注析

山西出版集团
三晋出版社

博学工作室

多读好书 提高素养

松林题

· 陕西师范大学霍松林教授为《中国家庭基本藏书》题词

前言

综合选集卷
明清小品文选·前言

本书是从浩如烟海的明清小品文中选出的精华,故名《明清小品文选》。

什么叫小品?小品是散文的一支。在谈明清小品前我们需先说说小品的特征。

小品,小品,顾名思义就是"小"而又有"品味";拿欧美文学理论来说就是有"意味":是一种短小而又有意味的形式。

20世纪30年代,林语堂在《人间世发刊词》中说:"盖小品文可以发挥议论,可以畅泄衷情,可以摹绘人情,可以形容世故,可以札记琐事,可以谈天说地,本无范围,特以自我为中心,以闲适为格调,与各体别,西方文学所谓个人笔调是也。故善冶情感与议论为一炉,而成现代散文之技巧。"

这段话除了"以闲适为格调"稍有不全面外,其他都准确地概括了小品文的特征。如果我们把鲁迅先生反驳他的话当作补充:"明末的小品虽然比较的颓放,却并非全是吟风弄月,其中有不平,有讽刺,有攻击,有破坏……但自然,它也能给人愉快和休息,然而这并不是'小摆设',更不是抚慰和麻痹,它给人的愉快和休息是休养,是劳作和战斗之前的准备。"(《小品文的危机》)那就更全面了(鲁迅的话不仅指明末,有史以来的小品文都有这样的内容)。

小品文的内容既然如此广泛，那么与这内容相适应的形式即文体也是多种多样的。据当今研究者分析，小品文大体分为：以论说为主的论说小品；记人物事件的记人记事小品；记楼阁名胜的记胜小品；记山水游记的游记小品；记书画杂物的杂记小品；日记札记的日札小品；序文跋文的序跋小品；书信一类的尺牍小品；悼亡怀人的祭悼小品；托物言事的寓言小品以及闲情小品、笔记小品、诗话小品等等。这样的分类看似比较繁琐，却比较适合包括明清小品在内的古代小品的研究，因为千百年来相沿成习的固定文体自有其特点和特色。如按今人着眼于现代小品文的分类，将其分为记述、写景、抒情、讽刺、应用、论说等类，一是难以涵盖，二是难以剖分，三是混淆了既定的各种文体。

大体了解了小品的特征，我们便来谈明清小品。

明清小品是我国文学史上一个辉煌的标志，它几乎可以和汉赋、唐诗、宋词、元曲并提，标志一个时代文学的突出成就。小品这种性质的文体从古就有，《论语》中孔子与从徒"各言其志"；《孟子》中"齐人有一妻一妾"；《左传》、《庄子》、《战国策》、《史记》、《列子》、《世说新语》等古代典籍中具有小品性质的文字就更多了。中唐的韩愈、柳宗元，晚唐的罗隐、皮日休、陆龟蒙，宋代的欧阳修、苏轼、黄庭坚……都有精彩的小品类文章流传后世。但是"小品"一词本是六朝时称谓佛经略本的词语，只有到明代才成为散文或文章中一个部类的称谓，田艺蘅、朱国祯、陈继儒、潘元恒、王思任、陈仁锡等都以"小品"二字为己集之名；以小品为选集之名的有《皇朝十六家小品》、《图表小品》、《闲情小品》等。更重要的是从事小品创作的文士名家辈出，形成连续不断之势，到了晚明更出现了人才荟萃争奇竞秀的流派群体，即使到了文禁森严的清代，仍然如峡谷中的激流阻遏不住奔涌而出，直到晚清还呈现着亮丽的风景。

明清小品之所以蔚为大观，在中国文学历史的坐标上占有醒目的一席之地，一方面，是由于此前的散文小品已经积累了丰富的成果，明清两代的文人学士又善于吸取其精华，使其在传承中发扬光大。比如汉人与六朝人的尺牍对明清人书信之作影响深远，对山水游记之作的影响亦很明显；《世说新语》对明清的笔记小品影响更大；晚唐皮日休、陆龟蒙对明人的讽刺小品、寓言小品，北宋欧阳修、苏轼对明清人的书信小品、山水小品、闲适小品都有潜移默化的哺育，"三袁"之一的老大袁宗道最喜白居易与苏轼的文章，将自己的书斋命名为"白苏斋"，袁宏道、袁中道的小品也以"苏长公（轼）小品"为楷模，其小品的恬淡闲雅之情就与苏轼的情调非常相似。另一方面，明清小品之蔚为大观特别是晚明小品能够成为中国文学天空一片不落的彩霞与时代有关。明建国以后随着生产力的恢复，商品经济在迅速发展，市民阶层逐步形成，市井文化渐占优势，具有个性解放和民主意识的启蒙思想渐露头角。侯外庐先生在《中国近代启蒙思想史》中说:"中国启蒙思想开始于十六七世纪之前,这正是'天崩地解'的时代,思想家们在这个时代富有别开生面的批判。"这个时代相当于明嘉靖到万历的一百年间,而散文小品在这期间和之后也焕发出奇光异彩,这决非偶然的巧合,而是市井文化所蕴含的个性解放精神,才令小品创作有了个性天趣的前所少有的魅力,徐渭、李贽以及"公安"、"竟陵"、王思任、张岱直至清中叶的袁枚、郑燮,晚清的龚自珍、梁启超……无不由其分明的个性、自然的天趣而使其小品具有独特的光彩,而这一切都与时代变化的因素分不开。

　　小品是自由的精灵。大凡小品都是作者在自由心态下的产物。鲁迅先生所翻译的日本文艺评论家厨川白村的《出了象牙之塔》有一段形容小品文写作状态的文字可以"洋为中用":"如果是冬天,便坐在暖炉旁边的安乐椅上;倘使在夏天,便披着浴衣,啜着香茗,和好友任意闲谈,将这些话照样移在纸上便是小品文,兴之所至,是说些不至于头痛的道理,也有冷嘲,也有警惕,也有幽默,也有愤慨。所说的题材,天下大事固不待言,就是市井的琐事,书籍的批评,相识者的消息以及自己过去的追忆,想到什么就说什么,而托于即兴之笔。"在个性比较解放的时代,心灵比较自由,固然给小品创作以较广的天地,就是在思想禁锢比较严密,专制统治极其严酷的时代,即使是达官贵人、正统文士,也有隐秘的心灵自由的一角,被压抑的个性渴望解放的呼唤,这时小品就成为其获得暂时自由刹那自由的心灵逋逃薮。本书开头所选的"明初三大家"宋濂、刘基、高启都是开国功臣或翰林编修,但也是宦海浮沉,伴君如伴虎,有的被贬,有的被杀,在他们歌功颂德的同时也有内心的悲欢、不满、痛苦和愤恨,于是或形之于赠序,或托之于寓言,或流露于书信,于是就有了《送东阳马生序》、《卖柑者言》、《书博鸡者事》等著名小品,拒不为燕王朱棣草诏而被处磔刑并株连十族的一代名臣方孝孺也留下了《试笔说》、《越巫》、《答许廷慎书》等抒发内心衷曲的小品。"前七子"领袖宰相李东阳,"后七子"领袖刑部尚书王世贞,纵然都主张"文必秦汉""诗必盛唐",但其小品《记女医》、《题〈海天落照图〉后》都突破了自身"主张"的局限,泄露了当时的爱恨。至于"唐宋派"的归有光更是以书写与自己亲情和内心悲欢的散文小品《项脊轩记》、《先妣事略》等名世,本书所选的《寒花葬志》、《〈尚书别解〉序》等小品亦是心曲的自由鸣奏。徐渭、李贽已接近晚明,上述追求个性解放反抗专制束缚的启蒙思想已经出现,曾被迫害疯狂的"狂士"徐渭的《抄代集小序》鸣自身遭遇的不平,对以八股考试的科举制度加以尖锐的批判,《〈叶子肃诗〉序》对拟古派诗文予以辛辣的讽刺,特别是具有反传统思想、最后被捕入狱自刎而死的李贽的小品更是尖锐泼辣,《赞刘谐》对道貌岸然的道学家进行了无情的讽嘲,《题孔子像于芝佛院》对道学家盲目尊孔进行揭露,剥现出其无知而强逞有知的嘴脸。一代才人汤显祖的《〈牡丹亭记〉题辞》对人世之真情即《牡丹亭》的主题作了高度的赞美——"情,生者可以死,死者可以生",这是对程朱理学家"存天理,灭人欲"的"理"的针锋相对的抨击。

"公安三袁"是晚明小品的代表,连同尔后的"竟陵派",王思任和合"公安""竟陵"而一的晚明小品集大成者张岱,都是强调个性解放,标举性灵,大胆承认私欲,向某些传统意识挑战。袁宏道说:"性之所安,殆不可强,率性而行,是为真人。"(《识张幼于箴铭后》)王思任说:"尝欲佞吾目每岁见一绝代丽人,每月见一种奇书,每日见几处山水……"(《徐伯鹰〈天目游诗记〉序》)张岱说:"少为纨绔子弟,极爱繁华,好精舍,好美婢,好娈童,好鲜衣,好美食……"(《自为墓志铭》)这些人连同冯梦龙、李流芳、刘侗在内成为一个影响极大的创作群体,他们的作品"大都独抒性灵,不拘格套,非从自己胸臆流出,不肯下笔(袁宏道《叙小修诗》)。其中以钟惺、谭元春为代表的"竟陵派"虽矫公安派之"浅易",提倡"幽情"、"别趣",以"幽深孤峭"见称,但"独抒性灵"的理念基本相同。本书选这一群体作品较多,每篇均有较详评骘,这里就不一一赘论了。

清代是一个思想统治非常森严的时代,自康乾以来文字狱接连不断,文人学士噤若寒蝉,舞文弄墨者只能在考据、训诂之学的夹缝中苟求生存。在康乾之前的明末清初,还有傅山、顾炎武、黄宗羲、王夫之等思想家"离经叛道"的小品出现。傅山小品我们选得最多,因其各体皆备,而且各擅其胜,"不平""攻击""破坏"之力最强;顾炎武的《与叶讱庵书》直抒其坚拒博学鸿词科试的民族气节,黄宗羲、王夫之的《怪说》、《自题墓石》都表现了其不与统治者合作的坚定态度和艰难处境;"晚节不终"的钱谦益与侯方域在自己的小品《题塞上吟卷》和《陈纬云文序》中委婉曲折地流露了自己矛盾痛苦的内心世界和自惭的心情;抗清英雄张煌言《答赵廷臣》、夏完淳的《遗夫人书》,或义正词严,或慷慨悲壮,表达了对国家民族的忠肝义胆和宁死不屈的大无畏精神……但从文网日密、文字狱日兴的"康乾盛世"之后,这样"有不平,有讽刺,有攻击,有破坏","是投枪匕首,能和读者一同杀出一条生存血路的东西"(鲁迅语)便几乎销声匿迹。自戴名世的《南山集》案以后,最合时宜的"桐城派"蔚然兴起。因《南山集》案牵连入狱几乎被杀,幸而被释放的方苞"惊怖感动",于是为文提倡"义法",主张"阐道翼教",之后刘大櫆、姚鼐直到中晚清的方东树、管同、梅曾亮、吴敏树以至曾国藩、薛福成、吴汝纶一脉相承,几乎一百多年"桐城派"一直统治文坛,以个性解放自由思想为灵魂的小品自然大幅度萎缩,再不能像晚明或明末清初那样蔚为大观。但是如我们前面所述,任何人的心灵中都有自由的一角,个性的呼唤。而且小品作为一种具有旺盛生命力延续千百年的文体,自有其形式的反作用力,因此在方苞、刘大櫆、姚鼐的小品《辕马说》、《骡说》、《无斋记》、《游媚笔泉记》中都可以看出超越"义法""阐道翼教"理念的带有个性色彩的灵性闪光,尔后管同的《登扫叶楼记》、梅曾亮的《观渔》、曾国藩的《书归震川文集后》、薛福成的《观巴黎油画记》……或以勿舍近求远的哲理,或以人人难逃世网的感叹,或以褒贬精辟的分析,或以国人首看西方世界,都给人新颖的启示。因桐城派对小品有"过"也有功,也在时间的流逝中发展变化,不能以"桐城谬种"一言以蔽之。至于在桐城派主流之外,心灵自由、个性解放的人性之潮从未停止过一刻的涌动,才华盖世却一生在科场碰壁的蒲松龄在《聊斋志异》一书中写了《地震》、《山市》等具有风物科学价值的小品令人耳目一新;孔尚任的《〈桃花扇〉小识》,使我们得知他倾注一生心血的名作恰恰造成他一生的悲剧命运;诗文书画全才的郑板桥在《焦山读书寄四弟墨》、《潍县署中与舍弟墨第二书》等小品中使我们看到了他严于教子,赤心恤民的金子般的心;37岁就辞官隐退步陶渊明后尘的袁枚以《随园记》、《戏答陶怡云馈鸭》等小品使我们看到了他一切"随性之适"的真性情;晚清的龚自珍,大概是封建王朝已处于末世的缘故吧,他在万马齐喑的沉沉暗夜中石破天惊地写出了《病梅馆记》,为天下苍生民族灵魂的被扭曲、被残害、被扼杀发出愤慨的呐喊,以《送钦差大臣侯官林公序》写出了他在鸦片战争即将爆发前夕"位卑未敢忘忧国"的忠心赤胆,而林则徐的《答龚定庵书》则谱写了这两位民族脊梁爱国的丹心谱;至于林纾的《湖心泛月记》、辜鸿铭的《爱国歌》、梁启超的《养心语录》,也以其优美的文笔、正义的勇气、过人的胆识给明清小品的晚空添了亮丽的绮霞,不夜的风景。

　　明清小品,与唐诗、宋词、元曲一样,是我国文学史上的菁华,它有仁人志士的披肝沥胆,它有英雄壮士的碧血丹心,它有哲人学者的智光慧影,它有良臣循吏的直言正行,它有文豪才人的美文妙笔,它有布衣英才的悲欢歌哭……它可以让我们从一个侧面,一个新的角度,一个具有特色的窗口,看到明清两代人六百年间的社会状况、思想动态、感情流波和各种各类形形色色的人们活动的身影和生活图景,同时获得历史的认知、思想的教益和审美的熏陶与哺育。本书所选虽系挂一漏万,仅是"冰山之一角",但读者也会得到匪浅的泽惠。

　　然而对明清小品的评价却迭经起伏,褒贬不一。有清一代由于封建正统观念占据统治地位,不仅本朝的优秀小品难登大雅之堂,就是明代小品也备受非议。《四库全书总目》中就说:"明之末造,太仓、历下,馀焰犹张,公安、竟陵,新声屡变,文章衰敝,莫甚斯时。"钱谦益也认为"自万历之末以迄于今,文章之弊滋极"(《牧斋初学集》)。只有到了"五四"新文化运动,明清小品才得到比较正确的评价,在一定程度上恢复了应有的地位,这得力于周作人、林语堂等人的鼓吹,也在于当时众多作家对小品文创作的重视与涉足。1932年,周作人在《中国新文学的源流》中认为,"公安""竟陵"及融合"公安""竟陵"两派的作家张岱的小品"是明末的新文学运动",并说"今次的文学运动和明末的一次其根本方向是相同的"。在《杂拌儿序》中也说:"明末的文艺美术比较地有活气,文学上也颇有革新气象,公安派的人能够无视古人的传统,以抒情的态度作一切的文章,虽然后代批评家贬斥它为浅率空疏,实际却是真实的个性的表现。"就是鲁迅先生也对明末小品做了正确的评价(见前引)。在《招贴即扯》一文中还评价袁宏道说:"中郎正是一个关心世道,佩服'方巾气'人物的人,赞《金瓶梅》作小品文并不是他的全部。"因此20世纪30年代,《明人小品集》、《晚明二十家小品》、《晚明小品文总集选》、《晚明小品文库》等纷纷问世,小品文作家作品也涌现文坛,一时蔚为大观。但在50年代以后由于主流思想的"左"倾和意识形态化,明清小品又沉入谷底,文学史中对明清小品很少提及或语焉不详,甚至有"近代反动文人周作人、林语堂等利用公安派的'有性灵文字'来宣扬资产阶级的人性论,从而引导人们离开反帝反封建的革命斗争,抵制马克思主义的传播……"(1997年人民文学出版社《中国文学史》)等语将其一概否定。党的十一届三中全会以后迎来了文学艺术的春天,明清小品也得到应有的评价和重视,有关明清小品的专集、选集迭出,研究著作也不断出现。

本书共选作者106人,196篇。编排次序,一律按照作者生年,这就不免将一般选者以张煌言、夏完淳入明而今入清,将其作为抗清英雄列于清代亦未尝不可。另外本书所选小品最多不超过五百字,一般均在二三百字左右。选目以质量为准,既重视名家大家,以增加本书的总体深度和文化含量;也顾及作者虽不太著名却质量颇高通俗易懂的作品,以使本书雅俗共赏。关于本书的"新评",一般不"就事论事",而是从时代背景和作者生平诸方面审视文本的思想内涵及艺术特征,以求做到"知人论世"(鲁迅语),并涉及其所属流派或倾向,从而从整体上使读者约略明了明清文学发展的概貌。当然由于篇幅限制,只能尽量做到"言简意赅"。选目及评注中的不当之处,衷心希望方家读者不吝指谬。

张厚余
2008年8月于并州寓所

目录

前言 / 001

◎ 明

宋　濂·送东阳马生序 / 001
宋　濂·记李歌 / 003
宋　濂·尊卢沙 / 004
宋　濂·束氏狸狌 / 006
宋　濂·身有至宝 / 007
刘　基·狙公 / 009
刘　基·楚人养猴 / 010
刘　基·良桐为琴 / 011
刘　基·蜀贾 / 012
刘　基·卖柑者言 / 013
苏伯衡·志杀虎 / 015
高　启·送虚白上人序 / 017
高　启·书博鸡者事 / 018
高　启·游天平山记 / 021
方孝孺·试笔说 / 023
方孝孺·越巫 / 025
方孝孺·吴士 / 026
方孝孺·答许廷慎书 / 028
薛　瑄·河崖之蛇 / 029
薛　瑄·游龙门记 / 031
罗　玘·西溪渔乐说 / 032

目 录

沈　周·记雪月之观 / 034
李东阳·记女医 / 035
李东阳·游西山记 / 037
祝允明·谯楼鼓声记 / 038
文徵明·《晦庵诗话》序 / 039
文徵明·《游洞庭东山诗》序 / 041
王守仁·勤学 / 042
王守仁·答毛宪副书 / 043
康　海·与寇子惇 / 045
边　贡·答周北渚书 / 046
崔　铣·记王忠肃公翱三事 / 048
郎　瑛·相疑为鬼 / 050
郎　瑛·荒年转语 / 051
杨　慎·跋赵文敏公书《巫山词》/ 052
杨　慎·告荒 / 053
何良俊·文徵明拒画 / 054
庄元臣·鸲鹆鸟 / 055
刘元卿·猱 / 056
刘元卿·万字 / 057
江盈科·鼠技虎名 / 058
江盈科·造酒 / 059
归有光·《尚书别解》序 / 060
归有光·寒花葬志 / 061
归有光·《吴山图》记 / 062
归有光·沧浪亭记 / 064
归有光·《项思尧文集》序 / 065
归有光·长兴县编审告示(节选) / 067
陆树声·东坡海南食蠔 / 068
唐顺之·书《秦风·蒹葭》三章后 / 069
徐　渭·抄代集小序 / 070
徐　渭·书石梁鸿《雁宕图》后 / 072
徐　渭·《叶子肃诗》序 / 073
王世贞·题《海天落照图》后 / 074

李　贽·赞刘谐 / 076
李　贽·题孔子像于芝佛院 / 077
李　贽·箭喻 / 078
张元忭·遗子说 / 079
屠　隆·在京与友人 / 080
李维祯·《渔父词》引 / 081
陆　灼·病忘 / 083
汤显祖·《合奇》序 / 084
汤显祖·《牡丹亭记》题辞 / 085
汤显祖·与岳石梁 / 087
汤显祖·与李九我宗伯 / 088
赵南星·瞽者 / 089
朱国桢·路贵不喜神怪 / 089
陈继儒·跋姚平仲小传 / 090
黄汝亨·姚元素《黄山记》引 / 091
黄汝亨·复吴用修 / 092
袁宗道·极乐寺纪游 / 093
袁宗道·答江长洲绿萝 / 095
谢肇淛·好书三病 / 096
袁宏道·满井游记 / 097
袁宏道·孤山 / 099
袁宏道·晚游六桥待月记 / 099
袁宏道·答梅客生 / 101
袁宏道·李子髯 / 102
袁宏道·与丘长孺书 / 103
袁宏道·莲花洞 / 104
袁宏道·识周生《清祕图》后 / 105
袁中道·楮亭记 / 106
袁中道·西山十记(选一) / 107
袁中道·江行日记二则 / 108
冯梦龙·序《山歌》 / 109
冯梦龙·半日闲 / 111
冯梦龙·好好先生 / 112

曹学佺·洪汝含《鼓山游记》序 / 112
王思任·剡溪 / 114
王思任·游慧锡两山记 / 116
王思任·徐伯鹰《天目游诗记》序 / 117
钟　惺·夏梅说 / 118
钟　惺·题《鲁文恪诗选》后 / 119
钟　惺·浣花溪记 / 120
李流芳·游虎丘小记 / 122
李流芳·游西山小记 / 123
李流芳·题《孤山夜月图》 / 124
谭元春·再游乌龙潭记 / 125
谭元春·自题《秋冬之际草》 / 126
刘　侗·三圣庵 / 127
刘　侗·水尽头 / 129
张　岱·《西湖梦寻》序 / 130
张　岱·炉峰月 / 132
张　岱·报恩塔 / 133
张　岱·湖心亭看雪 / 134
张　岱·柳敬亭说书 / 136
张　岱·西湖七月半 / 137
张　岱·自题小像 / 139
周　晖·刚峰宦囊 / 140
张　溥·《刘中山集》题词 / 141

◎清

钱谦益·题塞上吟卷 / 144
傅　山·失题 / 145
傅　山·闲过元仲 / 146
傅　山·尝拟作华棚 / 147
傅　山·赠太原段孔佳 / 149
傅　山·老僧衣社疏附记 / 150
傅　山·改之一字 / 151
傅　山·修名之人 / 152
傅　山·窝囊解 / 153
傅　山·看古人行事 / 154
傅　山·寄示周程先生 / 155
傅　山·与曹秋岳书 / 156
傅　山·最厖最毒者 / 158
傅　山·训子侄 / 159
傅　山·甲子夏书示莲苏 / 161
金圣叹·序批二则 / 163
黄宗羲·怪说 / 165
李　渔·梧桐 / 167
李　渔·菜 / 168
顾炎武·与叶讱庵书 / 169
顾炎武·与人书 / 171
侯方域·陈纬云文序 / 172
王夫之·自题墓石 / 173
周　容·小港渡者 / 174
张煌言·答赵廷臣 / 175
毛奇龄·与故人书 / 177
汤传楹·与展成 / 178
林嗣环·口技 / 179
宋起凤·核工记 / 181
汪　琬·送王进士之任扬州序 / 183
汪　琬·鸭媒 / 184
朱彝尊·叶姬冢铭 / 185
夏完淳·遗夫人书 / 186
王士禛·焦山题名记 / 188
王士禛·引经 / 189
蒲松龄·地震 / 190
蒲松龄·山市 / 191
廖　燕·金圣叹先生传赞 / 192
王　椷·无核枇杷 / 194
孔尚任·《桃花扇》小识 / 195
孔尚任·傍花村寻梅记 / 196

戴名世·醉乡记 / 197
戴名世·鸟说 / 199
方　苞·辕马说 / 200
方　苞·封氏园观古松记 / 202
彭端淑·为学 / 203
郑　燮·焦山读书寄四弟墨 / 205
郑　燮·画竹题记二则 / 206
刘大櫆·骡说 / 208
刘大櫆·游万柳堂记 / 209
袁　枚·黄生借书说 / 210
袁　枚·随园记 / 212
石成金·看写缘簿 / 213
俞　蛟·断肠草 / 214
纪　昀·某公表里 / 216
纪　昀·无赖吕四 / 217
纪　昀·避暑山庄 / 218
潘荣陛·元旦 / 219
姚　鼐·游媚笔泉记 / 221
沈起凤·老僧辨奸 / 222
彭　绩·亡妻龚氏圹铭 / 224
汪　中·经旧苑吊马守贞文 / 225
恽　敬·谢南冈小传 / 227
张惠言·送恽子居序 / 228

陆继辂·与友人书 / 230
管　同·登扫叶楼记 / 231
姚　莹·《后湘集》自叙 / 232
林则徐·答龚定庵书 / 234
梅曾亮·观渔 / 236
梅曾亮·游小盘谷记 / 237
龚自珍·书汤海秋诗集后 / 238
龚自珍·病梅馆记 / 239
王庆麟·书《魏叔子集》后 / 241
曾国藩·书归震川文集后 / 242
刘　蓉·习惯说 / 244
俞　樾·延师教子 / 245
王　韬·城隍庙 / 246
薛福成·观巴黎油画记 / 247
宣　鼎·高念东三事 / 249
林　纾·湖心泛月记 / 250
林　纾·湖之鱼 / 251
辜鸿铭·爱国歌 / 252
钱　泳·成衣何必言尺寸 / 253
梁启超·养心语录 / 254

◎附录

明清小品文研究著作举要 / 256

◎ 明

送东阳马生序

宋 濂

【题解】

宋濂(1310—1381)字景濂,号潜溪,浦江(今浙江义乌)人。曾受学于元末吴莱、柳贯、黄潜等,隐居著书。明初,应聘任江南儒学提举,历官翰林院学士、礼部主事等,有明朝"开国文臣之首"之誉。晚年辞官,因长孙列入胡惟庸党,次子、长孙被处死,濂被贬茂州,死于途中。濂为明初文章大家,被与其同时并齐名的刘基推许为"当今文章第一"。著有《宋文宪公全集》。

本篇选自《宋文宪公全集》卷三。东阳,县名,今属浙江。马生,名君则。洪武十年,宋濂告老回乡,翌年又到南京入朝。马生前来拜访,临别为此文以赠,时在洪武十一年(1378)。

【原文】

余幼时即嗜学,家贫,无从致书以观[1];每假借于藏书之家,手自笔录,计日以还。天大寒,砚冰坚,手指不可屈伸,弗之怠[2]。录毕,走送之,不敢稍逾约。以是人多以书假余[3],余因得遍观群书。既加冠[4],益慕圣贤之道,又患无硕师、名人与游[5],尝趋百里外,从乡之先达执经叩问[6]。先达德隆望尊,门人弟子填其室[7],未尝稍降辞色[8]。余立侍左右,援疑质理[9],俯身倾耳以请。或遇叱咄[10],色愈恭,礼愈至,不敢出一言以复;俟其欣悦[11],则又请焉。故余虽愚,卒获有所闻[12]。

当余从师也,负箧曳屣[13],行深山巨谷中,穷冬烈风,大雪深数尺,足肤皲裂而不知。至舍,四肢僵劲不能动,媵人持汤沃灌[14],以衾拥覆,久而乃和。寓逆旅主人[15],日再食,无鲜肥滋味之享。同舍生皆被绮绣,戴朱缨宝饰之帽,腰白玉之环,左佩刀,右备容臭[16],烨然若神人。余则缊袍敝衣处其间[17],略无慕艳意[18]。以中有足乐者,不知口体之奉不若人也[19]。盖余之勤且艰若此。今虽耄老[20],未有所成,犹幸预君子之列[21],而承天子之宠光,缀公卿之后[22],日侍坐,备顾问,四海亦谬称其姓名,况才之过于余者乎?

今诸生学于太学[23],县官日有廪稍之供[24],父母岁有裘葛之遗[25],无冻馁之患矣。坐大厦之下,而诵《诗》《书》[26],无奔走之劳矣;有司业、博士为之师[27],未有问而不告、求而不得者也;凡所宜有之书,皆集于此,不若余之手录,假诸人而后见也。其业有不精、德有不成者,非天质之卑[28],则心不若余之专耳,岂他人之过哉?

东阳马生君则,在太学已二年,流辈甚称其贤[29],余朝京师,生以乡人子谒余,撰长书以为贽[30],辞甚畅达;与之论辩,言和而色夷[31];自谓少时用心于学甚劳,是可谓善学者矣。其将归见其亲也,余故道为学之难以告之。谓余勉乡人以学者,余之志也。诋余夸际遇之盛、而骄乡人者[32],岂知余者哉!

[1]致:求得。

[2]弗:不。 怠:懈怠。

[3]假:借。

[4]加冠:指二十岁。古时男二十岁举行冠礼。

[5]硕师:大师。 与游:此处意为"去请教"。

[6]先达:有名望的前辈。 执经叩问:拿上书去请教。

[7]填:满。

[8]降辞色:降低威严。辞,言语;色,脸色。

[9]援疑质理:提疑难问题,质询道理。

[10]或:有时。 叱咄(duó):斥责。

[11]俟:待,等。

[12]卒:最终,终于。

[13]负箧(qiè)曳屣(xǐ):背着箱子拖着鞋子。

[14]媵(yìng)人:此指女仆。 汤:热水。 沃灌:此指盥洗。

[15]这句说:住客舍主人家。

[16]容臭:香物,即香囊,香袋。

[17]缊(yùn)袍:麻絮之袍。

[18]艳:艳羡,羡慕。

[19]口体之奉:指衣食享用。

[20]耄(mào)老:衰老。古人谓七十、八十、九十为耄。宋濂时年六十九岁。

[21]预君子之列:列入官员的行列,指有官位。

[22]缀:此指跟随。

[23]太学:此指国子监。

[24]县官:此指朝廷。 廪稍之供:官方供给的伙食费用。

[25]裘葛之遗(wèi):送给冬夏的衣服。裘,指皮衣;葛,指布衣。

[26]《诗》《书》:《诗经》《书经》,泛指五经、四书等。

[27]司业、博士:国子监司业、国子博士。

[28]天质:天资。 卑:下,低。

[29]流辈:同辈。

[30]长书:长信。 贽:见面之礼物。

[31]夷:平和。

[32]诋:诋毁。 际遇之盛:即指官位之高,境遇之好。

《送东阳马生序》是宋濂一篇著名的赠序小品。赠序之作,唐始盛行,李白即有佳篇,韩愈尤为甚卓。宋濂此文先讲自身过去求学之艰苦,叙述真切,描写细腻,融情入事,自能对志学者有所感染;而后文讲太学条件之优越,一一与己之早年对比,则更能激励学子的笃学之志,这不仅对马生是十分亲切感人至深的教育,对当世后世有志于学的学子都是没齿难忘的教诲,其写作方法与文章内容都是独一无二、新颖原创的。清代中叶袁枚也有《黄生借书说》一篇,阐述"书非借不能读",比较两位异代长者所言借书为学事,不仅可以看到相同的循循善诱之心,而且在其精神的一脉相承中又可窥见二者之间的文心传承。

记李歌

宋　濂

本文选自《宋文宪公全集》卷三。作者以饱蘸感情之笔,赞颂了一位守身如玉的歌妓李歌的刚烈精神。

李歌者,霸州人[1]。其母一枝梅,倡也[2]。年十四,母教之歌舞。李艳然曰[3]:"人皆有配偶,我何独为倡耶?"母告以衣食所抑,不得已。与母约曰:"媪能宽我,不脂泽[4],不荤肉,则可尔;否则有死而已!"母惧,阳从之[5]。

自是缟衣素裳,唯拂掠翠鬟[6],然姿容如玉雪,望之宛若仙人,愈致其妍。人有招之者,李必询筵中无恶少年乃行。未行,复遣人觇之[7]。人亦熟李行,不敢以亵语加焉。李至,歌道家游仙辞数阕,俨容默坐。或有狎之者,辄拂袖径出,弗少留[8]。他日或再招,必拒不往。

益津县令年颇少[9],以白金遗其母[10],欲私之。李持刀入户,以巨木撑柱,骂曰:"吾闻县令为风化首[11],汝纵不能而忍坏之耶?今冠裳其形而狗彘其行,乃真贼尔!岂官人耶?汝即来,汝即来吾先杀汝而后自杀尔!"令惊李。

时监州闻其贤[12],有子方读书,举秀才,聘之为妇,李尚处子也。居数年,天下大乱,夫妇逃难,俱为贼所执。贼悦李有殊色,欲杀其夫而妻之。李抱其夫诟曰[13]:"汝欲杀吾夫即先杀我,我宁死决不从汝作贼也!"贼怒,并杀之。吁!倡犹能有是哉!可慨也。

[1]霸州:今河北霸州市。

[2]倡:同娼,妓女。
[3]艴(fú)然:生气的样子。
[4]不脂泽:不施脂粉。
[5]阳:表面上。
[6]翠鬟:妇女发式的美称。
[7]觇(chān):窥视。
[8]弗:不。
[9]益津:即霸州。
[10]白金:即银子。 遗(wèi):赠送。
[11]风化首:教化之首。
[12]监州:即"通判",明代设于府,分掌粮运、督捕、水利等事务。
[13]诟:斥骂。

这篇传记小品仅仅五百馀字,但人物形象、个性、精神、气概却生动地展现在读者眼前,她不施脂粉,却貌若仙人;她性格倔强,不为娼行;她自尊高洁,不容恶少侮狎,更不受权势如县令者的胁迫;她刚烈勇毅,既敢持刀对色官,又能面贼护夫与之双双殉难。这位烟花丛中的奇女子虽"身为下贱"却心比天高,称"巾帼英雄"亦不为过。宋学士以如此深情为其立传,既是赞叹她的高风亮节,亦是慨叹官场士林中之须眉的懦媚无节,"倡犹能有是哉"一语实是弦外有音也! 当今学界认为:宋濂的传记小品吸收了司马迁史传文学的叙事特点,行文剪裁得当,人物语言生动,三言两语使人物精神立体化,晚明小品如袁宏道的《徐文长传》、袁中道的《李温陵传》,清人小品如廖燕的《金圣叹先生传》、袁枚的《书鲁亮侪》等皆有其不同程度的影响,可谓的论。

尊卢沙

宋 濂

本篇选自《宋文宪公全集》卷三十七《燕书四十首》。尊卢沙,人名,为虚构人物。作者以寓言形式表现夸夸其谈者的危害以及轻信空谈大言者的后果。

秦有尊卢沙者,善夸谈,居之不疑。秦人笑之,尊卢沙曰:"勿予笑也,吾将说楚以王国之术[1]。"翩翩然南。

迤至楚境上[2],关吏絷之[3]。尊卢沙曰:"慎毋絷我,我来为楚王师。"关吏送诸朝。大夫置馆之[4],问曰:"先生不鄙夷敝邑[5],不远千里,将康我楚邦[6],承颜色日浅[7],未敢敷布腹心[8];他不敢有请,姑闻师楚之意何如?"尊卢沙怒曰:"是非子所知!"大夫不得其请,进于上卿瑕[9]。瑕客之,问之如大夫。尊卢沙愈怒,欲辞去。瑕恐获罪于王,亟言之[10]。

王趣见[11],未至,使者四三往。及见,长揖不拜[12]。呼楚王谓曰:"楚国东有吴越,西有秦,北有齐与晋,皆虎视不瞑[13]。臣近道出晋郊,闻晋约诸侯图楚。刑白牲[14],列珠盘玉敦[15],歃血以盟曰[16]:'不祸楚国[17],无相见也!'且投璧祭河,欲渡。王尚得奠枕而寝耶[18]?"楚王起问计。尊卢沙指天曰:"使尊卢沙为卿,楚不强者,有如日[19]!"王曰:"然敢问何先?"尊卢沙曰:"是不可以空言白也。"王曰:"然。"即命为卿。

居三月,无异者。已而晋侯帅诸侯之师至,王恐甚,召尊卢沙却之[20]。尊卢沙瞠目视,不对。迫之言,乃曰:"晋师锐甚,为王上计,莫若割地与之平耳[21]。"王怒,囚之三年,劓而纵之[22]。

尊卢沙谓人曰:"吾今而后知夸谈足以贾祸[23]。"终身不言。欲言,扪鼻即止。

君子曰:战国之时,士多大言而无当,然往往藉是以谋利禄。尊卢沙,亦其一人也。使晋兵不即止[24],或不少售其妄,未久辄败,亦不幸矣哉!历考往事,矫虚以诳人[25],未有令后者也。然则尊卢沙之劓,非不幸也,宜也。

[1]说(shuì):游说。　王国之术:在诸侯中称王之术,即为霸主的战略战术。
[2]迨:及,等到。
[3]絷(zhí):拘禁。
[4]置馆之:安置他于馆舍中。
[5]敝邑:对自己地方的谦称。
[6]康:昌盛、壮大。
[7]承颜色:幸得见面,客套话。
[8]敷布:陈述。
[9]上卿:夏商周三代时天子和诸侯都设有上、中、下三卿,上卿最为尊贵。　瑕:人名。
[10]亟言之:尽力(对楚王)进言。
[11]趣:同"促",催促。
[12]长揖:自上而下拱手作揖。
[13]瞑:闭眼。
[14]刑白牲:宰白马。牲,作盟誓的牺牲。
[15]敦(duì):古代食器。
[16]歃(shā)血:古代会盟时,双方口含牲畜之血或以血涂口旁,表示信誓。
[17]祸:损害。
[18]奠枕而寝:高枕而卧。奠,安置。
[19]有如日:这是指着太阳发誓的话,以示信。

[20]却之:商量退敌之兵的办法。却,退。
[21]平:讲和。
[22]劓(yì):古代割鼻子的刑罚。
[23]贾(gǔ)祸:招祸。
[24]止:到,至。
[25]矫虚:弄虚作假。 诳人:骗人。

这篇寓言小品以一个虚构的故事,道出夸夸其谈,以不切实际的大话空话骗取荣华富贵者的害人害己下场。尊卢沙这个夸夸其谈的大言者何以能够屡屡得逞?自有他一套"本领":首先他能令人相信,"居之不疑"即是明证;其次他脸皮厚,即使有人看穿了他而"笑之",他也毫不在意,仍"翩翩然"我行我素;再次他能演戏作秀,楚关吏"絷"他,楚大夫谦他,他都会作"怒"状;楚王要见他,还须使者"四三往",这样便一次比一次抬高了身价,为其"大言取胜"做好了铺垫,打好了基础;最后当他夸夸其谈时,能把未见过的道听途说的事情说得活灵活现、有鼻子有眼,使听者不能不信,完全相信。高明的骗子,确实行骗有术呵!

大言者为何以夸夸其谈的手段骗人,濂公一语道破:"藉是以谋利禄。"你看这个尊卢沙,当"楚王起问计"时,他不说计,而是先要楚王尊其为卿;楚王再问他先说计还是先封卿,他就直截了当说"是不可以空言白也"!图穷而匕首见,贪婪的本性已赤裸裸呈现眼前,可惜楚王还视而不见……

聪明的骗子总是在昏聩的好大喜功的君王处得逞。说大话、受大骗、遭大祸、贻大害的故事直到今天还在不断重演,真是"秦人不暇自哀,而后人哀之,后人哀之而不鉴之,亦使后人而复哀后人也"(杜牧《阿房宫赋》)。

束氏狸狌

宋 濂

本文选自《龙门子凝道记·秋风枢》。《龙门子凝道记》和《燕书》是宋濂在元朝末年写的两部杂著,书中往往通过寓言故事来讥讽时事,颇多批判色彩。这篇寓言以猫长期养尊处优连一只瓮中老鼠也对付不了的故事,告诫人们应如何生活。束氏,一姓束之人。狸狌(shēng),亦作狸鼪,野猫。

卫人束氏,举世之物,咸无所好[1],唯好畜狸狌。狸狌,捕鼠兽也。畜至百馀,家东西之鼠捕且尽。狸狌无所食,饥而嗥[2]。束氏日市肉啖之[3]。狸狌生子若孙[4],以啖肉故,竟不知世之有鼠;但饥则嗥,嗥则得肉食,食已与与如也[5],熙熙如也[6]。

南郭有士病鼠[7];鼠群行有堕瓮者,急从束氏假狸狌以去[8]。狸狌见鼠双耳耸,眼突露如漆,赤鬣[9],又磔磔然[10],意为异物也,沿鼠行不敢下。士怒,推入之。狸狌怖甚,对之大嗥。久之,鼠度其无他技[11],啮其足[12],狸狌奋掷而出[13]。

[1]咸:全,都。
[2]嗥(háo):野兽吼叫。
[3]日市:每天买。　啖(dàn):给……吃,喂。
[4]若:与,和。
[5]与与如:走路安乐舒适的样子。
[6]熙熙如:和悦快乐的样子。
[7]病:意动用法,以……为患。
[8]假:借。
[9]鬣(liè):这里指鼠须。
[10]磔磔然:形容鼠吱吱的叫声。
[11]度(duó):猜度,推测。
[12]啮(niè):咬。
[13]掷:腾跃。

这篇寓言小品揭示了一个深刻的道理,令人警醒:狸狌,猫,本是捕鼠之兽,但因其养尊处优,便丧失了"一技之长"的本领(本能),而反为鼠制,成为一个彻头彻尾的废物,而究其因,则为主人束氏娇惯侈养。作者以忧患之心以物喻人警世:人若如此对子孙溺爱,其结果同样可怕。古往今来权势富贵之家多纨绔,"君子之泽五世而斩",便是这一铁的定律之具现;而今望子成龙、望女成凤者亦"培养"(豢养)出一批百无一能的"小皇帝"、"小公主",实系咎由自取,遗忘了濂公之警示。另外此文状物绘形极为传神、细腻,如"鼠双耳耸,眼突露如漆,赤鬣,又磔磔然"……真可谓笔力如刀如画,值得潜心学习。

身有至宝

宋濂

本文选自《龙门子凝道记·先王枢》。此文以珠宝金玉为衬托,道出人的才能智慧、道德品格才是世界上最宝贵的。

原文

西域贾胡有持宝来售[1],名曰瓓者[2],其色正赤如朱樱[3],长寸者,直逾数十万[4]。龙门子问曰:"瓓可乐饥乎[5]?"曰:"否。""可已疾乎[6]?"曰:"否。""能逐厉乎[7]?"曰:"否。""能使人孝弟乎[8]?"曰:"否。曰:"既无用如是,而价逾数十万,何也?"曰:"以其险远,而获之艰深也。"龙门子大笑而去,谓弟子郑渊曰:"古人有云:黄金虽重宝,生服之则死,粉之入目则眯[9]。宝之不涉吾身者尚矣[10]。吾身有至宝焉。其值不特数十万而已也[11]。水不能濡[12],火不能爇[13],风不能飘炙[14];用之则天下宁,不用则独安[15],乃不知夙夜求之[16],而唯此为务,不亦舍至近而务至远者耶!"

[1] 贾(gǔ)胡:西域商人。贾,商人;胡,我国古代称西北方少数民族的人为胡人。
[2] 瓓(làn):玉的色彩。这里指玉的名称。
[3] 正赤:大红。 朱樱:红樱桃。
[4] 直:同值,价值。 踰:同"逾",超过。
[5] 乐饥:充饥。
[6] 已:停止,去。
[7] 厉:祸患。
[8] 孝弟:孝悌,儒家的伦理道德,指孝敬父母祖先,顺从兄长,友爱弟兄。
[9] 眯(mǐ):粉尘入眼,丧失视力。
[10] 尚:意即"如此"。
[11] 不特:不只。
[12] 濡(rú):沾湿,这里指淹没。
[13] 爇:烧。
[14] 飘炙:吹燎。
[15] "用之"二句:儒家思想所倡导的达则兼济天下,穷则独善其身。
[16] 夙夜:早晚、朝夕。意即每日勤奋不懈。

宋濂在明代享有崇高的声誉,其文颇得唐宋古文之风致韵味。《四库全书总目》评价他的文章时说:"濂文雍容浑穆,如天闲良骥,鱼鱼雅雅,自中节度。"这种"雍容浑穆"之风不仅在他的传记和记叙性散文如《秦士录》、《王冕传》、《杜环小传》、《记李歌》等中可看出,就是在这短短的寓言小品中也表现分明。你看他写得多么从容简洁,立意又如此高远宏阔,读者从中尽可窥见唐宋先贤的恢宏笔致:金玉珠宝,何其瓓也;价值连城,何其高也!但其对人生实际毫无用处,并不宝贵。真正最宝贵的是"宁天下"、"独安身"者,即有才能、有智慧、有品格、有道德的人!此文宗旨是劝人应致力于自身的修养,德才的提高,要"夙夜求之";绝不要对无用的貌似宝贵的身外之物"舍近务远"。仁人志士之心尽现无遗。

狙　公

刘　基

刘基(1311—1375)字伯温,处州青田(今属浙江)人。元末进士,曾任县丞、儒学提举等地方官职,后弃官隐居青田山中。明太祖朱元璋用为谋臣,封诚意伯。为宰相胡惟庸所谮,忧愤而死。著有《诚意伯文集》。

本篇选自《诚意伯文集》卷二,为《郁离子·瞽聩》之一节,标题为编者所加。狙(jū):猕猴。《郁离子》系作者隐居时所著,多为讽喻时事、揭露现实的寓言故事,此篇为其中之一。

楚有养狙以为生者,楚人谓之狙公。旦日,必部分众狙于庭[1],使老狙率以之山中,求草木之实,赋什一以自奉[2]。或不给,则加鞭箠焉[3]。群狙皆畏苦之,弗敢违也。

一日,有小狙谓众狙曰:"山之果,公所树欤?"曰:"否也,天生也。"曰:"非公而不得取欤?"曰:"否也,皆得而取也。"曰:"然则吾何假于彼而为之役乎[4]?"言未既[5],众狙皆寤[6]。

其夕,相与伺狙公之寝,破栅毁柙[7],取其积,相携而入于林中,不复归。狙公卒馁而死[8]。

郁离子曰[9]:"世有以术使民而无道揆者[10],其如狙公乎?惟其昏而未觉也;一旦有开之[11],其术穷矣。"

[1]部分:此处指分派。
[2]赋什一以自奉:抽取十分之一归自己享用。赋,收税。
[3]箠(chuí):鞭打。
[4]假于彼而为之役:依靠他而被他役使。
[5]既:已,完。
[6]寤:同"悟"。
[7]柙(xiá):槛,笼。
[8]馁(něi):饥饿。
[9]郁离子:刘基于元末隐居时的别号。

[10]术:权术。道揆:法度。
[11]开:此处指启发。

这篇寓言小品以狙公虐使众狙不劳而获,一旦众狙觉悟挣脱束缚,狙公即馁饿而死的故事,说明牧民者"以术使民而无道揆",民一旦觉悟必然落得"术穷""卒死"的下场。关于狙公的寓言,《庄子·齐物论》和《列子·黄帝篇》均有记载,刘基此文有所传承而思想内容有较深的发展,庄、列所述旨在警诫世之使民者,而刘文却进一步写出无道使民者(狙公)已在民众(众狙)觉悟后身死国灭,这正是作者生当元末易代之际民众觉醒反抗蜂起的反映。

僰人养猴

刘 基

本篇寓言小品亦选自《郁离子》,作者借僰人养猴的故事道出人与兽的贪婪本性很难改变,利用此性即可达到预期的目的;而此性亦是被利用者利用的根源。僰(bó):我国古代西南部的一个少数民族。

僰人养猴,衣之衣而教之舞[1],规旋矩折[2],应律合节[3]。巴童观而妒之,耻己之不如也,思所以败之[4]。乃袖茅栗以往[5]。筵张而猴出,众宾凝眝[6],左右皆蹈节。巴童怡然挥袖而出其茅栗[7],掷之地。猴褫衣而争之[8],翻壶而倒案。僰人呵之,不能禁,大沮[9]。今之以不制之师战者,蠢然而蚁集,见物而争趋之,其何异于猴?

[1]衣之衣:给其穿上衣服。第一"衣"字为动词;第二"衣"字为名词。
[2]规旋矩折:按照僰人教练的规矩而旋舞。
[3]应律合节:照着音律的节拍舞动。
[4]这句说:想该用什么办法挫败它(猴)。
[5]袖:用衣袖藏了(茅栗),作动词用。
[6]凝眝(zhù):凝视。眝,张目。
[7]怡(yí)然:神态自然。
[8]褫(chǐ)衣:剥去衣服。
[9]沮:沮丧。

徐一夔《郁离子序》云："(是书)多或千言,少或百字,其言详于正己、慎微、修纪、远利、尚诚、量敌、审势、用贤、治民,本乎仁义道德之懿,明乎吉凶祸福之几,审乎古今成败得失之迹,大概矫元室之弊有激而言也。"本篇主旨似关乎"正己、慎微、远利"等道德范畴的讽喻,贪婪易折,无欲则刚,只有如此才能不受外界功利的诱惑,立于不惑之地。而作者又说:"今之以不制之师战者,蠢然而蚁集,见物而争趋之,其何异于猴?"这则是借以讽刺元末之元军乃一群不听指挥的乌合之众,见到财物便大肆抢掠,蒙元何有不亡之理?这是这则小品寓托的又一含意,优秀的寓言总是形象大于思想,其多义性正在这里。

良桐为琴

刘 基

本篇选自《诚意伯文集·郁离子》。作者以虚托人物、借物为喻的手法,讽刺了好古、崇古,以致真假不辨的愚昧行径。

工之侨得良桐焉[1],斫而为琴[2],弦而鼓之[3],金生而玉应[4],自以为天下之美也。献之太常[5],使国工视之[6],曰:"弗古[7]!"还之。

工之侨以归,谋诸漆工,作断纹焉[8];又谋诸篆工[9],作古窾焉[10];匣而埋诸土。期年出之[11],抱以适市[12]。贵人过而见之,易之以百金[13],献诸朝[14]。乐官传视,皆曰:"希世之珍也[15]!"

工之侨闻之,叹曰:"悲哉,世也!岂独一琴哉?莫不然矣!而不早图之,与其亡矣。"遂出,入于宕冥之山[16],不知其所终。

[1]工之侨:作者虚构的人物。
[2]斫(zhuó):砍削。
[3]弦、鼓:皆作动词,安装上弦,弹。
[4]这句说:像用金属和玉器制成的乐器互相应和。形容琴声优美动听。
[5]太常:专门掌管祭祀礼乐的官名。
[6]国工:宫廷乐工。
[7]弗:不。
[8]断纹:裂纹。以示年代久远。

[9] 篆工：刻篆字的工匠。
[10] 古㪍(kuǎn)：古代钟、鼎等器物上铸刻的文字。
[11] 期(jī)年：周年，一年。
[12] 适市：到市场上去卖。
[13] 易：买。
[14] 朝：朝廷。
[15] 希世：世间少有。
[16] 宕冥之山：作者假托的山名。

【新评】

《郁离子》作为一部寓言小品集，取材广泛，内容丰富，堪为忧时念乱之作。吴从善《郁离子序》云："夫郁郁，文也；明丽，离也。郁离者，文明之谓也，非所以自号，其意谓天下后世若用斯言，必可底文明之治耳。"这篇小品与《蜀贾》同样，都是讽谕世人不辨真假，以假为真，以伪为美，但其旨意又进一层，即具有针对性地讽刺了盲目崇古者的褊狭心理，并进而引申为这是上至朝廷普遍存在的保守心态，"不早图之，与其亡矣"。作者"若用斯言，必可底文明之治"的用心昭然可见。但崇尚专制、沉迷独裁的颠顸统治者是不会与时俱进，永远要坚持"祖宗之法不可变"的，因而伯温先生虽用心良苦向往图新，而顽固独夫终究"崇古"，不仅蒙元被农民起义的烈火所焚毁，而其后的明清王朝亦被推翻，"若用斯言，可底文明之治"的善良心愿不过是美好的幻想而已。

蜀　贾

刘　基

【题解】

此文选自《诚意伯文集·郁离子》。《郁离子》写于作者元末隐居青田时期，是一部著名寓言集。本文借"蜀贾三人卖药于市"的故事，对世人信假不信真的怪现象予以鞭挞。

【原文】

蜀贾三人[1]，皆卖药于市。其一人专取良，计入以为出[2]，不虚价，亦不过取赢[3]。一人良不良皆取焉，其价之贵贱，惟买者之欲，而随以其"良""不良"应之[4]。一人不取良，惟其多，卖则贱其价，请益则益之[5]，不较[6]，于是争趋之；其门之限，月一易[7]；岁馀而大富。其兼取者，趋少缓，再期[8]，亦富。其专取良者，肆日中如宵[9]，旦食而昏不足[10]。郁离子见而叹曰："今之为士者，亦若是夫！昔楚鄙三县之尹三[11]：其一廉，而不获之于上官，其去也，无以僦身[12]，人皆笑，以为痴。其一择可而取之，人不尤其取[13],而称其贤能。其一无所不取,以意于上官,子吏卒而宾富民[14],则不待三年,举而任诸纲纪之司[15],虽百姓亦称其善,不亦怪哉!"

[1]蜀贾(gǔ):蜀地商人。蜀,古国名,在今四川中部偏西。
[2]计入以为出:量入为出,即以成本价计算加以微利。
[3]不过取赢:不过多取利。赢,盈利。
[4]"其价"三句:意为价格之贵贱唯以买者所愿,不管"良""不良"者随意应付。
[5]请益则益之:要多给就多给。
[6]不较:不计较。
[7]"其门"二句:意为顾客盈门,门槛都被踏烂,每月得更换一次。限,门槛;易,更换。
[8]再期(jī):两年。期,周年。
[9]肆:店铺。
[10]旦食而昏不足:早饭吃了,晚饭还没有着落。意为吃了上顿没下顿,言其贫穷。
[11]楚鄙:楚地边远处。 尹:此指县官。
[12]僦(jiù):租赁,雇用。
[13]尤:指责,怪罪。
[14]这句说:把手下的吏卒看成儿子,把富家看作自己的宾客。
[15]这句说:被举荐当上了法律部门的长官。

这篇寓言小品以商喻官,对当时社会的揭露入木三分,对今天亦为一片明镜:经商门道是大奸大富,小奸小富,不奸不富;官场也如出一辙:大贪大富,小贪小富,不贪不富。商场官场两相比较,一双空灵眼给两者画了一个不长不短的等号,古今如此,着实可恨,可悲,可叹!

刘基的寓言小品对后世影响甚大,晚明江盈科(《雪涛阁集》)、陆灼(《艾子后语》)、屠本畯(《艾子外语》)等都受过《郁离子》的影响。清人刘熙载《艺概·文概》中说:"欲为此体,须是神明过人,穷极精奥,斯能托寓万物,因浅见深,非光不足而强照者所可与也。……《郁离子》最为晚出,虽体不尽纯,意理颇有实用。"这段话不仅道出了寓言小品的艺术特征和思想价值,"意理颇有实用"一语更阐明了刘作的现实意义和社会功能。

卖柑者言

刘 基

本篇选自《诚意伯文集》卷七。其文以柑喻世,对统治阶级的达官贵人进行了辛辣的讽刺。所作时间当于元末明初。

原文

杭有卖果者,善藏柑,涉寒暑不溃[1],出之烨然[2],玉质而金色。置于市,贾十倍[3],人争鬻之[4],予贸得其一[5]。剖之,如有烟扑口鼻,视其中,则干若败絮[6]。予怪而问之:"若所市于人者[7],将以实笾豆、奉祭祀、供宾客乎[8]?将衒外以惑愚瞽乎[9]?甚矣哉,为欺也!"卖者笑曰:"吾业是有年矣[10],吾赖是以食吾躯[11]。吾售之,人取之,未尝有言,而独不足子所乎[12]?世之为欺者不寡矣,而独我也乎?吾子未之思也[13]。今夫佩虎符、坐皋比者[14],洸洸乎干城之具也[15],果能授孙吴之略耶[16]?峨大冠、拖长绅者[17],昂昂乎庙堂之器也[18],果能建伊皋之业耶[19]?盗起而不知御,民困而不知救,吏奸而不知禁,法斁而不知理[20],坐糜廪粟而不知耻[21]。观其坐高堂、骑大马、醉醇酿而饫肥鲜者[22],孰不巍巍乎可畏、赫赫乎可象也[23],又何往而不金玉其外、败絮其中也哉?今子是之不察[24],而以察吾柑!"予默默无以应。退而思其言,类东方生滑稽之流[25],岂其忿世嫉邪者耶?而托于柑以讽耶?

[1]涉:经过。
[2]出之:取出(柑)来。 烨然:光润的样子。
[3]贾:同"价"。
[4]鬻:买。
[5]贸:购,买。
[6]败絮:破烂的棉絮。
[7]若:你。 市:卖,出售。
[8]实:充,装入。 笾豆:合指祭祀宴会用的食具。"笾"以竹制,"豆"以木制。
[9]衒:夸耀。 外:外表。 瞽:此指无识别能力的人。
[10]业:从事于。 是:此,下同。
[11]食(sì):同饲,供养。
[12]足:满足。 子所:您的需求。
[13]吾子:您。 之思:思之。
[14]佩虎符、坐皋比者:指武官。虎符,兵符;皋比(pí),披在座椅上的虎皮。此处指披有虎皮的坐椅。
[15]洸洸(guāng):形容威武。 干城:捍卫都城、保卫国家。 具:才具,人才。
[16]孙吴:孙武、吴起,战国时兵法家军事家。 略:战略、兵法。
[17]峨大冠:戴着高帽。 拖长绅:垂着绶带,文官的服装。
[18]庙堂:指朝廷。 器:高材。
[19]伊皋:"伊"指伊尹,商汤之贤相;"皋"指皋陶(yáo),舜之法官。
[20]斁(dù):败坏。
[21]糜:当作"縻",浪费。 廪(lǐn)粟:俸米。
[22]醇酿(nóng):醇浓的美酒。 饫(yù):饱食。

[23]象：效法。
[24]是之不察：不察看这些人。
[25]东方生：东方朔，汉武帝时人，为人滑稽多智，善于讽谏，见《史记·滑稽列传》。

  这篇寓言小品借"金玉其外，败絮其中"的柑橘，形象地揭露封建时代文臣武将徒有其"洸洸"、"昂昂"、"巍巍"、"赫赫"之表而实则草包、"银样镴枪头"的本质，即作者以"忿世嫉邪"之情"托于柑以讽"。今人郭预衡先生认为此文写于元末，是对"处于王朝衰世"社会现象的揭示(见《明清散文精选》)；而清人孙琮则认为："承平日久，文恬武嬉，子云所谓廓外虚内者，比比然也。犁眉先生(即刘基)不敢痛哭以陈词，而婉约以见志，微文隐跃，与子厚《炉步虚》、鲁望《野庙碑》同一寄慨。"(《山晓阁明文选》)是讽喻明初政坛的"文恬武嬉"。窃以为：写作时间尽可存疑，但作者所揭露的现象不论"末世"、"初世"乃至"盛世"都普遍存在，这也正是此文历久常新、吟诵不衰、任何时间都具有"现实意义"的"奥秘"所在。

志杀虎

苏伯衡

  苏伯衡(生卒年不详)字平仲，金华(今浙江金华市)人。宋代文学家苏辙的后代。元末贡于乡，曾入明太祖礼贤馆。后任国子学录，升学正。被荐台见，授翰林编修，辞不受。洪武十年(1377)学士宋濂致仕，荐以自代，亦以疾辞。后为处州教授，得罪，死狱中，著有《苏平仲文集》。
  本文节选自《苏平仲文集》卷一。"志"，就是"记"。作者以亲历之杀虎见闻，警示"威权足赖而贪欲无顾忌者"：如若一意孤行，必然是同样的下场。

  余至高溪之七日，有虎夜逾某子甲垣攫其豕[1]，豕咿然作声，甲意穿窬也[2]，亟举火烛之[3]，不见豕，而见虎迹焉。黎明，与二弟俱蹑虎迹觅豕[4]，行至黄土陇，见两虎丛薄中[5]，呼曰："虎在此，虎在此！乡党乡里幸与我共杀之。不者，不惟吾豕被其攫，诸公家之豕亦恐不免；不惟豕不免害，且恐及人。"
  于是环高溪一聚[6]，壮者操刃与梃[7]，弱者声铜铁器往助甲[8]。虎见众前，且行且咆哮作声威翼以惧众。众不为惧，益鼓噪环之。虎乃跃而起，甲之长弟遽挥梃擿虎[9]，虎怒爪之，其右股被创。甲之幼弟奋戈刺之，自喝贯胁[10]，一虎随毙。其一犹咆哮作噬人状[11],然声战栗仅若牛鸣。众知其无能也,直前刺之,于是两虎俱毙。刳其腹[12],豕固在也。

虎于毛虫中最暴戾,人闻谈虎,且犹胆掉畏之,而况敢撄之乎[13]!使其据深山大谷,虽日攫麋鹿雉兔以自肥,孰得而毙之哉!顾恃其暴戾,纵逐逐之欲[14],入墟市攫人畜而弗忌[15],得一豕竟殒其命,悲夫!

世人自谓威权足赖而贪欲无顾忌者,其亦知所鉴也乎?

[1] 垣:墙。 攫(jué):抓取。 豕(shī):猪。
[2] 意:以为。 穿窬(yú):穿壁翻墙的盗贼。
[3] 亟:急。
[4] 蹑:跟踪。
[5] 丛薄:草木丛生的地方。
[6] 环:围。 聚:村落。
[7] 梃(tǐng):棍棒。
[8] 声:敲击发声;敲响。作动词用。
[9] 擿(tī):挑、拨。
[10] 喁(yóng):这里指虎口,此句意为刀刃从虎口直捅至其胸胁。
[11] 噬(shì):咬。
[12] 刳(kù):剖开。
[13] 撄(yīng):触犯。
[14] 逐逐:必须得到的样子。《周易·颐》:"虎视眈眈,其欲逐逐。"
[15] 墟市:农村市集,此处泛指村落。

苏伯衡也是明初的一位文章大家,宋濂称其"文词蔚赡有法",即以这篇记事小品来看,不仅记叙真切、生动而且寓意颇深。文章一开始"余至高溪之七日……"便以真实的时间地点点明以下所写乃作者之亲历;接着我们便随着作者笔下的"虎迹"来到黄土陇,看见了"丛薄中"两虎的真容。最让读者感到真切的是他对"杀虎"的一段描写:村民环围,壮者操刃,弱者"声铜铁器",长弟"挥梃擿虎",幼弟"奋戈刺之",一虎"跃而起"、"怒爪之",终被击毙;一虎"战栗仅若牛鸣",亦被刺而死。一场人虎搏斗的情景写得惊心动魄,有声有色,作者的笔下功夫已透纸背而出。更为精彩的是作者在描写搏斗之后的一段议论:两虎之死是因"恃其暴戾,纵逐逐之欲";那么"世人自谓威权足赖而贪欲无忌者"呢?他们"亦知所鉴"吗?不然,将是同样的下场!时间过去六百多年,而今自以为"威权足赖而贪欲无忌"者,仍然比比皆是,还似乎越来越多,法不治众乎?何由之乎?何时是了?

送虚白上人序

高 启

题解

高启(1336—1374)字季迪,长洲(今江苏苏州)人,少警敏博学,元末,张士诚据吴,隐居吴淞江之青丘,自号青丘子。明洪武二年(1369),召修《元史》,授翰林院国史编修官,复命教授诸王。次年擢户部右侍郎,自陈年少不敢当重任,求辞官,遂放归田里,以教书为业。苏州知府魏观于张士诚宫室旧址改建府治,高启为作《上梁文》。魏观被告发下狱,株连高启,被腰斩,年仅39岁。著有《高青丘集》。

本文选自《高青丘集·凫藻集》卷三。"上人"是对僧人的敬称。序乃"赠序",文体之一种。作者在送别虚白上人时,写了这篇"序",一方面是赞颂他高超的品格;另一方面也是"悲士大夫之风坏已久",借以针砭时弊。

原文

余始不欲与佛游,尝读东坡所作《勤上人诗序》[1],见其称勤之贤曰:"使勤得列于士大夫之间,必不负欧阳公[2]。"余于是悲士大夫之风坏已久,而喜佛者之有可与游者。

去年春,余客居城西,读书之暇,因往云岩诸峰间[3],求所谓可与游者,而得虚白上人焉。

虚白形癯而神清,居众中不妄言笑。余始识于剑池之上[4],固心已贤之矣。入其室,无一物,弊簧折铛[5],尘埃萧然。寒不暖,衣一衲[6];饥不饱,粥一盂,而逍遥徜徉,若有馀乐者。间出所为诗,则又纤徐怡愉,无急迫穷苦之态,正与其人类[7]。

方春二三月时,云岩之游者盛,巨官要人,车马相属[8]。主者撞钟集众,送迎唯谨,虚白方闭户寂坐如不闻;及余至,则曳败履起从[9],指幽导胜于长林绝壁之下,日入而后已。余益贤虚白,为之太息而感焉[10]。近世之士大夫,趋于途者骈然[11],议于庐者欢然,莫不恶约而愿盈[12],迭夸而交诋[13],使虚白袭冠带以齿其列,有肯为之者乎?或以虚白佛者也,佛之道贵静而无私,其能是亦宜耳。余曰:今之佛者无呶呶焉肆荒唐之言者乎[14]?无逐逐焉从造请之役者乎[15]?无高屋广厦以居、美女丰食以养者乎?然则虚白之贤不惟过吾徒,又能过其徒矣。余是以乐与之游而不知厌也。

今年秋,虚白将东游,来请一言以为赠。余以虚白非求于世者,岂欲余张之哉[16]?故书所感者如此,一以风乎人[17],一以省于己[18],使无或有愧于虚白者而已。

[1]东坡:宋代著名文学家苏轼,字子瞻,自号东坡居士。
[2]欧阳公:指宋代著名文学家欧阳修。修为一代文坛领袖,擢拔人才,提携后进,为士林所敬重。轼即为其发现推崇的人才之一。
[3]云岩:指苏州虎丘山,上有云岩寺。
[4]剑池:在虎丘山上。
[5]弊箦(zé):破旧的竹席。 折铛(chēng):断了腿的锅。
[6]衲:僧衣。
[7]类:一样。
[8]相属(zhǔ):相连接。
[9]曳:拖穿。 履:鞋子。
[10]太息:叹息。
[11]骈然:两两相对的样子。
[12]恶(wù)约:嫌恶贫穷。约,穷。 愿盈:爱富。
[13]迭夸:轮流夸耀。 交詆:相互詆毁。
[14]呶呶(náo):唠唠叨叨的样子。
[15]逐逐:必须得到的样子。
[16]张:显扬。
[17]风:同"讽",讽劝。
[18]省(xǐng):内省,反省。

高启是明初成就最高的诗人,其散文数量虽不太多,但质量颇高,与宋濂、刘基被学界并称为明初"三大家"。即以此赠序小品而言,笔致何等从容潇洒。作者从对佛者的"不喜"与"喜"写起,形成跌宕,便娓娓道来与虚白上人的交往;不夸赞,不誉美,只以一二平常事便让人窥见上人的高超品格,且真实感人。紧接着便引入红尘世态,将"近世之士大夫"和"今之佛者"与上人相对比,相映衬,俗士凡僧劣佛之庸陋、卑贱与丑恶更反衬出上人之高洁真纯。最后语重心长地归结为两句话:"一以风乎人,一以省于己",把自身也置于上人这面镜子的映照之中,更见作者之诚意挚情。

书博鸡者事

高启

本文选自《高青丘集·凫藻集》卷五。博鸡者指以斗鸡赌输赢谋生之人。篇中记载了一位博鸡者为被诬陷者打抱不平并同群众一起斗争终于获胜的事迹。

原文

博鸡者，袁人[1]，素无赖[2]，不事产业，日抱鸡呼少年博市中，任气好斗[3]，诸为里侠者皆下之。

元至正间[4]，袁有守，多惠政，民甚爱之。部使者臧，新贵，将按郡至袁。守自负年德[5]，易之[6]，闻其至，笑曰："臧氏之子也[7]。"或以告臧[8]，臧怒，欲中守法[9]。会袁有豪民尝受守杖[10]，知使者意嗛守[11]，即诬守纳己赇[12]。使者遂逮守，胁服[13]，夺其官。袁人大愤，然未有以报也。

一日，博鸡者遨于市。众知有为[14]，因让之曰[15]："若素名勇[16]，徒能藉贫孱者耳[17]！彼豪民恃其赀[18]，诬去贤使君[19]，袁人失父母，若诚丈夫，不能为使君一奋臂邪？"博鸡者曰："诺。"即入闾左[20]，呼子弟素健者，得数十人，遮豪民于道[21]。豪民方华衣乘马，从群奴而驰，博鸡者直前捽下[22]，提殴之。奴惊，各亡去。乃褫豪民衣自衣[23]，复自策其马，麾众拥豪民马前[24]，反接徇诸市[25]。使自呼曰："为民诬太守者视此！"一步一呼，不呼则杖，其背尽创。豪民子闻难，鸠宗族僮奴百许人[26]，欲要篡以归[27]。博鸡者逆谓曰[28]："若欲死而父，即前斗；否则阖门善俟[29]，吾行市毕，即归若父，无恙也。"豪民子惧遂杖杀其父，不敢动，稍敛众以去。袁人相聚从观，欢动一城。郡录事骇之[30]，驰白府[31]。府佐快其所为，阴纵之不问[32]。日暮至豪民第门，捽使跪，数之曰："若为民不自谨，冒使君[33]，杖汝，法也；敢用是为怨望？又投间污蔑使君[34]，使罢，汝罪宜死。公姑贷汝，后不善自改，且复妄言，我当焚汝庐，戕汝家矣！"豪民气尽，以额叩地，谢不敢，乃释之。

博鸡者因告众曰："是足以报使君者未邪？"众曰："若所为诚快，然使君冤未白，犹无益也。"博鸡者曰："然。"即连楮为巨幅[35]，广二丈，大书一"屈"字，以两竿揭之，走诉行御史台[36]。台臣弗为理，乃与其徒日张"屈"字游金陵市中。台臣惭，追受其牒[37]，为复守官而黜臧使者。方是时，博鸡者以义闻东南。

高子曰[38]："余在史馆，闻翰林天台陶先生言博鸡者之事[39]。观袁守虽得民，然自喜轻上，其祸非外至也。臧使君枉用三尺[40]，以仇一言之憾，固贼蟊之士哉[41]！第为上者不能察[42]，使匹夫攘袂[43]，群起以伸其愤，识者固知元政紊弛[44]，而变兴自下之渐矣[45]。"

[1]袁：袁州，治所在今江西宜春。
[2]无赖：游手好闲，刁蛮强横。
[3]任气：使气。
[4]至正：元顺帝年号（1341—1368）。
[5]年德：年高德重。

[6]易:轻视。
[7]臧氏之子:这里借用《孟子·梁惠王下》中的故事:鲁平公欲见孟子,为嬖人臧仓所阻,孟子生气地说:"吾之不遇鲁侯,天也,臧氏之子焉能使予不遇哉?"袁守以之相比,语含轻蔑。
[8]或:有人。
[9]欲中(zhòng)守法:想办法以法治袁守之罪。中,陷害。
[10]会:恰。 尝:曾。 受守杖:受过袁守的杖罚。
[11]嗛(xián):怀恨。
[12]赇(qiú):贿赂。
[13]胁服:胁迫其承认。
[14]有为:有办法,有能力。
[15]让:责问。
[16]若:你。
[17]藉:践踏,欺侮。
[18]赀(zī):通"资",财货。
[19]使君:汉时称州郡长官为使君,此处指袁守。
[20]闾左:指贫苦人家居住处。古代豪富居闾右,贫贱者居闾左。闾,指里巷之门。
[21]遮:阻挡,阻拦。
[22]捽(zuó)下:揪下。
[23]褫(chǐ):剥夺。
[24]麾(huī):通"挥"。
[25]反接:反绑双手。 徇:环绕,此处指游街示众。
[26]鸠:聚集。
[27]要(yāo)篡:拦截夺取。
[28]逆:迎。
[29]阖:合。 俟:等候。
[30]录事:掌管文书的官吏。
[31]白:告。
[32]阴纵之:暗中纵容。
[33]冒:冒犯。
[34]投间:趁机会。
[35]楮:纸。楮树皮用以造纸,故纸也称"楮"。
[36]行御史台:设在地区执行御史台职责的官署,这里指江南行御史台,其时设在南京。故下文云游金陵市中。金陵,即今江苏南京市。
[37]牒:这里指状纸。
[38]高子:作者自称。
[39]天台:今浙江天台。
[40]三尺:指法律。古代用三尺长的竹简书写法律,因称法律为"三尺法",也简称作三尺。
[41]盭(lì):同"戾",凶狠暴戾。
[42]第:但。
[43]攘袂(mèi):捋起衣袖。

［44］紊弛：紊乱废弛。
［45］渐：逐渐形成。

《书博鸡者事》是高启的一篇传世名文，也是一篇生气勃勃的小品。作为翰林院国史编修官的高启，闻同事言博鸡者事便能写出这样的杰作，一方面显示了他的文学才华：情节曲折，叙事明快，人物形象突出，语言生动简练；另一方面也显示了他思想意识的超前，突破了因袭的传统观念：博鸡者是一个什么人？是"日博市中，不事产业"的"无赖"，但作者却对他如此重视援笔为"传"，并写出他行侠仗义，敢作敢为、机智善谋的美行美德；而且作者写他的侠行义勇是放在群众的斗争中来写。"闾左"的"数十"个穷哥儿们支持他，拥戴他，他简直成了一位一呼百应的群众领袖，作者为我们展现了一幅在600多年前的州治与大都会中群众游行、示威、请愿的场面。

为清官鸣不平，严惩豪强恶霸的事迹，反映出市民阶层逐渐成长的一个侧面。高启这篇小品的独特之处，就是锐敏捕捉到了时代社会变化的最新信息，认识到市民的力量不可忽视，并将市民形象写入自己的作品中。晚明小品的兴盛与明中叶以后市井文化的发展密不可分，而高启这篇表现"市井贱民可以治天下"（傅山语）的小品无疑是一只报春的紫燕，透露出市民力量、市井文化的即将崛起，文学小品的行将勃兴。

游天平山记

高 启

本文选自《高青丘集·凫藻集》卷一。为元顺帝至正二十二年（1362）九月作者27岁时作。天平山在江苏苏州市西吴县境内。作者在纪游之馀抒发了对时局的感慨。

至正二十二年九月九日[1]，积霖既霁[2]，灏气澄肃[3]，予与同志之友以登高之盟不可寒也[4]，乃治馔载醪[5]，相与诣天平山而游焉。

山距城西南水行三十里。至则舍舟就舆，经平林浅坞间[6]，道傍竹石蒙翳[7]，有水伏不见，作泠泠琴筑声[8]，予欣然停舆听，久而去之。至白云寺[9]，谒魏公祠，憩远公庵，然后由其麓狙杙以上[10]。山多怪石，若卧若立，若搏若噬，蟠孥撑拄[11]，不可名状。复有泉出乱石间，曰白云泉，线脉萦络[12]，下坠于沼；举瓢酌尝，味极甘冷。泉上有亭,名泉同。草木秀润,可荫可息。过此,则峰回磴盘[13],十步一折,委曲而上,至于龙门。两崖并峙,若合而通,窄险深黑,过者侧足。又其上有石屋二:大可坐十人,小可坐六七人,皆石穴,空洞,广石覆之如屋,既入,则懔然若将压者[14],遂相引以去,至此,盖始及山之半矣。

乃复离朋散伍,竞逐幽胜。登者,止者,哦者[15],啸者,惫而喘者[16],恐而咷者[17],怡然若有乐者,怅然俯仰感慨,若有悲者,虽所遇不同,然莫不皆有得也。

予居前,益上,觉石益怪,径益狭,山之景益奇,而人之力亦益以愈矣。顾后者不予继,乃独褰裳奋武[18],穷山之高而止焉。其上始平旷,坦石为地,拂石以坐,则见山之云浮浮,天之风飗飗[19],太湖之水渺乎其悠悠。予超乎若举[20],泊乎若休[21],然后知山之不负于兹游也。既而欲下,失其故路,树隐石蔽,愈索愈迷,遂困于荒茅丛筱之间[22]。时日欲暮,大风忽来,洞谷谽呀[23],鸟兽鸣吼。予心恐,俯下疾呼。在樵者闻之[24],遂相导以出。至白云寺,复与同游者会,众莫不尤予好奇之过[25],而予亦笑其恒怯颓败[26],不能得兹山之绝胜也。

于是采菊泛酒[27],乐饮将半,予起,言于众曰:"今天下板荡[28],十年之间,诸侯不能保其国,大夫士不能保其家,奔走离散于四方者多矣。而我与诸君蒙在上者之力,得安于田里,抚佳节之来临,登名山以眺望,举觞一醉,岂易得哉?然恐盛衰之不常,离合之难保也,请书之石,明年将复来,使得有所考焉。"众曰:"诺。"遂书以为记。

[1]至正二十二年:1362年。
[2]积霖:连绵不停的雨。 霁:雨过天晴。
[3]灏(hào)气:弥漫于天地之间的大气。 澄肃:澄澈肃清。
[4]寒:背弃,取消。
[5]醪(láo):酒。
[6]坞:四面高中间低的谷地。
[7]蒙翳:遮蔽。
[8]泠泠:清越。 筑:古代一种打击的弦乐器。
[9]白云寺:在天平山南麓。
[10]狙杙(jūyì):像猿猴攀登木桩一样。
[11]蟠:盘曲。 挐:牵引。
[12]线脉萦络:形容泉水细如线如脉互相交叉绕流。
[13]磴盘:石阶盘曲而上。
[14]懔(lǐn)然:危惧貌。
[15]哦:吟哦。
[16]惫:疲惫。
[17]咷(táo):号叫。

[18]褰裳:提起衣裳。 武:步。
[19]飂飂(liáo):风声。
[20]举:飞。
[21]泊:恬静、淡泊。
[22]筱(xiǎo):小竹子。
[23]谽(hān)谺:山谷空阔的样子。
[24]在樵者:正在砍柴的人。
[25]尤:责怪。
[26]恇(kuāng)怯:懦弱、胆小。 颓败:衰败。
[27]泛酒:犹言"泛觞",在水边流觞饮酒,用兰亭典故。
[28]板荡:《板》、《荡》,《诗经·大雅》篇名,都是写周厉王无道之诗,后因称政局混乱天下动荡为"板荡"。

新评

在所有的散文作品中,游记是最能表现人与自然的交融和人的生命力跃动的"文字风景"和"符号蒙太奇"。这篇游记小品就活泼泼地让我们看到了一个27岁的青年和他的"同志之友"在良辰美景中矫健的身影,特别是在"离朋散伍"后作者一人攀上山顶仰见"云之浮浮"、"风之飂飂"、"太湖之水渺乎其悠悠"的体验和日暮下山失路时的怛怖惊恐,更令人生身临其境之感,唤出人人都曾经有过的相同感受,作者摹景、状物、绘心之才情尽呈尽现。最令人沉吟回味的还是最后一段抒情吐思的文字,作者潜移默化受王羲之《兰亭集序》的影响,自然流露出一番人生的感慨,但王文系喟叹生命之短促人生之无常;而高文却是深忧现实的混乱,时局的动荡。短短的一篇小品既表现出青春生命的活力,山川景物的风貌,又显现出思想情感的时代色彩和社会烙印,真堪谓明初小品中具有特色的妙文!

试笔说

方孝孺

题解

方孝孺(1357—1402)字希直,一字希古,有学舍曰"正学",世称"正学先生",宁海(今浙江宁海)人。宋濂弟子。明太祖洪武二十五年(1392)任汉中府教授。建文帝即位,召为翰林侍讲,次年迁侍讲学士,参与机务,并为《太祖实录》等书总裁。燕王朱棣起兵时,声讨燕王的诏书都出自他手。建文四年(1402),燕王入南京,他被执下狱。燕王即位,命他起草诏书,坚决抗命,被处磔刑,并被株连十族。永乐中禁其遗文,藏其文者罪死,幸其门人藏其遗稿。今存《逊志斋集》系后人辑录。

本文选自《逊志斋集》卷七。文章以小见大,抨击人才不被当政者爱惜的普遍现象,用意深沉。

【原文】

吾居乎乡,客遗善笔二[1]。其一予友人,而用其一。锐而端,圆而劲,以摹画咸与心称[2]。爱之而不忍妄用,遇佳纸墨洎文则以书[3],书毕涤而藏之。恣意率手有所作[4],则用其次者,是以虽甚久而犹新焉。他日,友人至。问其所得,则曰:"敝而弃之矣。"诘其用[5],则纪钱粟货利卑猥事[6],不稍惜,视之与里巷所为偏欹软恶者等[7],不知其为美也。吾闻而叹之。友人曰:"子何叹之细也[8]?以余用斯笔也而违其任[9],余则有过矣。虽然,世之用人者得无有甚于余之用笔者乎?笔易为也,美者易得也,用久必敝,固其职也。公夫所谓贤士君子者,天之生也难,生而不夭死[10]、不疾病、获其全美也,尤难。然而用之者不任之以立政教、修纪法[11]、居庙朝[12]、治海内,而卑位冗职是命[13],一不快于意,不待其敝而弃之,且加不胜之法焉者亦众矣。不彼之叹而于笔焉,惜是尚为知类也哉?"吾愧乎其言,谓之曰:"笔吾所任也,故吾知爱而叹之。任人非吾事也,吾其敢僭而叹乎[14]?若姑修其可任者以待人之任己[15],何暇乎世之叹而吾之疑邪[16]?"

【注释】

[1]遗(wèi):赠送。 善笔:好笔,最善于书写的笔。
[2]咸:都,全。 心称:称心如意。
[3]洎(jì):浸润。这里指润色。
[4]恣意率手:逞意随手。
[5]诘:问,追问。
[6]纪:同"记"。 卑猥:这里指琐碎之事。
[7]欹(yī):斜,不正。此句意为:把善笔和里巷之人所做的偏斜软次的劣笔一样看待。
[8]细:这里指细小之事。
[9]违其任:违背它应担当的任务。
[10]夭死:早死。
[11]修纪法:修订贯彻国家的纲纪法律。
[12]庙朝:朝廷。
[13]冗职:多余的、可有可无的职务。
[14]僭(jiàn):超越本分。
[15]若:你。 姑:姑且。
[16]此句意为:何必闲叹世而疑我呢?

【新评】

此小品从作者珍惜善笔而友人不惜的身边事说起,说到当世当政者对人才的毫不重视、毫不爱惜,乃是以小喻大之笔,借题发挥之意,与刘基的《卖柑者言》手法相仿，友人的一番议论和卖柑者的一席言辞都不过是作者假托人物之口，而实为夫子自道也。这种托人言志的手法，在苏轼的《前赤壁赋》中已见端倪，只是方公的用法更为娴熟、自如、合理而已。关于对人才的叹惋，历来先贤乃至今英皆有同感，明儒方公亦不例外。但方公及先后其贤均太书生气，几千年来神州这块土地上的统治者，哪一朝哪一代对"贤士君子"人才学者有过重视？不但不重视，而且每每残酷迫害残暴杀戮荼毒之至，且不说尔后愈来愈凶、密、恶的文字狱，就是方公同代的宋濂以流放死，刘基以谗毁死，高启以腰斩死，而方公自己更以磔刑死并十族被株连。方公对当政者爱惜人才的呼吁和期盼实在是太天真了，这不啻是乞魔降福，与虎谋皮，未过几年，45岁的方公孝孺便惨死在朱棣的屠刀之下，这篇《试笔说》就成了惨笑的自嘲！悲哭的讽刺！谶纬的预言！

越　巫

方孝孺

题解

本篇选自《逊志斋集》卷六。此文写越巫装神弄鬼，自欺欺人，最后自食其果。作者借此以讽世。

原文

越巫自诡善驱鬼物[1]，人病，立坛坊[2]，鸣角振铃[3]，跳踯叫呼[4]，为胡旋舞[5]，禳之[6]。病幸已，馔酒食，持其赀去[7]。死则委以他故[8]。终不自信其术之妄。恒夸人曰[9]："我善治鬼，鬼莫敢我抗。"

恶少年愠其诞[10]，伺其夜归[11]，分五六人，栖道旁木上[12]，相去各里所[13]。候巫过，下砂石击之。巫以为真鬼也，即旋其角，且角且走。心大骇，首岑岑加重[14]，行不知足所在。稍前，骇颇定，木间砂石乱下如初。又旋而角，角不能成音，走愈急。复至前，复如初。手栗气慑不能角[15]，角坠；振其铃，既而铃坠。惟大叫以行。行闻履声及叶鸣谷响，亦皆以为鬼，号求救于人，甚哀。

夜半抵家，大哭叩门，其妻问故，舌缩不能言，惟指床曰："巫扶我寝[16]，我遇鬼，今死矣！"扶至床，胆裂，死。肤色如蓝[17]。巫至死不知其非鬼。

[1]越巫：越地的巫师。巫，旧社会以装神弄鬼替人祈福免灾为职业的人。
[2]坛坊：此指巫作法事的场所。
[3]角：巫师做法事所吹的号角。　振：摇。
[4]跳踯：跳跃。

[5]胡旋舞:一种旋转很快的舞蹈,在此指巫上下跳跃左右摆动故弄玄虚的样子。
[6]禳(rǎng):祭祀以消除不祥和灾祸。
[7]赀:同"资",财物。
[8]委:同"诿",推托。
[9]夸人:向人夸耀自己。
[10]恶少年:喜欢恶作剧以开心的年轻人。 愠其诞:恼怒他的荒诞。
[11]瞯(jiàn):窥探。
[12]木:树木。
[13]相去各里所:相距约一里左右。
[14]岑岑(cén cén):形容头脑胀痛。
[15]栗:战栗发抖。 气慑:恐惧胆怯。
[16]亟:急,赶快。
[17]蓝:这里指胆汁之色,胆裂而汁入血液中,故是蓝色。

方孝孺之文世称"纵横豪放,颇出入于东坡、龙川之间"。此大都指其议论诸文,其记人叙事小品如本篇《越巫》及下篇《吴士》,虽有讽喻之愤激,但却出语平和内敛,皆以叙人述事为规,并不点旨发议。这篇小品非为寓言,而是实写越巫其人,作者通过精彩的描写,把巫者夜间的行程、心理变化、精神崩溃的历程与其骗术本质暴露的过程,十分自然地融为一体,用巫者自己的行动揭露了他自欺欺人的骗术。作者于本篇及《吴士》之后曾有一段"附识":"右《越巫》、《吴士》二篇,余见世人之好诞者死于诞,好夸者死于夸,而终身不自知其非者众,岂不惑哉!游吴越间,客谈二事类之,书以为世戒。"由此可见作者以事讽世之意:世间各种各样招摇撞骗、欺世盗名的"越巫"多矣,如不自悟,必将害人而又害己!

吴　士

方孝孺

本篇选自《逊志斋集》卷六,与《越巫》为姊妹篇,既作于一时,题旨亦近似。此篇写吴士之夸夸其谈、自高其能而至死不悟,以戒世之"好诞"、"好夸"者。

吴士好夸言,自高其能,谓举世莫及。尤善谈兵,谈必推孙吴[1]。

遇元季乱[2],张士诚称王姑苏[3],与国朝争雄[4]。兵未决,士谓士诚曰:"吾观今天下形势,莫便于姑苏,粟帛莫富于姑苏,甲兵莫利于姑苏,然而不霸者,将劣也。

今大王之将,皆任贱丈夫,战而不知兵,此鼠斗耳。王果能将吾,中原可得,于胜小敌何有!"士诚以为然,俾为将[5],听自募兵[6],戒司粟吏勿与较赢缩[7]。

士尝游钱塘[8],与无赖懦人交[9],遂募兵于钱塘,无赖士皆起从之,得官者数十人,月靡粟万计[10]。日相与讲击刺坐作之法[11],暇则斩牲具酒,燕饮其所募士[12],实未尝能将兵也。

李曹公破钱塘[13],士及麾下遁去不敢少格[14]。搜得,缚至辕门诛之,垂死犹曰:"吾善孙吴兵法。"

　　[1]孙吴:指孙武和吴起。孙武,春秋时齐人,著有《孙子兵法》;吴起,战国时卫人,著有《吴子兵法》。皆为著名军事家,并称"孙吴"。
　　[2]元季:元末。
　　[3]张士诚:泰州白驹场(今江苏东台境)人,出身盐贩。至正十三年(1353)起兵反元,次年据高邮称诚王。十六年定都平江(今江苏苏州),次年降元。二十七年,朱元璋破平江,被擒,自缢死。　姑苏:即今江苏苏州市。
　　[4]国朝:本朝,指明朝。
　　[5]俾(bǐ):使。
　　[6]听:听任。
　　[7]戒:告诫。　司粟吏:掌管军粮的官吏。　赢缩:盈亏。
　　[8]钱塘:今浙江杭州市。
　　[9]懦人:即懦夫。
　　[10]靡:靡费,白白浪费。
　　[11]击刺坐作:击刺、坐作都是古时训练士卒的科目。坐作指卧倒起立。
　　[12]燕饮:即宴饮。
　　[13]李曹公:指李文忠,朱元璋姊之子,以战功官至大都督府左都督,封曹国公。
　　[14]格:格斗,抵抗。

　　"好诞者死于诞,好夸者死于夸",这是作者写本篇与上篇《越巫》的主旨,也是其告诫世人的人生经验。吴士,这个"尤善谈兵"的"自高其能"者,其实对孙吴兵法理论也不见得懂,你看他在钱塘募兵之后连纸上谈兵的表现都没有,有的只是"日相与讲击刺坐作之法,暇则燕饮其所募士",到敌兵来时连稍为格斗一下都不敢,只懂逃跑……可见此人不仅"好夸"而且"好诞",实际上是一个不折不扣的骗取功名的骗子,而这种人竟为掌权者所信赖、重用,也足见其昏庸、必殒! 然而方公只知其一,不知其二,他还未达"好诚者死于诚"的见识,他难道不是因诚信儒家忠君信条而殒命的吗?如果他早悟出这一点,就不至于有那样惨烈的下场了。

答许廷慎书

方孝孺

本篇选自《逊志斋集》卷十一。许廷慎,名伯旅,黄岩(今属浙江)人。明初曾官刑科给事中,工诗文,著有《介石集》。此"书"是方孝孺给许廷慎的信,除称赞许的人品外,还倾吐了对社会人生的积郁。

往在京师[1],士人从濠上来者[2],多能诵足下歌诗,固已窥见胸中之一二。去在临海[3],遇林左民、张廷璧二子,问足下言行滋详[4]。二子自负为奇才,至说足下,辄弛然自愧,以为莫及也,然后益信所窥之不妄。近在王修德所,得所录文章数篇及手书,深欲读之,会仆家难作[5],未果寓目,辄引去。重入京师,道途所行千馀里,恒往来于怀。及到此,获《岁寒事记》于友人家[6],览数行而大惊喜,命意持论,卓卓不苟,非流俗人所敢望也。何足下取于天之厚至是耶[7]?

斯文世以为细事[8],然最似为天所靳惜[9]。其赋于人也,铢施两较[10],不肯多与。得之稍多者,便若为所记忆,时时迫蹙督责[11],不使有斯须佚乐意[12]。此理绝不可晓,岂其可重者果在此耶?不然,何独忌此而悦彼耶?如仆自揣[13],百无所有,以粗识数字,大为所困。当危忧兢悚时[14],自誓欲以所能归诸造物[15],甘为庸人而不可得。足下幸安适无所苦,而骎骎焉欲抉发奇秘[16],以与造化争也。然其取忌亦就甚矣[17],得微亦蹈其所忌乎?仆虽为斯文喜,然窃以为非计之得也。虽然,君子顾于道如何耳,宁论利害哉?自古奇人伟士,不屈折于忧患,则不足以成其学。载籍所该[18],太半皆不得意者之辞也,然后世幸光明崇大[19]。又安知忌之于一时者,非所以为无穷之幸;而悦之于俄顷者,非甚弃之耶?此可为足下道。聊以发笑,且自解耳。

左民多称王微仲之贤,恨无由见之。适见其弟晁仲,亦雅士,当是吾辈之秀,大不凡也。仆侍祖母故来此,其详有所难言。

[1]京师:指明初的都城南京。

[2]濠:水名,在今安徽凤阳县境内。

[3]临海:今浙江临海市。

[4]滋详:更加详尽。

[5]会:正遇。 家难作:指作者之父方克勤被冤杀事。方克勤,字去矜,《明史》入《循吏传》,曾任济宁知府,有惠政,后被属吏所诬,谪役江浦,被冤死。

[6]《岁寒事记》:许廷慎之作。
[7]取于天之厚:意为天赋。
[8]细事:小事。
[9]靳惜:吝惜。
[10]铢施两较:犹言斤斤计较。与"锱铢必较"同。铢,重量单位,二十四铢为一两。
[11]迫蹙:逼迫催促。
[12]斯须:一阵,一会儿。 佚乐意:闲适快乐的心情。
[13]仆:自称。 自揣:自我揣度。
[14]兢悚:戒慎恐惧的样子。
[15]归诸造物:归之于天。
[16]駸駸(qīn):急迫的样子。 抉发:发掘。
[17]取忌:为当局所忌。
[18]载籍所该:书籍中所记载的。该,包括一切,完备。
[19]卒:终于。

书信、日记是最能表现作者真感情、真性情的"私秘"文体,方孝孺的这篇尺牍小品使我们X光镜似的窥见了这位儒家学者当时当地的心境:他打开心灵门窗向友人倾诉的主要有这几层意思:一是倾诉智慧的痛苦。他说:世以文为"细事",而文人之才却是天赋的,而天又十分吝惜,对所赋之才时时"迫蹙责督",使其无一霎"乐意",其原因皆是由"粗识数字"而起的,即人生识字忧患始;二是说要"抉发奇秘"研究学问,便"取忌太甚",但有一点微小的创见,便"蹈其所忌",做学问也真难;三是说,即使如此苦,如此难,只能"顾于道","宁论利害",要有"不屈折于忧患则不足以成其学"的信念,绝不因"忌于一时"而放弃。从这几层意思我们便触接到了600多年前这位"迂儒"心中的潮汐,而其时其父被冤死,还侍奉着年迈的祖母,其悲苦忧愤之情可以想见。

河崖之蛇

薛 瑄

薛瑄(1389或1392—1464)字德温,号敬轩,河津(今属山西)人。永乐十八年(1420)举河南乡试第一,次年成进士。历任御史、大理寺卿、礼部右侍郎兼翰林院学士,并入阁参预机务。后乞归以终,谥文清。此公系明代著名的理学家,世称其学为"河东学派"。著有《读书录》、《薛文清公集》(又名《敬轩薛先生文集》)等。

本篇选自《薛文清公集》卷十一。写一巨蛇因贪食而坠河淹死之事,并以之警世。

原文

濒河居者为予言[1]：近年有大蛇穴禹门下岩石中[2]，常束尾崖树颠，垂首于河，伺食鱼鳖之类，已而复上入穴，如是者累年[3]。一日复下食于河，遂不即起，但尾束树端，牢不可脱。每其身一上下，则树为起伏，如弓张弛状。久之，树枝被折，蛇坠水中。数日，蛇浮死水之漩隈[4]。竟不知蛇得水物，贪其腥膻不舍而坠耶？抑蛇为水怪物所得，欲起不能而坠也？

余闻之，喟曰："是蛇负其险毒，稔其贪婪[5]，以食于河。所恃以安者，尾束于树耳。使树不折，则其生死犹未可知；惟树折身坠，遂死于河。此殆天理[6]，非偶然也。且使蛇得水物，贪其腥膻不舍而死，固可为怙强贪不知止之戒[7]；使蛇为水之怪物所得而死，亦可为害物必报之戒。蛇，恶物，所不足道者，但其事有近乎理，故书以告来者。

[1]河：指黄河。
[2]禹门：亦称龙门，在今山西河津西北，陕西韩城东北，峙立于黄河两岸，状如门阙。传说是夏禹治水时所开凿，故称禹门。
[3]累年：多年。
[4]漩隈（wēi）：水流回曲处。
[5]稔（rěn）：熟悉。
[6]殆（dài）：大概，恐怕。
[7]怙（hù）：凭仗。

理学亦称道学，为宋明儒家哲学思想。其认为："理"，先天地而存在，把抽象的"理"（儒家伦理准则），提高到永恒的至高无上的地位。理学的目的就是"即物而穷理"。作为理学家的薛瑄，闻"濒河者"所言巨蛇尾束崖树因贪腥膻树折坠河而死的事情之后，深有所感，便"即物而穷理"，把其因果提高到"理"的高度，认为其死"此殆天理，非偶然也"；"蛇，恶物不足道，但其事有近乎理"，故而为文见理：阴险毒辣又恃强贪婪之人亦天理难容，最终当是"巨蛇"一样的结果。此明理小品所以隽永感人，在于其缘事入理，"事"写得具体生动，以"束尾崖树颠，垂首于河，伺食鱼鳖之类，已而复上入穴"；"束尾树端，牢不可脱。每其身一上下，则树为起伏，如弓张弛状……"细致、准确，其情其景历历如在目前。情景如图如画，议论入情入理，此文之魅力就在于此！

游龙门记

薛　瑄

题解

此文选自《薛文清公集》卷十八。龙门即禹门（见上篇《河崖之蛇》注[2]）。作者于明宣宗宣德元年（1426）从家乡河津出发，游览龙门，写成此篇游记。

原文

出河津县西郭门，西北三十里，抵龙门下。东西皆层峦危峰，横出天汉[1]。大河自西北山峡中来，至是，山断河出，两壁俨立相望。神禹疏凿之劳，于此为大。

由东南麓穴岩构木[2]，浮虚架水为栈道[3]，盘曲而上。濒河有宽平地，可二三亩，多石少土。中有禹庙，宫曰明德，制极宏丽。进谒庭下，悚肃思德者久之[4]。庭多青松奇木，根负土石，突走连结，枝叶疏密交荫，皮干苍劲偃蹇[5]，形状毂然，若壮夫离立，相持不下。宫门西南，一石峰危出半流，步石磴，登绝顶。顶有临思阁，以风高不可木，甃甓为之[6]。倚阁门俯视，大河奔湍，三面触激，石峰疑若摇振。北顾巨峡，丹崖翠壁，生云走雾，开阖晦明，倏忽万变。西则连山宛宛而去；东视大山巍然与天浮。南望洪涛漫流，石洲沙渚，高原缺岸，烟村雾树，风帆浪舸，渺茫出没，太华、潼关、雍、豫诸山[7]，仿佛见之，盖天下之奇观也。

下磴，道石峰东，穿石崖，横竖施木，凭空为楼。楼心穴板[8]，上置井床辘轳[9]，悬绠汲河[10]。凭栏槛，凉风飘满，若列御寇驭气在空中立也[11]。复自水楼北道，出宫后百馀步，至石谷，下视窈然[12]。东距山，西临河，谷南北涯相去寻尺[13]，上横老槎为桥[14]，踌步以渡[15]。谷北二百举武[16]，小祠扁曰"后土"[17]。北山陡起，下与河际，遂穷祠东。有石龛窟然若大屋，悬石参差，若人形，若鸟翼，若兽吻，若肝肺，若疣赘，若悬鼎，若编磬，若璞未凿，若矿未炉，其状莫穷。悬泉滴石上，铿然有声。龛下石纵横罗列，偃者[18]、侧者，立者；若床、若几、若屏；可席，可凭，可倚。气阴阴，虽甚暑，不知烦燠[19]，但凄神寒肌，不可久处。复自槎桥道由明德宫左，历右梯上。东南山腹有道院，地势与临思阁相高下，亦可眺望河山之胜，遂自石梯下栈道，临流观渡，并东山而归。

时宣德元年丙午，夏五月二十五日，同游者，杨景端也。

[1]天汉：即银河。
[2]穴岩：在山岩上凿洞。穴，用为动词，凿洞。　构木：架木。

[3]浮虚:凌空。

[4]悚肃:敬畏的样子。

[5]偃蹇:傲然挺立貌。

[6]甃甓(zhòupì):用砖砌成。甃,用砖砌物;甓,砖。

[7]太华:即华山。 雍、豫:泛指今陕西河南一带。

[8]穴板:在楼板上开一个洞。

[9]井床:井栏。

[10]绠(jú):井绳。

[11]列御寇:即列子,相传为战国时郑人,能乘风而行。 驭气:即驾风。

[12]窈然:幽深的样子。

[13]寻尺:寻,八尺为一寻,形容距离很近。

[14]槎(chá):木筏。

[15]踖(jí):小步行走。

[16]武:步。

[17]后土:土地神。

[18]偃(yàn):仰卧。

[19]燠(yù):燥热。

新评

这篇游记小品写得境界开阔、气势雄壮,将禹门景观尽现笔下。尤其是"登绝顶","倚阁门俯视,大河奔湍,三面触激,石峰疑若摇振……"一段,不仅将禹门河山之壮丽迭出于读者眼前,而且也使人窥见作者宏阔的胸襟和高远的精神境界。好的游记皆是"人化的自然",它显示给接受者的是主体与客体的双重美。薛公此文堪称范例。作此文时作者34岁,中进士后已步入御史行列,作为司法部门的官员、理学的翘楚,犹有此等逸兴豪情、妙笔文采,可见先生为全才奇才!

西溪渔乐说

罗玘

题解

罗玘(?—1519)字景鸣,学者称"圭峰先生"。南城(今属江西)人。明成化二十二年(1486)乡试第一,次年成进士,选庶吉士,授编修,进侍读。正德初,迁南京太常少卿,官至南京吏部右侍郎。著有《罗圭峰文集》。

本文选自《罗圭峰先生文集》卷十三。西溪,江苏宜兴的小河,时作者友人吴心远隐居于此。此文即为其渔乐生活而作。

原文

渔与樵、牧、耕,均以业为食者也。其食之隆杀[1],惟视其身之勤惰,亦无以异也。然天下有佣樵[2],有佣牧,有佣耕,而独无佣渔。惟其无佣于人,则可以自有其身。作吾作也,息吾息也,饮吾饮而食吾食也,不亦乐乎?盖乐生于自有其身故也。若夫佣,则身非其身矣。吾休矣,人曰作之;吾作矣,人曰休之,不敢不听命焉。虽有甘食美饮,又焉足乐乎?

岂惟佣哉?食人之禄,犹佣也。故夫择业莫若渔,渔诚足乐也。而前世淡薄之士托而逃焉者[3],亦往往于渔:舜于雷泽[4],尚父于渭滨[5]。然皆为世而起,从其大也,而乐不终。至于终其身乐之不厌,且以殉者,古今一人而已,严陵是也[6]。

义兴吴心远先生渔于西溪[7],亦乐之老已矣,无它心也。宁庵编修请曰[8]:"仲父得无踵严之为乎[9]?"先生曰:"吾何敢望古人哉!顾吾乡邻之渔于利者乐方酣,吾愚不能效也,聊以是相配然耳。"有闻而善之,为之说其事以传者,罗玘也,南城人。

[1]隆杀:丰盛或简约;多或少。
[2]佣樵:即受雇用的樵夫。佣,雇用。下同。
[3]淡薄:淡泊。
[4]舜于雷泽:《史记·五帝本纪》:"舜耕历山,渔雷泽。"雷泽,古泽名,在今山东菏泽东北,已淤。
[5]尚父于渭滨:尚父即姜太公吕尚,传说他在渭水之滨钓鱼,八十而遇周文王,见《史记·齐太公世家》。
[6]严陵:即严光,字子陵,余姚人,少与汉光武帝刘秀同游学。及刘秀称帝,严光变姓名,隐身不见,隐居于富春江,以钓鱼为生,终身不肯出仕。事见《后汉书·逸民列传》。
[7]义兴:今江苏宜兴市。吴心远,字大本,宜兴人,自号心远居士。
[8]宁庵:姓名及生平事迹不详。
[9]仲父:对吴心远的尊称。仲,吴心远排行老二。踵严之为:步严子陵的后尘。踵,跟随。

古文赞美"渔者"者多矣,柳宗元的《江雪》、张志和的《渔父》已为人所尽知。这篇小品从渔"独无佣"的角度,叙说了渔者"可以自有其身",可以"作吾作、息吾息、饮吾饮、食吾食"的自由自在之乐,在意蕴上当又进一层。世间是否"独无佣渔"?渔者是否真能享有如此的快乐?这当然不可能,自食其力的渔者也有其种种生计之忧和人生的苦痛,但这不必深究,作者只是就友人吴心远"渔于西溪"之事,借题发挥,以抒发自身"食人之禄,犹佣也"的苦闷。为官为宦者在作者看来实际上也是为皇帝(朝廷)打工之"佣",他想摆脱而又不能摆脱,徒羡不为五斗米折腰的陶渊明又离不开仕的俸禄。"坐观垂钓者,犹有羡鱼情"(孟浩然)就是此小品的内涵实质。《明史·文苑传》称其"博学好古文,务为奇奥"。《四库全书简明目录》说:"玘文规模韩愈,务出以深湛幽渺之思,多掩抑其意,迂折其词,使人得之于言外。"这篇小品似乎可见一斑。

记雪月之观

沈 周

题解

沈周(1427—1509)字启南,号石田,晚号白石翁,长洲(今江苏吴县)人。平生隐居不仕。巡抚王恕、彭礼先后礼敬之,欲留幕下,并以母老侍亲辞。沈周是明代著名书画家,与文徵明、唐寅、仇英合称"明四家"。诗文著作有《石田诗选》、《沈石田先生诗文集》等。

本文选自《沈石田先生诗文集》卷九,写作时间为明孝宗弘治元年(1488),作者时年62岁。内容系写冬季雪月交辉的景况,是一篇文质皆美的写景小品。

原文

丁未之岁[1],冬暖无雪。戊申正月之三日始作[2],五日始霁。风寒沍而不消[3],至十日犹故在也。是夜月出,月与雪争烂,坐纸窗下,觉明彻异常。遂添衣起,登溪西小楼。楼临水,下皆虚澄[4],又四围于雪,若涂银,若波汞[5],腾光照人,骨肉相莹。月映清波间,树影滉弄[6],又若镜中见疏发,离离然可爱[7]。寒浃肌肤[8],清入肺腑,因凭栏楯上[9]。仰而茫然,俯而恍然;呀而莫禁[10],眄而莫收[11];神与物融,人观两奇,盖天将致我于太素之乡[12],殆不可以笔画追状,文字数说[13],以传信于不能从者。顾所得不亦多矣!尚思天下名山川宜大乎此也,其雪与月当有神矣。我思挟之以飞遨八表而反其怀[14]。汗漫虽未易平[15],然老气衰飒,有不胜其冷者。乃浩歌下楼,夜已过二鼓矣[16]。仍归窗前,兀坐若失[17]。念平生此景亦不屡遇,而健忘日,寻改数日[18],则又荒荒不知其所云[19],固笔之。

[1]丁未:明宪宗成化二十三年(1487)。
[2]戊申:明孝宗弘治元年(1488)。
[3]沍(hù):寒冷凝结。
[4]虚澄:虚空清澈。
[5]汞:水银。
[6]滉(huǎng):同"晃",摇晃。
[7]离离然:历历分明的样子。
[8]浃(jiā):透。
[9]栏楯(shǔn):栏杆。纵为栏,横为楯。
[10]呀(xiā):张大了口。
[11]眄(miǎn):斜视,此处为看,视。

[12]太素：素净,极净之境。
[13]敷：铺陈。
[14]挟(xié)：夹持,携带。　八表：八方之外,极远的地方。
[15]汗漫：无边无际的。
[16]二鼓：二更。古时以鼓报更,曰更鼓。更,夜间计时名。
[17]兀坐：独自端坐。
[18]寻改数日：过不了几天。
[19]荒荒：暗淡不清貌。

读沈周的这篇小品,马上令人想起《世说新语·任诞》中的"雪夜访戴"："王子猷居山阴,夜大雪……四望皎然",但《世说》笔节意简,意境之迷人,氛围之醉人,当不可与此同日而语。沈公的雪月交辉之观写得真是笔细、境真、意含：他先写"坐纸窗下,觉明彻异常"；再写登楼临水,俯视虚澄,"若涂银,若泼汞……月映清波间,树影溦弄,又若镜中见疏发"；继写凭栏俯仰,如入"太素之乡"；进而驰骋想象,思"飞邀八表"……沈公之文不仅得力于一个画家的眼光,而且也仰仗其诗人的气质,文豪的笔力。一位著名的书画家,文章也达到一流的境界,实不多见；而且读此文,读者之心也为雪月之观清澄净化,那是因为创作主体石田先生首具一个心灵的"冰雪世界"！

记女医

李东阳

李东阳(1447—1516)字宾之,号西涯,茶陵(今属湖南)人。生于北京。天顺八年进士,选庶吉士,授编修；累迁太子少保、礼部尚书兼文渊阁大学士。太监刘瑾专权,他周旋其间,颇为士林不满；但对受刘迫害的官员尽力保护营救。刘瑾被诛,自请黜罢,帝慰留之,赠太师。李东阳在成化、弘治年间,以首辅领袖文坛,奖掖后进,形成以其为首的茶陵诗派,散文典雅流丽。著有《怀麓堂集》(今易名为《李东阳集》)。

本文选自《李东阳集》第二卷。文中记一女医竟是江湖骗子,而声名遍京师。以之揭露社会上下之愚昧。

京师有女医[1],主妇女孩稚之疾[2]。其为人不识文字,不辨方脉[3],不能名药物,不习于炮炼烹煮之用[4]。以金购太医[5],求妇女孩稚之剂,教之曰："某丸某散。某者九之,某者散之。"载而归,有人召者,携所购以往,脉其指[6],灸其面[7],探药囊中与之。虽误投以他药,弗辨也[8]。

然而妇女之爱其身若子者[9],举其躯付之无疑焉[10]。幸而不至于丧败,捐谷帛金珠予之不少吝[11]。其恒丧且败者[12],曰"命也"。且传引誉之于邻里[13];而不足,则誉之乡党[14];而不足,则又誉之姻戚识知之人。邻里、乡党、姻戚,凡识知之人有疾者,皆乐而求之。幸而不至于败丧,则又引誉之。其丧且败者,则又曰"命也"。非女医之所治者,虽名家术士未尝信之。其强而治之者,虽治亦弗之贵也[15]。其不幸而丧且败者,则悔且咎之[16],曰:"不用女医之过也。"虽士大夫家亦不免焉。其愚不明亦甚矣。呜呼,其独女医哉!

[1]京师:指北京。
[2]主:主治。
[3]方脉:方剂、脉理。
[4]炮炼烹煮:指药材的炮制、饮用之法。
[5]此句意为:以金钱买通太医(宫廷之医)。
[6]脉其指:按指诊脉。
[7]灸:针灸。
[8]弗:不。
[9]若:和,及。
[10]此句意为:把整个身体交与她无顾忌(毫不疑惑)。
[11]吝:吝惜。
[12]恒:仍然,照样。
[13]传引:向外宣传引播。
[14]乡党:乡亲,乡里。
[15]弗之贵:不看重。
[16]悔且咎:后悔而且责怪。咎,怪罪,责备。

《明史·李东阳传》云:"弘治时,宰相李东阳主文柄,天下翕然宗之。"其文长于记述,以记、传、杂著为佳。其杂记、小品通脱朴实、平易近人。即以这一记事小品来看,写女医之骗术并不多,着重写的是众人的愚昧,以至士大夫之家都信其"医"。京师上下,为何如此愚信?关键在"传引誉"三字,这就是此人善于"炒作",她以邻里、以乡党、以姻戚、以识知者一轮又一轮、一波又一波地传名、引誉,以至人人"皆乐而求之"。在如此"舆论"的左右下,有幸未罹祸者"则又引誉",遭丧败者则归为"命也",以故一直骗而不衰,而名家术士却少人问津,辄引其咎。此文最后一语"呜呼,岂独女医哉",虽寥寥七字,却是重心之所在,只是引而不发,让人沉吟深味:古往今来得众人所捧,为社会所誉,为上层所重者岂不尽是这样的"女医"吗?而真正的"名家术士"却寥落边缘,动辄得咎;东阳公虽贵为"宰相",但处于刘瑾淫威下亦为之掣肘,多所顾忌,即使为文影射,也只此一句而已,再不敢多言。

游西山记

李东阳

本篇选自《古今图书集成》。系作者于明宪宗成化六年(1470)春夏之交与同仁游北京西山后写的一篇游记。

西山自太行联亘起伏数百里[1],东入于海,而都城中受其朝[2]。灵秀之所会,屹为层峰,汇为西湖。湖方十馀里,有山趾其涯[3],曰瓮山。其寺曰圆静,寺左曰右湖,近山之境始胜。又三里为功德寺,洪波衍其东[4],幽林出其南。路尽丛薄[5],始达于野,乃有玉泉出于山,喷薄转激,散为溪池。池上有亭,宣庙巡幸所驻跸处也[6]。又一里为华岩寺,有洞三,其南为吕公祠,一窍深黑,投之石,有水声,数步不可下,竟莫有穷之者。又二十里为香山,楼宇台殿与石高下,其绝顶胜瓮山,其泉胜玉泉。又二十里为平坡寺,俗所谓大小青龙居之,迥绝孤僻,其胜始极,而山之大观备矣。

成化庚寅四月之望[7],刑部侍郎陆君孟昭与客游之,辰至于功德寺,南至于玉泉,又南至于华岩,又西南至于香山,坐而乐之曰:"美哉,山乎!而不得在西湖之旁。造物者亦有遗技乎[8]?"或曰:"其特靳于是[9]。"或曰:"物固然耳,造物者何容心哉!"因相与大笑。

望平坡远,弗至。乃循故道归。过瓮山,登之。孟昭曰:"维西山实胜都邑,不可阙好事者之迹[10]。"然官有守,士有习,不得岩探窟到,于旬月之顷,取适而止,无留心于兹,盖有合于弛张之义者,不可以不记。

[1]联亘(gèn):连绵横贯。
[2]此句意为:都城在太行山中部受其朝拜。
[3]趾:通"址",基址。
[4]衍:推广、开展。
[5]丛薄:草木丛生的地方。草木交错曰"薄"。
[6]宣庙:指明宣宗朱瞻基。庙,庙号的略称。　跸(bì):帝王的车驾暂时停留。
[7]成化:明宪宗朱见深年号。庚寅:成化六年(1470)。　望:农历每月十五日为"望"。

[8] 遗技：遗而未用的技艺。言未将西湖移至山前。
[9] 靳：吝惜。
[10] 阙：同"缺"，缺少。

这是一篇游记小品，其记事平实，缺少引人入胜的意境描写，也欠语言的流利生动，笔者选录此文用意在于与其后晚明的同类小品相比较，以见其风格的差异和不同的艺术水平。但此文亦有其独到处：一是其人格化的笔法，如"都城中受其朝"，这就把太行山拟作一有生命的绵延数百里的巨物，以其中部向京城朝拜，这样就将都城与太行山的相互位置写活了；二是文章先写西山景物的方位，次写旅者的游踪，这虽然板滞重复，倒也踪迹清晰。三是有一整段写与同游者的对话，风趣生动，颇有生活气息，也见各人的情性；四是最后以游历者"适取而止""盖合弛张之义"作结，又有一定的哲理意味。总之，此小品虽不敢望"公安"、"竟陵"之项背，犹不失"主一代文柄"的"宰相"手笔。

谯楼鼓声记

祝允明

祝允明（1460—1526）字希哲，号极山，长洲（今江苏苏州）人。弘治五年（1492）举人，授广东兴宁知县，迁应天府通判，后谢病归。与唐寅、文徵明、徐祯卿并称"吴中四才子"，工书法，能诗善文，著有《祝氏集略》。

本文选自《祝氏集略》。谯（qiáo）楼，旧时城门上的瞭望楼。文中写夜闻谯楼鼓声引发的种种感触，令人惊心动魄，又使人"凄感极矣"。写作时间为弘治三年（1490）农历五月。

居卧龙街之黄土曲北，鼓出郡谯[1]，声自西南来，腾腾沈沈，如莫知其所在。呜呼，鸣霜叫月，浮空摩远[2]；敲寒击热，察公微私[3]。若哀者，若怨者，若烦冤者，若木然情者。徒能煎人肺肠，枯人毛发，催名而逐利[4]。吊寒人，惋孤娥，戚戚焉[5]。天涯之薄宦[6]，岭海之放臣[7]，岩窦之枯禅[8]，沙塞之穷戍[9]，江湖之游女，以至茕嫠背灯之泣[10]，畸幽玩剑之愤，壮侠抚肉之叹，迨于悲鸦苦犬[11]，愁螀困蚓[12]，且鸣号不能已。呜呼，鼓声之凄感极矣。岁庚戌五月十八日丙夜，闻之以为记。

注释

[1]鼓出郡谯:鼓声出自郡城门之谯楼。
[2]"鸣霜"二句:形容鼓声传送之悠远,使霜月为之闻,弥漫了太空。
[3]"敲寒"二句:形容鼓声具有震慑的分量,既敲击着人间的寒热不均,又监察着社会的公私戒律。
[4]徒:只,但。
[5]"吊寒人"三句:形容鼓声像惋吊穷寒的孤男怨女,一片哀戚。
[6]薄宦:谓官职卑微、仕途不得意之人。
[7]放臣:被放逐、流徙的官员。
[8]岩窦之枯禅:深山岩穴中的老和尚。
[9]沙塞之穷戍:守卫沙漠边塞的贫穷士卒。
[10]茕(qióng)孽(niè):孤独无依。茕,孤单;孽,古称贱妾所生之子。
[11]迨(dài):及。
[12]螿(jiāng):寒蝉。 蚓:蚯蚓。

简评

这篇小品将谯楼听鼓之感,写得绘声绘色,细致充分,形象感人。形容其哀、其怨、其烦冤……联想起"寒人"、"孤娥"、"天涯之薄宦"、"岭海之放臣"、"岩窦之枯禅"、"沙塞之穷戍"、"江湖之游女"……以及"茕孽背灯"、"畸幽玩剑"、"壮侠抚肉"之泣、之愤、之叹……以至于"悲鸦苦犬"、"愁螿困蚓"……如此丰富的联想不特将哀、怨、冤之鼓声赋予形象的载体,使其富有了内涵、质感,而且显示了作者思想的广阔、胸襟的辽远,他所思、所想、所现者不独自己一人的悲心,而且展现了社会的苦情。当然其情亦系由自我而发:作为唐寅一派的吴中诗人,他是一个不拘礼法的放达之士,他"玩世自放"、"善度新声",有时还"粉墨登场";但其祖父、外公都是"当代魁儒",他必须求取功名,光耀门庭。这放达与压抑就形成他内心巨大的矛盾,何况这一年他还困顿于科场,因此这鼓声就激起他内心巨大的波澜,以至一泻如注,挥成此文!

《晦庵诗话》序

文徵明

题解

文徵明(1470—1559)初名璧,字徵明,后以字行,号衡山,长洲(今江苏苏州)人,与祝允明等为"吴中四才子"。宁王朱宸濠慕名征聘不就。正德末以岁贡生荐吏部试,授翰林院待诏,因不满官场,辞归故里。文徵明诗文、书、画兼善,尤精于画,其诗文在"七子"拟古文风之外独成一格。著有《甫田集》三十五卷,今行《文徵明集》。

本篇选自《文徵明集》卷十七。晦庵,为宋代理学家朱熹之号。此文是为沈文韬所辑的《晦庵诗话》作的序言,用事实驳斥了拉朱熹作大旗否定文学的谬论。

原文

子朱子之学[1],以明理为事,诗非其所好也。而其所为论诗,则固诗人之言也。呜呼!理固无不该也[2],而况诗乎哉?世盖有工于吟讽,而不得其故者,或终日议论,而谐谐音声[3],辄不合作。要之,其于理于诗,皆未为有得也。练川沈文韬氏,以明经游学官[4],而特好为诗。取凡朱子平日论诗之语,萃而为书曰《晦庵诗话》[5],岂将会理与诗而一之耶[6]?

夫自朱氏之学行世,学者动以根本之论,劫持士习[7]。谓六经之外,非复有益,一涉词章,便为道病。言之者自以为是,而听之者不敢以为非。虽当时名世之士,亦自疑其所学非出于正,而有"悔却从前业小诗"之语。沿讹踵敝[8],至于今,渐不可革[9]。呜呼!其亦甚矣!说者往往归咎于朱氏,而不知朱氏未始不言诗,观于文韬之书,可概见已。若其所论,当自有识者取之,小子何述哉[10]!

注释

[1]子朱子:前一"子"字为敬称。朱子即朱熹,字元晦,一字仲晦,号晦庵,婺源(今属江西)人。北宋理学家。提出作文害道,有排斥文学的见解,但他本人也写了一些可读的好诗,说了些"诗人之言"。
[2]该:通"赅",包括一切,尽备。
[3]谐谐:和协。
[4]明经:通晓经术。 学官:这里指学校。
[5]萃:集萃。
[6]会……而一之:合二而一,会为一体。
[7]劫持:用强力把持。 士习:士人之学习。
[8]踵:因袭,追随。
[9]渐:加剧。 革:革除。
[10]小子:作者自谓。

新评

十六世纪初的明代文坛,不仅为前后七子的拟古文风所统治,更为程、朱理学所掌控,他们认为"六经之外,非复有益,一涉词章,便为道病",大有把包括诗词曲赋散文随笔在内的文学扼杀荡涤之势。文徵明是思想上反程朱理学、文学上反拟古主义的革新派人物的先驱者(形成正式阵营还在几十年之后的晚明时代),他借为《晦庵诗话》作序的机会,指出"朱氏未始不言诗","其所为论诗则固诗人之言也"。作者"以子之矛攻子之盾",用程朱理学大师鼻祖的自身实践,反驳了其徒子徒孙的谰言,可谓一语中的,不攻自破。

《游洞庭东山诗》序

文徵明

题解

本文选自《文徵明集·补辑》卷十九。题下原注:弘治癸亥冬十月,则当作于明孝宗弘治十六年(1503),时作者34岁,是年与徐祯卿合刻洞庭倡和诸诗为《太湖新录》,本文即见于此书。

原文

洞庭两山[1],为吴中胜绝处。有吴区映带[2],而无城闉之接[3],足以遥瞩高寄[4]。而灵栖桀构[5],又多古仙逸民奇迹,信人区别境也。

舍友徐子昌国近登西山[6],示余《纪游》八诗,余读而和之。于是西山之胜,无俟手披足蹑[7],固已隐然目捷间[8];而东麓方切倾企[9]。属以事过湖[10],遂获升而游焉[11]。留仅五日,历有名之迹四。虽不能周揽群胜,而一山之胜,固在是矣。一时触目摅怀[12],往往托之吟讽。归而理咏,得诗七首。辄亦夸示徐子,俾之继响[13]。

昔皮袭美游洞庭[14],作古诗二十篇[15],而陆鲁望和之[16]。其风流文雅至于今,千载犹使人读而兴艳。然考之鹿门所题,多西山之迹;而东山之胜,固未闻天随有倡也。得微陆公犹有负乎[17]?予于陆公不能为役,而庶几东山之行,无负于徐子。

注释

[1]洞庭两山:指洞庭东山和洞庭西山,在江苏省太湖中,东山古名莫厘山,又名胥母山,元明后与陆地相连,成为半岛。西山古名包山。两山都是太湖中著名的游览胜地。

[2]吴区:太湖的古称。 映带:谓景物互相映照衬托。

[3]城闉(yīn):城曲重门。

[4]高寄:寄托高远,不以世俗萦怀。

[5]桀构:杰出的构造。桀,通"傑"(杰)。

[6]徐子昌国:即徐祯卿,字昌国,吴县人,弘治进士,官国子博士,为"吴中四才子"之一。

[7]俟:等候,等待。

[8]目捷:眼睛。捷,通"睫"。

[9]倾企:向往企慕。

[10]属:恰好。

[11]升:登。

[12]摅(shū):发抒。

[13]俾之继响:使他能唱和。

[14]皮袭美:皮日休,字袭美,自号鹿门子,襄阳人,唐咸通进士,任太常博士,诗人。与陆龟蒙友善,时称"皮陆"。

[15]作古诗二十篇:今皮日休集中有《太湖诗》二十篇。
[16]陆鲁望:陆龟蒙,字鲁望,自号江湖散人,或号天随子,与皮日休多倡和。
[17]得微:得无,莫非。 负:亏欠。

这篇序跋小品比较特殊,它既不是一般的文序,也不是《送东阳马生序》式的赠序,还不是《兰亭集序》、《春夜宴桃李园序》式的记序,而是介于这三者之间的既有记事又有赠答还有文评的"杂序":内容众多,头绪纷繁,但都写得轻松自如,次序井然,情思并茂,融为一体。你看他先写"湖庭两山"之奇美,继写友人徐公登西山之诗;再写己近游东山并以诗相答;最后以皮日休陆龟蒙自况喻友喷发情思……真是任笔抒写、左右逢源,却章法谨严、内蕴弥远。前人论徵明之诗文为"淡雅秀丽,清新流畅",此小品虽不能尽现,却可略窥一斑。

勤　学

王守仁

王守仁(1472—1529)字伯安,馀姚(今属浙江)人。因曾在阳明书院讲学,世称阳明先生。弘治十二年(1499)进士,历任刑部主事、兵部主事。因上疏救言官戴铣等,忤权宦刘瑾,受廷杖,谪为贵州龙场驿丞。刘瑾被诛后,起用为庐陵知县,迁南京刑部主事、吏部尚书。后以右佥都御史巡抚南赣,因镇压农民起义与平定宗室朱宸濠叛乱,封为新建伯。官至南京兵部尚书。卒谥文成。著有《王文成公全书》。

本文选自《王文成公全书》卷二十六。王守仁在贬为贵州龙场驿丞时作《教条示龙场诸生》四则,包括立志、勤学、改过、责善。这里选的是《勤学》一则。

已立志为君子,自当从事于学。凡学之不勤,必其志尚未笃也[1]。从吾游者不以聪慧警捷为高[2],而以勤确谦抑为上[3]。

诸生试观侪辈之中[4],苟有虚而为盈,无而为有,讳己之不能,忌人之有善,自矜自是,大言欺人者,使其人资禀虽甚超迈,侪辈之中有弗疾恶之者乎?有弗鄙贱之者乎?彼固将以欺人,人果遂为所欺,有弗窃笑之者乎?[5]苟有谦默自持,无能自处,笃志力行,勤学好问,称人之善,而咎己之失[6],从人之长而明己之短,忠信乐易[7],表里一致者,使其人资禀虽甚鲁钝,侪辈之中有弗称慕者乎?彼固以无能自处而不求上人,人果遂以彼无能,有弗敬尚之者乎?

诸生观此，亦可以知所从事于学矣！

[1]笃(dǔ)：忠实。此处意为专一不变。
[2]警捷：警悟敏捷。
[3]确：坚实。　抑：不张扬。
[4]侪(chái)辈：同辈。侪，辈，类。
[5]窃笑：暗笑，偷笑。
[6]咎：责备。
[7]乐易：乐观和蔼，平易近人。

　　王守仁是明代著名的哲学家。他发展了陆九渊的学说，用以对抗"程朱学派"，断言"万事万物之理不外于吾心"，"心便是天理"。认为学"惟求得其心"："譬之植焉，心其根也。学也者，其培壅之者也，灌溉之者也，扶植而删锄之者也，无非有事于根焉而已。"（《王文成公全书》卷七《紫阳书院集序》）而"培植其心"就是扶植"良知"。这篇《勤学》小品，其主旨就是如此。作者从正反两面说明勤学的目的就是要养成"谦默自持，无能自处，笃志力行，勤学好问，称人之善而咎己之失，从人之长而明己之短，忠信乐易，表里一致"的品格，而删锄"虚而为盈，无而为有，讳己之不能，忌人之有善，自矜自是，大言欺人"的劣性，这和一般所讲的勤学显然有别，这是因为作者最重视的：学，关键是培养人的品德，即"不以聪慧警捷为高"，"而以勤确谦抑为上"。这些话对我们今天教育的缺失也很有针对性的现实意义。另外阳明先生也是杰出文学家，其为文直抒胸臆，不依傍古人，文风平易畅达，自成一格。即以本文而论，仅用两个对比反诘，就把问题说得明白透彻；同时引而不发，让学子自己得出结论，富有启发性。

答毛宪副书

王守仁

　　本篇选自《王文成公全书》卷二十一。毛宪副是时任都察院左副都御史的毛伯温。都察院在明代以前称御史台，也称宪台，故称毛伯温为宪副。王守仁因反对宦官刘瑾被廷杖后贬为龙场驿丞。太守派人对王守仁加以凌辱，当地少数民族人士激于义愤打了来人，太守就将此事上告都察院，副都御史毛伯温传信给王守仁，谕以祸福利害，劝他矮檐低头向太守谢罪，王守仁就写了这封回信。

昨承遣人,喻以祸福利害,且令勉赴大府请谢[1],此非道谊深情,决不至此。感激之至,言无所容[2]。

但差人至龙场凌侮[3],此自差人挟势擅威,非大府使之也。龙场诸夷与之争斗[4],此自诸夷愤愠不平,亦非某使之也。然则大府固未尝辱某,某亦未尝傲大府,何所得罪而遽请谢乎[5]?

跪拜之礼,亦小官常分,不足以为辱,然亦不当无故而行之。不当行而行,与当行而不行,其为取辱一也。废逐小臣[6],所守以待死者,忠信礼义而已。又弃此而不守,祸莫大焉。凡祸福利害之说,某亦尝讲之。君子以忠信为利,礼义为福;苟忠信礼义不存[7],虽禄之万钟[8],爵以侯王之贵,君子犹谓之祸与害;如其忠信礼义之所在,虽割心碎首,君子利而行之,自以为福也,况于流离窜逐之微乎[9]!

某之居此,盖瘴疠蛊毒之与处[10],魑魅魍魉之与游[11],日有三死焉[12]。然而居之泰然,未尝以动其中者,诚知生死之有命,不以一朝之患,而忘其终身之忧也。大府苟欲加害,而在我诚有以取之,则不可谓无憾;使吾无有以取之而横罹焉[13],则亦瘴疠而已尔,蛊毒而已尔,魑魅魍魉而已尔,吾岂以是动吾心哉!

执事之谕,虽有所不敢承[14];然固是而益知所以自励,不敢苟有所隳堕[15]。则某也受教多矣,敢不顿首以谢!

[1]大府:指知府衙门。 请谢:请罪谢罪。
[2]言无所容:非言语所能形容。
[3]龙场:其驿在今贵州修文县。
[4]夷:指少数民族之人。
[5]遽(jù):急,骤然。
[6]废逐小臣:作者自谓。
[7]苟:假如,假若。
[8]万钟:指优厚的俸禄。钟,古代容量单位,六斛四斗为一钟。
[9]微:微小之人。作者自指。
[10]瘴疠:古代指山林温热地区流行的恶性疟疾等传染病。 蛊(gǔ)毒:指各种毒虫毒蛇的毒。
[11]魑(chī)魅(mèi)魍(wǎng)魉(liǎng):传说中的山精木怪,能作祟害人。
[12]日有三死:每天有三种死的威胁。即瘴疠、蛊毒、魑魅魍魉。
[13]横罹:意外遭难。
[14]承:应承。
[15]隳(huī)堕(duò):自弃堕落。隳:毁,坏。

阳明先生的这篇尺牍小品,可以鲜明地看出他人格独立的突出个性。这封信虽然开头结尾言辞婉转,但核心主体却是义正词严、笔劲气畅,表现出了原则上决不妥协的果决精神,被陈柱赞为"殆可谓浩然之气至大至刚,可以塞天地之间者矣"。(《中国散文史》)王阳明的这种精神,自然是来自儒家"忠信礼义"道德观,但同时也是他"心学"哲理的支撑。他曾说:"夫学贵得之于心。求之于心而非也,虽其言出于孔子,不敢以为是也,而况其未及孔子者乎?"孔子之言求之于心而非,亦不敢以为是,这是何等惊世骇俗之言,其反传统的思想于此可见,而这正是小品文勃兴的前兆。小品文的真谛在于"抒写性灵",阳明先生以心为贵,他的文章能大胆表现自己的心声,坦陈心底的思想感情,这不仅是他的小品居于上乘的缘由,也是其心学对明清小品个性天趣具有开启作用的标志!

与寇子惇

康 海

【题解】

康海(1475—1540)字德涵,号对山,武功(今属陕西)人。弘治十五年(1502),殿试第一,授修撰,与李梦阳等相倡和,为"前七子"之一。正德年间,宦官刘瑾专权,因康海与其同乡,慕其才,欲招致之,不赴。后为营救李梦阳,谒瑾,梦阳得释。及瑾败,坐瑾党落职。其著作有《康对山先生集》等。

本文选自《康对山先生集》卷二十一。寇子惇,名天叙,字子惇,榆次(今属山西)人。正德进士,累官至兵部右侍郎,有政声。康海这封信中写出了他自己"坐瑾党落职"后的不平。

仰间得手教[1],展读数四,无任愧感[2]。昨西使寄望之书来[3],亦道此翁留意不肖甚隆[4],皆知己者过为粉饰[5],是以长者辄不见疑,若便以为真耳。

放逐后,流连声伎[6],不复拘检,垂二十年。虽乡党自好者莫不耻之,又安有可与士大夫同日语者!人苦不自知,仆既自知之,而又自忘之邪?此则深感尔矣!

执事知我厚[7],宜必谅此也。切恐晋翁一时乘兴,辄为论荐,殊非佳事。执事倘有问讯,可委曲言之。阮籍之志[8],在日获酩酊耳[9],三公万户[10],非所愿也。

仆蓬首跣足,已逾半世[11]。苟得优游行乐,决无他想。言虽激聒[12],肝膈尽露。诚欲安分丑居,不欲妆束搽抹,重为流辈诋诮耳[13]。有丑妇被逐者,借邻女之饰更往,谓夫曰:"曩以不修[14],子故弃妾;今修已,子何辞焉?"其夫趋而出。其姊止之曰:"一出已羞,更入何求?"其言虽鄙,可以理喻,惟执事万万念之。

注释

[1]手教：指亲笔书信。
[2]无任：不胜。
[3]望之：宋仪望，字望之，嘉靖进士，万历中官至大理卿。
[4]不肖：自谓。　甚隆：甚为深厚。
[5]粉饰：奖誉。
[6]声伎：指女乐。
[7]执事：对寇子惇的尊称。
[8]阮籍：三国魏文学家，性嗜酒，常以纵酒佯狂避祸。
[9]酩酊：酒醉，酣醉。
[10]三公万户：指高官厚禄。三公，是辅助国君掌握军政大权的最高官员；万户，指万户侯。
[11]跣足：光脚。
[12]聒（guō）：喧扰，嘈杂。激聒，聒耳。自谦之语。
[13]流辈：同流之人。　诋诮（dǐqiào）：诽谤、诬蔑。
[14]曩（nǎng）：以往，从前。

简评

　　从生平事迹看，康海应该是位大节无亏的正直之士：宦官刘瑾当权，以同乡关系拉拢他，他不附权势；后李梦阳罹难，为救友人他无奈去谒不愿相见的刘瑾，为李说情，终使梦阳得释。李梦阳在政治上亦有节操，他曾因弹劾外戚与宦官屡次下狱，康海委屈身份救他出狱，当是义举。而刘瑾被诛后将他视为同党而被逐实为冤事，其罢官归里后心中之不平可以想见。这篇尺牍小品，文字虽然简短，但其胸中块垒尽可触摸无遗。他自称"不肖"，自言"流连声伎，不复拘检，垂二十年，虽乡党自好者莫不耻之"等自贬自辱之语，皆为冤怨之反话；而"言虽激聒，肝膈尽露……不欲妆束搽抹，重为流辈诋诮耳"等忿愤激恚之语，亦难掩积郁之气。此文反复申述的不再为官之意，也写得诚笃恳切，绝非假言作秀，其以阮籍自况，"在日"唯"获酩酊"，"蓬首跣足，已逾半世"，"诚欲安分丑居"等语皆乃发自内心，而最后一段以"丑妇被逐"自比的寓言更见其含辛的诙谐，带酸的嘲讽。康海虽为"文必秦汉，诗必盛唐"的"前七子"之一，但此文情真意切，已破其藩篱而自垂于后。

答周北渚书

边　贡

题解

　　边贡（1476—1532）字廷实，号华泉，历城（今山东济南）人。弘治九年（1496）进士，授太常博士，又擢兵科给事中，历山西、河南提学副使，以母亡守丧家居。嘉靖元年(1522)起为南京太常少卿,官至南京户部尚书,被劾纵酒废职,罢归。他与李梦阳、何景明、徐祯卿被称为"弘正四杰",再加康海、王九思和王廷相,即为"前七子"。著有《华泉集》。

本文选自《华泉集》卷十一。周北渚是边贡的朋友,在地方为官,借边贡之子赴京之机,托带一信给边,求他在京为自己疏通关系,以便提拔。边贡就写了这封信予以回答。

昔人有夜寝者,觉而闻壁间有声,听之缁缁然旋也[1]。叱之,则对曰:"我者乃符也[2]。"问之曰:"胡不为户外?"曰:"外有鬼。"又有人暮行失道,过丛祠[3]。天雨且黑,狐长鸣不休,野燐荧荧,散乱左右,固大恐,疾趋。后有追之者曰:"幸我待!幸我待!抵郭中当以符报若[4]。"其人以为鬼且厉己也[5],恐其近,愈益疾趋,追者益近。回视之,顾然羽人也[6]。问之,曰:"予天师耳。"是二事甚相类,闻之者莫不笑之也。其笑之者盖曰:"所贵于符者,以其能以辟鬼也[7];而天师者,又符之所自出者也。今惟不能辟鬼,而反辟于鬼,是乌用符与天师者为哉[8]?"

鄙人从大夫后十有馀年[9],有父不能以养[10],而使糊其口于雁门三年矣[11]。虽政不及于古之人,然未敢以病民。而外不免于监司之辱[12],内不免五百之罚[13],鄙人之力盖可知矣。

京师之士人有以医名者,其门如市也,予往叩焉,出见之,仅能步,尪然羸也[14]。予甚笑之。盖未有己不治,而能治人者也。

大儿至,予适病疡在告,朝籍之不通者一月矣[15]。不敢以出,即出亦羸医耳,天师耳,辟于鬼之符耳,于执事者何能为[16]?故大儿之归也,草草布意。若执事之详悉颠末[17],彼自能道之矣。不宣。

[1]缁缁(shǎi)然:连续不断的样子。
[2]符:指道士用来驱鬼的符。
[3]丛祠:指荒郊野外丛林中的神祠(庙)。
[4]幸我待:幸待我,请等等我。 郭:外城,这里泛指城。 若:你。
[5]厉:害。
[6]顾:顾长。 羽人:这里指道士。
[7]辟:同避。
[8]乌用:何用。乌,疑问代词,何。
[9]从大夫后:入仕为官的谦称。
[10]父:边贡父边节,字时中,号介庵,曾任山西代州知州。
[11]雁门:在山西代州西北,这里借指代州。

[12]监司:监察官吏的上级长官,明代指按察使。
[13]五百:也作"伍佰",官府小吏,主管车前导引、护卫及行仪等事。
[14]尪(wāng)然:瘦弱的样子。 羸(léi):瘦弱。
[15]朝籍之不通:指病假在家不上朝。
[16]执事:对周北渚的尊称。
[17]颠末:始末。

边贡时为京官,作为地方官的朋友周北渚想托他在朝廷中找找关系,走走门路,活动活动,调个肥缺美差也是人之常情,官之常规,官场潜规则历来如此。但这边贡老兄大概比较迂腐,他倒不是因为朋友没有给他送红包献大礼,他实在也是因为自己不善钻营不会巴结溜舔不会八面玲珑,连自己的父亲还在雁门的风寒中"糊口",还"外不免监司之辱,内不免五百之罚",他实在是爱莫能助无可奈何,比起数百年后的他的后人同道,他实在是个望尘莫及的笨伯!

但他的文章并不笨,不但不笨,还精明有余。他先不正面入题,而是似乎没头没脑地说了两桩涉鬼及符的异闻逸事;然后又插了一段京城羸医所见,最后才点明自己"于执事者何能为"的主题,这样娓娓道来,既不得罪友人,又能使其相信实情,还能令其玩味个中道理,甚至让人产生惺惺相惜的同情与恻隐。而那种段与段之间似乎各不相关突兀跳跃的手法却具云断山连之妙,亦增添了小品的艺术魅力。

记王忠肃公翱三事

崔 铣

崔铣(1478—1541)字子钟,号少石,安阳(今河南安阳市)人。弘治十八年(1505)进士,选庶吉士,授编修。因忤刘瑾,出为南京吏部主事。瑾败,充经筵讲官,进侍读,擢南京国子祭酒。嘉靖三年(1524)因弹劾张璁等触怒皇帝,被免官。后又擢南京礼部右侍郎。卒谥文敏。著有《洹(huán)词》《后渠庸言》《文苑春秋》等书。

本文选自《洹词》卷五。王翱,字九皋,谥忠肃,盐山(今属河北)人,永乐进士,历任御史、右都御史、提督辽东军务、总督两广军务、吏部尚书等职。刚直廉明,《明史》有传。本文记其"小"事三件,却可见其大节。

公为吏部尚书,忠清[1],为英皇所任信[2]。仲孙以荫入监[3],将应秋试[4],以有司印卷白公[5]。公曰:"汝才可登第,吾岂忍蔽之哉!如汝误中选,则妨一寒士矣。且汝有阶得仕,何必强所不能以幸冀非分邪?"列卷火之[6]。

公一女,嫁为畿辅某官妻[7]。公夫人甚爱女,每迎女,婿固不遣,恚而语女曰:"而翁长铨[8],迁我京职,则汝朝夕侍母。且迁我如振落叶耳[9],而固吝者何[10]?"女寄言于母。夫人一夕置酒,跪白公。公大怒,取案上器击伤夫人,出,驾而宿于朝房[11],旬乃还第[12]。婿竟不调。

公为都御史[13],与太监某守辽东。某亦守法,与公甚相得。后公改两广,太监泣别,赠大珠四枚,公固辞。太监泣曰:"是非贿得之。昔先皇颁僧保所货西洋珠于侍臣[14],某得八焉,今以半别公,公固知某不贪也。"公受珠,内所著披袄中[15],纫之[16]。后还朝,求太监后,得二从子[17]。公劳之曰:"若翁廉[18],若辈得无苦贫乎?"皆曰:"然。"公曰:"如有营,予佐尔贾[19]。"二子心计,公无从办,特示故人意耳。皆阳应曰[20]:"诺。"公屡促之,必如约。乃伪为屋券[21],列贾五百金,告公。公拆袄,出珠授之,封识宛然[22]。

[1]忠清:忠直清廉。
[2]英皇:指明英宗朱祁镇。
[3]以荫入监:凭借上代的余荫不经考试而直接取得监生资格。
[4]秋试:乡试。亦称"秋闱"。明清科举制度,每三年的秋季,在各省城举行一次考试,录取的称举人。因在秋季举行,故称"秋试"。
[5]有司:有关部门。　白:告诉。
[6]列:同裂,撕裂。　火:烧毁。
[7]畿辅:指京城地区。　某官妻:据《明史·王翱传》:"婿贾杰官近畿"。知某为贾杰。
[8]而翁:你的父亲。而,同"尔"。长(zhǎng)铨:负责主管铨选。铨,铨选,唐宋至清选用官吏的制度,除最高官职由皇帝任命外,一般都由吏部按照规定选补某种官缺。
[9]"且迁我"句:调迁我(京职)如同摇落树叶一样容易。
[10]吝:吝惜。此指"不给办事"。
[11]朝房:每日凌晨大臣上朝时暂歇之房,在午门一带。
[12]第:府第,指王翱之家。
[13]都御史:都察院的长官。
[14]僧保:生平不详。
[15]内:同"纳"。
[16]纫之:把珠子缝在披袄中。
[17]从子:兄或弟的儿子,即侄子。
[18]若:你,下句同。
[19]佐:帮助。　贾:同"价",价钱。
[20]阳应:佯应,假装答应。
[21]伪为屋券:伪造买房的契券。
[22]"封识"句:拆封后明珠完好如故。

本小品非人物生平传记,仅记述王忠肃公的两件家事与交友事,但见微知著,王公忠直清廉的品德已豁现于读者眼前。最突出的是后两事:爱女屡迎不归,原因是女婿想调入京城而岳父有权不办,以故心怀不满,故作刁难。夫人思女殷切,跪请求调,却被其怒而取案上器击伤,终于未予调迁。一位主管吏部的长官于此事真是易如反掌"如振落叶",可他就是不徇私情坚守条规。类似情况于今亦很罕见。后一件事尤为感人。镇守辽东时一太监与其友善,将珍贵的四颗皇赐明珠赠别。初坚辞不受,后因真情难却受之,而密缝于披衣之内。后来找到太监两位姪子助其生业,原珠奉还。这不仅是清廉二字难以涵盖,还突现出诚笃友情回报恩情的古道热肠。崔铣一生正直,他撰此文亦系见志,他与他笔下的这位正人,就是在今天仍然是我们学习的典范。

相疑为鬼

郎　瑛

郎瑛(1487—1566)字仁宝,浙江仁和(今杭州市)人。明中叶文学家,有笔记《七修类稿》五十一卷,续稿七卷。

本篇选自《七修类稿》。写四人皆为心疑有鬼而自相惊扰,实际本来无鬼。以此告诫人们勿疑有鬼。

吾杭八字桥,相传多邪秽蛊于行客[1]。东有浴肆[2],夜半即有汤[3]。一人独行遇雨,蓦有避雨伞下者。其人意此必鬼,至桥上,排之于水[4],乃急走,见浴肆有灯,入避之。顷一人淋漓而至[5],且喘曰:"带伞鬼挤我于河中,几为溺死矣!"两人相语,则皆误矣!

又一人宵行[6],无灯而微雨。闻后有屐声,回头见一大头,身长二尺许。伫立观之,头亦随立。及行,头亦行。及趋,头亦趋。其人大恐,亟驰至浴肆,排闼直入[7];未及掩门,头亦随入。此人几落胆矣。引烛观之,乃一小儿也。盖以大斗障雨,亦惧鬼,故紧随之耳。是亦为错者也。

向使四人各散去不白[8],则以为真鬼矣。今之见鬼者,可卒惧也哉[9]?

[1]邪秽:此处指鬼怪。　蛊:迷惑,害。

[2]浴肆:澡堂。
[3]汤:热水。
[4]排:推,挤。
[5]倾:一会儿、不一阵。 淋漓:湿淋淋。
[6]宵:夜。
[7]排闼(tà):推开门。
[8]向:假如。 不白:不把误会说明白。
[9]卒(cù):同猝,突然,出乎意外。

俗话说:疑心生暗鬼。这则小品以两个相关的小故事,逼真地写出两对人互相猜疑为鬼的客观环境和主观心理。唯其环境描写逼真,如皆在夜间、雨天奔避"浴肆",初疑为鬼而卒悟非鬼方才合理;唯其心理描写逼真,如"蓦有避于伞下者"、"闻后有屦声,回头见一大头",辄疑为鬼惊怖奔逃方近情理。短短三百字,环境、人物、心理、情景皆生动呈现,还包含着人如疑心太重,便会为"鬼"捉弄,做出荒唐错事的哲理。这就是此小品的金贵所在。

荒年转语

郎　瑛

本篇选自《七修类稿》。作者以戏谑之笔,写出荒年的惨状,令人发出痛心的苦笑。

嘉靖乙巳[1],天下十荒八九。吾浙百物腾涌[2],米石一两五钱[3]。时疫大行,饿莩横道[4],予友金玉泉珊除夜作二转语[5],词虽近戏,事则实焉。录之,不惟见时之荒,亦足发人之一笑耳:"年去年来来去忙,不饮千觞饮百觞;今年若还要酒吃,除却酒边酉字旁。"(饮水也)"年去年来来去忙,不杀鹅时也杀羊;今年若还要鹅吃,除却鹅边鸟字旁。"(杀我也)

[1]嘉靖乙巳:明世宗朱厚熜嘉靖二十四年(1545)。
[2]腾涌:物价飞涨。
[3]石(dàn):计量单位,十斗为一石。
[4]莩(piǎo):同"殍",饿死之人。
[5]转语:佛教禅宗名词,指禅宗人对对方提出的含有机锋的语句所作的简短的解释,表明其理解与彻悟。

中国历史上的饥荒是连续不断数不胜数记不胜记的,然而其惨状却鲜有详尽的纪录,原因当然是统治者掩耳盗铃,以隐瞒抹杀为自己涂脂抹粉。这篇小品的作者想亲笔直书而又露头藏尾,他写出了具体时间(嘉靖乙巳)具体地点(吾浙)以及"百物腾涌","时疫大行,饿莩横道"等实情,却语焉不详,至于"是岁江南旱,衢州人食人"(白居易《轻肥》)的景象更不敢显现笔端,只借友人的两首插科打诨式的转语加以表现,这真是马克思所说的伊索寓言式的"奴隶的语言"呵!不过作者还是一位深切关注民生的有心人,他毕竟以"发人之一笑"的方式,记录下了"见时之荒"的历史真实,哪怕这笑是一种欲哭无泪的苦笑!

跋赵文敏公书《巫山词》

杨 慎

杨慎(1488—1559)字用修,号升庵,新都(今属四川)人。正德六年(1511)殿试第一,授翰林院修撰。世宗即位,充经筵讲官。性刚直,每事必直书。嘉靖三年,召为翰林学士,因"议大礼"触怒世宗,谪戍永昌卫(今云南保山)。30馀年后去世。著有《升庵集》及杂著百馀种。

本文选自《太史升庵全集》卷十。赵文敏公指元代著名文学家兼书画家赵孟頫(谥文敏),杨慎的书法就是师法他的。杨慎于嘉靖二十年(1541)回成都,得到巫山县令王道赠送的赵孟頫自书《巫山词》拓片,因作此跋。

巫山十二峰在楚蜀之交,余尝过之。行舟迅疾,不及登览。近巫山王尹[1],于峰端摹得赵松雪刻小词十二首[2],以乐府《巫山一段云》按之[3],可歌。

古传记称[4]:帝之季女曰瑶姬,精魂化草,实为灵芝。宋玉本此以托讽[5]。后世词人,转加缘饰,重葩累藻,不越此意。余独爱袁崧之语[6],谓:"秀峰叠崿[7],奇构异形,林木萧森,离离蔚蔚[8],乃在霞气之表。仰瞩俯睇,不觉忘返。自阶履历,未始有也。山水有灵,亦当惊知己于古矣!"寻此语意,使人神游八极,而爽然自失于晔花温莹之外[9]。

欲以袁意和赵词,以洗兹丘之黩[10],未暇也。乃临松雪墨妙一纸,邀曹太狂作图[11],藏之行筥[12],为他日游仙兴端云。

[1] 王尹：即巫山县令王道。
[2] 赵松雪：赵孟頫号松雪。
[3]《巫山一段云》：唐代教坊曲名，后用作词牌名。
[4] "古传记称"四句：引文见《水经注·江水》："宋玉所谓天帝之季女，名曰瑶姬，未行而亡，封于巫山之阳，精魂为草，实为灵芝。"宋玉《高唐赋》《文选》李善注引《襄阳耆旧传》说："赤帝女曰姚姬，未行而卒，葬于巫山之阳，故曰巫山之女。"
[5] 宋玉本此以托讽：宋玉根据巫山瑶姬的传说，写了《高唐赋》和《神女赋》，用来讽喻楚襄王。
[6] 袁崧：东晋人，著《后汉书》百篇及《宜都山川记》。下段引文见《水经注·江水》引《宜都山川记》，略有删节。
[7] 叠嶭(è)：重叠的山峰。
[8] 离离蔚蔚：茂密的样子。
[9] 晔花温莹：《神女赋》写神女美貌："晔兮如华，温乎如莹。"华，即"花"。
[10] 黩(dú)：蒙辱，玷污。
[11] 曹太狂：即曹学，字行之，号太狂，眉山人。嘉靖时流寓云南大理，能诗，善书画。作图：即作画。
[12] 笥(sì)：盛饭食或衣物的竹器。

"滚滚长江东逝水，浪花淘尽英雄……"《三国演义》开篇的这首词人们已耳熟能详，加之电视剧的传播更为家喻户晓。这首词为谁所作？原来是晚罗贯中近百年的杨慎之作（据专家考证罗贯中约生于1330年，卒于1400年。《三国演义》最后定型是清初毛宗岗父子，他们除评而外做了"改、增、删"三件事，此词疑即其时所加）。杨慎不仅善词曲，亦善诗文。《明史·杨慎传》说他"明世记诵之博，著作之富，推慎为第一"。仅就小品而论，《丹铅杂录》等笔记小品，《升庵诗话》等诗话小品都脍炙人口。这里所选的这篇序跋小品也堪称"秀丽雅驯，运笔自如"，它以闲散的笔调轻松地否定了后世词人对巫山神女所作的"晔花温莹"的附会，赞美了袁崧对巫山自然景物的真切描写，从中既可窥见作者学识之博，又可见其见识之新。杨慎自中年罢官后，有34年时间都在"流远边鄙"的飘泊畸居之中，却仍能潜心著述，"无一体不备，亦无不造"（李贽《焚书》卷五），可见其气魄之高远，心胸之豁达。

告 荒

杨 慎

本篇选自《升庵集·丹铅杂录》，以官民对话的形式揭露了灾荒之年官府仍要向农民勒索敲诈。

有告荒者[1],官问:"麦收若干?"曰:"三分[2]。"又问:"棉花若干?"曰:"二分。"又问:"稻收若干?""二分。"官曰:"有七分年岁,尚捏称荒耶[3]?"对曰:"某活一百几十岁矣,实未见如此奇荒。"官问之。曰:"某年七十馀,长子四十馀,次子三十馀,合而算之,有一百几十岁。"哄堂大笑。

[1]告荒:向官府报告灾荒的情况。一般说来收成在六成以下就是荒年,如像文中所记,只收了二三成,就是大荒年了。

[2]分:即"成"(chéng)。一成,十分之一。二成,十分之二。下同。

[3]捏称:擅造,谎报。

此则随笔小品纯用对话,简洁明快却具极强的讽刺力。官府之官,纯粹是个无赖混蛋。他硬是以无赖手段、流氓嘴脸,用混加法把大荒年说成平年或丰年(七成以上为丰年和半丰年),以此来照样搜刮征粮征税。有人说是此官昏聩,这绝对不是,他是明知故犯,以此谎报政绩,瞒上欺下,掩盖"阴暗面",邀功请赏。还是这位农民反击的好,他"以子之矛攻子之盾",同样用混加法把这无赖赃官、人间丑类驳得哑口无言。众人的哄笑实在是大众开心地给了这些欺压百姓的狗官一个响亮的耳光,让他们原形毕露,裸体示众!

文徵明拒画

何良俊

何良俊(1506—1573)字元朗,松江华亭(今上海松江)人。少年笃学,博学多闻。有《四友斋丛说》等著作传世。

本文选自《四友斋丛说》。文中写文徵明不畏权势,拒给达官贵人作画的高风亮节,令人钦佩。文徵明,号衡山,诗文书画皆工,而画尤为著名,最善山水,与沈周、唐寅、仇英合称"明四大家"。

衡山先生于辞受界限极严,人但见其有里巷小人持饼饵一箸来索书者[1],欣然纳之,遂以为可浼[2]。尝闻唐王曾以黄金数笏[3],遣一承奉赍捧来苏[4],求衡山作画,先生坚拒不纳,竟不见其使,书不肯启封,此承奉逡巡数日而去[5]。

[1] 箬(ruò):箬竹。箬竹的叶子大而宽,可包饼饵。
[2] 浼(měi):恳托,恳求而答应。
[3] 笏(hǔ):古代大臣上朝用的手板,这里用作量词,同条、块。
[4] 承奉:指使者或家人。 赍(jī)捧:恭敬地拿着、捧着。
[5] 逡(qūn)巡:有所顾虑而徘徊。

中国文人的傲骨是具有传统的,陶渊明不为五斗米折腰,李太白"安能摧眉折腰事权贵,使我不得开心颜"。文徵明同样是这样一位倔强的直脖头:他可以为持一箬饼饵的"里巷小人"欣然作书,就是不为达官贵人画画,那怕他捧来"黄金数笏"。这是为什么? 在今天这个"一切向钱看"的社会,众生更是不可理解。其实很简单,文老头的人生价值观是人格的平等,人与人之间的交往说的是一个情字,而不是金钱的奴隶。你我素不相识,更无交情,今天你打发人来用黄金买我的画,我就不买你这个账,我文某不是卖画为生的,我如果为了金钱给你作画,就降低了我的人格,也贬低了我作品的价值。文徵明200年之后的傅青主不也是这样的吗? 文人的这副傲骨正是民族的脊梁,可惜如今早已式微。要中华民族伟大的复兴吗? 首先要根除奴性,复兴不媚权贵的嶙峋傲骨和伟岸气节!

鸲鹆鸟

庄元臣

庄元臣(生卒年不详)字忠甫,自号鹏池主人。生平事迹不详。从其著作中有言某条材料来源于文学家杨慎者,可知与杨为同时人。著有杂记随笔《叔苴子》八卷。

本篇选自《叔苴子》,作者以寓言讽嘲当时"文章家窃摹成风"而自鸣得意。针砭时弊,一语中的。

鸲鹆之鸟[1],出于南方。南人罗而调其舌[2],久之,能效人言[3];但能效声而止,终日所唱,惟数声也。

蝉鸣于庭,鸟闻而笑之。蝉谓之曰:"子能人言,甚善,然子所言者,未尝言也[4]。

曷若我自鸣其意哉[5]!"鸟闻言而惭,终身不复效人言。

今文章家窃摹成风,皆鸲鹆之未惭者耳。

[1]鸲鹆(qúyù):又名八哥,全身黑色,能模仿人说话。
[2]罗:网罗。　调其舌:调教八哥学人说话。
[3]效:模仿。
[4]未尝言:没有说自己的话。
[5]曷若:哪里像。曷,疑问代词,何。

在明代,"前后七子"倡导的"文必秦汉,诗必盛唐"的拟古主义统治文坛长达百年之久,有识之士都奋起批评这种违反文学创作规律的荒谬见解。这篇寓言小品就是针对当时拟古主义的恶劣文风射出的一支犀利之箭。寓言的功能就是以小喻大,以形象揭示本质。蝉与鸲鹆的几句对话虽然简单、简短,但却一针见血地指出:能学人言却非己言的可悲与"自鸣其意"的可贵,这就把拟古主义的孱弱本质揭露无遗,使之自惭形秽。文学创作的本质就在于创新,在于自鸣己意,在于以独特的创造性的语言形式表现自身的新颖,反映自己时代的思想感情和新的生活现实,如果一味"窃摹",那就是文学的死亡,创作的末日。这篇寓言可谓晚明"独抒性灵自成一格"小品的先声。

猱

刘元卿

刘元卿(生卒年不详)字调父,江西安福人。约为嘉靖、万历间人。明穆宗隆庆四年(1570)乡试中举,次年会试极陈时弊,不予录取,乃绝意功名。因累被荐,曾出任国子监博士和礼部主事。后称疾归,致力于著述。有《刘聘君全集》传世。

本篇选自《刘聘君全集》。它以猱与虎的寓言故事告诉人们:如果盲目轻信,便会自食其恶果。

兽有猱[1],小而善缘[2],利爪。虎首痒,则使猱爬搔之。不休,成穴,虎殊快不觉也[3]。猱徐取其脑啖之[4],而汰其馀以奉虎曰:"余偶有所获,腥不敢私,以献左右。"虎曰:"忠哉,猱也!爱我而忘其口腹。"啖已又弗觉也。久而虎脑空,痛发,迹猱[5],猱则已走避高木。虎跳踉大吼乃死[6]。

世人谓邯郸扶瑟而倡者类之[7]。于是乎，宁独一倡哉！

[1]猱(náo)：猕猴。

[2]缘：攀。

[3]殊快：感到特别舒服。

[4]啖(dàn)：吃。

[5]迹：追寻。

[6]跳踉：即跳跟，奔跳。

[7]扶：持。

世人因轻信而遭恶果者，皆因其所遇之人会巴结逢迎，投其所好，并能甜言蜜语迷惑其性。此寓言中之猱便是这样一个极会溜舔奉承的"小人"，它首先会搔其"痒"处，使虎"殊快"不觉；又进而诡言："偶有所获，腥不敢私，以献左右。"这样便使虎信任有加，认为猱"忠哉！爱我！"以至最后"脑空"跳踉而死。世间像"猱"这样会逢迎奉承的小人历代绵延不绝，如今其徒其孙尤甚；而历来如虎样的主人亦皆比比皆是，至死而不觉。看来人类这一劣根性比兽为甚，恐怕根除得到世界的末日。

万　字

刘元卿

此文选自《应谐录》。以一目不识丁的富翁延师教子辄学即辍的笑话，讽嘲一知半解之士却自矜自得，结果却丑态百出。

汝有田舍翁[1]，家资殷盛，而累世不识"之乎"。一岁，聘楚士训其子[2]。楚士始训之搦管临朱[3]，书一画训曰一字，书二画训曰二字，书三画训曰三字。其子辄欣然掷笔，归告其父曰："儿得矣，儿得矣，可无烦先生重费馆谷也[4]，请谢去[5]。"其父喜从之，具币谢遣楚士。逾时，其父拟征召姻友万氏姓者饮，令子晨起治状[6]，久之不成。父趣之[7]。其子志曰[8]："天下姓字夥矣，奈何姓万？自晨起至今，才完五百画也。"初学者一解，而即讪讪自矜有得[9]，殆类是已。

注释

[1]汝：汝州，今河南临汝县。　田舍翁：农村有田产者。

[2]楚:旧称湖南、湖北为楚地。
[3]搦(nuò)管:执笔。 临朱:照仿影写字,俗称"描红"。
[4]馆谷:给老师的聘金。
[5]谢:辞退。
[6]治状:写请帖。
[7]趣(cù):同促。催促。
[8]恚(nuì):埋怨。
[9]池池(yíyí):傲慢自得的样子。

这是一则大家熟知的笑话,也是一篇谐谑小品,所写故事看似滑稽、夸张,但正如荒诞剧似的,却更突现了本质的真实。古往今来,尘世之间,不是多有浅尝辄止一知半解而夸夸其谈,自鸣得意,以为老子天下第一,天下之事无所不晓、古今中外无所不知的"专家"、"学者"吗?他们只是凭"自身一个不值钱的物件"(傅山语)卖弄,实际腹中空空如也;有些官员也是不学无术,只是凭三寸不烂之舌海谝一套说滥了的大话、空话、套话。一个个都是"金玉其外败絮其中"的绣花草包,到头来总会出乖弄丑,贻笑大方,处于尴尬境地无法自拔!

鼠技虎名

江盈科

江盈科(生卒年不详)字进之,常德桃源(今属湖南)人。明万历进士,官至四川提学副使。他是公安派作家,与袁宏道友善,以矫正当时拟古派蹈袭之风为己任。著有《雪涛小说》、《雪涛谐史》、《谈言》等。

本篇选自《雪涛小说》。此文以虎与鼠在不同乡俗中皆称"老虫"的小事生发开来,抨击时弊朝政,具有指桑骂槐、含沙射影之功效。

楚人谓虎为老虫[1],姑苏人谓鼠为老虫[2]。余官长洲[3],以事至娄东[4],宿邮馆[5],灭烛就寝,忽碗碟砉然有声[6],余问故,阍童答曰[7]:"老虫。"余楚人也,不胜惊错曰:"城中安得有此兽?"童曰:"非他兽,鼠也。"余曰:"鼠何名老虫?"童谓吴俗相传尔耳。

嗟嗟!鼠冒老虫之名,至使余惊错欲走,良足发笑。然今天下冒虚名骇俗耳者不少矣:堂皇之上,端冕垂绅[8],印累累而绶若若者[9],果能遏邪萌、折权贵、摧豪强欤?牙帐之内[10],高冠大剑,左秉钺右仗纛者[11],果能御群盗、北遏虏、南遏诸彝、如古孙吴之侪欤[12]？骤而聆其名，赫然喧然，无异于老虎也；徐而叩所挟，止鼠技耳。夫至于挟鼠技，冒虎名，立民上者皆鼠辈。天下之事不可不大忧耶！

[1] 楚：见《万字》注[2]。
[2] 姑苏：今江苏苏州市。
[3] 长洲：旧县名，今苏州市。
[4] 娄东：今江苏太仓。
[5] 邮馆：客舍，旅店。
[6] 砉（huā）：象声词。
[7] 阍（hūn）童：看门的小孩。
[8] 冕：古代天子、诸侯、卿大夫所戴的礼帽。　绅：古士大夫束在腰间的带子。
[9] 绶：彩色绦带，用以系官印或勋章。　若若：长而下垂的样子。
[10] 牙帐：指将帅的军帐。牙，牙旗，将帅军帐之前的大旗（以象牙为饰物）。
[11] 钺：古代兵器，形如板斧而较大。　纛（dào）：古时军队的大旗。
[12] 孙吴：指战国时军事家孙武和吴起。

读江盈科的这篇小品《鼠技虎名》，就联想到刘基的《卖柑者言》，前者讽刺居庙堂之高的文臣武将皆虎名鼠技；后者亦同样讽刺达官贵人皆金玉其外败絮其中。刘基说的是元末明初，江盈科指的是晚明，看来一个王朝不论其兴其衰，都充斥着这样的绣花草包于其统治之高层上层。这是必然的，因为专制独裁的家天下必然是用人唯亲，而豪门贵胄也必然是多纨绔少伟男。江盈科比刘基讽刺更尖锐，鞭挞更狠切："堂皇之上，端冕垂绅，印累累而绶若若……"等语，好像把皇帝也隐含在内，而"牙帐之内，高冠大剑，左秉钺右仗纛者，果能御群盗、北遏虏、南遏诸彝……"等语更显示了晚明的内忧外患。"天下事不可不大忧耶"！这一深沉的慨叹，绝非空穴来风，乃是现实形势使然。"挟鼠技，冒虎名，立民上者皆鼠辈"，这是专制独裁制度的必然结果，其亡也速，任何人都不可以逆转！

造　酒

江盈科

本篇选自《雪涛谐史》。作者以学造酒的故事，喻托治学的道理。

一人问造酒之法于酒家。酒家曰："一斗米，一两曲[1]，加二斗水，相参和[2]，酿七日便成就。"其人善忘,归而用水二斗、曲一两相参和,七日而尝之,犹水也。乃往诮酒家[3],谓不传与真法。酒家曰:"尔第不循我法耳[4]!"其人曰:"我循尔法,用二斗水,一两曲。"酒家曰:"可有米么?"其人俯首思曰:"是我忘记下米。"

噫!并酒之本而忘之,欲求酒。及于不得酒而反怨教之者之非也。世之学者,忘本逐末,而学不成,何以异于是。

[1] 曲:酿酒之发酵剂。
[2] 参和:即掺和。
[3] 诮(qiào):指摘,责备。
[4] 这句说,你只是未按我的办法去做罢了。循,按照。

学,切勿忘本逐末。这是这篇通俗浅近的寓言小品所告诫我们的。酿酒忘了放主要原料——米,还要怪罪"酒家",正如学者忘了根本——做人,还要怪罪学问本身。作为教育者,其任务就是"传道、授业、解惑"(韩愈语见《师说》);为受教育者,首先要学做人——树立道德品质,如果忽略了这一点只追求学知识、学技术、学本领,那就是忘本逐末,这也正是今天我们教育的根本缺失!

《尚书别解》序

归有光

归有光(1506—1571)字熙甫,号震川,昆山(今属江苏)人。明世宗嘉靖十九年(1540)举人。后屡试不第,移居嘉定讲学授徒,嘉靖四十四年(1565)始中进士,任长兴知县,官至南京太仆寺丞,著有《震川集》。

本篇选自《震川集》。作者在此序中除告诉我们《尚书别解》的成书过程外,还写了他25岁时一次考试落榜后的生活,对读者有一种人生启示。

嘉靖辛卯[1],余自南都下第归[2],闭门扫轨[3],朋旧少过。家无闲室,昼居于内,日抱小女儿以嬉。儿欲睡,或乳于母,即读《尚书》。儿亦爱弄书,见书辄以指循行[4],口作声,若甚解者。故余读常不废[5]。时有所见,用著于录,意到即笔,不得留。昔人所谓兔起鹘落时也[6]。无暇为文章,留之箱笥[7],以备温故。章句分析,有古之诸家在,不敢以比拟,号曰"别解"。

余尝谓：观书若画工之有画耳目口鼻大小肥瘠无不似者，而人见之不以为似也，其必得其形而不得其神者矣。余之读书也，不敢谓得其神，乃有意于以神求之云。

注释

[1]嘉靖辛卯：即嘉靖十年（1531），是年作者25岁。
[2]南都：南京。明初建都南京。明成祖迁都北京后，以南京为陪都。 下第：科举考试落榜。
[3]扫轨：扫除车迹，以示谢绝与外界交往。
[4]循：顺。
[5]不废：不被耽误。
[6]昔人：此指苏东坡。 兔起鹘（hú）落：兔子刚刚跳起来，鹘（一种猛禽）就猛冲下去。本比喻动作敏捷。后以之比喻作家、书画家创作时思绪与笔力的敏捷。比喻见于苏东坡《文与可画筼筜谷偃竹记》。
[7]筥（jǔ）：圆形竹筐。

简评

归有光是明代著名的散文家。因不满于当时拟古派的模拟剽窃、刻意仿古的弊病，竭力提倡向唐宋古文学习，是"唐宋派"的代表作家。他的散文朴素自然，简洁疏淡，不事雕饰，尤其善于用舒缓淡雅的笔墨描写日常生活琐事以抒情，真挚感人。就以这篇序跋小品而论即与一般序跋不同，他把自己著作《尚书别解》的成书情况（读《尚书》的心得笔记）放在日常生活的过程中来写，不仅生动感人，让人读来兴味盎然，还馀味深长地给人一种人生启示：人在失意之时（如自己落榜之后）不能颓唐、消沉，而要以豁达平静的心态积极进取地干一些有意义的事，这样既可生活得快乐，还有所收获。此小品轻松的笔调、娴雅的风格也足见其当时的心情和开阔的胸襟。关于归有光的学问，王锡爵《归公墓志铭》云："先生于书，无所不通，然其大旨，必取衷六经，而好太史公书。所为抒写怀抱之文，温润典丽，如清庙之瑟，一唱三叹，无意于感人，而欢愉惨恻之思，溢于言语之外。"这些话对我们理解归公其人其文均有帮助。

寒花葬志

归有光

题解

本文选自《震川集》。寒花，是作者婢女的名字。志，记。这篇短短的"墓志铭"，写出了小丫鬟的可爱形象，也流露出对亡妻深挚的情感。

原文

婢，魏孺人媵也[1]。嘉靖丁酉五月四日死[2]，葬虚邱，事我而不卒，命也夫！
婢初媵时，年十岁，垂双鬟，曳深绿布裳[3]。一日天寒，爇火煮荸荠熟[4]，婢削之盈瓯[5]。余入自外,取食之,婢持去不与,魏孺人笑之。孺人每令婢倚几旁饭,即饭,目眶冉冉动[6],孺人又指余以为笑。

回思是时,奄忽便已十年[7]。吁,可悲也已!

[1]魏孺人:作者前妻魏氏。明代七品官的妻子封"孺人"。 媵(yìng):陪嫁之人。
[2]嘉靖丁酉:嘉靖十六年(1537)。
[3]曳:拖着。
[4]蒸(ruò):烧。
[5]瓯:小瓦盆。
[6]冉冉:慢慢地。
[7]奄忽:迅速。

这篇小品仅百馀字,却把一位婢女的形象写活了。为何?因为作者选取了两个独特的典型细节:一是天寒荠熟,"婢持去不与";一是"倚几旁饭""目眶冉冉动",这两个动作描写就把一个十岁小婢女天真活泼又温静拘谨的神态呈现于读者眼前,再加上"垂双鬟、曳深绿布裳"的外貌描写,更觉活灵活现。这样一个身世卑微的女孩又花季夭折,怎不令人扼腕?加之把亡妻的音容笑貌穿插其间,"奄忽十年"情景犹历历在目,尤令人伤感下泪。由此真深谙先生以日常生活细节表现深情挚意的功力!

《吴山图》记

归有光

本文选自《震川集》。作者友人魏用晦为吴县令,有惠政。被召入京师为官,吴人挽留不得,绘《吴山图》以赠。三年后,归有光得见此图,因以为记。魏用晦于隆庆二年(1568)迁刑科给事中,则本文之作当在隆庆五年(1571)。

吴、长洲二县[1],在郡治所[2],分境而治。而郡西诸山,皆在吴县。其最高者,穹窿、阳山、邓尉、西脊、铜井;而灵岩,吴之故宫在焉,尚有西子之遗迹[3]。若虎丘、剑池及天平、尚方、支硎[4],皆胜地也。而太湖汪洋三万六千顷,七十二峰沉浸其间,则海内之奇观矣。

余同年友魏君用晦为吴县[5],未及三年,以高第召入为给事中[6]。君之为县,有惠爱,百姓扳留之[7],不能得;而君亦不忍于其民。由是好事者绘《吴山图》以为赠。

夫令之于民，诚重矣。令诚贤也，其地之山川草木，亦被泽而有荣也；令诚不贤也，其地之山川草木，亦被其殃而有辱也。君之于吴之山川，盖增重矣。异时吾民将择胜于岩峦之间，尸祝于浮屠、老子之宫也[8]，固宜。而君则亦既去矣，何复惓惓于此山哉[9]？昔苏子瞻称韩魏公去黄州四十馀年而思之不忘，至以为《思黄州诗》，子瞻为黄人刻之于石[10]。然后知贤者于其所至，不独使其人之不忍忘，而已亦不能自忘于其人也。

君去县已三年矣。一日，与余同在内庭[11]，出示此图，展玩太息，因命余记之。噫！君之于吴，有情如此，如之何而使吾民能忘之也！

[1]吴、长洲：吴，吴县，今江苏省吴县；长洲，苏州府县名。

[2]郡治：即府治。苏州府旧称吴郡。

[3]西子：即西施。

[4]虎丘：在吴县西北，是著名的游览胜地。 剑池：在虎丘山，相传吴王阖闾葬于此，因用鱼肠、扁诸等宝剑三千殉葬，故名。 天平：在吴县西支硎山南五里，山顶正平，有望湖台。 尚方：一名上方山，在吴县西南。支硎：在吴县西南，相传晋代支遁隐居于此。

[5]同年：科举考试时同榜考中的人称"同年"。魏用晦，名体明，字用晦，侯官（今福建福州市）人。嘉靖进士，嘉靖四十四年（1565）任吴县令。

[6]高第：谓吏部考绩成绩优异，列在高等。

[7]扳（pān）留：挽留。

[8]尸祝：建祠祭祀，表示崇敬。 浮屠：梵语的音译。指佛。 老子：道教始祖。浮屠、老子之宫指佛寺、道观。

[9]惓惓（quán）：同"拳拳"，诚恳、深切之意。

[10]"昔苏子瞻"三句：苏轼字子瞻。韩魏公：北宋名相韩琦，封魏国公。黄州：今湖北黄冈一带。苏轼《书韩魏公黄州诗后》说："黄州山水清远，土风厚善……魏公去黄四十馀年，而思之不忘，至以为诗……而轼亦公之门人，谪居于黄五年，治东坡，筑雪堂，盖将老焉，则亦黄人也。于是相与募公之诗而刻之石，以为黄人无穷之思。"

[11]内庭：宫禁以内。

归有光为"唐宋派"代表作家，他反对前后七子的"文必秦汉"，但他并非不学古人，他曾多次说过自己爱读《史记》："余不喜为今世之文，而独好《史记》。"（《五岳山人前集序》）又说："子长（司马迁字子长）更数千年无人可及，亦无人能知之。仆少好其书，以为独有所悟。"（《与陆太常书》）这"所悟"据郭预衡先生的看法主要表现在两方面：一是由于身不得志，困在下层，对民间疾苦，多所了解，发而为文，颇多感慨；二是司马迁"寓论断于叙事"，归有光"寓抒情于叙事"。这两点从这篇记叙小品中也看得十分明显：从题目来看本文好像是为一幅图画《吴山图》作记，其开头也写了吴县之山湖，但其重点主旨是写友人魏用晦在吴县三年间"惠爱"百姓的德政，为民所爱戴乃至"扳留而不得"，其原因定然是由于关心民间疾苦，拯民于水火，救民于倒悬。另外本文看似记山川，记图画，而主要是抒情叙事，而且是"寓抒情于叙事"。他写《吴山图》的由来，便生发了"令诚贤也，其地之山川草木亦被其泽而有荣也；令诚不贤也，其地之山川草木亦被其殃而有辱也"的感慨；他写友人魏君"既去矣，何复惓惓于此山"？便联想到苏轼与韩琦的往事，而深情地写出"贤者于其所至，不独使其人之不忍忘，而己亦不能自忘于其人"的感言。关注民生，叙事抒情。归公确系从司马公处得到"独悟"而独创于文，这和拟古的前后七子大相径庭。

沧浪亭记

归有光

本文选自《震川集》。沧浪亭是苏州四大古名园之一，它原是五代广陵王钱元璙的池馆。到北宋时诗人苏舜钦购得，并临水筑亭，题为沧浪亭，园也因亭而得名。后来又屡易其主，南宋初为抗金名将韩世忠所居，故又名韩园。本文是归有光应僧人文瑛之请而作。

【原文】

浮图文瑛居大云庵[1]，环水，即苏子美沧浪亭之地也[2]。亟求余作《沧浪亭记》，曰："昔子美之记，记亭之胜也。请子记吾所以为亭者。"

余曰：昔吴越有国时[3]，广陵王镇吴中[4]，治南园于子城之西南；其外戚孙承祐[5]，亦治园于其偏。迨淮海纳土[6]，此园不废。苏子美始建沧浪亭，最后禅者居之：此沧浪亭为大云庵也。有庵以来二百年，文瑛寻古遗事，复子美之构于荒残灭没之余：此大云庵为沧浪亭也。

夫古今之变，朝市易改。尝登姑苏之台[7]，望五湖之渺茫[8]，群山之苍翠，太伯、虞仲之所建[9]，阖闾、夫差之所争[10]，子胥、种、蠡之所经营[11]，今皆无有矣，庵与亭何为者哉？虽然，钱镠因乱攘窃，保有吴越，国富兵强，垂及四世。诸子姻戚，乘时奢僭[12]，宫馆苑囿，极一时之盛。而子美之亭，乃为释子所钦重如此。可以见士之欲垂名于千载之后，不与其澌然而俱尽者[13]，则有在矣。

文瑛读书喜诗，与吾徒游，呼之为沧浪僧云。

[1]浮屠：此处指僧人。
[2]苏子美：苏舜钦，字子美。宋景祐元年(1034)进士，官至集贤殿校理、监进奏院。因故除名，隐居苏州，建沧浪亭。今集中有《沧浪亭记》。
[3]吴越：五代十国之一。钱镠所建立，占有今浙江及江苏西南部、福建东北部地区，传五主。

[4]广陵王:钱元璙,钱镠子。曾为苏州刺史,后封广陵郡王。

[5]孙承祐:钱塘人。吴越主钱俶纳其姊为妃,因擢要职,曾为中吴军节度使,后随钱俶归宋。

[6]迨:及,到。 淮海纳土:指吴越国主钱俶献其地于宋。

[7]姑苏之台:姑苏台,在今苏州城西南,为春秋末期吴王阖闾、夫差两代君主所建,工程浩大。越灭吴,被焚毁。

[8]五湖:指太湖。

[9]太伯:周先祖太王长子。相传太王欲传位给季历,他和弟弟仲雍避居江南,开发吴地,为吴国的始祖。太伯卒,无子,弟仲雍立。虞仲,即仲雍。

[10]阖闾:一作阖庐,即姬光。他派专诸刺杀吴王僚,代立为王。屡败楚兵,曾攻入楚都郢。后为越王勾践战败被杀。 夫差:吴王阖闾之子,继位后誓报父仇,大败越兵,后又被越王勾践所攻灭。

[11]子胥:伍员,字子胥,吴国大臣,谏吴王夫差诛勾践,不听,愤恚而死。种、蠡(lǐ):种,文种;蠡,范蠡,皆为越国重臣,辅助勾践灭吴。

[12]奢僭(jiàn):奢侈无度,超越本分。僭,超越本分。

[13]澌(sī)然:灭尽的样子。

　　这篇序跋小品主要记述沧浪亭的历代沿革兴废,感慨于自太伯、虞仲以来的遗迹荡然无存;钱镠等以权势构筑的宫馆苑囿也成陈迹,"荒残灭没";只有苏子美的沧浪亭为人所纪念,为浮图文瑛所重建而长留人间。为何?为何?"可以见士之欲名垂千载之后,不与其澌然而俱尽者,则有在矣"。苏舜钦道德文章在宋代文人中皆属上乘:他27岁中进士后,只作过县令、大理评事等小官,"位虽卑,数上疏论朝廷大事,敢道人之所难言"(欧阳修《湖州长史苏君墓志铭》)。因被保守派官僚王拱辰等所诬陷,被罢官,"居苏州,买水石,作沧浪亭,日益读书,大涵肆于六经,而时发其愤闷于诗"(同上),卒时年仅41岁。他的诗与梅尧臣齐名,时称"苏梅"。他的诗文"指陈时弊,直截淋漓,略无隐讳",他"愤慨国势削弱、异族侵凌而愿破敌立功的英雄抱负在宋诗里恐怕最早"(钱钟书《宋诗选注》)。这便是苏子美为人所景仰,其亭亦不澌然而尽的根本所在,亦是此序主旨之所在!

《项思尧文集》序

归有光

　　本文选自《震川集》,是为友人项思尧的文集所作的序,文中对当时文坛的拟古之风表示了强烈的不满。

　　永嘉项思尧与余遇京师[1],出所为诗文若干卷,使余序之。思尧奇怀未试,而志于古之文，其为书可传诵也。

盖今世之所谓文者难言矣。未始为古人之学，而偶得一二妄庸人为之巨子，争附和之以诋排前人。韩文公云[2]："李杜文章在[3]，光焰万丈长，不知群儿愚，那用故谤伤！蚍蜉撼大树[4]，可笑不自量。"文章至于宋元诸名家[5]，其力足以追数千载之上而与之颉颃[6]；而世直以蚍蜉撼之，可悲也。乃一二妄庸人为之巨子以倡道之欤？

思尧之文，固无俟于余言，顾今之为思尧者少，而知思尧者尤少。余谓文章，天地之元气，得之者，其气直与天地同流。虽彼其权足以荣辱毁誉其人，而不能以与于文章之事；而为文章者亦不能自制其荣辱毁誉之权于己：两者背戾而不一也久矣[7]。故人知之过于吾所自知者，不能自得之；已知之过于人之所知，其为自得也，方且追古人于数千载之上。太音之声，何期于《折杨》、《皇华》之一笑[8]！

吾与思尧言自得之道如此，思尧果以为然。其造于古也必远矣。

[1] 永嘉：今浙江温州市。
[2] 韩文公：指唐代文学家韩愈。死后谥文，世称韩文公。下引诗句见韩愈的《调张籍》。
[3] 李杜：指唐代大诗人李白和杜甫。
[4] 蚍蜉（pífú）：大蚂蚁。
[5] 宋之诸名家：主要指欧阳修、苏洵、苏轼、苏辙、王安石、曾巩等古文家。王世贞曾在《艺苑卮言》中说"宋之文陋"，"元无文"，这里针对此说而发。
[6] 颉颃（xiéháng）：不相上下。相抗衡。
[7] 背戾（lì）：戾，乖张，违逆。违背，违反。
[8] 太音：指最美妙的音乐。《折杨》、《皇华》：民间小曲。《庄子·天地》："大音不入于里耳，《折杨》、《皇华》则嗑然而笑。"正是此句所本。

继以李梦阳、何景明为首的"前七子"拟古主义文学主张，在嘉靖年间叱咤文坛的是以李攀龙、王世贞为领袖的"后七子"，其"文必秦汉，诗必盛唐"的拟古主张比"前七子"还要坚决，说什么"唐之文庸，宋之文陋，元无文"。归有光的这篇序跋小品，就是针对这种统治当时文坛的谬论而发的，"未始为古人之学，而苟得一二妄庸人为巨子……"这"妄庸人"指的就是王世贞。据说王世贞看到此文后非常恼火，并说："妄则有之，庸则未敢闻命。"归有光首先以韩愈之诗嘲讽其为"撼大树"之"蚍蜉"，然后又以宋元名家文章"足以追数千载之上而与之颉颃"的事实加以反驳，再后以"文章乃天地之元气，得之者与天地同流"立论，指出为文须得"天地之元气"，须有"己知之过于人之所知"之"自得"，方可"追古人于数千载之上"，方为真文。这就把拟古主义的谬说驳得体无完肤，而且指明：真正的为文之道，绝不是模拟古人，而是要有"自得"，缘己之情己之思而发！此小品虽短，但已表现出了归有光为文的胆识与气势，以致王世贞晚年也为归有光的见解折服，后悔自己的偏激,他在《归太仆赞》中说:"千载有公,继韩欧阳。余岂异趋?久而始伤。""归太仆"即归有光。隆庆四年(1570)大学士高拱引荐归为南京太仆丞,修《世宗实录》。次年病死。

长兴县编审告示(节选)

归有光

【题解】

本文节选自《震川集·别集》。作者于嘉靖四十年(1565)考中进士,出任浙江长兴知县。长兴地僻民贫,豪门大户又与胥吏为奸,粮役负担多归贫民小户,作者乃重新编审诸般役法,并出此告示。

【原文】

长兴县示:当职谬寄百里之命[1],止知奉朝廷法令[2],以抚养小民;不敢阿意上官[3],以求保荐。是非毁誉,置之度外,不恤也。

当职为民父母,岂不欲优恤大户,而专偏重小民?特以俱为王民,尔等大户享有田宅僮仆富厚之奉;小民终岁勤苦,糟糠裋褐[4],犹常不给;且彼耕田商贾,大户又取其租息,若刻剥小民,大户亦何所赖?况大户岁当粮长[5],不过捐毫毛之利,以助县官[6];若小民一应役,如今之里递者[7],生计尽矣。如之何不为之怜恤也?

当职为此,惓惓告谕[8],尔等大户,各思为子孙计,毋得仍前侥定,剥害小民。幽有鬼神,明有国法,宜各深思。所有解户[9],仍前开具于后[10]。

[1]当职:作者当知县的自称。 寄:委任。 百里之命:指一县之职。
[2]止知:只知。
[3]阿(ē)意:阿谀。
[4]裋(shù)褐:粗劣之衣。
[5]粮长:据本文引《诸司职掌》,正司督催钱粮,粮长督里长,里长督甲首,甲首催人户。则知粮长为乡里催督钱粮者。
[6]县官:这里指朝廷、国家。
[7]里递:据本文所述,里递乃豪民奸吏指派贫户充当之役。
[8]惓惓:同"拳拳",诚恳,深切。
[9]解户:此指应充粮长之户。
[10]这句是说,照旧开列粮长名单如下。

在《吴山图记》中我们已看到归有光对民生的关切,这篇《长兴县编审告示》更显示了他关心民间疾苦的思想情怀。历来做地方官者谁敢得罪"大户"？《红楼梦》中的"护官符"，说透了自古以来封建社会地方官僚与当地豪绅大户相互勾结才能保住乌纱帽的丑恶现实。归有光考中进士已是花甲之年。此时出任县令虽然年事已高，但阅历尚浅，他敢以一股书生意气针对大户的巧取豪夺发出如此类似檄文的告示，为备受盘剥欺压的"小民"——平民百姓"糟糠菽褐"的贫户直言请命，不求上司保荐，将"是非毁誉置之度外"，真是凤毛麟角，难能可贵。归有光直言执法终于得罪了豪民大户，竟遭诬陷，由县令而迁为州倅，谗谤仍然不止。他在《上王都御史书》中说："有光之为县，不敢自附古人，然维护小民，而奸豪大猾多所不便，遂腾谤议。"又在《与曹按察简》中说："鄙人向年为吏吴兴，虽局蹐百里而志在生民，与俗人好恶乖方，迁去后，极意倾陷。"看来清官难当，只有与权势者同流合污，与地头蛇相互勾结，才能如鱼得水，青云直上。专制黑暗社会从来如此。一心为民请命为国效劳为社会伸张正义为社稷除暴安良的归有光实在是太天真了。

东坡海南食蚝

陆树声

陆树声(生卒年不详)字与吉，号平泉。松江华亭(今上海市松江)人。嘉靖年间会试第一。著有《汲古丛语》、《陆学士杂著》、《陆文定公书》等。

此篇选自《陆学士杂著·清署笔谈》，写苏东坡随缘自适、乐以忘忧的豁达性格。

东坡在海南，食蚝而美[1]，贻书叔党曰[2]："无令中朝士大夫知[3]，恐争谋南徙，以分此味。"使士大夫而乐南徙，则忌公者不令公此行矣。或谓东坡此言，以贤君子望人。

[1] 蚝：牡蛎，肉味鲜美。
[2] 叔党：苏轼少子苏过，号斜川居士。绍圣元年(1094)苏轼谪岭南，过随行奉侍。
[3] 中朝：即朝中。

苏东坡一生仕途坎坷，饱经忧患，但他乐观豪放，善自排遣。此小品所记，是他花甲之年已过贬谪海南后的事。当时的生活原是十分艰苦的，"食无肉，病无药，居无室"，然而当他发现"食蚝而美"时竟欣喜执笔寄书于子，这就是苏轼的气质，苏轼的性格。不过他说"恐（士大夫）争谋南徙，以分此味"，倒是一句幽默的玩笑话，他知道任蚝味多美是没有人会向往这僻远瘴疠之地的，他只是把艰苦辛酸付之一笑。其真义是"以贤君子望人"：不希望有人再像他这样远谪蛮荒。小小一则小品，竟蕴含着如此丰富的含义。

书《秦风·蒹葭》三章后

唐顺之

题解

唐顺之（1507—1560）字应德，一字义修，武进（今江苏常州）人。嘉靖八年（1529）会试第一，授庶吉士，调兵部主事，后转吏部。嘉靖十二年（1533）任翰林院编修，后罢官，入阳羡（今江苏宜兴）山中读书十年。倭寇蹂躏大江南北，他以职方郎中视师浙江，亲身泛海，累破倭寇，擢右金都御史，巡抚凤阳。嘉靖三十九年（1560）力疾泛海，渡焦山，至通州（今江苏南通）卒。著有《荆川先生文集》等。

本文选自《荆川先生文集》卷十七。是一篇《诗经·秦风·蒹葭》的读后感，表达了自己独特的看法，透露了对现实的感喟。写作时间当在其隐居阳羡山中期间。

原文

嘉靖戊申[1]，秋七月三十日夜，雷雨大作，万艘震荡。平明开霁，则河水增高四五尺矣。余与褚生泛小舠[2]，如陈渡[3]，临流歌啸，渺然有千里江湖之思。因咏《秦风·蒹葭》三章，则宛如目前风景，而所谓伊人者，犹庶几见之。

且秦时风俗，不雄心于戈矛战斗[4]，则痒技于狻猊射猎[5]。至其声利所驱[6]，虽豪杰亦且侧足于寺人、媚子之间[7]，方以为荣而不知愧。其义士亦且沈酣豢养，与君为殉而不可赎[8]。盖靡然矜侠趋势之甚矣。

而乃有遗世独立，澹乎埃壒之外若斯人者[9]，岂所谓一国之人皆若狂，而此其独醒者欤？抑亦以秦之不足与，而优游肥遁[10]，若后来凿坏、羊裘之徒者[11]，在当时固已有人欤？

余独惜其风可闻而姓名不著，不得与凿坏、羊裘之徒并列隐逸传。然凿坏、羊裘之徒以其身而逃之，《蒹葭》伊人者乃并其姓名而逃之，此又其所以为至也。

噫嘻！士固有不慕乎当世之荣，而亦何心于后世之名也哉？因慨然为之一笑，遂书以示诸生。

[1] 嘉靖戊申：嘉靖二十七年（1548）。嘉靖为明世宗年号。
[2] 褚生：名滔，唐顺之弟子。舠（dāo），刀形小船。
[3] 如：往。 陈渡：在江苏武进（今常州）西南十馀里。小镇名。
[4] 雄心于戈矛战斗：指《秦风·无衣》："王于兴师，修我戈矛，与子同仇。"
[5] 猃（xiǎn）歇射猎：指《秦风·驷驖》，其中有"载猃歇骄"之句。猃、歇骄都是猎犬名，长嘴的叫猃；短嘴的叫歇骄。
[6] 声利：声势和财利。
[7] 侧足：立足、置身。 寺人：太监。《秦风·车邻》中有"未见君子，寺人之令"。 媚子：指亲近的宠臣。《秦风·驷驖》中有"公之媚子，从公于狩"。
[8] "其义士"二句：指《秦风·黄鸟》所写的内容。
[9] 壒（ài）：灰尘。
[10] 肥遁：隐居避世。
[11] 凿坏（péi）：《汉书》颜师古注引应劭说："凿坏，谓颜阖也。鲁君闻颜阖贤，欲以为相，使者往聘，因凿后垣而亡。坏，壁也。" 羊裘：指后汉严光。严光曾与汉光武帝刘秀同游学，及刘秀称帝，严光变姓名，隐居不见。齐国上言，有一男子披羊裘钓大泽中，刘秀疑为严光，使人三聘，果为严光，然终不仕。

唐顺之学识渊博，自天文、乐律、地理、兵法、勾股等莫不穷极原委。在文学上，他是反拟古派的主要人物之一，与王慎中、茅坤、归有光同被称为"唐宋派"。他认为："但直据胸臆，信手写来，如写家书，虽或疏卤，然绝无烟火酸馅习气，便是宇宙一样绝好文字。"（《答茅鹿门知县书》）就这篇读后感来看，文笔何等流畅自然，作者即景生情，由"临流歌啸"自然联想到"宛如目前风景的"蒹葭"三章；由"蒹葭"三章联想到同是《秦风》的《无衣》、《驷驖》、《车邻》、《黄鸟》等篇章的内容，从而得出《蒹葭》中之伊人乃是"不慕当世之荣，亦无心于后世之名"的高人隐士，从而表达了对能保持独立人格的"独醒者"的赞美和对"靡然矜侠趋势"之徒的鄙夷。李开先评唐顺之文云："虽从笔底写成，却自胸中流出，所谓见理明而用功深者，乃始得之也。"（《闲居集·荆川唐都御史传》）唐顺之亦以"本色"论文章，本色就是个性天趣的显现，与晚明兴盛的小品精神完全一致，如果说唐顺之的小品及其"本色论"已开公安三袁性灵说的先河，是毫不过分的。

抄代集小序

徐渭

徐渭（1521—1593）字文长，号天池，又号青藤，山阴（今浙江绍兴）人。他是一位旷世奇才，但却潦倒终生，以一秀才终老。其于诗、文、曲、书、画无不特出，言行作品都表现出封建叛逆者的狂傲之气。有《徐渭集》和戏曲论著《南词叙录》传世。

徐渭因坎坷不遇，积郁成狂，于病狂中疑杀其妻，被捕下狱。在狱中整理自己的文稿时，将代人写作的文章编为一集，称为"抄代集"。本文就是为此集写的序。（《抄代集》未单独传世，但其序与集中多数文章都可见于后人为他编辑的文集中）

古人为文章，鲜有代人者[1]。盖能文者非显则隐。显贵者，求之不得，况令其代；隐者高，得之无由，亦安能使之代。渭于文不幸若马耕尔，而处于不显不隐之间，故人得而代之，在渭亦不能避其代。又今制用时文[2]，以故业举得官者，类不为古文词。即有为之者，而其所送赠贺启之礼，乃百倍于古，其势不得不取诸代，而代者必士之微而非隐者也。故于代可以观人，可以考世。

[1]鲜(xiǎn)：少。
[2]时文：指八股文。明代以八股文取士。

袁宏道《徐文长传》中说："余谓文长，无之而不奇者也。无之而不奇，斯无之而不奇(jī,困厄)也！悲夫！"中郎深沉的叹息是对徐文长有大才华而遭大不幸的悲剧人生的总结。此文则是夫子自道其不幸。他首先说"古人为文章，鲜有代人者"，因为"能文者非显则隐"，而自己"处于不显不隐之间"，故得代人为文。文长能诗能文，善书善画，具有绝世才华，为何落得如此地位？只因屡困场屋，八次乡试均未中举；又未有丰厚家资且为隐士，为了养家糊口，他只能代人为文作"马耕"，这里该包含着多少痛苦和辛酸！然而文长并不只想到自己，他还从自己切身的不幸遭遇放眼社会："今制用时文，以故业举得官者，类不为古文词，即有为之者，而其所送赠贺启之礼，乃百倍于古，其势不得不取诸代。"这就指出：由于八股取士造成了为官者写作能力的衰退与低下，而官场与社会的礼仪又日趋繁盛，这就必然造成以人为代和为人作代的社会现象。因此文长得出结论："故于代可以观人，可以考世"，所谓观人，是由代作可以看见一个有才能有抱负的人怎样变成了为他人作嫁的文字工具，丧失了自我；所谓考世则是从中可以看到八股取士的恶果。全文不到二百字，包含了如此复杂深意，真不愧奇人奇文！

书石梁鸿《雁宕图》后

徐 渭

【题解】

本文选自《徐渭集》。石梁鸿,生平未详。这篇小品是徐渭看到石梁鸿的雁宕山画之后写的一段文字。

【原文】

台、宕之间[1],自有知以来,便驰神于彼,苦不得往。得见于图谱中[2],如说梅子[3],一边生津[4],一边生渴,不如直啜一瓯苦茗[5],乃始沁然。今日观此卷画图,斧削刀裁,描青抹绿,几若真物,比于往日图谱仿佛依稀者大相悬绝[6]。虽比苦茗,尚觉不同,亦似掬水到口,略降心火。老夫看取世间,远近真假,有许多种别,不知他日支杖大小龙湫[7],更作何观?

【注释】

[1] 台、宕:指浙江省境内的名山天台山和雁宕山。雁宕山亦作雁荡山。
[2] 图谱:作示范用的画帖。
[3] 梅子:一种带酸味的果实。《世说新语·假谲》篇中有曹操在行军途中为士兵"说梅止渴"的故事。
[4] 津:唾液。
[5] 瓯:杯。 苦茗:带有苦味的香茶。
[6] 悬绝:十分悬殊,大不相同。
[7] 大小龙湫(jiū):雁宕山中的大小龙湫瀑布。

【新评】

徐文长是诗、文、书、画皆精的奇才。他的水墨淋漓大写意花鸟画更称绝艺,把文同、苏轼以来的文人画推向一个新的阶段。清人诗文书画亦精的郑板桥自称是"青藤门下走狗",足见其在中国画史上的重要地位。这篇评画小品文笔生动活泼,见解独到中肯。他先说对雁宕山的向往,再说图谱给他的感觉,然后才说石君之画印象。喜爱是对自然实景的热爱;感觉望梅止渴是不满足;读画后如"掬水到口"。这样跌宕衬托就给了"雁宕图"以肯定的评价。但作者又不是全部肯定,他说此图为水,"略降心火","虽比苦茗,尚觉不同",那就是"斧削刀裁,描青抹绿,几若真物"只是到了形似的境界,到达神似还有一定的距离。但徐公只是用比喻加以说明,这样既形象,又含蓄,便于对方了解,也容易接受,还可品咂其中隐含的滋味。"看取世间,远近真假,有许多别种……"何谓真?何谓假?假亦真来真亦假,无为有处有还无,给人启示,令人深思。

《叶子肃诗》序

徐 渭

题解

本篇选自《徐渭集》。这是作者为其友人叶子肃诗所写的序言,序中对拟古派的诗作了尖锐的批判。

原文

人有学为鸟言者,其音则鸟也,而性则人也;鸟有学为人言者,其音则人也,而性则鸟也。此可以定人与鸟之衡哉[1]?今之为诗者,何以异于是?不出于己之所自得,而徒窃于人之所尝言,曰某篇是某体,某篇则否;某句似某人,某句则否。此虽极工逼肖,而已不免于鸟之为人言矣。

若吾友子肃之诗则不然[2],其情坦以直,故语无晦[3];其情散以博,故语无拘;其情多喜而少忧,故语虽苦而能遣[4];其情好高而耻下,故语虽俭而实丰。盖所谓出于己之所自得,而不窃于人之所尝言者也。就其所自得,以论其所自鸣,规其微疵[5],而约于至纯,此则渭之所献于肃者也。若曰某篇不似某体,某句不似某人,是乌知子肃者哉[6]!

[1] 衡:衡量,权衡。
[2] 子肃:叶子肃,作者友人,曾为戚继光幕僚,死于京都。《徐渭集》中有几首对他的送别诗和悼诗。
[3] 晦:晦涩。
[4] 遣:排遣。
[5] 规:规正,纠正。
[6] 乌知:哪知,何知。乌,疑问代词,何。

新评

徐渭的这篇小序,文字虽然简短,但却意义重大,这是针对统治文坛数十年之久的拟古主义的一篇犀利的檄文,一柄锋利的匕首。自16世纪初以来,以李梦阳和何景明为代表的"前七子"和紧继其后的以李攀龙和王世贞为代表的"后七子",倡言"文必秦汉,诗必盛唐",这虽对反对"台阁体"起了积极的影响,但却抛弃了唐宋以来文学发展的优秀成果,走上了盲目尊古的歧路。他们的创作一味以剽窃模拟为能事,成为毫无灵魂的假古董。李攀龙"谓文自西京、诗自天宝而下,俱无足观"(《明史·李攀龙传》)。他的诗亦以模拟剽窃为能,诗如《古乐府》篇篇模拟,句句模拟,恰如写字的"临摹帖";文则生吞活剥三代两汉,"无一语作汉以后,亦无一字不出汉以前",佶屈聱牙,不能卒读。李攀龙死后,王世贞独主文坛20年,"一时士大夫及山人词客衲子羽流,莫不奔走门下"(《明史·王世贞传》)。他的诗自《诗经》而下无不模拟,连篇累牍令人生厌。徐渭的这篇小序就是对此而发的,他直指其为"鸟之为人言"的鹦鹉学舌,他把人言鸟语互相置换,以人性鸟性难分不分横加讽刺,进而提出为诗为文必"出于己之所自得,而不窃于人之所尝言者"方为"至纯"之作。他的这一主张直接促进了晚明小品的勃兴,"公安派"主要作家袁宏道称其"一扫近代荒秽之习",是十分确切的。

题《海天落照图》后

王世贞

题解

王世贞(1526—1590)字元美,号凤洲、弇(yǎn)州山人,太仓(今属江苏)人。嘉靖二十六年(1547)进士。初任刑部主事,屡迁员外郎、郎中。为官正直,不附权贵,出为山东副使。其父王忬被严嵩构陷下狱处死。隆庆初,伏阙讼父冤,官至南京刑部尚书。著有《弇州山人四部稿》《续稿》《弇山堂别集》《艺苑卮言》等。

本文选自《弇州山人续稿》卷一百七十。文章历叙《海天落照图》流落的经过,见识广博,情思深远。

原文

《海天落照图》,相传小李将军昭道作[1],宣和秘藏[2],不知何年为常熟刘以则所收[3],转落吴城汤氏[4]。嘉靖中[5],有郡守,不欲言其名,以分宜子大符意迫得之[6]。汤见消息非常,乃延仇英实父别室[7],摹一本,将欲为米颠狡狯[8],而为怨家所发[9]。守怒甚,将致叵测。汤不获已,因割陈绎熙等三诗于仇本后[10],而出真迹,邀所善彭孔嘉辈[11],置酒泣别,摩挲三日而后归守,守以归大符。大符家名画近千卷,皆出其下,寻坐法[12],籍入天府[13]。隆庆初[14],一中贵携出[15],不甚爱赏,其位下小珰窃之。时朱忠僖领缇骑[16],密以重赏购,中贵诘责甚急,小珰惧而投诸火,此癸酉秋事也[17]。

余自燕中闻之拾遗人[18],相与慨叹妙迹永绝。今年春,归息弇园[19],汤氏偶以仇本见售,为惊喜,不论直收之。按《宣和画谱》称[20],照道有《落照》《海岸》二图。不言所谓《海天落照》者,其图之有御题,有瘦金瓢印与否[21],亦无从辨证,第睹此临迹之妙乃尔,因以想见隆准公之惊世也[22]。实父十指如叶玉人[23],即临本亦何必减逸少《宣示》、信本《兰亭》哉[24]!老人馋眼,今日饱矣。为题其后。

[1]小李将军昭道：唐代宗室李昭道，李思训子，官中书舍人，太原府仓曹，直集贤院。父子均为唐代著名画家。李思训于开元年间任右武卫大将军，故称昭道为小李将军。

[2]宣和：宋徽宗年号。这里代指宋徽宗。 秘藏：内府所藏。

[3]刘以则：江苏常熟人，明代收藏家。

[4]吴城汤氏：明代苏州一位古董商。

[5]嘉靖：明世宗朱厚熜年号。

[6]分宜：指明代权奸严嵩，江西分宜人，这里以籍贯代人名。 大符：即严嵩的儿子严世蕃，字大符，与其父把持朝政，又好古玩书画，到处搜取。后被劾斩。

[7]延：延请。 仇英：字实父，号卜州，太仓人，移居吴郡（苏州），当时著名画家，善临摹宋元名笔。 别室：别处另设的房间。

[8]米颠：指宋代著名书画家米芾（fú），性不能与世俯仰，人称"米颠"。他临摹古代名人字迹可以乱真。 狡狯：这里指用摹本代真迹。

[9]发：举发，告发。

[10]陈缉熙：名鉴，曾做翰林官，收藏家。

[11]彭孔嘉：名年，字孔嘉，苏州人，文徵明门生，书画家。

[12]寻坐法：不久犯法。

[13]籍：查抄。 天府：内府。

[14]隆庆：明穆宗朱载垕年号。

[15]中贵：显贵的太监。

[16]朱忠僖：名希孝，凤阳怀远人。 缇骑：这里指缉捕犯人的官役，如锦衣卫校尉。朱忠僖其时掌锦衣卫事。

[17]癸酉：明神宗万历元年（1573）。

[18]燕中：指京城北京。 拾遗人：指买卖旧货的商人。

[19]弇园：王世贞在太仓的花园。

[20]宣和画谱：宋徽宗时所编。记录宣和内府所藏古代名画。

[21]瘦金：宋徽宗的书法被称为瘦金体。 瓢印：宋徽宗收藏古画时所用的瓢形印鉴。

[22]隆准公：指李昭道。隆准公原指汉高祖刘邦，史称其隆准（高鼻梁）公。杜甫《哀王孙》中说："高帝子孙尽隆准。"李昭道为唐代宗室，以汉代唐，便称他为隆准公了。

[23]叶玉人：《列子·说符》："宋人有为其君以玉为楮叶者，三年而成。"这里代指智巧人物。

[24]逸少《宣示》：指王羲之所临写的钟繇所写的《宣示表》法帖。王羲之，字逸少。 信本《兰亭》：指欧阳询所临摹的王羲之所写的《兰亭序》法帖。信本，唐代书法家欧阳询的字。

王世贞是"后七子"的领袖，提倡诗文复古，久为世人所讥，但他学问渊博，著述甚富，文章造诣亦未可厚非。《四库全书总目提要》中说："考自古文集之富，未有过世贞者。其摹秦仿汉，与七子门径相同，而博综典籍，谙习掌故，则后七子不及，前七子亦不及。"他于诗文之外，颇事文物收藏，亦精于书画鉴赏，就以此篇《题〈海天落照图〉后》来看，他对此画的历尽人事沧桑，了如指掌；其痛惜真画之失，欣喜仇氏摹本之得,溢于言表。其间涉及严世藩的豪夺,更包含了对权奸的揭露和作者对杀父仇家隐藏的愤慨。行文简洁自然,条理明晰,有学有识。"博综典籍,谙习掌故"非同一般,运用自如。王世贞晚年对其早年的文学主张有所觉悟,这也反映于其诗文之中。穆文熙《弇州续稿序》云:"迨其晚年,阅尽天地间盛衰祸福之倚伏,江河陵谷之迁流,国是政体之真是非,才品文章之真脉络,而慨然水落石出之旨于纷繁华盛之时,故其诗若文,尽脱角牙绳缚,而以恬淡自然为宗。"他晚年写的这篇"图记"就颇"恬淡自然",已与小品的内在精神极为接近了。

赞刘谐

李 贽

李贽(1527—1602)号卓吾,泉州晋江(今属福建)人。官至云南姚安知府。后辞官,寓居湖北麻城龙湖,从事著述和讲学。著有《藏书》、《续藏书》、《焚书》、《续焚书》等。

本文选自《焚书》,作者采用讽刺笔法,对道学家进行了尖锐有力的批判。刘谐,字宏原,麻城(今属湖北)人,隆庆五年(1571)进士。

【原文】

有一道学,高屐大履[1],长袖阔带,纲常之冠[2],人伦之衣[3],拾纸墨之一二[4],窃唇吻之三四[5],自谓真仲尼之徒焉[6]。时遇刘谐。刘谐者,聪明士,见而哂曰[7]:"是未知我仲尼兄也。"其人勃然作色而起曰[8]:"'天不生仲尼,万古如长夜'[9]。子何人者,敢呼仲尼而兄之!"刘谐曰:"怪得羲皇以上尽日燃烛而行也[10]!"其人默然自止。然安知其言之至哉[11]!

李生闻而善曰[12]:"斯言也,简而当,约而有馀,可以破疑网而昭中天矣[13]。其言如此,其人可知也。盖虽出于一时调笑之语,然至者百世不能易[14]。"

[1]屐(jī):原指木底有齿的鞋,在此指鞋底。
[2]纲常:即三纲五常。三纲,指君为臣纲,父为子纲,夫为妻纲;五常,一般指仁、义、礼、智、信。
[3]人伦:即五伦:父子有亲,君臣有义,夫妇有别,长幼有序,朋友有信。纲常、人伦是封建时代的道德规范。
[4]纸墨:在此指儒家的著作。
[5]唇吻:在此指儒家的言论。
[6]仲尼:孔子名丘,字仲尼。

[7]哂(shěn):微笑。
[8]勃然作色:因生气而脸色大变。
[9]"天不生仲尼"二句:原出自宋代唐庚所著《唐子西文录》,为朱熹《朱子类语》所引用。
[10]羲皇:伏羲氏,传说中的古帝名。
[11]至:确切、中肯而深刻。
[12]李生:作者自称。 善:赞赏。
[13]此句意为:冲破迷雾,照亮天空。
[14]易:改变。

李贽是明代著名的思想家、文学家。他大胆怀疑传统礼教,猛烈抨击程朱理学,反对"以孔子之是非为是非",被封建统治集团视为"异端",终被加上"敢倡乱道,惑世诬民"的罪名,被捕下狱,自刎而死。这篇小品以辛辣的讽刺,嘲笑了那些装模作样、道貌岸然,实质不学无术、一知半解的道学先生的丑态,实则就是对程朱理学的批判。作者以"怪得羲皇以上尽日燃烛而行"一句妙语,戳穿了"天不生仲尼,万古如长夜"的荒谬。刘谐之言即作者之义。李贽这种破天荒的初步的民主思想和激进的反传统意识,对以"公安派"、"竟陵派"为代表的晚明小品的勃兴有直接的影响。

题孔子像于芝佛院

李 贽

本文选自《续焚书》。作者针对道学家的盲目尊孔进行揭露,剥现出其无知而强逞有知的嘴脸。芝佛院,位于湖北麻城东15公里的一座佛寺。

人皆以孔子为大圣,吾也以为大圣;皆以老、佛为异端[1],吾也以为异端。人人非真知大圣与异端也,以所闻于父师之教者熟也;父师非真知大圣与异端也,以所闻于儒先之教者熟也[2];儒先亦非真知大圣与异端也,以孔子有是言也。其曰:"圣则吾不能[3]",是居谦也[4]。其曰"攻乎异端"[5],是必为老与佛也。

儒先亿度而言之[6],父师沿袭而诵之,小子朦聋而听之[7]。万口一词,不可破;千年一律,不自知也。不曰"徒诵其言",而曰"已知其人";不曰"强不知以为知",而曰"知之为知之"[8]。至今日,虽有目[9],无所用矣!

余何人也,敢谓有目?亦从众耳。既从众而圣之,亦从众而事之。是故吾从众事孔子于芝佛之院[10]。

[1]老、佛:指道教和佛教。

[2]儒先:儒家的先辈。

[3]"圣则吾不能":这是孟轲引用孔子的话,《孟子·公孙丑上》:"昔者子贡问于孔子曰:'夫子圣矣乎?'孔子曰:'圣则吾不能,我学不厌而教不倦也。'"

[4]居谦:是以谦虚自居。

[5]攻乎异端:《论语·为政》:"子曰:'攻乎异端,斯害也已。'"对这句话有不同的解释:一是研究、专攻异端邪说,这就是祸害了;一是攻击异端邪说,祸害就可以消灭了。无论哪种解释,异端都不能指为老、佛,因为孔子的时代还没有道教和佛教,作者这样说是讽刺儒家先辈的无知。

[6]亿度:主观地猜测。亿同"臆"。

[7]朦耸:同"朦胧",昏昏然。

[8]"知之为知之":《论语·为政》:"子曰:'由!诲汝知之乎!知之为知之,不知为不知,是知也。'"这是借孔子的言论来讽刺并未弄清孔子原话的意思而"强不知以为知"的俗儒。

[9]目:在此指眼力。

[10]事:供奉。

这篇说理小品具有严密的逻辑性,它的讽刺性含而不露,尽蕴于层层的推理之中。作者也把自己置于推理的对象之内。"人"与"吾"皆以孔子为大圣,佛老为异端。这种认识从何而来?都是由"父师之教"而来;"父师之教"得自"先儒",而"先儒"却并不理解或有意歪曲"先圣"之意,因此这种普遍共有的认识实在站不住脚。作者在这里举了"圣则吾不能"和"攻乎异端"两个例子无可辩驳地说明了先儒的"强不知以为知"(其实是故意篡改和主观臆测),揭露"先儒"不仅无知,而且虚伪,一把内在的讽刺之火烧出了道学家的本来面目。孔子的学说本来具有合理的内核和局部真理,但经宋明理学的诠释,不仅强化了其负面的影响,埋没了其正面的菁华,而且歪曲篡改了诸多原意,增加了为封建统治更为有利、需要的奴性内容,因此反对宋明理学成为时代进步之必须,而李贽就是向其挑战的先锋。此篇说理小品是又一支投枪或匕首,给道学家的心坎以犀利的一击!

箭 喻

李 贽

本文选自《初谭集》。作者以一个折箭的小故事说明同心协力的重要意义。

原文

　　吐谷浑阿豺有疾[1]，召母弟慕利延曰[2]："汝取一支箭折之。"慕利延折之。"汝取十九支箭折之。"慕利延不能折。阿豺曰："汝曹知乎：单者易折，众者难摧。戮力一心，然后社稷可固。"

　　阿豺有子二十人，终生同心协力。

注释

　　[1]吐谷(yù)浑：亦作吐浑，古族名，原为鲜卑一支，游牧于辽宁锦县西北，用汉文。八世纪中叶其子孙徙朔方。

　　[2]母弟：同母所生的弟弟。

新评

　　这是一个大家所熟知的寓言故事，但李贽所记却于史实有据。慕利延是吐谷浑首领阿豺的顾命大臣，且是他的同母兄弟，这一身份使他在吐谷浑王室中占有举足轻重的地位，只有他的号召才对阿豺的儿子们起作用，所以阿豺重病临终前叫他前来折箭以喻遗训是很明智的。这种箭喻的方式也充分表现了阿豺作为一位英明首领的机智：重病难讲道理，以这种方式表示心中最重要的嘱咐，既形象具体，又含意深邃，以少少言胜多多言，令接受者铭记不忘，又感动不已。李贽所以选择一位少数民族的明君作为他寓言中的人物还有另外一层用意：他一定是有感于明王室内部的争权夺利而发，明末的边患已日益迫近，异族的团结一致"同心协力"加之于内部倾轧不休的明王朝该是什么结果当不言而喻，李公之深意在此！

遗子说

张元忭

题解

　　张元忭（1538—1588）字子荩，号阳和，绍兴山阴（今浙江绍兴）人。隆庆五年（1571）廷试第一，授修撰。后进左谕德，直经筵。以疾卒，谥文恭。著有《不二斋文选》等。

　　本文选自《张阳和文选》卷三。内容系写人应当给子孙后代遗留什么才有价值。

原文

　　客有广买田宅以遗其子者，其言曰："不如是不足以遗吾子。"张子闻而诘之曰[1]："子之父遗子几何？子之祖遗若父又几何[2]？"客曰："吾祖所遗薄田敝庐耳，吾父始拓之,至予又拓之。"张子曰:"若是,则安用子之汲汲焉为若子谋也[3]?"客曰:"夫人之子,亦安得人人贤且智,如吾父子之能自创立者。"张子逌然而笑曰[4]:"噫,子过矣,子过矣!子亦安可逆料汝之子不贤且智,如若父与子之能自创立也,而汲汲焉为之谋耶?若子广田宅以遗若子,则逆待之以不肖,遗之虽厚,待之实薄矣!且子既以不肖待若子,又安望若子以贤且智自待,而终守子之所遗也。夫我则不然。我将以贤且智待吾子,即亡以遗吾子[5],视子之待若子,不已厚乎?"

客默然而退。

[1]张子:作者自称。 诘:责问。
[2]若:你。
[3]汲汲:急切的样子。
[4]逌(yóu)然:悠闲自得的样子。
[5]亡:同"无"。

张元忭自幼好学,却体弱多病。其母戒其过劳,勿长夜读;他却"藏灯幕中,俟母寝始诵"。十馀岁时,即以气节自负。后"廷试第一"即登科状元当不是偶然的。他的这篇《遗子说》写得含蓄隽永,引人深思。他并不作正面的说教,而是以一席对话暗示出主旨;而对话是依照对方逻辑一步步推理,直使得对方哑口无言,默然而退——对其所言完全折服:人应该留给后代的是什么?不是"广买田宅",而是要在培养其"贤智"上下功夫,使其将来能开拓创业,才是最明智的。这主旨虽未一语道破,但精神已充分蕴含其中。这番语重心长的教诲,就在今天仍有深刻的现实意义,箴言哲语总是常温常新。

在京与友人

屠 隆

屠隆(1542—1605)字长卿,又字纬真;号赤水,又号鸿苞居士。鄞县(今属浙江)人。万历五年(1577)进士,除颖上知县,调青浦,迁礼部主事。后罢官归,放情诗酒,家贫以卖文为生。诗文杂著有《白榆集》、《由拳集》、《鸿苞集》等。

本文选自《皇明十六家小品·屠赤水集》。内容写京城之难居,忆江南之美景。

燕市带面衣[1],骑黄马,风起飞尘满衢陌[2]。归来下马,两鼻孔黑如烟突[3]。人马屎和沙土,雨过淖泞没鞍膝。百姓竞策蹇驴[4],与官人肩相摩。大官传呼来,则疾窜避委巷不及[5],狂奔尽气,汗流至踵,此中况味如此。

遥想江村夕阳,渔舟投浦,返照入林,沙明如雪,花下晒网罟[6]。酒家白板青帘[7],掩映垂柳,老翁挈鱼提瓮出柴门。此时偕三五良朋,散步沙土,绝胜长安骑马冲泥也[8]。

[1] 燕市:指明代首都北京,它原为春秋时燕国都城蓟。 面衣:用以挡风尘的面罩。
[2] 衢陌:这里指大街小巷。
[3] 烟突:烟囱。
[4] 蹇驴:跛脚的驴子。
[5] 委巷:偏僻曲折的小巷。
[6] 网罟(gǔ):即网,渔网。
[7] 白板:没有上漆的本色木板。 青帘:酒帘。
[8] 长安:代指京都北京。

这篇尺牍小品写得实在真切有味,如画如诗,使人如临其境;而笔调又如此随意自然,如与友人谈心。北京的风沙从来是很大的,尤其在春冬之交,鲁迅、老舍、郁达夫等皆有各具特色的描写,想不到400多年前屠隆先生的笔下已展示出大同小异的画面:"风起飞尘满衢陌""两鼻孔黑如烟突""雨过淖泞没鞍膝""蹇驴与官人肩相摩"……寥寥几笔就把当年京城的人居环境展示得淋漓尽致,典型意象以准确词语出之,极有氛围,极具意境。然后又以江南夕阳中的乡野美景相对比,相映衬,更显示出前者生存的难堪与后者美丽的闲适。其实在作者的心目中,这是两种生存环境、两种生活状况的象征,屠公其时已十分厌恶官场而有意归隐,他向友人透露的情思是不言而喻的。

《渔父词》引

李维桢

李维桢(1547—1626)字本宁,京山(今属湖北)人。隆庆二年(1568)进士,由庶吉士授编修,进修撰,出为陕西右参议,迁提学副使。年七十馀,召为南京太仆卿,旋改太常,未就。后召为南京礼部右侍郎,进尚书,告老归。著有《大秘山房集》等。

本文选自《大秘山房集》。是为友人郝公琰的《渔父词》写的小序。"引"就是序。

原文

郝公琰工诗而贫,操舴艋[1],游江湖间十年,与渔父狎,为《渔父词》示余。其于家则张融陆处无屋,舟居无水[2];其于鱼则王弘之钓亦不得,得亦不卖[3]。其于兴寄则张志和烟波钓徒[4],陆龟蒙江湖散人[5]。词之声音格调,相出入矣。

余家三滋水畔[6],渔钓固其本业,为世饵所中,三仕三已。今老病免,青箬绿蓑[7],返而初服,将从江上丈人游,顾不如公琰习于水也。请为先导,而余击榜鼓枻和之[8]。

注释

[1] 舴艋(zéměng):小舟。

[2] "其于家"二句:事见《南齐书·张融传》。张融,字思光,吴郡吴人。他回答齐武帝问其住于何处时说:"臣陆无住屋,舟居非水。"原来是把小船拉上岸权作住屋。

[3] "其于鱼"二句:事见《宋书·王弘之传》。王弘之,字方平,琅琊临沂人。其性好钓,"经过者不识之。或问:'渔师得鱼卖否?'弘之曰:'亦自不得,得亦不卖。'"

[4] 张志和:字子同,婺州金华人。曾官右金吾卫录事参军,因事贬为南浦尉,遇赦还,不复出仕,"居江湖,自称烟波钓徒"(《新唐书·本传》)。作品以《渔父歌》(一作《渔歌子》)最著名。

[5] 陆龟蒙:字鲁望,吴县人。隐居乡里,"时谓江湖散人,或号天随子、甫里先生。自比涪翁、渔父、江上丈人。"(《新唐书》本传)

[6] 三滋(shǐ):古水名。《读史方舆纪要》谓出湖北京山县西七十里磨石山的滋水,或以为即三滋水。李维桢京山人,故云。

[7] 青箬(ruò)绿蓑:他用张志和《渔父歌》中"青箬笠,绿蓑衣"之句。箬,箬竹,叶大而宽,可编竹笠。

[8] 榜(bàng):船桨。 鼓枻(yì):敲打着船舷。

新评

小品之为小品,一是以其短小;二是以其有味,如嚼一枚小小的橄榄,于细细咀嚼之中才品出其醇香的滋味。这篇序跋小品不同于一般序跋之处,就在于它小而有味,其原因在于作者贴切而巧妙地用了一连串典故:先是用张融、王弘之有关舟居和渔钓的典故来紧扣郝公琰的贫穷和钓鱼生涯;又用张志和、陆龟蒙两个典故来写郝的胸怀志趣,都很贴切独到。典故用得繁琐不当,即产生"掉书袋"和生涩之嫌,用得好,则既可增加其形象性和文化含量,又能令人咀嚼回味产生丰富的联想。李维桢的这篇小品用典就属于后者。最后小品把自己为"世饵所中,三仕三已"的经历和想追随郝公倡和于江上的愿望写了进去,既增加了亲切感与人情味,又融入了人生的沧桑和宦海的感叹。一篇不到200字的小品包括了如此丰富的内容和文化含量又有趣有味有情,不能不说是一篇小巧佳作。《明史》本传称其"文章弘肆有才气,海内请求者无虚日,负重名垂四十年……"看来并非虚话。

病　忘

陆　灼

题解

陆灼(生卒年不详)从其《艾子后语》自序可知为长洲(今江苏苏州)人。著有《艾子后语》。

本文选自《艾子后语》。写一健忘症者,有所讽喻、寓托。

原文

齐有病忘者[1],行则忘止,卧则忘起。其妻患之,谓曰:"闻艾子滑稽多知,能愈膏肓之疾,盍往师之[2]?"其人曰:"善。"于是骑马挟弓矢而行。未一舍[3],内逼,下马而便焉,矢植于土[4],马系于树。便讫,左顾而睹其矢,曰:"危乎!流矢奚自[5],几乎中予[6]!"右顾而睹其马,喜曰:"虽受虚惊,乃得一马。"引辔将旋[7],忽自践其遗粪,顿足曰:"踏却犬粪,污吾履矣,惜哉!"鞭马,反向归路而行,须臾抵家,徘徊门外曰:"此何人居,岂艾夫子所寓邪?"其妻适见之,知其又忘也,骂之。其人怅然曰:"娘子素非相识,何故出语伤人?"

[1]病忘:患健忘症。
[2]盍:何不。
[3]一舍:三十里。
[4]矢:箭。
[5]奚自:何自,自何。
[6]中(zhòng):为"流矢"所射中。
[7]辔(pèi):牵马的缰绳。

这篇诙谐小品以戏谑之笔,以夸张之法,写了一个患健忘症之人的故事,他"行则忘止,卧则忘起";出门遗粪自踏,却忘粪从何来,还骂"犬粪污吾履矣";己马系于树,却曰"喜得之";归路当去路,己家当艾家,连自己的妻子都当成"素非相识"的"娘子"……看来纯粹像一个笑话,仔细想想却包含着令人啼笑皆非的寓意。四十多年前邓拓先生曾在《燕山夜话》中讲过这一故事,印证了这则小品在数百年后还具有巨大的"现实"意义。《艾子后语》作者陆灼在自序中说其"自幼有谑僻",认为东坡所作《艾子》一书乃"有为"之作,故效法之,于戏言中多有所寓托。

这也正是其"现实意义"历久常新的原因。

《合奇》序

汤显祖

汤显祖(1550—1616)字义仍,号海若,又号若士,别称清远道人。临川(今属江西)人。万历十一年(1583)进士,曾任南京太常博士、礼部主事等职。万历十九年(1591)因抗疏抨击朝政,被贬广东徐闻典史,后调浙江遂昌知县。万历二十六年(1598)弃官归家,遂不再仕。汤显祖以戏剧名世,著有"临川四梦",其中以《牡丹亭》最著名。今行《汤显祖集》、《汤显祖诗文集》。

本文选自《汤显祖诗文集》卷三十二,是为丘兆麟所编的百篇奇文《合奇》所写的序言,强调为文要有灵气。

世间惟拘儒老生不可与言文[1]。耳多未闻,目多未见,而出其鄙委牵拘之识[2],相天下文章[3],宁复有文章乎？

予谓文章之妙,不在步趋形似之间。自然灵气,恍惚而来,不思而至,奇奇怪怪,莫可名状。非物寻常得以合之。苏子瞻画枯株竹石[4],绝异古今画格,乃愈奇妙。若以画格程之[5],几不入格。米家山水人物[6],不多用意,略旋数笔,形象宛然。正使有意为之,亦复不佳。故夫笔墨小技,可以入神而证圣。自非通人,谁与解此。

吾乡丘毛伯[7],选海内合奇文止百馀篇,奇无所不合。或片纸短幅,寸人豆马；或长河巨浪,汹汹崩屋；或流水孤村,寒鸦古木；或岚烟草树,苍狗白衣[8]；或彝鼎商周[9],丘索坟典[10]。凡天地间奇伟灵异高朗古宕之气,犹及见于斯编,神矣化矣。夫使笔墨不灵,圣贤减色,皆浮沉习气为之魔。士有志于千秋,宁为狂狷[11],毋为乡愿[12],试取毛伯是编读之。

[1] 拘儒：指迂阔的儒生。
[2] 鄙委：庸俗委琐。 牵拘：牵强狭隘。
[3] 相：认识,评论。
[4] 苏子瞻：宋代文学家、书画家苏轼,字子瞻,其传世画有《古木怪石图》等。
[5] 程：衡量。
[6] 米家：指宋代书画家米芾及其子友仁。他的画不求工细,多用水墨点染。米芾自谓："信笔作之,多以烟云掩映树石,意似便已。"

[7] 丘毛伯:名兆麟,字毛伯,临川人,万历进士,擢御史,崇祯初为河南巡抚。
[8] 苍狗白衣:即白衣苍狗,亦作"白云苍狗"。杜甫《可叹》:"天上浮云如白衣,斯须改变如苍狗。"
[9] 彝鼎商周:指商周彝鼎上的文字。
[10] 丘索坟典:相传皆古代典籍。《左传·昭公》十二年:"是能读三坟五典八索九丘。"
[11] 狂狷:《论语·子路》:"不得中行而与之,必也狂狷乎?狂者进取,狷者有所不为也。"狂狷皆偏于一面,因泛指偏激。
[12] 乡愿:也作"乡原"。指外有谨愿之名,实为与流俗合污的伪善者。《论语·阳货》:"乡愿,德之贼也。"

汤显祖是明代著名的戏剧家,亦工于诗文。陆元龙对他的小品尤有高度的评价:"其思玄,其学富,其才宏。似欲翻高深峻洁之窠臼,另以博大瑰丽名。"(《皇明十六家小品·汤若士小品弁言》)"欲翻高深峻洁之窠臼"是因为他具有一种反传统的追求个性自由的思想。他从少年起就从其师罗汝芳那里接受了王学左派的思想影响。他倾心佩服当时杰出的思想家李贽和从禅宗出发反对程朱理学的紫柏和尚,他崇尚真性情而反对假道学。在政治上,他和早期东林党的领袖顾宪成、高攀龙、邹元标是好友;在文艺上,他和徐渭及公安袁氏兄弟同道,提倡性灵,反对模拟。这篇题为《合奇》序的序跋小品,一开始就对"拘儒老生"射出一箭,并抨击其"耳多未闻,目多未见",认为其有的只是"鄙委牵拘"之识,这就表明了他的思想倾向的进步性。此外在这篇小序中他提出"文章之妙,不在步趋形似之间。自然灵气,恍惚而来,不思而至,奇奇怪怪,莫可名状"。这不仅破天荒地道出了创作的灵感与灵感思维,而且将"奇奇怪怪莫可名状"的灵气,作为一种创作的动力和与之相应的表现方法,这便开了浪漫主义、象征主义与荒诞派的超现实主义先河。他的《牡丹亭》又称《还魂记》写生死离合的爱情故事便是他这一创作思想的表现,其时代的超前性亦由此可见。晚明小品公安派的代表人物袁宏道曾对江盈科说:"前见汤海若作二虞《溪上落花诗》引子,妙甚,脱尽今日高士蹊径。"(《袁宏道集笺校》卷十一《江进之》)其小品受到性灵派文人的推崇也绝非偶然。

《牡丹亭记》题辞

汤显祖

本文选自《汤显祖诗文集》卷三十三。《牡丹亭记》又名《牡丹亭还魂记》,简称《牡丹亭》或《还魂记》,是汤显祖最得意的代表作。这篇题辞作于万历二十六年(1598),在作者弃遂昌令返临川数月后写成。

天下女子有情，宁有杜丽娘者乎？梦其人即病，病即弥连[1]，至手画形容传于世而后死[2]。死三年矣，复能溟莫中求得其所梦者而生[3]。如杜丽娘者，乃可谓之有情人耳。情不知所起，一往而深。生者可以死，死可以生。生而不可与死，死而不可复生者，皆非情之至也。梦中之情，何必非真，天下岂少梦中之人耶？必因荐枕而成亲[4]，待挂冠而为密者[5]，皆形骸之论也[6]。

传杜太守事者，仿佛晋武都守李仲文、广州守冯孝将儿女事[7]。予稍为更而演之。至于杜守收拷柳生，亦始汉睢阳王收拷谈生也[8]。

嗟夫，人世之事，非人世所可尽。自非通人[9]，恒以理相格耳[10]。第云理之所必无，安知情之所必有邪！

[1]弥连：即"弥留"，言久病不愈。《牡丹亭·诊祟》旦白："我自春游一梦，卧病至今。"
[2]手画形容：指亲手为自己画像。见该剧第十四出《写真》。
[3]溟莫：指阴间。溟，同"冥"。
[4]荐枕：荐枕席。《文选》宋玉《高唐赋》："闻君游高唐，愿荐枕席。"李善注："荐，进也，欲亲近于枕席，求亲昵之意也。"
[5]挂冠：谓辞官。　密：亲近。
[6]形骸：形体，对精神而言，意谓肤浅之说。
[7]晋武都守李仲文：传说武都太守李仲文丧女，暂葬郡城之北。其后任张世之之男常，梦女来就，遂共枕席。后发棺视之，女尸肉已生，颜姿如故。但因被发棺，未能复生。事见《搜神后记》卷四。　广州冯孝将儿女事：冯孝将为广州太守时，其儿马子梦一女说："我是前太守北海徐玄方女，不幸早亡，亡来今已四年，为鬼所枉杀……应为君妻。"后于本命生日，掘棺开视，女体貌如故，遂为夫妇。事见《搜神后记》卷四。又见《异苑》及《幽明录》等。
[8]汉睢阳王收拷谈生：汉谈生，四十无妇，夜半读书，有女子来就生为夫妇，约三年中不能用火照。后生一子，已二岁。生夜伺其寝，以烛照之，腰上已生肉，腰下但有枯骨。妇觉，以一珠袍与生，并裂取生衣而去。后生持袍诣市，睢阳王家买之。王识女袍，以生为盗墓贼，乃收拷生。生以实对。王视女冢如故。发视之，得谈生衣裾。又视生儿正如王女，乃认谈生为婿。事见《列异传》，又见《搜神记》。
[9]通人：学通古今之人。
[10]格：推究。

《牡丹亭》是我国古代戏剧史上最负盛名的剧作之一，它与《窦娥冤》、《西厢记》《桃花扇》等名剧几百年来一直为观众所热爱，频现舞台，历久不衰。《牡丹亭》也是汤显祖的最得意之作，他曾说："一生四梦得意处惟在牡丹。"原因是这部剧作最集中、最完美地表现了他反礼教、反道学、追求个性解放、讴歌爱情自由的人生理想和斗争精神。这篇序跋小品《牡丹亭记》题辞,就是对《牡丹亭》这一伟大作品主旨的阐发和张扬,他对人之情作了高度的肯定,认为情"生者可以死,死可以生"。他笔下的主人翁杜丽娘就是这样一个真正的有情人。为什么作者要这样赞颂"情"和有情人?因为他所指的"情"与道学家所侈谈的"理"是针锋相对的。宋明以来的程朱理学家一味强调"存天理,灭人欲",扼杀人的人性、个性,把人的一切要求都规范、桎梏在道学的理念中,为封建统治阶级服务。汤显祖和李贽等先进思想家一样,是黑暗时代较早的觉醒者,在这篇小序的结尾他就大胆质问"第云理之所必无,安知情之所必有邪?"反过来"第云理所必有,安知情之所必无邪?"他以"情"驳"理",针锋相对,不仅彰显了《牡丹亭》的主旨,升华了它的思想价值和社会意义,而且表现了鲜明的"唯情至上"的观点,而这正是明清小品自由精神的本质体现。

与岳石梁

汤显祖

本文选自《汤显祖诗文集》卷四十六。岳石梁,名和声,字石梁,嘉兴(今属浙江)人。曾出守庆远,擢惠潮道参政,改补九江,官至辽蓟巡抚。与其兄元声(字石帆)均为作者好友。这封短柬写出了他们之间的友情。

石梁过我,风雨黯然,酒频温而易寒,烛累明而似暗。二十馀年昆弟道义骨肉之爱,半宵倾尽。明日送之郡西章渡[1],险而汔济[2],两岸相看,三顾而别。知九月当更尽龙沙之概[3],见石梁如见石帆,终不能了我见石帆之愿也[4]。

[1]郡西:当指临川郡西,时作者罢官家居。
[2]汔(qì):接近,庶几。《诗经·大雅·民劳》:"民亦劳止,汔可小康。"
[3]龙沙:在江西新建区北,亦名龙冈。《水经注》谓旧俗九月九日登高处。王维《九月九日忆山东兄弟》诗云:"独在异乡为异客,每逢佳节倍思亲。遥知兄弟登高处,遍插茱萸少一人。"此用其意。
[4]石帆:石梁之兄,汤显祖同年进士,万历二十四年,以工部都水司郎中参兵部尚书石星,被谪为民。

这封简短的书信,是一篇典型的尺牍小品,虽然三言五语,却意蕴丰盈,意味深长。它写了风雨故人来的夜晚烛明似暗,温酒易寒;写了平明送别,险渡激流,隔岸三顾,依依不舍;还写了来日之登高的期盼以及未能与石帆相见之憾……短短几句话,情景交融,情深义重,环境、氛围、肺腑、身影、思忖皆现眼前,真不愧大手笔之随意之作也。

与李九我宗伯

汤显祖

本文选自《汤显祖诗文集》卷四十六。李九我,名廷机,字尔张,晋江(今属福建)人。万历十一年(1583)与汤显祖同榜进士,授编修,累迁祭酒,官至礼部尚书兼东阁大学士,入参机务。宗伯,古代六卿之一,掌邦国祭祀典礼,后因称礼部尚书为宗伯。据《明史·七卿年表》。李廷机于万历三十一年至三十五年(1603—1607),任礼部尚书,则此信当写于此时。

从京师来者,言丈蔬食敝衣。或以丈为贫,或以丈为伪。夫世人何足与言真伪也。马心易作县[1],食尝不饱;赵仲一为铨部归来[2],几为索债人所毙。贫而仕,仕遂不贫耶?古人云:"匈奴未灭,何以家为[3]?"此时亦非吾辈作家时也。惟丈有以自励。

[1]马心易:名应图,平湖(今属浙江)人。官至刑部主事。万历十三年(1585)因疏劾齐世臣等,并及首辅,谪大同典史,后升封丘知县,年馀复刑部主事,以疾免归。

[2]赵仲一:名邦清,真宁(今甘肃正宁)人。万历二十三、二十六年以山东滕县知县赴北京上计,得与汤显祖两度相聚。二十六年迁吏部主事,后被劾,削职为民。　铨部:因吏部专司铨选,故称吏部为铨部。

[3]"古人云"三句:为汉代霍去病语。《史记·卫将军骠骑列传》:"天子为治第,令骠骑(指骠骑将军霍去病)视之,对曰:'匈奴未灭,无以为家也。'"

这封短信写于李九我任礼部尚书之时。位高权重却"蔬食敝衣",于是有人说其是伪善、装穷。作为同榜友人的汤显祖是了解他的,于是写信予以安慰,说"世人何足与言真伪";并以当时为官的马心易和赵仲一为实例,证明"贫而仕",难道仕了就不贫了吗(仕遂不贫耶)? 为官清廉者总是有的。最后作者以汉代骠骑将军的话激励友人并以自勉。此时显祖已罢官居家,犹有此雄心壮志,可见其胸襟抱负丝毫未衰,仍以国事为念。当代学者徐朔方在《汤显祖集·前言》中说:显祖之文,长于议论,特别是他的书信,"或长或短,或庄或谐,得心应手,无不如意"。此小品便是典型一例。

瞽　者

赵南星

【题解】

赵南星(1550—1627)字梦白，号侪鹤，高邑(今属河北)人。万历进士，为东林党重要人物。天启中，魏忠贤专权，政治腐败，南星与之斗争。失败后，谪戍代州，病卒。著有《赵南星全集》传世。

本篇选自《笑赞》。瞽者即盲者。作者借盲者悲苦却还要自我安慰的人生以讽世。

【原文】

二瞽者同行，曰："世上惟瞽者最好，有眼人终日奔忙，农家更甚，怎得如我们清闲一世。"适众农夫窃听之，乃假为官人，谓其失于回避，以锄把各打一顿而呵之去。随后复窃听之，一瞽者曰："毕竟是瞽者好，若是有眼人，打了还要问罪。"

赞曰：北方瞽者叫做先生，自有好处。世上欺天害理，行凶作霸，俱是有眼人，无一瞽者。只看这些农夫，扮作假官，擅自打人，如此事瞽者却做不出来，此便胜似有眼人。

【新评】

这篇白话小品很有特点，它借盲者之言和盲者无端遭打的故事，讽喻现实世界的冷酷无情和人性中的丑恶。盲者本来是最痛苦的，他们双目失明，不能正常生活，还要被人欺侮、歧视，没有人生的任何欢乐和权利，但他们还要说"世上"自己"最好"，不用"终日奔忙"，能"清闲一世"……这些反语正是讽喻有眼人的世界——现实社会更痛苦；有眼人中连农民都要无端殴打他们，说明普遍人性的冷酷、丑恶。结合到作者自己，显然更有特殊的寄托：他与邹元标、顾宪成时号"三君"，是东林党的重要人物。任吏部尚书时为澄清吏治颇有作为，但终被权宦魏忠贤陷害，谪戍代州，死于戍所。这里所说的"有眼人""欺天害理，行凶作霸"当是影射这些权奸，而自己似乎是一个无可奈何的盲者。自嘲中隐含着愤世的愤激和忍藏的痛苦。

路贵不喜神怪

朱国桢

朱国桢(1558—1632)字文宁，乌程(今浙江吴兴)人。万历进士。著有《皇明史概》、《涌幢小品》。

本文选自《涌幢小品》。内容系记载一位平凡小人物的美德和智慧。

路贵,字秉彝,顺天人。粗涉经籍,少为童子师,性伉直[1],不匿人过。母丧发引[2],仿家礼,去幢幢鼓乐,用人为方相[3]。市儿争哗笑之。尤不喜神怪。尝有降鸾者[4],人各献香楮[5];贵脱所躐双鞋置案上,曰:"吾无他物,聊以供神。"观者缩颈。贵大笑而去。后以寿终。

[1]伉(kàng)直:刚正直爽。伉通"亢"。
[2]发引:出殡。
[3]方相:职掌驱鬼之官,模拟其凶恶可怕的形象,作为驱逐疫鬼和出丧时开道之用。
[4]降鸾:口语叫"扶鸾",同扶乱类似的迷信:"神"应请降临,画出字迹,叫"降乩",示人吉凶。
[5]香楮(chǔ):香烛纸钱。楮,纸,旧俗祭祀时焚化的纸钱。

为平凡世界的小人物"立传"者自古至今实不多见,作为进士出身的朱国桢,能够注意到不仅渺小而且为人所"哗笑"的路贵,并为文赞美之,应算是"特例"。朱公所以对他注意而又赞美,是他看到了路贵平凡中的不平凡。他虽然读书不多,又是一个穷塾师("童子师"),但他性格耿直,不阿谀奉承他人,对别人的过错敢于直面批评;更难能可贵的是他不信鬼神也不敬鬼神。其母出殡他不随俗动用鼓乐,而是以活人扮"方相"来驱除疫鬼;降神扶鸾他人都敬献香火,他却以所躐双鞋置于案上然后大笑而去……在众人都迷信鬼神连孔子都说要"敬鬼神而远之"的封建时代,一个人敢于如此悖逆潮流实为凤毛麟角,作者赞美的正是他这种反潮流反迷信的叛逆精神,这与晚明李贽等具有初步民主意识、自由思想的反传统思想家是一致的。

跋姚平仲小传

陈继儒

陈继儒(1558—1639)字仲醇,号眉公,又号麋公,华亭(今江苏松江)人。著有《陈眉公全集》、《晚香堂小品》等。

本文选自《晚香堂小品》。姚平仲,字希晏,五原(今内蒙古包头西北)人,宋时名将。靖康元年,金兵进袭开封,他率兵由西陲入援京师,未获成功,亡命四川青城山,时仅二十馀岁。此文就是为姚平仲传所写的跋。

原文

　　人不得道,生老病死,四字关,谁能透过?独美人名将,老病之状,尤为可怜。夫红颜化为白发,虎头健儿化为鸡皮老翁,亦复何乐?西子入五湖[1],姚平仲入青城山,他年未必不死,直是不见末后一段丑境耳。故曰:神龙使人见首而不见尾。

注释

　　[1]西子:即西施,春秋末年越国苎罗(今浙江诸暨南)人。由越王勾践献给吴王夫差,成为夫差最宠爱的妃子。传说吴亡后,与范蠡偕入五湖。(见《吴越春秋》)

新evaluation

　　这篇序跋小品仅仅一百馀字却大有深意,值得玩味:作者就"神龙见首不见尾"这句成语透露了一种新颖的人生价值观:只要"首"好"首"美便是神龙,至于"尾"如何,就不必追究。他举美人名将为例,"红颜化为白发,虎头健儿化为鸡皮老翁","尤为可怜",还是像西施、姚平仲那样,年轻时有过美丽辉煌,不管其后来结局如何,即使平平常常,无所作为,无所成就,只要"直是不见末后一段丑境",便在人们心中留下永远美好的形象。由此可见,眉公所看重的是作为生命本体的个人自身的价值,功名、成就、历史地位并不重要,这正是晚明不受传统束缚的通达人物的人生价值观。陈眉公一生就具有这种通达的特色。他不到三十岁便焚弃儒衣冠隐居起来,既工诗善文,还喜书法,精画山水竹梅,他注重的是个人的人生价值,功名富贵皆过眼烟云不宜为念。这也正是这一小品的深层含义。

姚元素《黄山记》引

黄汝亨

题解

　　黄汝亨(1558—1626)字贞父,钱塘(今浙江杭州市)人。万历二十六年(1598)进士,官至江西布政司参议。晚年归乡,谢病不复出,结庐南屏小蓬莱,以著作自娱。著有《天目游记》、《廉吏传》、《古奏议》、《寓林集》、《寓庸子游记》等。

　　本文选自《晚明小品选注》卷三。这是作者为友人姚元素的《黄山记》所写的小引。

原文

　　我辈看名山,如看美人。颦笑不同情[1],修约不同体[2],坐卧徙倚不同境,其状千变。山色之落眼光亦尔,其至者不容言也。庚戌春晚[3],予游黄山,有记,自谓三十六峰之美略尽;而元素后予往,以秋月,所为记简而整,有与不同者,取境使然。海子光明顶上,元素独饶取[4];而予所快览丹台之云气,与石笋上下之峰幻,元素不尽也。虽然,亦各言其美也已。夫美人入宫见妒,而吾辈入山岂相妒耶?书之发览者一笑。

[1]颦(pín):皱眉头。
[2]修约:这里指形态高低胖瘦。
[3]庚戌:万历三十八年(1610)。
[4]饶取:描述较详细。饶,多。

这篇小引写得很有特点:本来是言友人《黄山记》之长短,却将自己略早写的同题之作引入其内,然后在比较中写出友人之作之长,但也未言己作之短,而是各有所长,各尽其美。这样既显得亲切、恳切,亦不造作、虚伪。为了这层意思,作者前后皆以美人设喻:美人"颦笑"、"修约"各不相同,而各有各的无可替代的美;黄山亦是"横看成岭侧成峰,远近高低各不同",而且随着季节气候的变化,阴晴晨夕的差异,更会现出丰富多彩的美景。这个比喻真是贴切妥当,正表现了作者笔下的"春晚"黄山与友人笔下的"秋月"黄山的各有千秋的"美色"。(当然也包括取境的不同与详略的不同)。最后还以美人之喻结尾,言"美人入宫见妒,而吾辈入山岂相妒耶?"既首尾呼应,又风趣幽默,真是神来之笔。晚明小品讲究"天趣",袁宏道在《叙陈正甫会心集》中极力阐发"趣"在小品中的"灵动"作用,这篇小品就具有"趣"的内质。

复吴用修

黄汝亨

本文选自《晚明小品选注》。这是作者给友人吴用修的复信,陈述穷困之境的难堪,而又故作豁达、风雅。

怀足下之意非楮墨可了[1],彼此穷愁,亦复默会[2],姑与足下陈说两境:
泉声咽石,月色当户,修竹千竿,芭蕉一片。或探名理[3],时对佳客。清旷则第蓄嵇阮[4],飞扬则奴隶原尝[5]。萧然四壁,傲睨千古。此一境也。
采薇颇艰[6],辟纑不易[7]。内窘中馈之奉[8],外虚北海之尊[9],更复好义,先人守雌去道[10],食指如林[11],多口若棘,风雅之趣既减,往来之礼务苛。此又一境也。

两境迭进,终归扰扰。半是阿堵小贼[12],坐困英雄耳,吾与足下俱不免,故敢及之,此未可示俗客也。

[1]楮墨:纸墨。
[2]默会:暗自领会。
[3]名理:指学问。
[4]嵇、阮:嵇康、阮籍,晋代人,有竹林名士之称。
[5]原、尝:平原君、孟尝君,战国时人,以养士著称。
[6]采薇:伯夷、叔齐不食周粟,采薇而食,此指隐居生活。
[7]辟纑:绩麻和练麻。《孟子·滕文公下》:"是何伤哉,彼身织履,妻辟纑,以易之也。"
[8]中馈:古指妇女在家主持饮食之事。
[9]北海之尊:东汉献帝时,孔融为北海相,自言:"座上客常满,尊中酒不空,吾无忧矣。"(见《后汉书·孔融传》)
[10]守雌:语出《老子》:"知其雄,守其雌。"指谦卑忍让,与人无争。
[11]食指:指人口。
[12]阿堵:代指钱。典出《世说新语·规箴》。

黄汝亨晚年归乡,生活境遇看来比较拮据,他在与友人吴用修的信中坦陈"彼此穷愁","半是阿堵小贼坐困英雄耳"。于是"陈说两境",聊以解嘲:一境是虚写:"泉声咽石,月色当户……或探名理,时对佳客",即使"萧然四壁",亦要"傲睨千古"。这是说可在精神上自宽自慰。另一境是实写实际生活:"内窘中馈之奉,外虚北海之尊……食指如林,多口若棘",这种物质上的贫困不能不减"风雅之趣","往来之礼"也不能不寒伧苛刻。这两境的陈说显得非常风雅,既富文采又内蕴丰盈,表现了作者的精神境界与文化素养,看来为官多年的他还算洁身自好,未给自身"后事"和子孙的未来打下雄厚的经济基础,而仍以"君子固穷"的孔圣教诲为人生信条。当然这"穷",只是士大夫之穷,较之广大贫苦百姓还是优越得多;但在这一阶层中能如此"安贫乐道",就算难能可贵了。

极乐寺纪游

袁宗道

袁宗道(1560—1600)字伯修,号石浦。湖广公安(今属湖北)人。万历十四年

(1586)会试第一,授编修,官终右庶子。与其弟宏道、中道并称"三袁",成为"公安派"的代表人物,著有《白苏斋类集》。

本文选自《白苏斋类集》。极乐寺建于明嘉靖年间,位于北京西直门外高梁桥以西三里。此为憩游极乐寺的游记。

高梁桥水,从西山深涧中来,道此入玉河。白练千匹,微风行水上,若罗纹纸。堤在水中,两波相夹,绿杨四行,树古叶繁,一树之荫,可覆数席,垂线长丈馀。岸北佛庐道院甚众,朱门绀殿[1],亘数十里。对面远树,高下攒簇[2],间以水田。西山如螺髻,出于林水之间。极乐寺去桥可三里,路径亦佳,马行绿荫中,若张盖[3]。殿前剔牙松数株[4],松身鲜翠嫩黄,斑剥若大鱼鳞,大可七八围许。暇日曾与黄思立诸公游此。予弟中郎云[5]:"此地小似钱塘苏堤[6]。"思立亦以为然。予因叹西湖胜境,入梦已久,何日挂进贤冠[7],作六桥下客子[8],了此山水一段情障乎[9]!是日,分韵各赋诗而别。

[1]绀(gàn)殿:佛殿。
[2]攒(cuán)簇:聚集,簇拥。
[3]此句意为,好像张着伞盖。
[4]剔牙松:松树之一种。
[5]中郎:袁宏道,字中郎。
[6]钱塘苏堤:即今杭州西湖之苏堤。
[7]挂进贤冠:辞官。进贤冠,古时儒者所戴的缁布冠。
[8]六桥:映波桥、锁澜桥、望山桥、压堤桥、东浦桥、跨虹桥,依次坐落在西湖苏堤上。
[9]情障:情结。

明万历年间,王世贞、李攀龙为代表的拟古文风很盛,袁宗道率先反对这种文风。清人朱彝尊《静志居诗话》中说:"自袁伯修出,服习香山、眉山之结撰,首以白苏名斋,即导其源,中郎、小修继之,益扬其波,由是公安派盛行。"这就指出袁宗道钦慕白居易、苏轼,书斋都起名为"白苏斋",从而掀起了反拟古的新风,然后宏道、中道继之,方形成公安派的阵营。袁宗道小品中士林文化的品格比重较大一些,这与他在朝中翰林院任职有关。其游记小品以写景为主,或感慨抒怀,或以闲笔勾画人物风貌,或点染人事江山之变,各具特色。这里所选的《极乐寺纪游》写由眼前此地景物思及"钱塘苏堤",生发何日挂冠游西湖胜境的感慨,十分真切自然,因为在眼前景的描写中,以"微风行水上,若罗纹纸;堤在水中,两波相夹;绿杨四行……

垂线长丈馀……马行绿荫中,若张盖……"等已埋下了如梦西湖美景的伏笔,情融于景,故而情趣盎然。

答江长洲绿萝

袁宗道

本文选自《白苏斋类集》,是作者写给友人江长洲的一封回信。绿萝疑为其字。生平未详。

家弟既有《锦帆集》矣[1],门下可无《茂苑集》乎[2]?集果行,不佞当僭跋数语[3],庶几贱姓名托佳篇不朽,意在附骥,不耻为蝇也[4]。家弟尚未抵家,不知萍踪近在何处,音耗不通[5],业已半载。徵仲真迹难得[6],其仿山谷老人者尤难得[7]。明窗棐木[8],沐手展玩,神采奕奕,射映一室,尘土胃肠,为之一浣[9]。十年梦想虎丘茶[10],如想高人韵士,千里寄至,发瓿喜跃[11],恰如故人万里归来,对饮之语,不足方弟之愉快也[12]。弟仅有一女适人[13],匝岁死于产病[14],情殊难堪,所幸当事见怜[15],听辞试差[16],婆娑一室[17],良朋时来,一觞一咏,消结涤郁,恩缠爱绁[18],日就轻微,卜夏之病[19],庶几免矣[20]。知门下念我,故缕及近怀。

[1]家弟:指袁宏道。
[2]门下:对江长洲的尊称。
[3]不佞:自称。 僭(jiàn):超越身份。此处系自谦之词。
[4]"意在"二句:《史记·伯夷列传》:"颜渊虽笃学,附骥尾而行益显。"《索隐》:"苍蝇附骥尾而致千里,以譬颜回因孔子而名彰也。"附骥:比喻附于名人之后。
[5]音耗:音信,消息。
[6]徵仲:文徵明,字徵仲,明代书画家,详见前。
[7]山谷老人:宋代黄庭坚。
[8]棐(féi):木名,通榧。《晋书·王羲之传》:"棐几滑净。"
[9]浣(huàn):洗。
[10]虎丘:在今江苏苏州。
[11]瓿(bù):古器名。青铜或陶制。圆口,深腹,圈足。
[12]方:比拟。
[13]适:出嫁。
[14]匝岁:一年。
[15]当事:上司,管事者。

[16]此句意为,准假在家,暂停差事。
[17]婆娑:盘旋。
[18]紲(xiè):缚人的绳索。
[19]卜夏之病:丧子之痛。
[20]庶几:或许。

袁宗道的尺牍小品亦有特色:看似信笔写出,却内蕴充盈,用宋人苏轼之语概括最为恰切:"觉来落笔不经意,神妙独到秋毫颠。"就此小品而言,他信笔写了这样的几件事:友人的文集、家弟的行踪、名画的玩赏、友人的寄茶以及爱女早夭结郁难解的家事,真是如叙家常,娓娓而谈,但或喜或忧、或乐或悲的情感波澜起伏流溢于文字之间,于平静闲雅之中展现出纷纭复杂的情怀。公安派所提倡的"独抒性灵,不拘格套"的文学主张在这里得到充分的体现。

好书三病

谢肇淛

谢肇淛(1567—1624)字在杭,福建长乐人。万历进士。有《谢肇淛文集》。笔记小品《五杂俎》涉及明代史事、风俗、名物、掌故等,内容极富。

本篇选自《五杂俎》。题为《好(hào)书三病》,主旨在于揭示好书的弊病,提出不要死读书的见解。

好书之人有三病:其一,浮慕时名,徒为架上观美,牙签锦轴[1],装潢衒曜[2],骊牝之外[3],一切不知,谓之无书可也。其一,广收远括,毕尽心力,但图多蓄,不事讨论,徒涴灰尘[4],半束高阁,谓之书肆可也。其一,博学多识,矻矻穷年[5],而慧根短浅[6],难以自运,记诵如流,寸觚莫展[7],视之肉食面墙诚有间矣[8]。其于没世无闻,均也。夫知而能好,好而能运,古人犹难之,况今日乎!

[1]牙签:用象牙制成的书签。 锦轴:指古书函套褙以有花纹的丝织品。
[2]衒曜:同"炫耀"。
[3]骊牝(lípìn):外表。骊,马黑色;牝,(鸟兽)雌性。
[4]涴(wō):玷污。
[5]矻矻(kūkū):勤奋不懈的样子。

[6]慧根：佛家语。指天赋的聪明才智。
[7]觚(gū)：古代写字用的木板。寸觚莫展，指对于学问毫无发挥。
[8]间：间隔。"视之"二句：意为面对书本的同看肉食面墙一样不但看不透，还有间隔距离。

这篇随笔小品针对好书者的三种病作了很确切的概括：一是装潢门面；二是藏而不读；三是死记硬背，食古不化，无所创见。这三种病不但古人有，今人也有，谢公所言恰似针砭今日之"时弊"，看来谬种流传，绵延不绝，恐怕永远都不会有断子绝孙之叹，但真正好书者应引以为戒。谢公则是一位真正的好书者，他不但是一位有名的藏书家，还是一位杰出的文学家、学问家，他无书不读而均有自己独特的见解。如他的《金瓶梅跋》，在同时的道学家都称其为"淫书"时，他便称道《金瓶梅》为"稗官之上乘，炉锤之妙手"；赞赏其对世事能"穷极境象，戒意快心"；对人物描写"不徒有其貌，且并其神传之"。他堪称是一位"知而能好，好而能运"的真正好书者，后来者皆应向他学习。

满井游记

袁宏道

袁宏道(1568—1610)字中郎，号石公。湖广公安(今属湖北)人。万历二十年(1592)进士。先后任吴县知县、顺天府教授、国子监助教和礼部主事、吏部郎官等职。著作今有《袁宏道集笺校》。

本文选自《袁宏道集笺校》卷十七，文章描写了北京郊区初春的美好景色。满井，井名，在北京东北郊。写作时间为万历二十七年(1599)二月。

燕地寒[1]，花朝节后[2]，馀寒犹厉。冻风时作，作则飞沙走砾，局促一室之内，欲出不得。每冒风驰行，未百步辄返。

廿二日，天稍和，偕数友出东直[3]，至满井。高柳夹堤，土膏微润[4]，一望空阔，若脱笼之鹄[5]。于是冰皮始解，波色乍明，鳞浪层层，清澈见底，晶晶然如镜之新开，而冷光之乍出于匣也。山峦为晴雪所洗，娟然如拭，鲜妍明媚，如倩女之靧面[6]，而髻鬟之始掠也。柳条将舒未舒，柔梢披风，麦田浅鬣寸许[7]。游人虽未盛，泉而茗者[8]，罍而歌者[9]，红装而蹇者[10]，亦时时有。风力虽尚劲，然徒步则汗出浃背。凡曝沙之鸟[11]，呷浪之鳞[12]，悠然自得，毛羽鳞鬣之间，皆有喜气。始知郊田之外，未始无春,而城居者未之知也。

夫能不以游堕事[13],而潇然于山石草木之间者,惟此官也[14]。而此地适与余近,余之游将自此始,恶能无纪[15]?己亥二月也[16]。

[1]燕地:这里指北京。
[2]花朝节:旧时以二月十五日为百花生日,叫花朝节。
[3]东直:东直门。
[4]土膏:肥沃的土地。
[5]鹄(hú):水鸟名,俗称天鹅。
[6]靧(huì)面:洗脸。
[7]鬣(liè):兽类颈上的毛,此处形容麦苗初茁。
[8]泉而茗者:汲泉水而煮茶的人。
[9]罍(léi)而歌者:手里拿着酒杯唱歌的人。
[10]红装,指妇女。 蹇(jiǎn),此处指骑驴。
[11]曝沙:在沙滩上晒太阳。
[12]呷(xiá):吞吸。
[13]堕(huī)事:坏事,耽误做事。
[14]此官:作者当时任顺天府儒学教授。
[15]恶(wū)能:怎能。
[16]己亥:万历二十七年(1599)。

袁宏道是"公安派"主将,晚明小品翘楚,其"性灵说"开创了小品文的新局面,而小品的灵魂是思想的自由和感情的奔放。就以这篇小品而言,便可以看出此公的心性:他厌恶于"冻风时作""局促一室之内"的压抑,而向往"若脱笼之鹄"的"一望空阔";那"冰皮始解"的"波色乍明",柳条柔梢的悠扬披风,那麦田浅鬣寸许的一望青青,那"曝沙之鸟"、"呷浪之鳞"的"悠然自得"……都洋溢着一派勃勃生气,那不啻是作者心灵的外化,内感的"移情",这些寓情于景的描写充分体现了一颗向往自由之心的青春喷发。纵观中郎一生,总想摆脱"形为心役"之苦,还己以自由之身。他"好山水,喜谈谑"。万历二十三年初任吴县县令时,便在《与毛太初》书中说:"弟已得吴令,令甚烦苦,殊不如田舍翁饮酒下棋之乐也。"由于深感作令之苦,不久就辞去县令,而走吴越。直到万历二十六年才到京师就任学官。在这段时间里仍不断出游,"余之游将自此始",从这篇小品结尾透露,这才仅仅是他出游、纪游的开始。这篇纪游小品历来为人所喜爱。陆云龙评此小品云:"写境亦如平芜,淡色轻阴,令人意远。"(《翠娱阁评选十六家小品》)张岱也说他的山水游记为"近时第一人佳作"(《寓山注跋》)。

孤　山

袁宏道

【题解】

本篇选自《袁宏道集笺校》卷十。万历二十五年（1597）在杭州作。孤山在杭州西湖之滨。

【原文】

孤山处士[1]，妻梅子鹤，是世间第一种便宜人。我辈只为有了妻子，便惹许多闲事。撇之不得，傍之可厌，如衣败絮行荆棘中，步步牵挂。近日雷峰下，有虞僧孺[2]，亦无妻室，殆是孤山后身。所著《溪上落花诗》，虽不知于和靖如何，然一夜得一百五十首，可谓迅捷之极。至于食淡参禅，则又加孤山一等矣！何代无奇人哉！

【注释】

[1]孤山处士：即林逋（957—1028），字君复，杭州钱塘人，少孤力学，恬淡不仕，结庐西湖之孤山，二十年足不及城市，自为墓于庐侧，卒，赐谥和靖。逋无妻子，所居植梅蓄鹤，固有妻梅子鹤之称。

[2]虞僧孺：不详。

【简评】

此篇小品并非写西湖孤山之风景，而是就宋代隐居孤山之隐士林逋生发感慨，从而反映了袁中郎人生观的一个侧面。文章称梅妻鹤子的林和靖是"世间第一种便宜人"，他超然物外，无牵无挂，省却了人间诸多烦恼，这自然是由于自身食人间烟火，"只为有了妻子便惹出许多闲事"而发。他曾对人说："弟观世间学道有四种人：有玩世，有出世，有谐世，有适世。"玩世者，指庄周、列御寇等道家一派；出世者，指达摩、马祖等佛教中人；谐世者，指孔子以后的"一派措大"；他最企慕的是"适世一种"，而"孤山处士"林逋就是他企慕的"适世"之人。但事实上中郎是做不到的。鲁迅曾说中郎"在野时要作官，作了官又叫苦"。这篇小品就反映了他思想情感的这种矛盾。这种出世与入世、尊儒又慕道的矛盾，也是历代文人普遍具有的，即使是其中的精英也只能在这解不脱的怪圈中打滚。

晚游六桥待月记

袁宏道

本篇选自《袁宏道集笺注》卷十八。写芳春之日晚游西湖之印象，令人回味无穷。

【原文】

西湖最盛[1]，为春为月[2]。一日之盛，为朝烟，为夕岚。今岁春雪甚盛，梅花为寒所勒[3]，与杏桃相次开发，尤为奇观。石篑数为余言[4]："傅金吾园中梅[5]，张功甫玉照堂故物也[6]，急往观之！"余时为桃花所恋，竟不忍去。

湖上由断桥至苏堤一带[7]，绿烟红雾[8]，弥漫二十余里。歌吹为风[9]，粉汗如雨，罗纨之盛[10]，多于堤畔之草，艳冶极矣[11]。

然杭人游湖，止午、未、申三时[12]，其实湖光染翠之工，山岚设色之妙，皆在朝日始出，夕春未下[13]，始极其浓媚。月景尤不可言，花态柳情，山容水意，别是一种趣味。此乐留与山僧受用，安可为俗士道哉！

[1]西湖：浙江杭州之西湖。
[2]为春为月：为，判断词，相当于"是"，是春天，是月夜。
[3]勒：强制，束缚。
[4]石篑：陶石篑，即陶望龄，字望周，号石篑，会稽（今浙江绍兴）人，万历十七年进士，初授翰林院编修，后官国子监祭酒，以讲学闻名，为"公安派"作家之一。
[5]傅金吾："金吾"为官名，汉有"执金吾"，明代亲军中有"金吾卫"。傅，姓氏。
[6]张功甫：即张镃，字功甫，号约斋，南宋将领张俊之孙，官奉议郎，直秘阁，善画竹石古木，家有园林"玉照堂"。
[7]断桥：位于白堤东头。
[8]绿烟红雾：形容春天桃红柳绿的美景。
[9]歌吹：歌声和乐器声。
[10]罗纨之盛：借指穿着绫罗绸缎盛装艳服的仕女游人。
[11]艳冶：艳丽冶妍。
[12]午、未、申三时：约上午11时到下午5时。
[13]夕春：指夕阳。

此小品写江南春景，与《满井游记》、《答梅客生》两篇写北国早春的文字形成一种鲜明的对照，透出一股别样的情趣：你看西子湖畔，梅花与桃杏次第盛开；绿烟红雾弥漫长堤；歌吹粉汗如风如雨；罗纨仕女游踪翩翩……一派南国醉人的春意从纸面纸背弥漫开来，直使人心驰神往于"莺争暖树"、"燕啄春泥"的断桥苏堤。袁宗道为文主张"独抒性灵，不拘格套，非从自己胸臆流出，不肯下笔"（《小修诗叙》）；他还主张为文应"任性而发，倘能通于人之喜怒哀乐嗜好情欲，是可喜也"。（同上）这篇小品就典型地表现出这种信笔所至，任性而发，通人喜乐的风格。可惜的是此文题为"晚游待月",文中又强调"湖光染翠之工,山岚设色之妙,皆在朝日始出、夕舂未下",而"月景尤不可言",但未能作形象具体的描写,而只以"花情柳态,山容水意,别有一种趣味"等空泛抽象的语言出之,这不能不说是一篇美文中的一处关键败笔。

答梅客生

袁宏道

【题解】

本篇选自《袁中郎全集》。梅客生,梅国桢,字客生,麻城人,万历十一年(1583)进士,官至大同巡抚、兵部右侍郎总督宣大山西军务,是袁氏兄弟的好友。这封给梅客生的信作于万历二十七年(1599)早春在京城候补教职之时。

【原文】

一春甚寒,西直门外,柳尚无萌蘖[1]。花朝之夕[2],月甚明,寒风割目,与舍弟闲步东直道上,兴不可遏[3]。遂由北安门至药王庙,观御河水。时冰皮未解,一望浩白,冷光与月相磨,寒气酸骨。趋至崇国寺,寂无一人,风铃之声,与猧犬相应答[4]。殿上题额及古碑,了了可读。树上寒鸦拍之不惊,以砾投之[5],亦不起,疑其僵也。忽大风吼檐,阴沙四集,拥面疾趋,齿牙涩涩有声,为乐未已,苦已百倍。

数日后,又与舍弟一观满井,枯条数茎略无新意。京师之春如此,穷官之兴可知也。

冬间闭门,著得《广庄》七篇[6],谨呈教。

[1]萌蘖(niè):树的新枝芽。
[2]花朝:古时习俗,以二月十五日为百花生日,称花朝节。
[3]遏:止。
[4]猧(wō):犬,小狗。
[5]砾(lì):小石块。
[6]《广庄》:书名,系对《庄子》的研究诠释之著。

读了前面的《满井游记》,再读此篇,你就会深感中郎写景功力之不凡:《满》文写的是花朝节后"天稍和"时冰皮始解的早春朗日景象;此文写的是在花朝节之夕冰皮未解,一望浩白,冷光与月相磨的准春夜间景色,时节相距不远,"象"与"意"却截然两样,非观察、体验、表达独特、独到,则不能有此功效。读此小品我们如同和袁氏兄弟在"寒风割目"的明月之夜漫步于去东直门的道上,由药王庙而崇国寺，见殿上题额古碑了了可辨，闻风铃狗吠相答，睹寒鸦拍之不惊，既而大风忽起，阴沙扑面……中郎实在是位极其敏感又极善于捕捉意象的诗人，他把我们全身心地带入他所描写的意境中，流连忘返，情醉神迷，怪不得江盈科在其《解脱集序》中赞其尺牍小品云："若夫尺牍，一言一字，皆以所欲言，信笔直尽，种种入妙。"读了此文，谁人不信?!

李子髯

袁宏道

【题解】

本文选自《袁宏道集笺注》。李子髯，名学元，字元善，号子髯，公安人，宏道妻弟。少与"三袁"为"六人社"，喜好作诗。万历二十八年（1600）举人。有《矜情集》。这是一篇给李子髯的书信，主要内容是谈诗。

【原文】

髯公近日作诗否？若不作诗，何以遣此寂寞日子？人情必有所寄，然后能乐。故有以弈为寄[1]，有以色为寄[2]，有以技为寄，有以文为寄。古之达人，高人一层，只是他情有所寄，不肯浮泛虚度光景。每见无寄之人，终日忙忙，如有所失，无事而忧，对景不乐，即自家亦不知是何缘故，这便是一座活地狱，更说什么铁床铜柱刀山剑树也[3]！大抵世上无难为的事，只胡乱做将去，自有水到渠成日子。如子髯之才，天下事何不可为？只怕慎重太过，不肯拼着便做。勉之哉！毋负知己相成之意可也。

[1]弈（yì）：下棋。
[2]色：女色。
[3]铁床铜柱刀山剑树：旧时迷信，说地狱中有此物。

这是一封写给妻弟的信，是一篇出色的尺牍小品，其所以出色，是以近乎白话的语言写出至亲间亲切真挚的感情，行文随便却极其恳切，看似信笔却包含着深刻的哲理。宏道开门见山，先问妻弟近日是否作诗？然后就单刀直入说：人情必须有所寄托，若无所寄托人生就是一个"活地狱"。这话说得多确切，多实在，多深刻呵，谁人没有这样的体会？谁人能否定这话的正确？这真是一个朴素的人人尽知却未明确认识到的真理。那么我们应有怎样的"情寄"？即寄情于什么才是对的？好的？那就是应像"古之达人，高人一层，不浮泛虚度光景"，具体到对方来说就是作诗,这就是"高人一层"的情寄!然后就鼓励他"只胡乱做去,自有水到渠成的日子"。当然这"胡乱"二字不能照字面理解,是要他不要"慎重太过","拼着便做"就可以。一个做姐夫的一片"知己相成之意"尽现纸面,你说好不好也?! 中郎曾说过:"……或今间闾妇人孺子所唱《擘破玉》、《打草竿》之类,犹是无闻无识,真人所作,故多真声。"他"重视妇人孺子"的"真声",只要有真的感情真的性情就能做出真声真诗,这就是他勉励其妻弟为诗并相信他能够成功的原因。

与丘长孺书

袁宏道

题解

本文选自《袁宏道集笺校》卷五,是作者写给友人丘长孺(名坦,字坦之)的信,大约作于万历二十三年(1593),作者任吴县县令不久。

闻长孺病甚,念念。若长孺死,东南风雅尽矣,能无念耶?弟作令备极丑态,不可名状。大约遇上官则奴,候过客则妓,治钱谷则仓老人[1],谕百姓则保山婆[2]。一日之间,百暖百寒,乍阴乍阳,人间恶趣,令一身尝尽矣。苦哉,毒哉!家弟秋间欲过吴[3]。虽过吴,亦只好冷坐衙斋,看诗读书,不得如往时,携侯子登虎丘山故事也[4]。

近日游兴发不?茂苑主人虽无钱可赠客子[5],然尚有酒可醉,茶可饮,太湖一夕水可游,洞庭一块石可登,不大落寞也。如何?

[1]治钱谷:指征税征粮。 仓老人:管理官仓的老吏。
[2]保山婆:媒婆。
[3]家弟:作者之弟袁中道。
[4]虎丘山:苏州名胜地。 故事:往事。
[5]茂苑:代称苏州,语出左思《吴都赋》:"佩长洲之茂苑。"

新评

这篇尺牍小品亦可见中郎之真性灵,真性情:他是以调侃之笔问候友人病况,然后就直抒为官的"备极丑态,不可名状"。四个排比句概括"丑态"极好:遇官则奴,候客则妓,治钱粮则仓吏,谕百姓则媒婆,比喻谑而恰,苦中带笑。接下来"一日之间,百暖百寒,乍阴乍阳,"把扮演各种角色,应付各种嘴脸,违心、役心、昧心、糟心的苦况和盘托了出来。读到这里,我们不禁联想到嵇康所说的做官"必不堪者七"的警言戒语,袁公之言则更带感情,更令人见其肺腑真心也。结尾数语亦发自胸臆,除

"无钱可赠"一语又属调侃外,"有酒可醉,茶可饮,太湖一夕水可游,洞庭一块石可登"皆为倾心切盼之语。中郎诚性情中人,故能发性灵之语也!

莲花洞

袁宏道

本文选自《袁宏道集笺注》,系记杭州西湖莲花洞胜景,并希望"搜得"更多的奇奥之景。

莲花洞之前,为居然亭,亭轩豁可望,每一登览,则湖光献碧,须眉形影,如落镜中。六桥杨柳一络[1],牵风引浪,萧疏可爱,晴雨烟月,风景互异,净慈之绝胜处也[2]。洞石玲珑若生,巧逾雕镂。

余尝谓吴山、南屏一派[3],皆石骨土肤,中空四达,愈搜愈出。近若宋氏园亭,皆搜得者。又紫阳宫石,为孙内史搜出者甚多[4]。噫,安得五丁神将[5],挽钱塘水,将尘泥洗尽,山骨尽出,其奇奥当何如哉!

[1]六桥杨柳:即"六桥烟柳",为"钱塘十景"之一。六桥指西湖苏堤上的映波、锁澜、望山、压堤、东浦、跨虹六座桥。

[2]净慈:即净慈寺,在杭州西湖南屏山慧日峰下,始建于五代周显德元年,为西湖古迹名胜之一。

[3]吴山:在西湖东南,由紫阳、云居、七宝、峨眉等山连成,春秋时为吴国南界,故名吴山。 南屏:南屏山,在西湖之南,有"南屏晚钟"为西湖十景之一。

[4]孙内史:指明代司礼太监孙隆,时任苏杭织造。

[5]五丁神将:即古代传说中的五个大力神。

此小品写作者在西湖附近的莲花洞探奇,这也许是新发现的、刚刚"搜得"的一处溶洞,"洞石玲珑若生,巧逾雕镂",大概像桂林的"七星岩"、"芦笛岩"一样奇幻迷人。但他对此着笔不多,写得最吸引人的是在进洞之前对周围风物的描述。你看他登上居然亭,豁然一望"湖光献碧",连自己的"须眉形影"都历历可见,"如落镜中";再举目远眺,"六桥杨柳一络,牵风引浪,萧疏可爱";想见晴日、雨天、烟朝、月夕,不同的时间不同的境况下"风景互异",更有无穷的情境可以入诗入画……作者为何写洞外详而写洞内略,我想一方面是他更喜爱洞外的自然风光,另一方面是本文着重点是后文所说的"搜"。他说"宋氏园亭"、"紫阳宫石"皆为搜所得;"吴山南屏一派皆石骨土肤，中空四达"，又"愈搜愈出"；他还希望"五丁神将挽钱塘江水将尘泥洗净，山骨尽出"，那时"奇奥"当更多更美地呈现于人间。这里大概还隐喻着这样一个理念："公安派"诸公主张"独抒性灵，不拘格套"，这对打破拟古主义的陈腐格局当然是有积极作用的；同时他们又主张"心灵无涯，搜之愈出"，对名胜的"愈搜愈出"好像也暗喻着心灵的"搜之愈出"。但这样的理念强调过分亦有偏颇，至少是忽视了社会实践对作家的决定作用，因此，题材狭窄，思想比较贫弱，这也是不能不指出的。

识周生《清祕图》后

袁宏道

【题解】

本篇选自《袁中郎全集》。周生，周时臣，号丹泉，苏州人，精于绘画，并擅长布置园亭。本文盛赞周生能将无用的木材变成有用之才，并由此生发感想，触及社会现实问题。识(zhì)，记。

【原文】

不才之木[1]，得子而才，故知匠石不能尽木之用。嗟夫，岂独木哉？世有拙士[2]，支离龙钟[3]，不堪世务。头若杵[4]，不中巾冠；面若灰盆，口如破盂，不工媚笑[5]；腰挺而直，足劲而短，不善曲折，此亦天下之至不才也。而一入山林，经至人之绳削[6]，则为龙为象，为云为鹤，林壑遇而成辉，松桂荫而生色，奇姿异质，不可名状，是亦生物之类也矣[7]。嗟夫，安得至人而与之[8]，竟不才之用哉[9]！

【注释】

[1]不才之木：没有用处的木材。
[2]拙士：笨拙的读书人。
[3]支离：残缺不全。　龙钟：老态。此句形容拙士衰残病弱的样子。
[4]齑(jī)杵：捣碎物品的棒槌。
[5]不工：不善于。
[6]至人：指思想和道德修养都达到最高境界之人。　绳削：纠正，调教。
[7]生物：生气勃勃的人。
[8]与：帮助。
[9]竟：尽。

【新评】

周生的《清祕图》大概是一幅园林建筑之图，在这张实际建筑已经完成的图画中，中郎看出周生将"不才之木"使用起来，使之成为有用之才，因而借题发挥，谈到人才使用的问题。这里作者也未说什么大道理，只是用了"至人"将"头若齑杵"、"面若灰盆"、"口如破盂"的"天下之至不才"，"绳削"为如龙如象如云如鹄有用人才的事实，说明人比木更为重要，当政者应当加倍爱惜人才，就是看似"无用之才"也应尽心培养使用，使其有一技之长，变为有用之才。这就体现了作者重视每一个生命个体的人性关爱和人道主义精神，这与认为"天下无一人不生知"、"圣人不曾高，众人不曾低"的李贽的思想影响是分不开的，因而具有时代的特点。

楮亭记

袁中道

袁中道(1570—1623)字小修，湖北公安(今湖北省公安县)人。万历四十四年(1616)进士，授徽州府教授，历国子监博士，官至南京礼部郎中。著有《珂雪斋近集》，今本有《珂雪斋集》》

本文选自《珂雪斋近集》。文章写楮树的用途和楮亭的由来，并由此生发开来，抒发人生之感慨。楮(chǔ)，树名，落叶乔木。叶似桑，皮可制纸。楮亭以树名亭。

金粟园后，有莲池二十馀亩，临水有园，楮树丛生焉。予欲置一亭纳凉，或劝予："此不材木也，宜伐之，而种松柏。"予曰："松柏成荫最迟，予安能待？"或曰："种桃李。"予曰："桃李成荫，亦须四五年，道人之迹如游云，安可弋之一处[1]？予期目前可作庇荫者耳。楮虽不材，不同商丘之木，嗅之狂醒三日不已者[2]，盖亦界于材与不材之间者也。以为材，则不中梁栋枅栌之用[3]；以为不材，则皮可以为纸，子可为药，可以染绘，可以颒面[4]，其用亦甚夥。昔子瞻作《宥老楮诗》[5]，盖亦有取于此。"

今年夏，酷暑，前堂如炙，至此地则水风泠泠袭人，而楮叶皆如掌大，其阴甚浓，遮樾一台[6]。植竹为亭，盖以箬，即曦色不至，并可避雨。日西，骄阳隐蔽层林，啼鸟沸叶中，沉沉有若深山。数日以来，此树遂如饮食衣服，不可暂废，没有当于予心[7]。自念设有他树，犹当改而植此，而况已森森如是，岂惟宥之哉[8]，且将九锡之矣[9]，遂取之以名吾亭。

[1]弋(yì)：木桩，此处意为停止不动。

[2]"不同商丘之木"二句：《庄子·人间世》："南伯子綦游乎商之丘，见大木焉，有异……嗅之，则使人狂醒三日而不已。"醒(chéng)，醉酒。

[3]枅(jī)：柱上的方木。　栌：大柱头承托栋梁的方木。

[4]靧(huì):洗脸。
[5]子瞻:苏轼,其《宥老楮诗》说楮树用处"略数得五六"。
[6]樾(yuè):树荫。
[7]当(dàng):适合。
[8]宥(yòu):通"侑",酬答。
[9]九锡:传说古代帝王尊礼大臣所给的九种器物。此处以之比楮树。

简评

袁宏道的小品比袁宗道写得生动活泼,而袁中道的小品则介乎两者之间。陆云龙曾评其文云:"故不独中郎振玉磻之坠绪,小修亦嗣中郎之微音,居平角胜于火攻,矜才于絮起。挥麈运毫,辄欲后来居上。然其爽垲之气,飘逸之韵,新颖之思,尖利之舌,固犹然兄弟也。"这就是说中道的小品风格既与宏道接近,而又具备宗道士林文化的雅正。不过由于他科场蹭蹬(46岁才中进士),因此有些小品比较沉郁。即以这篇记楮树的小品来看,他从楮树"界于材与不材之间"的特点,形象地阐发了《庄子·山木》所谓成材为患,不成材也为患,只得"处乎材与不材之间"才能保全性命的观点。从这一点来看他对封建专制社会的认识是比较深刻的。人才的生存状况就是如此,有才能而又正直的人终归是要以悲剧结局的。

西山十记(选一)

袁中道

题解

本文选自《珂雪斋集》。西山是北京西北郊群山的总称,包括妙峰山、香山、翠微山、卢师山、玉泉山等。作者的《西山十记》便描写了西山一带的风景名胜。这里所选的这篇是记西直门外沿途的风光。

原文

出西直门[1],过高梁桥,杨柳夹道,带以清溪,流水澄澈,洞见沙石,蕰藻萦蔓,鬣走带牵[2]。小鱼尾游,翕忽跳达[3]。亘流背林,禅刹相接[4]。绿叶浓郁,下覆朱户,寂静无人,鸟鸣花落。过响水闸,听水声汩汩。至龙潭堤,树益茂,水益阔,是为西湖也[5]。每至盛夏之月,芙蓉十里如锦,香风芬馥,士女骈阗[6],临流泛觞[7],最为胜处矣。憩青龙桥,桥侧数武[8],有寺依山傍岩,古柏阴森,石路千级。山腰有阁,翼以千峰[9],萦抱屏立,积岗沉雾,前开一镜,堤柳溪流,杂以畦畛[10],丛翠之中,隐见村落。降临水行,至功德寺,宽博有野致,前绕清流,有危桥可坐。寺僧多业农事,日已西,见道人执春者、插者、带笠者野歌而归[11]。有老僧持杖散步塍间[12],水田浩白,群蛙偕鸣。噫!此田家之乐也,予不见此者,三年矣。

[1]西直门:即今北京西直门。
[2]鬣(liè):兽类颈上的毛。 走:移动。鬣走带牵,形容水藻活动的情况。
[3]翕(xì)忽:忽然之间。
[4]禅刹:佛寺。
[5]西湖:即今颐和园的昆明湖。
[6]骈阗(tián):人多拥挤的样子。
[7]临流泛觞:在水边饮宴。
[8]武:半步。
[9]翼以千峰:以千峰为翼。
[10]畦畛(zhěn):田间小路。
[11]道人:这里指僧人。 畚(běn):簸箕一类器具。 插:同"锸",铁锹一类工具。
[12]塍(chéng):田垅。

"公安派"袁氏三兄弟皆好山水,喜游历,并多纪游之文,宏道、中道尤甚。《四库全书总目·袁中郎集提要》中说:三袁"诗文变板重为轻巧,变粉饰为本色,致天下耳目于一新"。这篇游记小品,也具有"轻巧"、"本色"的特点,如他写"杨柳夹道,带以清溪","流水澄澈,洞见沙石","小鱼尾游,翕忽跳达",以及西湖夏月之盛"芙蓉十里如锦,香风芬馥,士女骈阗"……都具"本色"之美;而"道人野歌而归"、"老僧持杖塍间"等语也颇有"轻巧"的特色。但较之宏道《满井游记》等作就缺少了一点活泼的朝气和青春的亮色,这也正是主将和偏将、正辕与边骖的差别吧!

江行日记二则

袁中道

本文选自《珂雪斋近集》,系记述江上两日的行程。

其一

夜雪大作。时欲登舟至沙市[1],竟为雨雪所阻。然万竹中雪子敲戛[2],铮铮有声,暗窗红火,任意看数卷书,亦复有少趣。

自叹每有欲往,辄复不遂。然流行坎止[3],任之而已。鲁直所谓"无处不可寄一梦"也[4]。

其 二

天霁。晨起登舟,入沙市。午间,黑云满江,斜风细雨大作。予推篷四顾:天然一幅烟江幛子[5]。

[1]沙市:在湖北江陵县东南十五里长江北岸。
[2]雪子:即霰,南方称雪子。 敲戛(jiá):敲击。
[3]流行坎止:《汉书·贾谊传》:"乘流则进,遇坎则止。"意为:在顺利的情况下就行动,遇到困难就停止。
[4]鲁直:黄庭坚,字鲁直,北宋诗人。
[5]烟江幛子:画着烟雨江景的屏幛(屏风)。

袁中道早年蹭蹬科场,这给他游览名山大川创造了"机遇",他有时甚至独自驾舟泛游于长江之上。《游居柿录》是他的旅游日记,兴之所至,笔之于文,最可见其小品的神韵。就这里所选的两则日记来看,在平淡的叙述中不乏转折之笔,有写景,有议论,有抒情,表达了作者随遇而安、听任自然的人生态度,也显示出随意而发,意味深长的写作特点。其兄袁宏道在《叙小修诗》中曾说他:"有时情与境会,顷刻千言,如水东注,令人夺魄。其间有佳处,亦有疵处,佳处自不必言,即疵处亦多本色造语。"本色者,质朴、自然之白描也,"三袁"的小品都有这样共同的特点,中道尤为显著。

序《山歌》

冯梦龙

冯梦龙(1574—1646)字犹龙,别号龙子犹、顾曲散人、墨憨斋主人。明末长洲(今江苏苏州)人。早年屡考科举不中。崇祯三年(1630)取得贡生资格,任丹徒县训导,七年升福建寿宁知县,十一年归隐乡里,晚年参加过抗清斗争。今有《冯梦龙诗文》。

本文选自《冯梦龙诗文》,是为《山歌》这部民歌集所写的序文。

书契以来[1],代有歌谣,太史所陈[2],并称风雅[3],尚矣[4]!自楚骚唐律[5],争妍竞畅[6],而民间性情之响,遂不得列于诗坛,于是别之曰山歌,言田夫野竖矢口寄兴之所为[7]，荐绅学士家不道也[8]。唯诗坛不列，荐绅学士不道，而歌之权愈轻[9]，歌者之心亦愈浅。今所盛行者，皆私情谱耳[10]。虽然，桑间、濮上[11]，国风刺之[12]，尼父录焉[13]，以是为情真而不可废也。山歌虽俚甚矣[14]，独非郑、卫之遗欤[15]？且今虽季世[16]，而但有假诗文，无假山歌。则以山歌不与诗文争名，故不屑假。苟其不屑假，而吾藉以存真，不亦可乎？抑今人想见上古之陈于太史者为彼，而近代之留于民间者如此，倘亦论世之林云尔。若夫借男女之真情，发名教之伪药[17]，其功于《挂枝儿》等[18]，故录《挂枝词》而次及《山歌》。

[1] 书契：文字。
[2] 太史所陈：《礼记·王制》："天子命太师陈诗以观民风。"陈诗，就是将搜集的民间歌谣呈给天子。
[3] 风雅：《诗经》中"国风"、"小雅"、"大雅"的合称。
[4] 尚：崇尚、推崇。
[5] 楚骚：楚国屈原《离骚》所创制的骚体诗。 唐律：唐代的律诗。
[6] 竞畅：竞相发展流传。
[7] 野竖：乡村少年。 矢口：随口。
[8] 荐绅：缙绅，指士大夫有官位之人。
[9] 权：这里指轻重程度。
[10] 私情：这里指男女爱情。
[11] 桑间、濮上：《礼记·乐记》："桑间、濮上之音，亡国之音也。"郑玄注："濮水之上，地有桑间者，亡国之音于此水出也。昔殷纣使师延作靡靡之乐，已而自沉于濮水。"桑间、濮上本是河南地名，因有上述传说，就成为靡靡之音和淫靡之俗的代称。
[12] 国风刺：《诗序》认为：《诗经·国风》中收录《郑风·溱洧》、《卫风·氓》一类诗是讽刺"淫风大行"。
[13] 尼父：孔子，字仲尼，人们尊称他为"尼父"。
[14] 俚：粗俗。
[15] 郑、卫：《诗经》中"郑风"和"卫风"多收录情歌。
[16] 季世：末世。
[17] 此句意在揭发封建礼教的虚伪性。
[18] 《挂枝儿》：作者编的另一部民歌集。 等：相等，相同。

冯梦龙是一位有进步思想的人物，他"酷爱李氏（卓吾）之学，奉为蓍蔡"；在任寿宁知县时曾上疏陈述国家衰败的原因，希求变革。他特别重视戏曲、小说、山歌等通俗文学，除编"三言"（《喻世明言》、《警世通言》、《醒世恒言》）而外，还编印了民间歌曲集《挂枝儿》和《山歌》，还编有散曲集《太霞新奏》、笔记小品《古今谭概》等，对明代小说、戏曲和民间歌曲的繁荣有很大的贡献。这篇《山歌》序就旗帜鲜明地表明了他的文学观：他首先认为民间歌谣具有非凡的价值，自古以来为"太史所陈"以观民风；它在《诗经》中"并称风雅"，为诗歌之正宗；只是后来为"荐绅学士不道"而使"歌之权愈轻,歌者之心亦愈浅";其次他认为:"今所盛行者"即使"皆私情",亦是《诗经》"郑、卫之遗",正可"借男女之真情,发名教之伪药",揭露道学家的伪善面孔。从这里我们可以看到向伪道学宣战的李贽的思想影响。冯梦龙对《挂枝儿》《山歌》等民间歌曲的大力收集和编辑整理以及弘扬肯定,直接影响到作家的创作,为当时曲坛乃至诗坛都带来了生气。明代散曲作家多数兼擅南北曲,与民歌的影响有关。

半日闲

冯梦龙

题解

本篇选自《古今谭概》,系对富贵闲人予以嘲讽,对老僧寄以同情。

原文

有贵人游僧舍,酒酣,诵唐人诗云:"因过竹院逢僧话,又得浮生半日闲[1]。"僧闻而笑之。贵人问僧何笑,僧曰:"尊官得半日闲,老僧却忙了三天。"

[1]见《全唐诗》所收李涉《题鹤林寺僧室》。

冯梦龙是一位通俗文学家,他除了编辑拟话本小说"三言",整理民歌《挂枝儿》《山歌》而外,还辑录、创作了许多谑辞、寓言小品,编辑成《古今谭概》,其中大部分是以笑话的形式讽刺达官贵人的奢侈淫靡和愚骏颠顶,以及阿谀逢迎、嫌贫爱富的世情冷暖,具有明显的讽喻色彩和批判性的社会意义。这里所录的这篇小品就具有代表性:作者把"贵人"和"僧人"作为两个"对立面",前者终日无所事事,还要来寺庙闲逛讨扰,酒酣耳热之后,还要附庸风雅,借吟唐诗以抬高身价,把自己闲得百无聊赖的寄生生活还要说成偷得"半日闲";而老僧仰仗贵人的施舍,不得不曲意相迎,为准备接待整整忙了三日。这就把两种境遇的人生作了强烈的对比,突现了"贵者"虚骄的丑态与贫者的卑微和苦辛。不过此僧还敢当面道出真话,话说得绵里藏针,软中带刺,也不失贫贱者未被扭曲的本色。小品虽小,值得玩味。

好好先生

冯梦龙

【题解】

本文选自《古今谭概》。暗喻被称为"好好先生"的司马徽为世人不解的奇人。

【原文】

后汉司马徽[1]，不谈人短，与人语，美恶皆言好。有人问徽安否？答曰："好。"有人自陈子死，答曰："大好。"妻责之曰："人以君有德，故此相告，何闻人子死，反亦言好？"徽曰："如卿之言亦大好。"今人称"好好先生"，本此。

[1]司马徽(？—208)：东汉末颍川阳翟(今河南禹县)人，字德操，善于知人，庞德公称之为"水镜"。长期居荆州，为刘备推荐诸葛亮、庞统。后刘琮以荆州降曹，他为曹操所得，不久病死。

"好好先生"是一个贬义词，意为为人不分是非，没有立场，凡人凡事皆说好，唯本保生保命。这篇小品看似追溯"好好先生"的来历，但对其始作俑者不但毫无贬意，而是另有所寓。为什么"有人自陈子死"他却说"大好"？那是因为他和庄子一样有"齐生死"观，庄子为妻死"鼓盆而歌"，他便说"其子死大好"，这里隐含着他的生之痛苦，死意味着是一种解脱。那妻子对他的责备他为何说"亦大好"？那是因为妻子有一种对人的同情心、怜悯心，因而也是大好！《世说新语》注云："司马徽知刘表性暗，必害善人，乃括囊不谈论时人。有以人物问徽者，初不辨其高下，每辄言佳。其妇谏曰：'人质所疑，君宜辩论，而一皆言佳，岂人所以咨君之意乎？'徽曰：'如君所言，亦复佳。'"冯梦龙的这篇小品大概是据此而作，不仅更通俗化、生活化，而且把一个"避祸全身"的形象变为一个智者哲人的形象。这就是他的"所寓"。

洪汝含《鼓山游记》序

曹学佺

曹学佺(1574—1647)字能始，号石仓，侯官(今福建闽侯)人。万历二十三年(1595)进士，任四川右参政、按察使。天启间官广西参议，因著《野史纪略》被劾削职。明亡后曾任南明唐王礼部尚书。清兵入闽，自缢山中。著有《石仓集》、《蜀中广记》。

本文选自《晚明十二家小品》。本文借为友人的《鼓山游记》作序,阐述了有关游记的写作方法问题。

原文

作文中游记最难。未落笔时,搜索传志,铺叙程期,洋洋洒洒,堆故实于满纸[1],但数别人财宝而已,于一种游情了不相关。即移之他处游亦可。拘而寡韵,与泛而不切,病则均焉。

记游如作画,画家必须摹古,间复出己意着色生采,自然飞动。及乎对境盘礴[2],往往难之。乃以为画不必似,盖远近位置,木石相背,逼真则碍理,两不入耳。法既不伤,于境复肖,又何以似为病也?

友人洪汝含氏,作《鼓山游记》。余读之,初若不汲汲于游者。或为翠岚招之[3],或为友朋动之,或自崖而返,或登顶者再。惟随性所适[4],及乎境之所奏[5],故为其记,亦不为传志故实之所窘缚[6],与夫年月里数之所役使。神情满足,气色生动,嘻笑戏谑,皆成文章。以如意之笔术,夺难肖之画工,此所谓合作也[7]。传《诗》之《葛覃》曰[8]:"葛者,妇人之所有事也。为是诗者,咏歌其所有事,而又及其所闻见,言其乐从事于此也。"噫!汝含氏之游,可谓乐矣,是宜记。

[1]故实:典故。
[2]盘礴:反复查明。
[3]翠岚:山气显现的翠色。
[4]适:至,往。
[5]奏:通"凑",会合。
[6]窘缚:束缚。
[7]合作:合于法度。
[8]传《诗》:《诗经》毛亨传。传,解说经文的文字。

曹学佺是一位有民族气节的官员,又是一位学者和作者,他曾选辑上古至明代的诗歌编为《石仓十二代诗选》风行于世,又写作游记、楼记及序跋尺牍小品多种,《游武夷记》、《游房山记》、《蜀中广记》皆名重当时。因此他的这篇给友人写的《鼓山游记》序,便是一种经验之谈。他认为写游记一不能"搜索传志,铺叙程期,洋洋洒洒,堆故实于满纸";二不能"对境盘礴"要求"逼真";三不能"为传志故实之所窘缚,为年月里数之所役使";而要"随其性之所适,及乎境之所奏",从而做到"神情满足,气色生动,嘻笑戏谑皆成文章"才是好的游记。这既是经验谈,也是方法论,对今天的写作者也有启示。作者又从毛亨传《诗》的角度,谈诗亦是"及其所闻见,言其乐从事于此",这样就把诗、文、画的艺术本质作了一致的沟通,从而道出了艺术的真谛。(文中有一段谈到画,说"记游如作画"。)

剡 溪

王思任

王思任(1574—1646)字季重,号谑庵,浙江山阴(今绍兴)人。万历二十三年(1595)进士,曾知兴平、当塗、青浦三县,又任袁州推官、九江佥事。清兵破南京后,鲁王监国,以思任为礼部右侍郎,进尚书。顺治三年,绍兴为清兵所破,闭门大书"不降",绝食而死。著有《王季重十种》。

本文选自《王季重十种》。剡(shàn)溪:在浙江嵊州,为曹娥江上游。是作者浙东游记中的第三篇。

浮曹娥江上[1],铁面横波[2],终不快意。将至三界址[3],江色狎人,渔火村灯,与白月相上下。沙明山静,犬吠声若豹,不自知身在板桐也[4]。昧爽[5],过清风岭,是溪、江交代处[6],不及一唁贞魂[7]。山高岸束,斐绿叠丹[8],摇舟听鸟,杳小清绝,每奏一音,则千峦啾答。秋冬之际,想更难为怀[9]。不识吾家子猷何故兴尽[10]?雪溪无妨子猷[11],然大不堪戴[12]。文人薄行[13],往往借他人爽厉心脾[14],岂其可[15]?过画图山,是一兰苕盆景[16]。自此,万壑相招赴海,如群诸侯敲玉鸣裾[17],逼折久之[18],始得豁眼一放地步。山城崖立,晚市人稀,水口有壮台作砥柱,力脱愤往登[19],凉风大饱。城南百丈桥,翼然虹饮[20],溪逗其下[21],电流雷语。移舟桥尾,向月碛枕漱取酣[22],而舟子以为何不傍彼岸,方喃喃怪事我也[23]。

[1]曹娥江:为剡溪的下流,至嵊州各支流汇合,曲折北流经曹娥庙前,故名曹娥江。曹娥为东汉会稽郡上虞县人。相传其父五月五日迎神,溺死江中。曹娥年仅十四岁,沿江号哭十七昼夜,投江而死。《后汉书》有孝女曹娥传。

[2]铁面横波:因联想到曹娥事,觉江水无情,横起风波。

[3]三界:上虞至嵊州之间曹娥江上的村镇。

[4]板桐:此处指船。

[5]昧爽:拂晓,天未全亮时。

[6]交代:交接。

[7]唁:凭吊。 贞魂:指曹娥。

[8]斐:五色交错。斐绿叠丹:即丹绿色错杂相叠。

[9]"秋冬"二句:《世说新语·言语》:王子敬云:"从山阴道上行,山川自相映发,使人应接不暇,若秋冬之际,尤难为怀。"

[10]吾家子猷:指东晋王徽之,字子猷,作者与他同姓,故称"吾家子猷"。王徽之居会稽(今绍兴)时,雪夜泛舟剡溪,访戴逵(字安道),至其门而返。人问其故,他说:"本乘兴而来,兴尽而返,何必见安道耶!"

[11]雪溪:指雪夜的剡溪。

[12]不堪:承受不了。

[13]薄行:品性轻薄。

[14]爽厉:亦作"厉爽",伤害。

[15]岂其可:难道可以吗?

[16]兰苕盆景:形容此处山如兰草盆景。

[17]敲玉鸣裾:形容穿着礼服,佩戴玉器,走动时发出响声。

[18]逼折:一作"逼仄",狭窄。

[19]脱帻(zé):脱去头巾。

[20]虹饮:桥如长虹,两端像在饮水。

[21]逗:停留。

[22]向月碛:沙滩名。 枕漱:即枕石漱流,典出《世说新语·排调》。

[23]怪:埋怨。事我:侍奉我。

  王思任也是一位有民族气节的士大夫,同时性格豪放,卓有文采。钱谦益《列朝诗集小传》评他说:"季重有隽才,居官通脱自放,不事名检。性好谑浪,居恒与狎客纵酒,谈笑大噱。遇达官大吏,疏放绝倒,不能自禁。好以诙谐为文。"其小品以山水游记最为突出,《剡溪》是其代表作之一。这篇游记小品不同于一般的是:其一,将风物描写与有关掌故融为一体来写。写"浮曹娥江上"既有"渔火村灯与白月相上下"的白描,又有"铁面横波"、"不及一唁贞魂"的曹娥事迹穿插;写剡溪既有"山高岸束,斐绿叠丹,摇舟听鸟,杳小清绝"的笔画,又有"吾家子猷何故兴尽"的掌故的交织,这样就将景与情融汇为一,而且具有了较深的文化内涵。其二是人格化描写,如"过画图山,自此万壑相招赴海,如群诸侯敲玉鸣裾";"城南百丈桥,翼然虹饮,溪逗其下……向月碛枕漱取酣"。这样的描写把自在的景物都写活了,既得力于作者新奇的想象,也仰仗于"移情"的笔法。因此陆云龙评其游记小品说:"而其灵山川者,又非山川开其心灵,先生直以片字镂其神,辟其奥,扶其幽,凿其险,秀色瑰奇,踔其巅矣。"(《皇明十六家小品·王季重先生小品序》)

游慧锡两山记

王思任

【题解】

本篇选自《王季重十种》,内容系记载游慧锡两山时之所见。慧山又称惠山、惠泉山,在今江苏省无锡市西郊,江南名山之一,以泉水著名,有天下第二泉、龙眼泉十多处。锡山,亦在无锡西郊,惠山以东小丘,相传周秦时产锡,故名。

【原文】

越人自北归[1],望见锡山,如见眷属。其飞青天半,久渴而得浆也,然地下之浆,又慧泉首妙。居人皆蒋姓,市泉酒独佳,有如折阅[2],意闲态远,予乐过之。买泥人,买纸鸡,买木虎,买兰陵面具,买小刀戟,以贻儿辈[3]。至其酒,出净磁,许先尝论值[4],予丐冽者清者[5],渠言燥点择奉[6],吃甜酒尚可做人乎!冤家,直得一死[7]。

【注释】

[1]越人:作者自称,王思任系浙江山阴(今绍兴)人。
[2]折阅:折本,亏本。
[3]贻:给。
[4]论值:论价。
[5]丐:乞,求。
[6]燥点择奉:专拣燥辣的(酒)拿来。
[7]直:同"值"。

【简评】

这虽然也是一篇记游小品,但风格与《剡溪》却全然不同,如果记《剡溪》是比较严肃雅正的话,那么这一篇却是极其浪漫活泼。一开始,作者就把锡山当作"自北归"来的"眷属",这么亲昵的比喻好像从未见过;接着由泉写到酒,又由酒写到酒家妇:伊不仅亏本卖酒而且"意闲态远",这便使他"乐而过之"。饮酒的过程尤为动人:自己要的是"冽者清者",而妇人却专拣燥辣的烈酒"奉"上,而且还说了句:"吃甜酒尚可做人乎?"把这位思任先生臊得脸红脖子粗,可心里却乐得开了花:"冤家,直得一死!"多么有趣有味生活化到极点的小品呵,既写出了当时当地的风情,又写出人性的"隐私"。晚明小品来自人性的解放和市井文化的影响,从而呈现出新的面貌和前所未有的繁荣,表现与原因都在这里。

徐伯鹰《天目游诗记》序

王思任

【题解】

本文选自《王季重十种》,是为友人徐伯鹰诗文所作的序。徐伯鹰,生平事迹未详。

【原文】

尝欲佞吾目[1],每岁见一绝代丽人,每月见一种异书,每日见几处山水。逢阿堵举却[2],遇纱帽则逃入深竹,如此目著吾面,不辱也。徐伯鹰铁脊万丈,突中时魔,大纛出镇[3],短后削归[4],绝无矜拂之意[5]。每至我草亭,谈谐索酒,玄对会稽千万峰,辄半响痴去。无何[6],伯鹰去走,两月不语,忽从天目言旋[7],以记绘其像,以诗绣其神;吾读之若瀑落冰壶,若霞飞鹤背,着半夜招提[8],妙香清梵[9],梦魂犹冷;若坐我于老岩古壁之下,嚼梅蕊,嗅雪兰,时有山鸟赠舌;又若松风溪月,谡谡溶溶也[10]。伯鹰曰:"色易衰,书易倦,无敢无妒[11],世间惟山水。吾偶思天目,即抽胫诣之[12],以雨濛故,仅放只眼。"嗟乎!造物何常,人心不足。使当日生人初,增设四眼,尽如苍颉[13],犹以为未供其观也;使人人而皆只眼,与玉垄分面称孤[14],则亦相安无越思矣。伯鹰曰:"然,吾第欲还我双眼[15]。所愿一眼如天,一眼如海。"问曰:"何须恁底睁大[16]?"曰:"不但看山水,亦看伊也[17]。"

[1] 佞(nìng):逢迎讨好。
[2] 阿堵:即阿堵物。典见《世说新语·规箴》,代称钱。 举:拿。 却:走,开。
[3] 纛(dào):军中大旗。
[4] 短后:衣的后幅较短,便于动作,这里指军衣。 削归:削职回乡,罢官。
[5] 矜:自负其能。 拂:不合心意,失意。
[6] 无何:不久。
[7] 言:助词,无义。
[8] 招提:梵语,后用作寺院的别称。
[9] 梵:梵语音译词梵摩等略称,意为寂静、清净。
[10] 谡谡(sù):风声。 溶溶:月色随水波而动荡。
[11] 斁(yì):厌弃。
[12] 胫:腿。 诣:往、到。
[13] 苍颉:传说黄帝史官,创始文字的人。
[14] 玉垄:道家语,指鼻。

[15]第:但,只。
[16]恁底:即"恁地",如此。
[17]伊:你。

清兵破绍兴,王思任誓不投降,绝食而死,性格该何等刚烈;但他又是一个"性好浪谑","不事名检"的放达之士。比他小20岁,深受其影响的张岱在《王谑庵先生传》中,也说他"出言灵巧,与人谐谑,失口放言,略无忌惮"。这篇小序就充分显示出他的这种个性特色。文章开篇就以谐谑的口气,列举如何使"目着吾面,不辱也",坦言自己爱美人,爱异书,爱山水,而对阿堵(金钱)、纱帽(官职)却逃避唯恐不及。继而描写友人伯鹰的性格也用的是谐谑的笔法,为"铁脊万丈,突中时魔,大蠹出镇……"等语,以其显示与自己性格相合而成为知己。下面一段评伯鹰之诗的文字倒不太谐谑,但亦充分表现其人的浪漫文采,真是以无穷的想象意象"绘其像""绣其神",突显其特有的个性。结尾仍以"目"为由头,引出二人互相戏谑之辞,令人莞尔而笑。自由的思想,突出的个性,洒脱的文笔,正是他能成为晚明小品作家中翘楚的原因。

夏梅说

钟 惺

钟惺(1574—1624)字伯敬,号敬谷,竟陵(今湖北省天门市)人。万历三十八年(1610)进士。历任南京礼部郎中、福建提学佥事。与谭元春共同编选《古诗归》和《唐诗归》,提倡"幽深孤峭"的风格,被称为"竟陵派"。著作有《隐秀轩集》,今有《钟伯敬合集》。

本文选自《隐秀轩集》。作者借对夏梅的咏赞抒发一种讽世情怀。

梅之冷,易知也,然亦有极热之候,冬春冰雪,繁花粲粲,雅俗争赴,此其极热时也。三四五月,累累其实,和风甘雨之所加,而梅始冷矣。花实俱往[1],时维朱夏[2],叶干相守,与烈日争,而梅之冷极矣。故夫看梅与咏梅者,未有于无花之时者也。张渭《官舍早梅》诗所咏者[3],花之终,实之始也。咏梅而及于实,斯已难矣,况叶乎!梅至于叶,而过时久矣。

廷尉董崇相[4],官南都[5],在告[6],有夏梅诗,始及于叶,何者?舍叶无所为夏梅也。予为梅感此谊,属同志者和焉[7],而为图卷以赠之。

夫世固有处极冷之时之地,而名实之权在焉[8]。巧者乘间赴之,有名实之得,而又无赴热之讥,此趋梅于冬春冰雪者之人也,乃真附热者也。苟真为热之所在,虽与地之极冷,而有所必辩焉[9]。此咏夏梅意也。

[1]往:过时。指花已枯萎。
[2]朱夏:盛夏。
[3]张渭:唐代诗人。其《官舍早梅》诗:"阶下双梅树,春来画不成。晚时花未落,阴处叶难生。摘子防人到,攀枝畏鸟惊。风光先占得,桃李莫相轻。"
[4]廷尉:大理寺卿,掌管刑狱之事的官员。 董崇相:董应举,字崇相,作者之友,当时任南京大理寺丞。
[5]南都:今江苏省南京市。
[6]在告:在休假期间。
[7]属:同嘱。 和(hè):和诗。
[8]名实:名称与实际。 权:权衡。
[9]辩:通辨,辨明,辨别。这句意为:必须有所辨别。

钟惺是竟陵派的代表作家,其诗文作品有与公安派袁宏道等人共同的特点,即文笔清新,抒写"性灵";但为了矫正公安派之"浅俗",比较追求用语的"幽情单绪",以形成"幽深孤峭"的艺术风格。这里的这篇《夏梅说》,虽然在语言上并不生涩冷僻,但其内蕴暗讽,冷隽的笔调中自有命意的警策。他为何钟情于夏梅?那是因为"趋梅于冬春冰雪者之人,乃真附热者也";而夏梅"累累其实,和风甘雨之所加",且"叶干相守,与烈日争",虽然无人问津,看似"极冷",无名却有实。作者不愿追随那些趋炎附势者而独愿与冷清相守,表现出一种"众人皆醉而我独醒,举世混浊而我独清"的节操风骨,这便是其"咏夏梅意"之所在,也是其"幽深孤峭"之所在。此外,作者作此文在万历四十六年(1618),是年夏天,考选仍未下。钟惺自进士及第以来,为行人八年,又拟部二年,一直沉浮于闲曹,未曾做得正官。本文中遭受冷遇的夏梅就是其苦涩的自况。当然他不只是为己不平,而是揭示了一种普遍的人性和古今如此的社会现象,这也是此小品在时光的淘洗中仍然闪光的原因。

题《鲁文恪诗选》后

钟惺

本文选自《隐秀轩集》,原文有二则,此选其一。内容系说选诗的几种情形。鲁文恪(kè),鲁铎,字振之,曾任国子监祭酒,死后谥文恪,作者的同乡前辈。

原文

诗文多多益善者,古今能有几人?与其不能尽善而止存一篇数篇、一句数句之长,此外皆能勿作,即作而能不使传,使后之读者,常有"其全决不止此"之疑,思之惜之,犹有有馀不尽之意焉。若夫篇与句善矣,而不能使其不善者不传于后,以起后人厌弃,而善者反不见信,此岂善为必传之计者哉。故夫选而后作者,上也;作而自选者,次也;作而待人选者,又次也。古人所谓数十首、数首之可传者,其全决不止此。若其善者止此,而此外勿作,正予所谓作其必可传者也。此其识其力,古今又能有几人乎?

新评

这篇题跋小品是对前辈同乡的"诗选"所写的感言。钟惺是一位有眼光、有水平的选家,他与谭元春合作共选的《诗归》51卷,一时风行海内,洛阳纸贵,几乎家有一编,"竟陵派"之名益随之不胫而走。这篇小品实际是谈他选诗选文的体会,他认为最上乘的作者应当是"选而后作",即要求作者在创作时就要精选题材,精心营造,惜墨如金,非精品不作。其次是"作而自选",由作者自己选择善者,使不善者不传于后。再其次是"作而待人选",由他人选其善者,汰其不善者。作为一位选家,从大量作品遴选的过程中有了这种感想,发以为文,目的是要作者立意创作精品,不可粗制滥造;自选作品时亦不要敝帚自珍,兼收并蓄。这用意确是好的,但旁观者清,当局者迷,除了时间这个伟大的批评家裁汰而外,还得靠有眼光有水平的选家遴选,此非钟公莫属也!

浣花溪记

钟 惺

题解

本篇选自《隐秀轩集》。浣花溪在成都西南郊区,又名百花潭,杜甫草堂即在此。作者以一路行踪目之所及为记。

原文

出成都南门,左为万里桥[1],西折纤秀长曲,所见如连环、如玦、如带、如规,色如鉴、如琅玕、如绿沉瓜[2],窈然深碧,潆回城下者,皆浣花溪委也[3]。然必至草堂[4],而后浣花有专名,则以少陵浣花居在焉耳[5]。

行三四里为青羊宫[6],溪时远时近,竹柏苍然,隔岸阴森者尽溪,平望如荠[7],

水木清华,神肤洞达[8]。自宫以西,流汇而桥者三,相距各不半里。舁夫云"通灌县"[9],或所云"江从灌口来"是也。

　　人家住溪左,则溪蔽不时见,稍断则复见溪,如是者数处,缚柴编竹,颇有次第。桥尽,一亭树道左,署曰"缘江路"。过此则武侯祠[10]。祠前跨溪为板桥一,覆以水槛,乃睹"浣花溪"题榜[11]。过桥一小洲,横斜插水间如梭。溪因之,非桥不通,置亭其上,题曰"百花潭水"。由此亭还度桥,过梵安寺[12],始为杜工部祠[13]。像颇清古,不必求肖,想当尔尔。石刻像一,附以本传[14],何仁仲别驾署华阳时所为也[15]。碑皆不堪读。

　　钟子曰:杜老二居,浣花清远,东屯险奥[16],各不相袭。严公不死[17],浣花可老,患难于朋友大矣哉!然天遣此翁增夔门一段奇耳[18]。穷愁奔走,犹能择胜[19],胸中暇整[20],可以应世,如孔子微服主司城贞子时也[21]。

　　时万历辛亥十月十七日[22],出城欲雨,顷之霁。使客游者[23],多旧监司郡邑招饮[24],冠盖稠浊[25],磬折喧溢[26],迫暮趣归[27]。是日清晨,偶然独往。楚人钟惺记[28]。

　　[1]万里桥:成都城南锦江之上。
　　[2]玦(jué):环状而有缺口的玉佩。　规:此指圆形。　鉴:镜。　琅玕(lànggān):珠玉。　绿沉瓜:深绿色的瓜。
　　[3]委:水的下流。
　　[4]草堂:即杜甫在成都时的故居。
　　[5]少陵:杜甫自称"少陵野老"。　浣花居:即草堂。
　　[6]青羊宫:又名青羊观,道教的庙宇。
　　[7]荠(jì):荠菜。
　　[8]神肤:精神和形体。　洞达:此指爽快。
　　[9]舁(yú)夫:轿夫。
　　[10]武侯祠:诸葛亮的祠堂。
　　[11]榜:即匾。
　　[12]梵安寺:又名草堂寺。
　　[13]杜工部祠:纪念杜甫的祠堂。
　　[14]本传:指《唐书》的《杜甫传》。
　　[15]何仁仲:人名,未详。　别驾:通判之别称,州府的副职。　署:代理。
　　[16]东屯:夔州(今重庆奉节)东瀼溪。杜甫于大历元年(766)移居夔州。
　　[17]严公:严武,曾任剑南节度使、成都府尹,与杜甫为世交,杜甫入蜀曾依靠他。
　　[18]天遣:天意驱使。
　　[19]胜:此指胜地。
　　[20]暇整:即整暇,好整以暇,形容从容不迫。
　　[21]"如孔子"句:孔子曾从宋国变装逃到陈国,住在陈国大夫司城贞子家中,当时孔子亦从容不迫。
　　[22]万历辛亥:万历三十九年(1611)。

[23] 使客：指朝廷派的使臣。
[24] 监司：指按察使。　郡邑：指州县之官。　招饮：招待宴饮。
[25] 冠盖：指达官车驾。　稠浊：聚集、众多。
[26] 磬折：鞠躬作揖。　喧溢：指人声嘈杂。
[27] 趣（cù）：急。
[28] 楚人：竟陵为战国楚地，故作者自称楚人。

从事文学艺术的人，总是不断企求创新。即以明代而言，先是"台阁体"，后是"前后七子"，尔后是"唐宋派"、"公安派"，及至钟惺、谭元春又出现"竟陵派"……一代一代才人总是想突破前人的成规，使自己的创作别开生面，尽管其有得有失，有成有败，但这种与时俱进，不想墨守成规的精神总是应该肯定的。就竟陵派而言，它不满足于"公安派"的"浅俗"，提倡"幽情"、"别趣"，追求"幽深孤峭"，确实也出现了一种别样的风格。就以此文而论，开始写出城所见就不同于前人，写溪水之状，"如连环、如玦、如带、如规，色如鉴、如琅玕、如绿沉瓜"，不仅比喻众多新颖，而且句式奇特、节奏频疾，一开篇就使人耳目一新。既而写一路景物也非同寻常，如写青羊宫之"溪时远时近，竹柏苍然，隔岸阴森者尽溪，平望如荠"，景色描写便很独特；"水木清华，神肤洞达"之用语亦颇新奇；"像颇清古，不必求肖，想当尔尔"等对杜工部祠的印象感受也很独到；尤其是终篇"使客游者，多旧监司郡邑招饮，冠盖稠浊，磬折喧溢"一段描写，更显出作者睥睨世俗、傲视权贵的孤洁个性，"稠浊"、"喧溢"等词语贬意厌意甚明，总之从形式到内容都表现了竟陵"幽深孤峭"的风格。

游虎丘小记

李流芳

李流芳（1575—1629）字长蘅，号泡庵，晚称慎娱居士。嘉定（今属上海）人。万历三十四年（1606）中举人，三赴会试，均不第。因魏忠贤乱政，遂绝意进取。筑檀园，读书著述。工诗，善书法，尤精绘画。著有《檀园集》。

本文选自《檀园集》卷八。虎丘是苏州名胜，文以记胜。

虎丘，中秋游者尤盛。士女倾城而往，笙歌笑语，填山沸林，终夜不绝。遂使丘壑化为酒场，秽杂可恨。予初十日到郡，连夜游虎丘，月色甚美，游人尚稀，风亭月榭，间以红粉笙歌一两队点缀，亦复不恶，然终不若山空人静，独往会心。尝秋夜与弱生坐钓月矶,昏黑无人往来,时闻风铎[1],及佛灯隐现林杪而已[2]。又今年春中与无际舍姪偕访仲和于此。夜半月出无人,相与趺坐石台[3],不复饮酒,亦不复谈,以静意对之,觉悠然欲与清景俱往也。生平过虎丘才两度,见虎丘本色耳。友人徐声远诗云:"独有岁寒好,偏宜夜半游。"真知言哉!

[1]风铎:风铃。
[2]林杪(miǎo):林梢。杪,树木的末梢。
[3]趺(fú)坐:双足交叠而坐。

　　李流芳是一位仕途受挫、憎恶魏阉专权、再无意于功名利禄的高人逸士,他既工诗文,又善绘山水,兼能花卉,亦长书法、篆刻,与唐时升、娄坚、程嘉燧合称"嘉定四先生"。其小品清丽娴雅亦如其人。试看这则纪游小品就写得跌宕起伏、有趣多姿。他打破了时间顺序,也不以游踪为序,而是以"独往会心""虎丘本色"为轴展开简洁集中的记述:现时:中秋,"士女倾城而往……丘壑化为酒场,秽杂可恨";近时:初十"夜游虎丘,月色甚美"虽"红粉点缀不恶","然终不若山空人静,独往会心"。往时:某秋夜,"与弱生坐钓月矶,昏黑无人往来,时闻风铎,及佛灯隐现林杪";再往时:今年春,"夜半月出无人,趺坐石台……悠然欲与清景俱往也"。由今溯昔——由不怪到最怪,如此结构可谓独出心裁。日哲人曾有言曰:真正的旅游是一个人的旅游,他可以静观默想,神游境外。我们的李公早在400年前就悟到并道出了游憩之三昧!

游西山小记

李流芳

本文选自《檀园集》卷八,文章描写北京西山一带风景。

　　出西直门,过高梁桥,可十余里,至元君祠。折而北,有平堤十里,夹道皆古柳,参差掩映;澄湖百顷,一望渺然。西山匌匒与波光上下[1]。远见功德古刹及玉泉亭榭,朱门碧瓦,青林翠嶂,互相缀发。湖中菰蒲零乱,鸥鹭翩翩,如在江南画图中。
　　予信宿金山及碧云、香山[2]。是日跨蹇而归[3],由青龙桥纵辔堤上。晚风正清,湖烟乍起,岚润如滴,柳娇欲狂。顾而乐之[4],殆不能去。
　　先是约孟旋、子将同游,皆不至。予慨然独行。子将挟西湖为己有,眼界则高矣,顾稳踞七香城中[5],傲予此行。何也?书寄孟阳诸兄之在西湖者一笑[6]。

[1]匐匌(kēdá):重叠。

[2]信宿:连宿两夜。

[3]蹇(jiǎn):此指劣马。

[4]顾:回首,回顾。

[5]七香:七香本指七种香料,此处是繁华的意思。

[6]孟阳:程嘉燧,字孟阳。

李流芳的文笔就是简练、活泼、传神、灵动,当属公安一派,似较之更为洒脱。他写西山一带风光,仅用几笔,就将"夹道古柳"、"参差掩映"、"澄湖万顷,一望渺然"、"两山层叠与波光上下"、"湖中菰蒲零乱,鸥鹭翩翩"等上下左右的湖光山色尽收眼底而且意象逼真。一般纪游少写归程,而流芳却将归程写得如此生动迷人:"纵辔堤上,晚风正清,湖烟乍起,岚润如滴,柳娇欲狂"——景物也随人心情的欢畅而飞动起来,何能舍此而去?结尾的调侃更见作者诙谐风趣的性格,而且"书寄"以此,游记又变成了尺牍。写此信当在其三次赴京会试之时,试时的压力及试后的期盼均未能影响其心情的放达,可见其气势胸襟。

题《孤山夜月图》

李流芳

本文选自《〈西湖卧游图〉题跋》。《西湖卧游图》是李流芳就杭州西湖美景作的一组山水画,并每画加以题跋。《题〈孤山夜月图〉》即其中之一。作于万历四十年(1612)。

曾与印持诸兄弟[1],醉后泛小艇,从西泠归[2]。时月初上,新堤柳枝皆倒影湖中,空明摩荡,如镜中复如画中。久怀此胸臆,壬子在小筑[3],忽为孟阳写出[4],真是画中矣。

[1]印持:僧人名。

[2]西泠:在孤山,为文人书画荟萃之地。

[3]小筑:别墅。 壬子:万历四十年(1612)。
[4]孟阳:程嘉燧字。

新评

　　文学家兼书画家在宋明以来好像成为一种传统,一种现象:苏东坡、黄庭坚、米芾、文徵明、唐寅、李流芳……他们的才情似乎满溢过盛,以至在文学艺术领域皆能游刃有馀,触类旁通。你看这位流芳先生,他的文笔就如他的画笔一样得心应手,写夜写月就如一幅用文字描成的画呈现在我们眼前:"时月初上,新堤柳枝皆倒影湖中,空明摩荡,如镜中复如画中"。多么朴素,多么真切。尤其"空明摩荡"四字把月亮倒影水中,月光与水光交相辉映,水光与月光融溶晃荡的情景和盘托出。不到百字的小品还把画的成因,画的主题以及作画的时间地点与所赠主人一并带出。小品,小品,一粒珠玉,摩挲把玩,何能不惜?

再游乌龙潭记

谭元春

题解

　　谭元春(1586—1637)字友夏,竟陵(今湖北天门)人,天启末乡试第一。与钟惺同为"竟陵派"创始者,注重性灵,反对复古,著有《谭友夏合集》。
　　本文选自《谭友夏合集》卷十。乌龙潭在南京城西清凉山侧,作者于万历四十七年(1619)曾三次游乌龙潭,共有三篇游乌龙潭记,本文是《初游乌龙潭记》续篇。

原文

　　潭宜澄,林映潭者宜静,筏宜稳,亭阁宜朗,七夕宜星河,七夕之客宜幽适无累。然造物者岂以予为此拘拘者乎[1]!茅子[2],越中人。家童善篙楫,至中流,风妒之,不得至河荡。旋近钓矶[3],系筏垂下,雨霏湿幔,犹无上岸意。已而雨注下,客七人,姬六人,各持盖立幔中[4],湿透衣表。风雨一时至,潭不能主[5]。姬惶恐求上,罗袜无所惜,客乃移席新轩。坐未定,雨飞自林端,盘旋不去,声落水上,不尽入潭,而如与潭击。雷忽震,姬人皆掩耳,欲匿至深处,电与雷相后先,电尤奇幻,光煜煜入水中,深入丈尺,而吸其波光以上于雨,作金银珠贝影,良久乃已。潭龙窟宅之内,危疑未释。是时风物倏忽,耳不及于谈笑,视不及于阴森,咫尺相乱,而客之有致者反以为极畅,乃张灯行酒,稍敌风雨雷电之气。忽一姬昏黑来赴,始知苍茫历乱,已尽为潭所有,亦或即为潭所生。而问之女郎来路,曰:"不尽然。"不亦异乎?招客者为洞庭吴子凝甫,而冒子伯麟、许子无念、宋子献孺、洪子仲韦,及予与止生为六客,合凝甫而七。

[1]造物者:老天,天公。
[2]茅子:茅元仪,字止生,作者之友。
[3]旋:一会儿。 钓矶:钓台。
[4]盖:指雨具。
[5]潭不能主:指潭水晃荡,不能自主。

谭元春和钟惺是"竟陵派"的创始人。他们追求创作的"幽深孤峭",有些作品就出现了"冷涩孤诣"的形式主义倾向,特别是谭元春的一些作品孤峭聱牙,晦涩难懂。钱谦益对谭成见甚深,他认为"谭之才力薄于钟,其学殖尤浅,谬劣弥甚,以俚率为清真,以僻涩为幽峭,作似了不了之语,以为意象之言,不知求深而弥浅;写可解不可解之景,以为物外之象,不知求新而转陈。"(《列朝诗集小传》)钱谦益的话有些过分,至少是以偏概全,试看这里选的这篇《再游乌龙潭记》就写得洗练通脱,虽然境界比较"幽深孤峭",但并不"孤峭聱牙",而是别有一种情趣和意境。文章写雷雨的奇观特别真切生动:"电与雷相后先,电尤奇幻,光煜煜入水中,深入丈尺,而吸其波光以上于雨,作金银珠贝影……"对雷鸣闪电作出这样细致逼真的描写,似乎还很少见。其中对姬人的穿插也很有特色:她们"各持盖立幔中,湿透衣表。风雨一时至,潭不能主,姬惶恐求上,罗袜无所惜";"雷忽震,姬人皆掩耳,欲匿至深处"……增添了诸多情趣。特别是结尾"忽一姬昏黑来赴"借其口点明这场雷雨"即为潭所生",为乌龙潭增加了一层神秘色彩。由此可以看出作者不拘于物,以奇险为"极畅"的审美眼光,也可见"竟陵派"对小品的创新还是有贡献的。

自题《秋冬之际草》

谭元春

本文选自《谭友夏合集》。文章对秋冬之际景物予以赞美,说出一种不同于"昔人"的见解。《秋冬之际草》当是作者自己的一部诗集或文集。

昔人言:"秋冬之际,尤难为怀[1]。"以之命篇,非是之谓也。何尝快,独无忧,予之为怀良易矣。

然则曷取焉[2]?夫已冬而秋,不犹之方春而夏乎哉?鹦花藻野,则春同在夏矣;红黄振谷,则秋不遽冬矣[3]。故君子际之以答岁也[4]。况独往苦少,同志苦多;泛则方舟,登或共展;非甚喑滞[5],其何默焉。然当斯际也,以游则山澹澹而不至于癯[6],水岩岩而不至于嬉[7],故渊明所谓"良辰入奇怀[8]",灵运所谓"幽人尝坦步[9]",第临境下笔,皆抱此想矣!

[1]"秋冬"二句:语出《世说新语·言语》。
[2]曷:何。
[3]遽(jù):急,骤然。
[4]际:遇。
[5]喑(yīn):缄默,不语。
[6]澹澹:恬静。 癯:清瘦。
[7]岩岩:高峻貌。
[8]"渊明"句:语出陶渊明《和刘柴桑》诗。
[9]"灵运"句:语出谢灵运《登永嘉绿嶂山》诗。

文人自古伤春悲秋,尤其是秋冬之际,"草木摇落而变衰",四野一片萧瑟之气,因而感觉"尤难为怀"。但谭元春却一反其意而道之,认为此时此际"独无忧","予之为怀良易矣"!为何如此?他认为"已秋而冬"正如"方春而夏",此时"红黄振谷"正如"鹦花藻野",真乃"不似春光,胜似春光"。接着作者又从自身的生命体验加以说明:"泛则方舟","登或共展";"游则山澹澹而不至于癯","水岩岩而不至于嬉",并引证陶渊明与谢灵运之诗进一步加以申述。从这里我们可以看出作者强调的是人的一种心情和心境:"良辰入奇怀"、"幽人尝坦步",这两句诗中包含着深深的哲理:有"奇怀"才有"良辰",有"幽人"才会"坦步",关键是要做"幽人",要有"奇怀",全文主旨在此。当然篇中亦有因追求"幽僻孤峭"而流于"晦涩"之句,如"水岩岩而不至于嬉","岩岩"本形容高峻,此处故意用来写水,是"沉沉"之意吗,水因此而不"嬉"吗?笔者不得其解,以待智者诠释。

三圣庵

刘侗

刘侗(约1593—约1636)字同人,号格庵,麻城(今湖北麻城)人。崇祯七年(1634)进士,卒于赴任途中。著有《龙井崖诗》、《雉草》,另有与奕正合撰的《帝京景物略》。为竟陵派重要作家。

本文选自《帝京景物略》,主要描写三圣庵所处的方位和周围景物。

德胜门东[1]，水田数百亩，沟洫浍川上[2]，堤柳行植，与畦中秧稻分露同烟[3]。春绿到夏，夏黄到秋。都人望有时[4]，望绿浅深，为春事浅深；望黄浅深，又为秋事浅深。望际[5]，闻歌有时：春插秧歌，声疾以欲[6]；夏桔槔水歌[7]，声哀以啭；秋合醑赛社之乐歌[8]，声哗以嘻，然不有秋也[9]，岁不辄闻也。

有台而亭之，以极望，以迟所闻者[10]。三圣庵，背水田庵焉。门前古木四，为近水也，柯如青铜，亭亭。台，庵之西。台下亩，方广如庵。豆有棚，瓜有架，绿且黄也。外与稻杨同候[11]。台上亭，曰观稻，观不直稻也[12]，畦陇之方方，林木之行行，梵宇之厂厂[13]，雉堞之凸凸[14]，皆观之。

[1]德胜门：北京内城北面靠西的城门。
[2]沟洫（xù）：田间水道。 浍（kuài）：田间排水渠。
[3]分露同烟：分别承受着露水，一同被雾气笼罩着。
[4]都人：京城的人们。 有时：年景，即收成。
[5]际：时。
[6]疾以欲：迅速而婉转。
[7]桔槔（jiégāo）：一种在井上汲水的工具。
[8]合醑（pú）：合聚饮食。 赛社：一年农事毕，陈酒食以报天神，聚饮作乐。
[9]不有秋：年收成不好。
[10]迟：等待。
[11]同候：随气候节令一同变化。
[12]直：同"值"，遇上。
[13]梵宇：佛寺。 厂厂（hàn）：形容高高的样子。
[14]雉堞（dié）：城墙修筑的呈凸凹形的矮墙，又称"女墙"。

刘侗仅活了43岁（约），但他留下了著名的《帝京景物略》却使他名垂于世。《帝京景物略》是一部详细记述明代北京城及其周围景物的带有方志性的大书，具有重要的史料价值和文物地理价值，虽为合作，但奕正只是负责收集资料，而撰写的八卷全系刘侗完成，实际是其一人所写，因而为其创作。这里所选的《三圣庵》一节，记述周遭的水田、农事、农歌翔实具体，而且文采斐然，不仅情景历历在目，而且富有诗意，后半段记述三圣庵的方位及门前亭台、畦垅、林木、梵宇、雉堞亦形象生动。清人纪昀《删正帝京景物略序》中云："其胚胎则《世说新语》、《水经注》，其门径则出入竟陵、公安，其序致冷隽，亦时复可观，盖竟陵、公安之文虽无当于古作者，而小品点缀则其所宜，寸有所长，不容没也。"这段话既肯定了《帝京景物略》与

《世说新语》、《水经注》一脉相承的文学价值,也指出了公安、竟陵派小品对刘侗的影响,即其"寸有所长"的艺术特色,在这里我们已看不到"幽深孤峭"的冷色,只有行文尖新折峭的风韵。

水尽头

刘　侗

题解

本文选自《帝京景物略》。水尽头,指北京西郊卧佛寺西北二里多的樱桃沟泉水源头处。此文描述了沿溪而行,上溯泉水尽头的过程。

原文

观音石阁而西,皆溪,溪皆泉之委[1];皆石,石皆壁之馀[2]。其南岸,皆竹,竹皆溪周而石倚之[3]。燕故难竹[4],至此,林林亩亩[5]。竹,丈始枝;笋,丈犹箨[6];竹粉生于节,笋梢出于林,根鞭出于篱[7],孙大于母[8]。

过隆教寺而又西,闻泉声。泉流长而声短焉,下流平也。花者,渠泉而役乎花[9];竹者,渠泉而役乎竹;不暇声也。花竹未役,泉犹石泉矣。石罅乱流[10],众声渐渐[11],人踏石过,水珠溅衣[12]。小鱼折折石缝间[13],闻跫音则伏[14],于苴于沙[15]。

杂花水藻,山僧园叟不能名之。草至不可族[16],客乃斗以花[17],采采百步耳[18],互出,半不同者。然春之花尚不敌其秋之柿叶。叶紫紫,实丹丹。风日流美[19],晓树满星,夕野皆火,香山曰杏,仰山曰梨,寿安山曰柿也。

西上圆通寺,望太和庵前,山中人指水尽头儿,泉所源也。至则磊磊中两石角如坎[20],泉盖从中出,鸟树声壮,泉喏喏不可骤闻[21]。坐久,始别。曰:"彼鸟声,彼树声,此泉声也。"

又西上广泉废寺,北半里,五华寺。然而游者瞻卧佛辄返曰:"卧佛无泉[22]。"

[1]委:水的下流。
[2]壁:陡峭的山岩。
[3]周:环绕。
[4]燕:这里指燕地,北京一带。
[5]林林亩亩:成林成亩。
[6]丈犹箨(tuò):竹笋长到一丈高,笋壳还未脱落。
[7]鞭:竹鞭,竹子根部长出的嫩芽。
[8]孙:竹孙,竹鞭的末端生出的小竹。
[9]渠:人工开凿的水沟。　渠泉:用水渠引泉水。　役乎:服役于。

[10]罅(xià):裂缝。
[11]澌澌(sī):形容水声。
[12]渐:沾湿。
[13]折折:同"提提"。安静从容的样子。
[14]跫(qióng):脚踏地声。
[15]苴(chá):水中浮草。
[16]不可族:不能分出种类。
[17]斗以花:用花比赛的游戏(斗草不成斗花)。
[18]采采:盛多的样子。
[19]风日流美:风和日丽。
[20]磊磊:石头众多。角:互相支撑。坎:坑穴。
[21]喏喏:形容泉声较小。
[22]卧佛:水尽头附近有卧佛寺,寺中有卧佛。

  这篇小品以京郊卧佛寺樱桃沟泉水之"尽头"为终极目标,展示了沿溪上溯的一路风光:先写溪旁之竹:"林林亩亩……笋梢出于林,根鞭出于篱,孙大于母";次写泉之声,泉之石,"人踏石过,水珠溅衣,小鱼折折石缝间,闻跫音则伏……";再写泉旁之"杂花水藻",由斗花而写秋之叶:"叶紫紫,实丹丹,风日流美,晓树满星,夕野皆火……";最后"图穷而匕首见",才写水之尽头一泉之源:"磊磊中两石角如坎,泉盖从中出,鸟树声壮,泉喏喏不可骤闻……"层次章法,有序井然;重点突出,各有亮点光彩。《帝京景物略》所以写得好,具有较高的文学、文化价值,就是因为作者不仅占有了翔实的资料,准确的知识,而且大部经过实地的考察,而且出以形象具体的文学性描写,因此如此引人入胜,成为游记小品的上乘。可惜,这位才子在40多岁中进士之后,选任吴县知县,就在赴任途中不幸身亡,真乃"文章憎命达,魑魅喜人过"(杜甫语)呵!

《西湖梦寻》序

张 岱

  张岱(1597—1679)字宗子,又字石公,号陶庵,又号蝶庵居士。绍兴山阴(今浙江绍兴市)人。居杭州。自曾祖以来都为显官。岱前半生为豪华公子。明亡之后隐居剡溪,蔬食不继。所为诗文,多故国之思,身世之悲。著述甚丰,有《陶庵梦忆》、《西湖梦寻》、《琅嬛文集》等。

  本文选自《琅嬛文集》卷一。此序说明了《西湖梦寻》写作的缘由。写作时间为康熙十年(1671)即作者75岁之时。

原文

余生不辰[1],阔别西湖二十八载,然西湖无日不入吾梦中,而梦中之西湖,实未尝一日别余也。

前甲午、丁酉[2],两至西湖,如涌金门、商氏之楼外楼、祁氏之偶居、钱氏、余氏之别墅,及余家之寄园,一带湖庄,仅存瓦砾。则是余梦中所有者,反为西湖所无。及至断桥一望,凡昔日之歌楼舞榭,弱柳夭桃,如洪水淹浸,百不存一矣。余乃急急走避,谓余为西湖而来,今所见若此,反不若保吾梦中之西湖为得计也。

因想余梦与李供奉异[3]。供奉之梦天姥也,如神女名姝,梦所未见,其梦也幻。余之梦西湖也,如家园眷属,梦所故有,其梦也真。今余僦居他氏[4],已二十二载,梦中犹在故居。旧役小傒[5],今已白头,梦中仍是总角[6]。凤习未除,故态难脱。而今而后,余但向蝶庵岑寂[7]、蘧榻纡徐[8],惟吾梦是保,一派西湖景色,犹端然未动也。儿曹诘问,偶为言之,总是梦中说梦,非魇即呓也[9]。

余犹山人,归自海上,盛称海错之美[10]。乡人竞来共舐其眼[11]。嗟嗟!金虀瑶柱[12],过舌即空,则舐眼亦何救其馋也哉?第作"梦寻"七十二则,留之后世,以作西湖之影。

[1]不辰:生不得时。
[2]甲午:清顺治十一年(1654)。 丁酉:清顺治十四年(1657)。
[3]李供奉:李白,作有《梦游天姥吟留别》诗。
[4]僦(jiù)居:租屋居住。
[5]傒:仆役。
[6]总角:古代男女未成年前束发为两结,形状如角,故称总角。
[7]蝶庵:指作者现租之茅屋,先生号曰"蝶庵居士"。 岑寂:冷清,寂寞。
[8]蘧(qū)榻:草名,蘧榻即草榻,与"蝶庵"皆言生活之贫穷。 纡徐:从容宽缓的样子。
[9]魇:梦中惊骇。 呓:睡梦中说话。
[10]海错:海产种类繁多,通称为海错。
[11]舐(shì):以舌取物或舔物。
[12]金虀瑶柱:海产珍品名。

新评

张岱出身于仕宦之家,自幼珠环翠绕,过着富贵温柔的生活。优裕的家庭环境培养了他诸多艺术爱好,诗文、戏曲、音乐、绘画、园林无所不通……然而将近50岁时清兵南下,打破了他的诗酒生涯。但他毕竟是位有民族气节的知识分子,誓不投靠满族新统治者,避兵嵊县山中,过着贫困不堪的生活,以著述自娱。《西湖梦寻》是张岱"于杭州兵燹之后,追忆旧游"之作,"其体例全仿刘侗《帝京景物略》,其诗文亦全沿公安竟陵之派"(《四库全书总目》)。从艺术角度来看。较其均有超越。这篇序以苍凉的语言、怀旧的情感叙说了作 72 则"梦寻"之缘由:"西湖无日不入吾梦中,而梦中之西湖实未尝一别余",而今"仅存瓦砾,余梦中所有者反为西湖所无……"因此他"惟梦是保……留之后世,以作西湖之影"。张岱的梦是痴迷的,他不愿从梦中走出去体味那梦醒后无路可走的悲哀,只想流连于梦的虚幻世界,徜徉于理想的精神家园。这一追求本身正是晚明小品品格的体现。

炉峰月

张　岱

题解

本文选自《陶庵梦忆》卷五,文章记叙了与友人登上炉峰绝顶看月的奇险经历。炉峰,江西九江的庐山香炉峰。

原文

炉峰绝顶,复岫回峦[1],斗耸相乱[2],千丈岩陬牙横梧[3],两石不相接者丈许,探身下视,足震慑不得前。王文成少年曾趵而过[4],人服其胆。余叔尔蕴以毡裹体,缒而下[5],余挟二樵子,从壑底挖而上[6],可谓痴绝。丁卯四月[7],余读书天瓦庵,午后同二三友人登绝顶,看落照。一友曰:"少需之,俟月出去[8]。胜期难再得,纵遇虎,亦命也。且虎亦有道,夜则下山觅豚犬食耳。渠上山亦看月耶[9]?"语亦有道。四人踞坐金简石上。是日月政望[10],日没月出,山中草木都发光怪,悄然生恐。月白路明,相与杖策而下。行未数武[11],中山嗥呼[12],乃余苍头同山僧七八人[13],持火燎、翰刀、木棍[14],疑余辈遇虎失路,缘山叫喊耳。余接声应,奔而上,扶掖下之。次日,山背有人言:"昨晚更定,有火燎数十把,大盗百馀人,过张公岭,不知出何地?"吾辈匿笑不之语。谢灵运开山临㵎[15],从者数百人,太守王琇惊骇,谓是山贼,及知为灵运,乃安。吾辈是夜不以山贼缚献太守,亦幸矣。

[1]岫:峰峦。此句意为:山峦重叠萦回。

[2]斗耸:陡峭高耸。斗,通"陡"。　相乱:互相交错令人眼花缭乱。

[3]陬(zōu)牙横梧:形容山势犬牙交错。陬,山脚;梧,抵牾。

[4]王文成:即王守仁(1472—1529),明代阳明派代表人物。　趵(bào):跳跃。

[5]缒(zhuì):用绳悬人下坠。

[6]挖(wá):吴语,牵挽之意。

[7]丁卯:明熹宗天启七年(1627)。

[8] 俟：等。

[9] 渠：它。此处指虎。

[10] 政望：农历十五日。政，通"正"。

[11] 武：半步。

[12] 噭(jiāo)：叫喊。

[13] 苍头：仆人。

[14] 靴刀：插在靴筒里的短刀。　火燎：火炬。

[15] 谢灵运：南朝宋文学家。"尝自始宁南山，伐木开径，直至临海，从者数百人。临海太守王琇惊骇，谓为山贼，徐知是灵运，乃安。"（《宋书·谢灵运传》）澥(xiè)：海。

新评

《陶庵梦忆》是张岱的一部风俗小品集，摹仿宋人孟元老《东京梦华录》的风格而有所超越，举凡苏州、杭州、扬州、南京、兖州各地的佳节风情皆在其笔下留下生动传神的记录。郑振铎《西谛书话·琅嬛文集》评论说："《梦忆》一作，盖尤胜《东京梦华录》、《武林旧事》。其胜处在低回悲叹，若不胜情。"这篇《炉峰月》倒无低回悲叹之情，但对往事充满深情的追忆亦使人不胜遐思。如写"踞坐金简石上"于绝顶望月："是日月政望……山中草木都发光怪，悄然生恐"；写"月白路明策杖而下"时的惊怖："行未数武，半山噭呼"，众人"持火燎、靴刀、木棍……缘山叫喊"……都给人留下深刻的印象。而小品开头写王阳明少年时曾于绝顶险处一"趵而过"、结尾写谢灵运被误作山贼与自身类比的掌故都增加了全文的文化含量和幽默风趣的色彩，也使行文富有了波折和情趣。

报恩塔

张　岱

题解

本文选自《陶庵梦忆》。报恩塔在报恩寺内，遗址在今南京中华门外。本篇通过对报恩寺的记述，写出对当时明代国威的赞赏。

原文

中国之大古董，永乐之大窑器[1]，则报恩塔是也。报恩塔成于永乐初年，非成祖开国之精神、开国之物力、开国之功令[2]，其胆识才智足以吞吐此塔者，不克成焉[3]。

塔上下金刚佛像千百亿金身[4]。一金身，玻璃砖十数块凑成之[5]。其衣褶不爽分[6]，其面目不爽毫，其须眉不爽忽[7]；斗笋合缝[8]，信属鬼工。闻烧成时，具三塔相[9]，成其一，理其二，编号识之[10]。今塔上提砖一块，以字报工部，发一块砖补之，如生成焉。夜必灯，岁费油若干斛[11]。天日高霁，霏霏霭霭，摇摇曳曳，有光怪出其上，如香烟缭绕，半日方散。

永乐时，海外夷蛮重释至者[12]，百有馀国，见报恩塔必顶礼赞叹而去[13]，谓四大部洲所无也[14]。

[1]永乐：明成祖年号（1403—1423）。
[2]功令：法令。
[3]克：能。
[4]金身：饰金的佛像。这里指用琉璃砖组合成的佛像。
[5]玻璃砖：即琉璃砖。
[6]爽：失，差。下同。
[7]忽：一毫的十分之一。
[8]斗笋合缝：斗和拱，榫头和榫眼结合严密。笋，同"榫"。
[9]相：佛家语，事物的形状，此指琉璃砖。
[10]识(zhì)：记。
[11]斛(hú)：器量名。亦为容量单位，古以十斗为一斛。
[12]重释：信奉佛教。
[13]顶礼：跪下，两个伏在地上，用头顶着所尊敬人的脚，是佛教徒的最高礼节。
[14]四大部洲：古印度神话中的洲名，认为是人类所居的世界，佛教多有此说。

《陶庵梦忆》是国破家亡以后作者避居山中时所记下的对往日各种琐事的回忆：山水风物、工艺书画、说书演戏、茶楼酒肆以及各种文物古迹等等都摄于他的笔底，其中对昔日繁华生活的怀念实际饱和着对失去的故国的深情眷恋。这篇记物小品对报恩塔"非成祖开国之精神、开国之物力、开国之功令，其胆识才智足以吞吐此塔者，不克成焉"的赞叹就是明证。接着作者细写其"塔上下金刚佛象千百亿金身"全用玻璃砖砌成，其"衣褶"、"面目"、"须眉"不爽"分、毫、忽"；而且各有编号，万一一块损坏可以立即弥补；而且"夜必灯"，"天日高霁……有光怪出其上，如香烟缭绕，半日方散"，以至"百有馀国"信佛者见此塔"必顶礼赞叹而去"，誉为"四大部洲所无"。其中"大古董"、"大窑器"之比喻虽不乏诙谐之趣，但这自豪赞叹中隐含着江山易主的悲怆，实乃沉痛之语。作者善于将感情深藏于平静的叙述中，不露声色，却感人至深，这就是张岱小品的特色。

湖心亭看雪

张　岱

本文选自《陶庵梦忆》。湖心亭指杭州西湖中的湖心亭。作者记述明亡前在杭州居住时冬夜到此看雪的情景。

【原文】

崇祯五年十二月[1],余住西湖,大雪三日,湖中人鸟声俱绝。是日,更定矣,余拏一小舟[2],拥毳衣炉火[3],独往湖心亭看雪。雾凇沆砀[4],天与云、与山、与水,上下一白,湖上影子,惟长堤一痕、湖心亭一点、与余舟一芥、舟中人两三粒而已。到亭上,有两人铺毡对坐,一童子烧酒炉正沸。见余大喜,曰:"湖中焉得更有此人?"拉余同饮。余强饮三大白而别[5]。问其姓氏,是金陵人[6],客此。及下船,舟子喃喃曰:"莫说相公痴,更有痴似相公者。"

【注释】

[1]崇祯五年:公元1632年。
[2]拏(ná):即拿,在此是划的意思。
[3]毳(cuì)衣:用鸟兽细毛织成的衣服,保暖性强。
[4]雾凇沆砀(hàngdàng):形容雪夜寒气如雾,白茫茫一片的样子。
[5]大白:大号酒杯。此处"三大白"即三大杯。
[6]金陵:即今江苏南京市。

【新评】

这篇《湖心亭看雪》小品,也是他梦中西湖的回忆:那是遥远的"崇祯五年十二月……大雪三日"之后一个"更定"的深夜之事。他还记得多么清楚呵:"湖中人鸟声俱绝","雾凇沆砀,天与云、与山、与水上下一白。湖上影子惟长堤一痕、湖心亭一点、余舟一芥、舟中人两三粒而已"。他"拥毳衣炉火"划小舟向湖心亭而去,想不到亭中还有一个比自己更痴的金陵客正在让小童以"沸炉烧酒",而且还共饮"三大白而别"……多么开心的往事呵,多么令人永远难忘的美好的记忆呵。而今却已成为缥缈的梦幻,却又清晰如昨日,历历在目,挥之不去。张岱的记游小品真是清丽、纯净、娴雅到极点,一笔一意境,寥寥数笔便把我们带入他所描绘的境界,跟着他一起去赏西湖之雪夜,要不其友祁豸佳说他:"余友张陶庵,笔具化工,其所记游,有郦道元之博奥,有刘同人(侗)人之生辣,有袁中郎之清丽,有王季重之诙谐,无所不有。其一种空灵晶映之气,寻其笔墨又一无所有,为西湖传神写照,政在阿堵者。"(《西湖梦寻》序)

柳敬亭说书

张 岱

本文选自《陶庵梦忆》。柳敬亭,明末说书艺人,泰州(今江苏泰州市)人,本姓曹,名逢春,因避仇逃亡,改名变姓,绰号柳麻子,曾为左良玉幕客。明亡后仍以说书为业,潦倒而死。黄宗羲撰有《柳敬亭传》。此文记述柳敬亭说书技艺的高超和在听众中的威信。

南京柳麻子,黧黑[1],满面疤癗[2],悠悠忽忽,土木形骸[3]。善说书,一日说书一回,定价一两。十日前先送书帕下定[4],常不得空。南京一时有两行情人[5]:王月生、柳麻子是也[6]。

余听其说景阳冈武松打虎白文[7],与本传大异[8]。其描写刻画,微入毫发,然又找截干净[9],并不唠叨嘮夬[10]。声如巨钟,说至筋节处[11],叱咤叫喊,汹汹崩屋。武松到酒店沽酒,店内无人,謩地一吼[12],店中空缸空甓皆瓮瓮有声[13]。闲中着色[14],细微至此。

主人必屏声静坐,倾身听之,彼方掉舌[15]。稍见下人咕哔耳语[16],听者欠伸有倦色,辄不言,故不得强。每至丙夜[17],拭桌剪灯,素瓷静递,款款言之。其疾徐轻重,吞吐抑扬,入情入理,入筋入骨,摘世上说书之耳[18],而使之谛听[19],不怕其龇舌死也[20]。

柳麻子貌奇丑,然口角波俏[21],眼目流利,衣服恬静,真与五月生同其婉娈[22],故其行情正等。

[1]黧(lí)黑:色黄而黑。
[2]疤癗(bāléi):即疤痕和疙瘩。
[3]"悠悠忽忽"二句:语出《世说新语·容止》,比喻随随便便,行止自然。
[4]送书帕下定:书帕,书柬和手帕(内装定金)。 下定:约定说书节目、时间、地点。
[5]行(háng)情人:指最有行市的人。行情,行市。
[6]王月生:名歌姬。其人事迹见《陶庵梦忆》卷八。
[7]白文:即说大书的脚本。当时南方说书有大书、小书。大书全是白文,不弹不唱。
[8]本传:指《水浒传》。
[9]找:指中间插叙,补叙以前的情节;截:指说到中间暂且收住不说。 干净:指或补或收,干净利落。
[10]嘮夬(bóguài):盖指废话。
[11]筋节:关键。

[12]欂(bó)地一吼：如因痛而呼叫。
[13]甓(pì)：此指瓦器。
[14]闲中着色：于非"筋节处"加以渲染。
[15]掉舌：开口。
[16]下人：仆婢。或指服役人员。 呫哔(tièbì)：耳语。
[17]丙夜：半夜。
[18]说书之耳：即说书人之耳。
[19]谛听：细听。
[20]咋(zé)舌：咬舌。此句意为：心服口服，无话可说。
[21]口角波俏：此指口齿伶俐。
[22]婉娈(luán)：美好。

　　这篇记人小品可以说是一幅人物素描或一帧人物特写。作者写柳敬亭这个人物不是写他的一生行事，而是只写他的说书技艺；写他说书，又只写他说武松进店的一个片断，行文剪裁都与一般人物传记不同，然而人物形象却栩栩如生地立于我们眼前：看其外貌，"黧黑，满面疤瘤"；"然口角波俏，眼目流利，衣服恬静"；看其说书，"描写刻划，微入毫发，然又找截干净"；说至筋节处，叱咤叫喊，汹汹崩屋……乃至店中空缸空甓皆瓮瓮有声；看其开讲，观众必屏息静坐，"稍见下人呫哔耳语，辄不言"；看其神情，"每至丙夜，拭桌剪灯，素瓷静递，款款言之。其疾徐轻重，吞吐抑扬，入情入理，入筋入骨……"一个非同一般的、既有技艺又有教养、既有尊严又有身价的说书艺术家的形象似乎比传记还要生动地浮现纸上。张岱为何为他摄像而且充满感情更加赞誉，我想背后另有隐情。据清人王士禛《分甘馀话》记载，柳敬亭同明末复社中人相往来；孔尚任在《桃花扇》中写他原是阮大铖门客，当他看到复社文人的《留都防乱揭》知道阮大铖是魏阉的党羽就拂衣而去；后为左良玉幕客时，当左不顾大局要领兵东下柳就不辞辛苦去劝阻。他既有民间艺人的谐谑本领，又有豪爽、侠义的性格，在新旧王朝易代之际他还有政治头脑、正义立场和民族气节，这当是张岱为之敬重为之著文的原因。

西湖七月半

张　岱

　　本篇选自《陶庵梦忆》，是作者一篇追忆西湖当年盛景的游记小品。

原文

西湖七月半，一无可看，止可看看七月半之人，以五类看之。其一，楼船箫鼓，峨冠盛筵，灯火优傒[1]，声光相乱，名为看月而实不看月者，看之。其一，亦船亦楼，名娃闺秀[2]，携及童娈[3]，笑啼杂之，环坐露台[4]，左右盼望，身在月下而实不看月者，看之。其一，亦船亦声歌，名妓闲僧，浅斟低唱，弱管轻丝[5]，竹肉相发[6]，亦在月下，亦看月而欲人看其看月者，看之。其一，不舟不车，不衫不帻[7]，酒醉饭饱，呼群三五，跻入人群，昭庆断桥[8]，嚣呼嘈杂[9]，装假醉，唱无腔曲[10]，月亦看，看月者亦看，不看月者亦看，而实无一看者，看之。其一，小船轻幌，净几暖炉，茶铛旋煮[11]，素瓷静递，好友佳人，邀月同坐，或匿影树下，或逃嚣里湖[12]，看月而人不见其看月之态，亦不作意看月者[13]，看之。

杭人游湖，巳出酉归[14]，避月如仇。是夕好名，逐对争出，多犒门军酒钱[15]，轿夫擎燎[16]，列俟岸上。一入舟，速舟子急放断桥[17]，赶入胜会。以故二鼓以前[18]，人声鼓吹，如沸如撼，如魇如呓，如聋如哑[19]。大船小船一齐凑岸，一无所见，止见篙击篙，舟触舟，肩摩肩，面看面而已。少刻兴尽，官府散席，皂隶喝道去[20]，轿夫叫，船上人怖以关门，灯笼火把如列星，一一簇拥而去，岸上人亦逐队赶门，渐稀渐薄，顷刻散尽矣。

吾辈始舣舟近岸[21]，断桥石磴始凉，席其上，呼客纵酒，此时月如镜新磨，山复整妆，湖复颒面[22]，嚮之浅斟低唱者出，匿影树下者亦出，吾辈往通声气，拉与同坐。韵友来，名妓至，杯箸安，竹肉发。月色苍凉，东方将白，客方散去。吾辈纵舟，酣睡于十里荷花之中，香气拍人，清梦甚惬。

注释

[1]优:倡优。　傒:同奚，此指仆人。
[2]娃:美女。
[3]童娈:即娈童，漂亮的男僮。
[4]露台:指游船上的平台。
[5]管:指管乐器。　丝:指弦乐器。
[6]竹肉:指管乐和歌喉。
[7]衫:指长衫。　帻(zé):头巾。
[8]昭庆:佛寺名。　断桥:在西湖白堤之东。
[9]嚣呼:呼叫。
[10]无腔曲:不成曲调的俗曲。
[11]铛(chēng):锅。　旋:现，临时。
[12]逃嚣:躲避烦嚣。
[13]作意:经心。

[14]巳出酉归:上午出,晚上归。巳,正午9—11时;酉,下午5—7时。
[15]门军:守城门的士兵。
[16]擎燎:举着火把。
[17]速:催促。
[18]二鼓:即二更天,晚十时为二更。
[19]如聋如哑:指人声嘈杂,震耳欲聋,听不见人说话。
[20]皂隶:官署中的差役。
[21]舣(yǐ)舟:拢船。
[22]靧(huì)面:洗脸。

此小品是张岱的代表作之一。他的主要作品"二梦"大抵是追忆昔日的旖旎繁华,《西湖七月半》可谓将当年西湖游湖赏月的盛况作了如诗如画的描述:首先推出的"五类"人的景况,就将达官贵人、名娃闺秀、名妓闲僧、流氓无赖、好友佳人各色人等的形容动态、仪表气派"清明上河图"般呈现了出来,然后又将"人声鼓吹,如沸如撼"、"篙击篙,舟触舟,肩摩肩"的游赏高潮,与"官府席散皂隶喝道……灯笼火把如列星,一一簇拥而去"以及"吾辈始舣舟近岸,呼客纵饮"赏如镜新磨之月,"酣睡于十里荷花之中,香气拍人,清梦甚惬"的情景——如蒙太奇般再现于读者眼前,这繁华、绮丽的梦真令人陶醉。作者在《陶庵梦忆序》中说:"鸡鸣枕上,夜气方回,因想余生平,繁华靡丽,过眼皆空,五十年来,总成一梦。"《西湖七月半》正是这繁华梦境之一。张岱写此文章时乃是"饥饿之馀",自谓"大梦将寤,犹事雕虫"。古人云:文穷而后工。张岱之所以成为明末小品的一代大师,不正是"穷而后工"的缘故吧!

自题小像

张 岱

本篇选自《琅嬛文集》,系对自己生平的调侃和嘲讽。

功名耶落空,富贵耶如梦。忠臣耶怕痛,锄头耶怕重。著书二十年耶而仅堪覆瓿[1]之人耶有用没用?

[1]覆瓿:原作覆瓽,比喻著作毫无价值,只可用来盖酱罐,多用为谦词。语出《汉书·扬雄传·赞》。据载刘歆看了扬雄的《太玄经》、《法言》后,对他说:"空自苦,今学者有禄利,然尚不能明《易》,又如《玄》何?吾恐后人用覆瓿也。"

作者此文可谓极尽自我调侃、自我嘲讽之能事：他对自己的一生进行了全面否定和百般嘲弄，不但功名无所成就，连已有的富贵也成为烟云，做为国而死的忠臣没有勇气，做自食其力的劳动者又没有能力，辛勤笔耕二十年亦毫无用处，以至怀疑自己活着有用还是没用？张岱其人到底有用没用？回答当然是肯定的：他在史学和文学方面取得的成就就足以使其不朽，而其"披发入山"不事清廷的民族气节也令人钦佩。他的这些自贬之语实际都是愤世嫉俗的情绪的流露，是不满意于自己于世奉献甚少、未给国家民族做出实际功业的自恨自叹。张岱还写过一篇《自作墓志铭》，其中说："少为纨袴子弟，极爱繁华，好精舍，好美婢，好娈童，好鲜衣，好美食，好骏马，好华灯，好烟火，好梨园，好鼓吹，好古墓，好花鸟，兼以茶淫桔虐，书蠹诗魔，劳碌半生，皆成梦幻。年至五十，国破家亡，避迹山居，所存者破床碎几，折鼎病琴，与残书数帙，缺砚一方而已。布衣蔬食，常至断炊。"这对自己生平的描述倒还比较客观。张岱的散文小品对后世的影响很大，清代纪昀、袁枚、郑燮等人都受其熏陶，就是现代散文小品亦有其传承，周作人在《知堂书跋·陶庵梦忆序》中说："张宗子的文章是颇有趣味的，这也是我喜欢《梦忆》的一个缘由。我常这样想，现代的散文在新文学中受外国的影响最少，这与其说是文学革命的还不如说是文艺复兴的产物。"这一评价是较为公允恰当的。

刚峰宦囊

周　晖

周晖（生卒年不详）字吉甫，号鸣岩山人，金陵（今江苏南京）人。生活于明代末年，著有《金陵琐事》四卷，续集、二集各二卷。

本文选自《金陵琐事》。"刚峰宦囊"系写海瑞做官的积蓄。

都御史刚峰海公[1]，卒于官舍，同乡宦南京者，惟广部苏民怀一人。苏点其宦囊，行笥中俸金八两，葛布一端[2]，旧衣数件而已。如此都御史，那可多得。王司寇凤洲评之云[3]："不怕死，不爱钱，不立党。"此九字断尽海公生平。即千万言谀之，能加于此评乎？

[1]都御史刚峰海公：海瑞，字汝贤，号刚峰，广东琼山人，嘉靖举人，曾先后任南京吏部右侍郎和

右佥都御史。直言敢谏,力主严惩贪污。

［2］葛布一端:葛麻布一块。

［3］凤洲:王世贞,号凤洲,嘉靖进士,官至南京刑部尚书。司寇乃古刑狱之官,后来用为刑部尚书或侍郎的别称。

二十世纪五、六十年代的人恐怕没有不知道"海瑞"这个名字的,因为吴晗写了一部历史剧《海瑞罢官》,被认为是为"右倾机会主义分子彭德怀"翻案而大批特批,然后揭开了"文化大革命"的序幕,彭德怀和吴晗都先后惨死。今天的青年对海瑞大概是很陌生了,因此读读这则小品还是很有裨益的。海瑞是明中叶的一位刚正的清官。他出身贫寒,嘉靖年间中举后初任南平教谕,后升浙江淳安知县,推行清丈、均徭。嘉靖四十五年(1566)任户部主事时,上疏批评世宗迷信道教,不理朝政等事,被逮入狱。世宗死后获释。隆庆三年(1569)任应天巡抚,疏浚吴淞江,推行一条鞭法,曾令徐阶等退田,后因被张居正、高拱排挤,革职闲居十六年,万历十三年(1585)才重新启用,为南京吏部右侍郎和右佥都御史。他一生清正廉洁,严惩贪污,平反冤狱,遏制豪强,兴修水利,为百姓办了不少好事,因此民间有《大红袍》、《海忠介公居官公案》等类似包公的传说成书。这里的这则小品,虽然只写了"一件小事",但小事不小,从这小事的"宦囊"中我们不仅看到了他的清贫和廉洁,还看到了他"三不"的高尚品格,这就叫见微知著。小小的小品就起到这样大的作用,就是小品的独特魅力!

《刘中山集》题词

张溥

张溥(1602—1641)字天如,号西铭,太仓(今属江苏)人。明崇祯四年(1631)进士,授庶吉士。后乞假归家养亲,不再出仕。他和同郡张采组织复社,结交四方人士,成为东林党后著名的在野政治社团,与阉党馀孽进行斗争,后来成为抗清的爱国社团。著有《七录斋集》等。

本文选自作者所编的《汉魏六朝百三名家集》。刘中山,即刘琨,字越石,中山魏昌(今河北无极县东北)人。西晋末东晋初的名将。有辑本《刘中山集》。本文就是张溥为《刘中山集》所作的题词。

晋刘司空集十卷[1],在宋时已多缺误,今日欲睹全书,未可得也。越石兄弟与石崇、贾谧友善[2],金谷文咏[3],秘书唱和,诗赋岂尽无传?顾乃奔走乱离[4],仅存书表。想其当日执槊倚盾[5],笔不得止,劲气直辞,回薄霄汉[6]。推此志也,屈平沅湘[7],荆卿易水[8],其同声耶?

晋元渡江[9],无心北伐,越石再三上表,辞虽劝进[10],义切复仇,读者苟有胸腹,能无慷慨?以彼雄才,结盟戎狄[11],扬旌幽并,身死而复生,国危而复安[12],间患差跌[13],不病驱驰。及同盟先疑[14],命穷幽絷[15],子谅文懦[16],坐观其毙,为之君者,孝非子胥[17];为之友者,仁非鲁连[18]。殷勤赠诗,送哀而已。

夫汉贼不灭,诸葛出师[19];二圣未还,武穆鞠旅[20]。二臣忠贞,表悬天壤[21]。上下其间[22],中有越石。追鞭祖生[23],投书卢子[24],英雄失援,西狩兴悲[25]。予尝感中夜荒鸡[26],月明清啸[27],抑览是集,仿佛其如有闻乎?

注释

[1]刘司空:刘琨在愍帝司马邺时,拜司空,都督并、冀、幽诸州军事。

[2]越石兄弟:指刘琨与其兄刘舆。　石崇:字季伦,西晋时著名的富豪。　贾谧:西晋的权幸,时任秘书监,许多文人依附他。刘琨兄弟也在其间,号称"二十四友"。

[3]金谷:地名,也叫金谷涧,在今河南省洛阳市西北。石崇在此筑别墅,名金谷园,许多文人出入其间,吟咏诗赋。

[4]顾乃:只是。

[5]执槊:执长矛。　倚盾:靠着盾牌。

[6]回:回荡。　薄:接近。

[7]屈平:屈原。　沅湘:二水名,流经湖南境内,屈原被放逐在沅湘间作《离骚》、《九章》等。

[8]荆卿易水:战国末期,荆轲前往秦国行刺,在易水与送行者分手时,曾慷慨作歌:"风萧萧兮易水寒,壮士一去兮不复还。"

[9]晋元:晋元帝司马睿。公元316年,西晋灭亡,次年司马睿渡江,在建康即位,建立了东晋。

[10]劝进:劝即帝位。司马睿刚到建康时,称吴王,不肯即皇帝位,后来在群臣的推动下才正式即位,刘琨也曾四次上表,不仅是劝进,还激励晋室恢复失地。

[11]结盟戎狄:刘琨联合幽州刺史鲜卑人段匹䃅,抗击石勒。

[12]"身死"二句:刘琨是在并州拉起队伍,抗击石勒,失败后奔幽州,与段匹䃅结为同盟,又拉起队伍,故说"身死而复生"。

[13]间患差跌:有时为失败而忧虑。差跌,同蹉跌,失足跌倒,比喻失败。

[14]同盟先疑:段匹䃅截获一封密信,开始猜疑刘琨。

[15]命穷:命运困厄。　幽絷:指刘琨被段匹䃅猜疑入狱,最后被杀。

[16]子谅:即卢谌,字子谅,曾为刘琨的主簿,与刘琨同有恢复山河的志向。但刘琨遇难时,他缺乏胆量和能力,未能解救刘琨。

[17]"为之君者"二句:为之君者,指晋元帝。　子胥:即伍员,字子胥,春秋时人。父兄被楚平王所害,但子胥逃到吴国,引吴兵破郢都,时楚平王已死,伍子胥掘墓鞭尸,以报父兄之仇。这两句是说,晋元帝不能恢复中原,为怀愍二帝复仇,没有伍子胥那样的孝心。

[18]"为之友者"二句:为之友者,指卢谌。鲁连即鲁仲连,战国时齐人,他曾为赵解围而不受赏赐。

142

这两句是说:卢谌缺乏鲁仲连那样为人解难的能力。

　　[19]汉贼:指曹操。　诸葛出师:诸葛亮《出师表》曰:"先帝虑汉贼不两立,王业不偏安,故托臣以讨贼也。"

　　[20]二圣:指被金人俘去的宋徽宗、宋钦宗。　武穆:岳飞的谥号。　鞠旅:誓师。

　　[21]二臣:指诸葛亮、岳飞。　表:特出。

　　[22]上下其间:指在诸葛亮与岳飞之间。

　　[23]追鞭:鞭马追赶。　祖生:祖逖,刘琨的友人,也是爱国志士。刘琨曾言:"吾枕戈待旦,志枭逆虏,常恐祖生先吾著鞭。"(见《晋书》本传)

　　[24]投书卢子:当指刘琨《答卢谌书》。

　　[25]西狩兴悲:刘琨《重答卢谌》诗中有句:"宣尼悲获麟,西狩泣孔丘。"春秋末年,鲁哀公西狩(猎)获麟,孔子闻之,哀叹麟出非其时,并说:"吾道穷矣!"(见《公羊传·哀公十四年》)刘琨借此典比喻自己生不逢时。

　　[26]中夜:半夜。《晋书·祖逖传》:"祖逖与刘琨同眠,中夜闻荒鸡鸣,蹴琨觉,曰:'此非恶声也!'因起舞。"

　　[27]月明清啸:《晋书·刘琨传》载:刘琨守晋阳,被胡骑包围,"城中窘迫无计,琨乃乘月登楼清啸"。胡人听了都凄然长叹。

新评

　　张溥是"复社"的创始人和领袖,是"东林党"的继任者。在政治上坚决反对阉党,在文学上主张"复兴古学,务为有用",他著名的代表作《五人墓碑记》歌颂英勇的苏州市民与阉党的伟大斗争,强调"匹夫之死,有重于社稷",远非"缙绅"所能及。这篇《〈刘中山集〉题词》也写得激昂慷慨,气势磅礴,具有他为文的一贯雄健风格。以短短四百馀字概括了晋代英雄人物刘琨悲壮的一生,而且详尽具体,形象突出,充满感情,这是由于他把这位文武全才而又生不逢时的悲剧俊杰的生平事迹和人格精神都融于自己心灵肺腑继而倾泻于笔端。文章看来句句皆系典故,但句句又皆是陈述描写,这样才能以少见多、以约寓丰、以简蕴详、以质焕文。小品不仅呈现了刘琨的悲壮人生,而且对有关人物予以恰如其分的褒贬(卢谌、祖逖);对英雄本人予以"上下其间"的轾轩(如诸葛亮、岳飞);还对其文其诗予以高度的评价:"劲气直辞,回薄霄汉",如此"文约而意丰"的文字实在罕见。张溥为何写作此文,为何对刘琨有如此崇高的评价? 我认为与作者所处的时代有关:作者生活的主要年代是崇祯年间,明亡前夕,其时内忧外患已迫近眉睫,内有李自成、张献忠的农民起义,外有后金(大清)的步步相逼,山海关外大片土地失守,抗清名将袁崇焕、熊廷弼相继被杀……作者多么希望有刘琨这样的英雄再世以挽狂澜于既倒、大厦之将倾呵;但即使再世又不免悲剧的下场……张溥为文的苦心寄托尽在其中!

◎清

题塞上吟卷

钱谦益

钱谦益(1582—1664)字受之,号牧斋,晚号蒙叟、东涧遗老,江苏常熟人。明万历三十八年(1610)进士,崇祯元年(1628)任礼部侍郎、翰林侍读学士,因故革职。南明弘光朝为礼部尚书。仕清后以礼部侍郎管秘书院事,充《明史》馆副总裁。顺治三年(1646)辞归。善诗文,有《初学集》、《有学集》等。

本文选自《牧斋文钞》,系在友人王紫涯《塞上吟卷》后的题跋,作于晚年辞官归里后。

岁云暮矣[1]。白衣补衲坐竹窗木榻上[2],挑灯读《塞上吟卷》。云旗雷车[3],猎猎然从空而下,如嫖姚将军率轻勇骑[4],弃大军趋利[5],转战过焉支山[6]。又如昆阳城西[7],震呼动天地,屋瓦皆飞,虎豹股战。快矣哉!已而更阑吟罢[8],佛火青荧[9],刁斗无声[10],木鱼徐响[11],然后知此诗中边声猛气,适足助老夫禅观也[12]。

作者娄江王紫涯氏[13],其人挽十石弓[14],执丈二殳[15],磨鼻盾草檄[16],笔墨横飞,临阵作壮士歌;功成,和竟病诗[17]。老夫坐长明灯下,只用尔时一味水观消受耳[18]。

[1]云:语中助词,无义。

[2]白衣补衲(nà):缀有补丁的白衣。常用作僧徒的自称或代称。

[3]云旗雷车:旌旗似云,车声如雷。

[4]嫖姚将军:指西汉大将霍去病,他曾任嫖姚校尉。

[5]弃:离开。 趋利:谋求利益,此指突击偷袭。

[6]焉支山:在今甘肃山丹县东南。据《史记·匈奴传》:骠骑将军霍去病将万骑出陇西,过焉支山,给匈奴以沉重打击。

[7]昆阳:今河南叶县一带。西汉末年刘秀以三千兵马在此大破王莽数十万大军。

[8]已而:随即。 更阑:更深夜尽。

[9]佛火:佛堂上的灯火。

[10]刁斗:古代行军用具,白天用以炊饭食,夜晚击之警戒。

[11]木鱼:佛教法器名。

[12]禅观:参禅。
[13]娄江:地名,原名太仓,今张家港市。
[14]石(dàn):十斗为一石。十石弓,拉开此弓需有举十石粮食重量之力。
[15]殳(shū):古兵器名。
[16]此句意为:在盾鼻上磨墨草写檄文。
[17]和(hè):唱和。
[18]尔时:这时。 一味:一种。 水观:佛家坐禅时观水而得正定。此指坐禅入定。

钱谦益是清初著名诗人。他在明末已负盛名,主盟文坛数十年。其为文,倡"清真"、"情至"以反对模拟,倡学问以反对空疏,他常把铺陈学问与抒发思想情感糅合起来,规模宏大,奔放恣肆,于明末清初文坛影响颇大。但他曾仕明朝,官至礼部尚书;清军攻陷南京,他又变节降清,仕清礼部侍郎,不久又辞官回乡,还暗中支持过反清活动,写诗为文还常怀念故国以掩饰觍颜事敌的耻辱。他的晚年一直处于"降臣"和"遗老"双重身份的矛盾痛苦之中,因而皈依佛门,在参禅中逃避内心的煎熬和冲突。了解这一身世背景,对此小品便可作深入的理解:他一方面钦佩班超式的壮士王紫涯所作的《塞上吟卷》,为其中金戈铁马的战斗氛围和勇猛壮烈的豪情勇气所感动;但同时也暗中羞愧自己的行状经历,于是便不去再思再想,还是逃避到"青灯""木鱼"中去"助老夫禅观"吧! 这是一种无奈,一种解脱,是一位垂垂老者不敢正视自己一生,但还有良心谴责、忏悔自己失误和过错的灵魂电图记录。然而钱谦益毕竟是钱谦益,你看他描写《塞上吟卷》的"云旗雷车,猎猎然从空而下"的气势;写王紫涯"挽十石弓,执丈二殳,磨鼻盾草檄,笔墨横飞"的气魄,笔力何等雄健奔放、纵横恣肆。可惜牧斋只能"妙手著文章",却不能"铁肩担道义",以致他在《清史》中被列入《贰臣传》另册,其诗文集"因多触忌讳"在乾隆时下令禁毁。人呵,终归还得骨头硬,有气节!

失 题

傅 山

傅山(1607—1684)字青主,别号公它、公之它、朱衣道人、石道人、侨松等,山西阳曲(今属太原市)人。明末清初具有民族气节的思想家、学者、书画家、医学家。早年率众赴京为师袁继咸冤案"伏阙上疏",终得昭雪;中年因反清入狱,九日绝粒,抗辞不屈;晚年拒清廷"博学鸿词"科试,不受"中书舍人"衔,潜心著述,旁务书画,医救乡里。诗文存《霜红龛集》及《傅山全书》。

此为书信一纸,从内容看系写于作者晚年,从中可见傅青主和乡亲邻里的亲密关系。

【原文】

老人家是甚不待动[1],书两三行[2],眵如胶矣[3]。倒是那里有唱三倒腔的[4],和村老汉都坐在板凳上,听甚么"飞龙闹勾栏"[5],消遣时光,倒还使的。姚大哥说:"十九日请看唱[6],割肉二斤,烧饼煮茄,尽足受用。"不知真个请不请?若到眼前无动静,便过红土沟吃碗大锅粥也好[7]。

【注释】

[1] 甚不待动:很不想动。"不待动",山西方言,意为:没有精神,身体酸懒,不想动弹。
[2] 书:书写。
[3] 眵(chī):眼睛里分泌出的黄色黏质,俗称眼屎。
[4] 三倒腔:山西地方戏唱段中的一种唱腔。
[5] 勾栏:宋元时为戏曲杂剧的演出场所,元以后亦指妓院。"飞龙闹勾栏"疑为一出戏的名字或主要情节。
[6] 看唱:看戏。
[7] 红土沟:在当时傅山所住的太原松庄东南。

【新评】

鲁迅先生在1927年日记附录《西牖书钞》中,曾抄过傅山的这封信:"近见徐昆《柳崖外编》载傅青主先生一帖,语极萧散有味,录之于此云……"看来鲁迅是很欣赏傅山的这段文字的。这段文字之所以"萧散有味"就是以极自然的平常语(口语),写出极朴实的平常情,从中不仅真切地看到了作者晚年的日常生活和与乡亲们亲密交往的鱼水感情;而且从字里行间体察到了青主那种潇洒散淡的人生韵味和处世态度。《清史稿·傅山传》云:"先生诗文初学韩昌黎,倔强自喜。后信笔书写,排调俗语,皆入笔端。"这段文字便是"俗语入笔端"的生花妙笔。

闲过元仲

傅 山

【题解】

此篇为《霜红龛集》"杂记"之一,写傅山一位友人清贫的生活。作者题下有自注:"任复亨,字元仲,平定人。"

【原文】

闲过元仲[1],门庭萧索,戛戛金石声流户外[2]。元仲善琴,岂琴耶?声时小断,弹到无声处耶?然不成操[3]。披帷则顾[4],戏斤抚老夫所书石上[5]。时午矣。问:"食乎?"笑曰:"无米。""饥乎?"曰:"好此亦不甚饥也。"老夫笑曰:"此四口中以触代煅者也[6]。"昔人言:心懒手闲,治迂事镌字[7],迂矣!而忍饥镌字,迂之迂也[8]。或有人复迂其迂,为任生之升斗监河侯[9],俾斤戏稍劲[10],少为老夫劣书揩抹菜色[11],何如?此时任公子亦且无暇计钓大鱼也[12]。

[1] 闲过:闲暇中造访。
[2] 薨薨(hōng):群飞声,此处为象声词,形容斧斤凿石之音。 金石声:金属(斧斤)与石头相碰击的声音。
[3] 操:琴曲曰操。这句说:然而不成曲调。
[4] 这句是说:揭起帘帐一看。 顾:顾盼,一扫眼。
[5] 戏:消遣地。 斤:斧头。 抚:轻轻地凿刻。 老夫:作者自称。这句说:原来是用斧子把我所写的字凿刻在石头上。
[6] 四口中:口为缺字,存疑。 以触代煅:以触摸代替火煅,比喻以刻石代替饥饿,言其不可能也。触,触摸。段,煅。
[7] 镌:刻。 迂:不切实际。这句说:做刻字这样不切实际之事。
[8] 这句说:迂而又迂,更加不切实际。
[9] "或有"二句:也许有人会迂上加迂,作个给任生(元仲)筹借升斗之米的监河侯。监河侯:"庄周家贫,故往贷粟于监河侯。监河侯曰:诺,我将得邑金,将贷子之石金,可乎?"(《庄子·外物》)
[10] 俾:使。 这句说:使他刻石时能稍比现在有点气力。
[11] 这句是说:少给我的劣字上增加饿色。菜色:饥馑之色。《汉书注》:"人专食菜,故肌肤青黄为菜色也。"
[12] 这句是说:这时任元仲也没工夫幻想钓起一条大鱼来充饥了(意指有升斗之米即可济急)。

这篇小品生动地描写了一个穷书生的可爱性格和非常令人同情的遭遇:他家贫无米为炊,饿着肚子刻石镌字。人问他:"饥乎?"答曰:"好此亦不甚饥。"真可谓"迂之迂也"。作者希望有监河侯那样的官来周济这位善良而多才多艺的知识分子。傅山晚年家境亦非常贫困,全赖自己采药看病、儿孙"城市卖药"为生,他惜才怜贫不仅是惺惺相惜,更是一种济世悯人的人道主义关爱。

尝拟作华棚

傅 山

本文节选自《霜红龛集》"杂记",为作者晚年思昔念旧之作。华棚即花棚。

原文

贫道尝拟作华棚[1],为春郊寻芳集客之具[2]。意中结构殊精妙[3]:每岁华期[4],扶老慈[5],携子弟图数日承颜[6]。于风轻云淡之野,即事令群季睹花事记室[7],随习声律[8],撷漱芳润[9],以为游艺之益[10]。后乃要词坛昆弟[11],载酒限韵[12],以纪一年春游之盛[13]。于今已矣!褴缕黄冠[14],且图敲木鱼,持瘿瓢[15],沿门叫化十方茶饭,以养吾老慈矣。风味似大相悬异。究竟宜然,未是落魄耶[16]?通侻殊自佳,悲愤塞天地[17]。饥饿瘅瘃,不分于凡[18]。

注释

[1]贫道:明亡后傅山闻剃发令下,便进寿阳五峰山龙池观拜道长还阳真人郭静中为师,出家当了道士,故自称"贫道"。 尝:曾,曾经。

[2]具:用。

[3]这句说:在意想中设计得非常精妙。

[4]华期:花开的季节。

[5]慈:家慈,母亲。

[6]承颜:这里指博得母亲的欢颜。

[7]即事:即事命题。 群季:诸弟。 记室:近代任"书记"(书写公文)之职的通称,此处系指让诸弟记述游春观花之事。这句说:即事命题,令诸弟记述游春观花之事。

[8]随习声律:同时学习写诗,以通晓声律。

[9]撷:撷取,采摘。 漱:含嚼品味。

[10]此句意为:以此作为游玩娱乐的收获。

[11]要:邀。 昆弟:兄弟。

[12]限韵:限定用韵,即事作诗。

[13]纪:记。

[14]褴缕:衣服破旧。 黄冠:头戴道士的黄冠。

[15]木鱼、瘿瓢:皆游方道士沿途化缘之用物,前者供敲击,后者供盛饭舀水。

[16]"究竟"二句:这究竟是宜于此生之事呢,还是落魄了呢?

[17]"通侻"二句:指在这种情况下,只要想得开,倒也觉得这种生活很不错;如果想不开,悲愤之情真可塞满天地。通侻,同"通脱",放达。殊自佳,自己感到很不错。

[18]瘅(dān):因劳致痛。 瘃:冻疮。这句是说:饥饿病痛侥幸尚未落到我这样的凡人头上。

新评

这篇小品追忆作者当年"拟作花棚"的美妙打算,这毋宁是傅山青年时代向往美好生活的一个富于诗意的象征。而今"褴缕黄冠","敲木鱼,持瘿瓢,沿门叫化……"理想和现实出现这一巨大的悬殊原因何在? 朝代的更替——清军入主中原残暴的民族压迫不言而喻。此小品以小见大,见微知著,可谓一片波涛闻大海,一粒水珠见太阳。而且前后的对照更显出人生的反差,理想的幻灭更反衬出现实的悲哀。

赠太原段孔佳

傅 山

本篇选自《霜红龛集》"杂记",是一则赠给一位青年学子的"手书"。孔佳即学子段增之字,生平不详。

书生段增,聪慧人也。偶来拓帖[1],安详连忭[2],日益精进[3]。即此喻之[4],亦学问事,不可以技观也。字画浅者即为墨[5],深者即不。费兑那而真朗深,似好字矣[6]。然深亦须深之正经,不则险陷[7],不可谓正经也。学问之妙,莫过于深。故曰:极深研,几若临渊之深,则宵人矣[8]。即时文小技[9],亦曰深入而浅出之。增既学时文,犹当深求之,无为臭烟煤刷却白心也[10]。

[1]拓(tà)帖:拓帖即是把石碑或器物上的文字或图画拓印在纸上。
[2]连忭(biàn):性情随和。忭,喜乐。
[3]精进:专心致志,努力上进。
[4]喻:晓谕,开导。这句说:我即以拓帖之事对他进行开导。
[5]这句说:拓字时,笔画原来刻得浅的,就容易拓为墨黑。
[6]费:用心,下功夫。 兑那:搓拭。 真朗深:真切清楚,爽朗无污,黑白分明。这句说:在拓字时,下功夫细心搓拭,拓出来真切、爽朗、黑白分明,就像好字了。
[7]这句说:否则就会陷于险颇偏激。
[8]宵人:不走明坦之途的行路者。这句是说:因此说深入钻研达到极点钻了牛角尖,几乎像面临深渊那样的"深",就是不走正经路子的宵人了。
[9]时文:指当时为科举考试而流行的八股文。
[10]臭烟煤:指墨(烟煤所做),引申为所写的字和文章。这句说:不要让那些臭烟煤,刷黑你清白之心。

这篇劝学小品从拓帖说起,论述了"学问之妙莫过于深"的道理;同时又强调:深不是"险陷",而要"深入浅出";更不要让"臭烟煤刷却白心",让歪理邪说污染了灵魂。傅山是大书法家、大学问家,他不屑于科举考试,亦轻视八股时文,对宋明理学中的"奴理""奴说"也有尖锐的批判,因此由拓帖引出这番道理便是顺理成章的"微言大义"了。

老僧衣社疏附记

傅 山

题解

本篇选自《霜红龛集》"杂记",文本前有一语:"一篇绝妙文字,可惜文字不全。"文中写一位137岁的老僧,与《老僧衣社疏》比较更为生动具体。

原文

冒暑过庵见僧,僧光头,披葛衣,曳僧靸[1],不袜。举手作揖,不似常奴才秃汉[2],坐久,不作语。山问和尚:"大寿得何道理?"老和尚笑说:"有甚道理?白日也随人吃饭,黑夜好睡觉。他不死,真没法。"问姓名,云:"也没名,也没姓。"问识字,云:"从来不做他[3]。"语次,问生历[4],颇颇说是陕西延安府人[5],生正德元年。嘉靖入继大统[6],应募充直卫军[7],性好骑马杀贼,以斩级官累至参将[8]。得罪一个杨兵备,陷以法[9],几死,得脱。自念于君无负,思报我亲。适母没[10],负土作坟庐墓[11]。终服[12],遂出家。无子。家赀付一姪儿[13],时年四十五,正嘉靖二十九年也。既出家雄心不得死。后来偏关万军门征高丽[14],尚光头戴大帽[15],骑马腰刀从军。道高丽事,极详。往说边塞安乱情形,辄感叹不置。又说多在辽东。因问:老和尚好谈边事,又在辽东时多,熊廷弼经略辽东时[16],和尚在彼否?和尚忽高声说:"好个熊经略!"随即叩头下[17],半日不作声,起视之,和尚泪下如雨不禁,葛衫襟泫然湿矣[18]!问老和尚何为哭熊经略?即呎泪小笑说:"杀他时我适在京市见之,故哭。"问老和尚不能断恩爱耶?又小笑:"好容易底断恩爱也!好容易底断恩爱也!"日下,将下门,遂别去。

[1]靸:鞋。曳僧靸,即拖穿着僧鞋。
[2]这句说:不像寻常那些奴才相的和尚。
[3]这句说:从来没学过。
[4]生历:生平、经历。
[5]颇颇:略略。
[6]入继大统:继承皇位。 嘉靖:明世宗朱厚熜年号。明世宗于公元1522年即位。
[7]应募:应征募当兵。
[8]斩级:斩杀敌人的首级。 累至:逐步晋升到。这句说:以战功逐步晋升至参将。
[9]陷以法:以法陷害。
[10]适母没:正值母亲去世。
[11]负土:担土。 庐墓:作居室傍墓而守。
[12]终服:古人有父母去世守孝三年之礼。期满曰服终。

[13]家赀:家产、钱财。

[14]万军门:万世德,山西偏关人,字伯修,知兵法,善骑射。倭寇犯朝鲜,以佥都御史经略朝鲜,大败倭兵,特命总督辽蓟,有政绩。　高丽:今朝鲜。

[15]尚:还。　光头:指僧。

[16]熊廷弼:江夏人,字飞百。万历十七年(1619)任辽东经略,整肃军纪,加强防务,在职年馀,后金不敢进攻。明熹宗即位,被魏忠贤排挤去职。天启元年(1621)辽阳、沈阳失守,再任经略而无实权。广宁巡抚王化贞大言轻敌,不受调迁,次年大败溃退。他同退入关,后被魏忠贤冤杀。　经略:官名。明代用兵时特置"经略",权任特重,在总督之上。

[17]邛:忧伤地垂下头。

[18]泫(xuàn)然:流泪伤心貌。此处指眼泪很多,滴湿了衣襟。

这篇笔记小品通过对这位137岁老僧经历的描述,具体地刻画出他独特的个性和勇敢、正直的美德,尤其突出了他在辽东为防御后金(即清的前期)入侵而参战的事迹;强调了他对被魏忠贤冤杀的、抗击后金名将熊廷弼的爱戴和同情。非常真实自然地表现了这位老僧的民族意识和爱国思想,这正是傅山写作本文的主旨。另外此文语言通俗自然、形象传神,具有浓厚的生活气息和乡土风味,在明清小品中独具特色。

改之一字

傅　山

本篇选自《霜红龛集》"杂著",题目为选注者所加,内容系强调学问人要想提高、进步、完善自己,必须注意一个"改"字。

改之一字,是学问人第一精进工夫。只是要日日自己去省察[1]。如到晚上,把一日所言所行的想想,今日那一句话说得不是了,那一件事做得不是了,明日便不说如此话,不做如此事了。便是渐渐都是向上熟境[2]。若今日想,明日又犯,此等人活一百年,也没个长进。吃紧底是小底往大里改[3],短底往长里改,窄底往宽里改,躁底往静里改,轻底往重里改,虚底往实里改,摇荡底往坚固里改,龌龊底往光明里改,没耳性底往有耳性里改[4]。如此读书行事,只有益,决无损,久久自觉受用。

[1]省察:反省(xǐng),检查。

[2]熟境:成熟的境界。

[3]吃紧底:要紧的。"底",连同上下文的十个"底"字都是结构助词,同"的"(de),表领属关系。

[4]耳性:傅山曰:"凡过耳之言,触之于心,刻之于心不可忘者,为有耳性。"反之,"无耳性人不但讽劝着不解,即大骂詈亦不觉,只记得个谁骂我来,却不记骂得我是那一桩短处。"(见《杂记》)

　　这段文字语浅意深,反复强调一个"改"字。"改"是学问人得以进步的第一要着,尤其是道德修养方面更须如此。作者根据孔子"吾日三省吾身"的有益格言立论,把"小"与"大"、"短"与"长"、"窄"与"宽"、"躁"与"静"、"轻"与"重"、"虚"与"实"、"摇荡"与"坚固"、"龌龊"与"光明"、"没耳性"与"有耳性"这九组对立的概念加以鲜明的对比,使人对好坏优劣一目了然,并且强调对立面可以转化,要着在于学问人下功夫去"改",就可以日益弃旧图新,向好的方面发展。对有志于学者,确有振震聋发聩之用。

修名之人

傅　山

　　本篇选自《霜红龛集》"杂记"。标题为选注者所加。作者对当时追逐声名不务实际的所谓"文人"予以犀利的抨击。

　　修名之人,丑态不胜千百万状[1]。随一举动,随有无数窟垅[2]。忠厚者尚不扬抭[3];少轻薄者,描写惟恐不工矣[4]。其人尚不觉,沾沾自喜,愈益自鸣[5],亦无奈何[6]。实大声洪,苟有实矣,不愁无闻[7]。

[1]修名:沽名钓誉。　这句是说:追逐声名的人,丑态百出,贱状千万。

[2]窟垅:即窟窿,漏洞。这句是说:这种人随便一言一行,都要露出许多马脚,出现无数漏洞。

[3]扬:声高为扬。抭(pī):奋舞的样子。《庄子·让王篇》:"子路?然执干而舞。"扬抭,宣扬。这句是说:他们这种丑态,遇到较忠厚的人,尚不大肆宣扬。

[4]工:巧妙。这句是说:遇上稍微轻薄一点的,描绘摹写他们这种丑态,惟恐不到家。

[5]这里是说:这种修名之人仍不觉察自己的丑态,还沾沾自喜,愈加得意自鸣。

[6]这句是说:对这种人也真是没有办法。

[7]这句是说:声名就如钟一样,钟的体积大,声音就洪亮,只要有实在的东西(学问),就不愁别人不知道。

这篇讽刺小品痛快淋漓地揭露了封建社会比比皆是的追逐声名的"知识分子"的丑态,他们不务实际,无真才实学,却自我感觉良好,随处卖弄,自鸣得意,然而却随处漏洞百出辄露马脚。作者于讽喻之馀善意地提出"实大声洪"这样一个形象的具有哲理意味的论点,启示人们应求真务实,不要在"修名"的歧路上"丑态不胜"地竞进!

窝囊解

傅 山

本篇选自《霜红龛集》"杂记",标题为选注者所加。作者就"窝"、"囊"二字加以诠释,要人们引以为戒。

俗骂龌龊不出气人曰窝囊[1]。窝,言其不离窝[2],无四方远大之志。囊,言其知有囊橐、包包裹裹,无光明取舍之度也[3]。亦可作朦[4]:朦是多肉而无骨也。大概人无光明远大之志,则言语行事无所不窝囊也。而好衣好饭不过图饱暖之人,与猪狗无异。

[1]龌龊:局促猥琐的样子。韩愈文:"猥琐龌龊者,既不足与语。"不出气:没出息。
[2]窝:家。
[3]囊橐:盛物之具,有底曰囊,无底曰橐。这句是说:囊,是说这种人只惦记着他的囊袋、包裹,没有光明磊落的气度,不会为国为民舍弃自己的利益。
[4]这句是说:囊也可以解作"朦"。

这篇杂感小品语浅意隽。它告诫人们特别是青年,要有"四方远大之志";要有"光明取舍之度",即光明磊落旷达恢宏的心胸,不要只图温饱舒适,好衣好饭;不要眼不离"囊",身不离"窝",否则便会成为窝囊废和只图饱暖的猪狗。这些话对今天的青年也很有教育意义。

看古人行事

傅 山

选自《霜红龛集》"家训",题目为选注者所加。作者以辩证的方法,求是的观点,告诫人们尤其是青年晚辈应该如何面对古今现实,看待万事万物。

一双空灵眼睛[1],不唯不许今人瞒过,并不许古人瞒过。看古人行事,有全是底[2],有全非底;有先是后非底,有先非后是底;有似是而非,似非而是底;至十百是中之一非,十百非中之一是[3],了然于前[4]。我取其是而去其非。其中更有执拗之君子[5],恶其人[6],即其人之是亦硬指为非;喜顺承之君子[7],爱其人,即其人之非亦私泥为是[8]。千变万状,不胜辨别。但使我之心不受私弊[9],光明洞达[10],随时随事,触著便了[11],原不待讨论而得。无奈平素讲究[12],不明主宰[13],不定一切[14],妄听妄说[15],无师无友[16],混帐糊涂塗,强牙赖嘴[17]。想要只等算个人物在世上[18],熊头虎脑,但令识者含磣齼龉而已[19]。

[1]空灵眼睛:慧眼,能识别任何事物,看到其本质。
[2]全是底:全对的。底,的。以下诸句同。
[3]这里是说:乃至十分、百分是(对)中只有一分非(不对),或者十分、百分非中只有一分是。
[4]这句是说:首先要把古人行事的是非搞清楚。
[5]执拗之君子:看问题偏激之人。
[6]恶(wù):厌恶。
[7]顺承:奉承。
[8]私泥:出于私心而歪曲事物的真相。
[9]私弊:私心的蒙蔽。
[10]光明洞达:光明磊落,明智通达。
[11]这里是说:随时随地遇到任何事情,都能一接触便了解。
[12]平素讲究:平时讲究学问。
[13]主宰:主旨。
[14]不定一切:一切都说得模棱两可。
[15]妄:没有根据。
[16]无师无友:这种人没有真正的老师,也没有真正的朋友。
[17]强牙赖嘴:强词夺理,满嘴胡说八道。
[18]只等:这等,这样的,这一类。这句是说:这样的人还想要在世上硬充个"人物"。

[19]含磣:寒磣,讥笑。魋臖:臭。这句是说:只让了解他的人觉得恶心、不齿。

这段文字精辟地论述了看人看事、看今看古的正确方法:对待是非功过要实事求是,具体问题具体分析:"有先非后是","有先是后非";"有似是而非","有似非而是";"有十百是中之一非","有十百非中之一是"……对待这些复杂的人物事件要客观地、恰当地评价,不要意气用事,不能以偏概全。要做到这样,除了其他条件,最根本就是要使"心"不受私弊,光明洞达,如此才能不带或少带偏见。这在今天也是十分珍贵的箴言。

寄示周程先生

傅 山

本篇选自《傅山全书》"书札"。程示周,太原人,傅山好友,曾在太原南郊晋源私塾授徒。此信即是与在晋祠一带谋生的老友互通款曲。时当于傅山晚年。

饥后想见示周[1],玉貌莫由[2],而济生能远到,庶几似之[3],略慰旧怀矣。弟之中曲不必面倾[4]。示周吾道义友,自能信之。然成一骑虎神仙[5],人或谓其有逍遥之致[6],谁知其集蓼茹藥也[7]。见携笈馆晋水[8],知出无奈一著[9],毕竟是本等生涯,面目肺肝[10]。岂若时人之尽改也[11]。令姪来,得近况,甚喜。兼闻两郎能读书写字,是足怡示周于流离之后耳[12]。晋祠乔木云湍[13],时一流览,可歌可泣[14]。章句训诂之馀[15],当勤杖屦耶[16]。弟心活神死,天机无复鼓动[17]。三年中集有小诗百首,急欲倾囊求教。拙口不能娴妙语[18],动触忌讳[19],不便邮寄,倘弟早晚死,后收录蓕评尚少不得示周[20],简重之言[21],此非迂语[22]。如今何日何时不可死世?言之於邑[23],尔禎久违[24]。示周可频聚首否?亦吾意中识道理一友[25],面时寄声致怀[26],此际此情,书何能悉[27]?

[1]饥后:饭前。《诗经·周南·汝坟》有"未见君子,怒如调饥"之句,因此这里"饥后"也表示作者对程示周的渴想。
[2]这句是说:却无由得见你美好的面容。
[3]济生:示周之侄。 庶几:差不多。这里是说:而济生能够远道而来,差不多和见了你一样。
[4]中曲:衷曲。 面倾:当面倾谈。
[5]成一骑虎神仙:指皈依佛道。(作者在明亡以后皈依道教,号朱衣道人)。

[6]这句是说:也许有人说我有逍遥的兴致。
[7]蓼(liǎo):水草,味苦。《诗经·周颂·小毖》:"予又集于蓼。"蘖(niè):树木之嫩芽。 茹:吃。
[8]笈:书箱。 馆:设馆,作私塾先生。 晋水:从晋祠流出,经晋中入汾水。
[9]一著:一着,一种办法。
[10]这里是说:毕竟是原来的生涯,本来的面目,本来的心肠(肺肝)。
[11]时人:现时之人。 改:改变本来面目(指仕清做官)。
[12]怡:怡乐,慰藉。 流离:颠沛流离。
[13]云湍:指晋祠流水湍急,水花四溅。
[14]可歌可泣:可以引发可供吟咏的欢乐或悲伤的诗情。
[15]章句训诂:解释章句,注释音读名物,指程示周的教学生活。
[16]杖:拐杖。 履:步履。这句是说:要多出来到晋祠游览散步。
[17]天机:与生俱来的聪明、智慧。这句是说:自己作文吟诗的灵感都消失了。
[18]娴:熟练。这句是说:我这笨嘴不能熟练地说出妙语来。意为不屑于说那些适合当权者的话。
[19]动触忌讳:动不动就触犯了清朝的忌讳。
[20]旌评:旌:表彰;评:批评。
[21]这句说:这是我在信中郑重其事对你说的话。
[22]迂语:不切实际的话。
[23]於邑:哽咽,哭而难以出声。
[24]尔祯:姓杨,太原晋源人,傅山友。这句是说:尔祯很久未见他的面了。
[25]道义一友:以道义结成的朋友。这句是说:我内心认为,杨尔祯也是一位懂道义的朋友。
[26]面:遇到,见面。这句是说:希望你见到他时转致我的问候和心意。
[27]悉:全部。这里是说:生活在这样的年月,我的心情在书信中怎能全都表达出来呢?

此信系向"道义友"袒露情怀:求仙学道何尝是逍遥之举?只不过是含辛茹苦不得已而为之。而友人"携笈馆晋水"亦是出于无奈,但这总比那些尽改原来面目肺肝的"时人"要高出一筹。信中说自己的小诗"动触忌讳,不便邮寄",又说"如今何日何时不可死世"等语,揭露了清初高压统治的残暴和文字狱的黑暗,字里行间流露出反抗清统治者的强烈感情,这对当前将"康乾盛世"美化为伊甸园的帝王崇拜者不啻是一记响亮的耳光!

与曹秋岳书

傅 山

本文选自《傅山全书》"书札"。曹秋岳,名溶,字洁躬,又字秋岳,嘉兴人。明崇祯十年(1637)进士,清顺治元年(1644)任河东道御史,后官广东右布政使、山西按察副使。康熙十七年(1678)曾被推荐参加博学鸿词科考试,以病辞。同年傅山被荐应博学鸿词科考试,强迫赴京。翌年,傅山称病拒不赴试,亦不接受清朝授予的"中书"官职,清政府只得放其归里。这封信就是傅山离京前夕、将行之时给友人写的。

以七十四岁老病将死之人,谬充博学之荐[1],而地方官府即时起解[2],篮舆就道[3],出乖弄丑。累经部验[4],今幸放免,复卧板舁归[5]。从此以后,活一月不可知,一年不可知。先生闻之,定当大笑:乃复有此蒲轮别样[6]。因便敬候兴居,使知此况[7]。来僧圆璧其人,颇解读书。山出门时,其敦逼狼狈[8],不可告人,且病喑不食。璧为煮粥煎药,将护之情[9],不能已已[10]。乃妄闻山之病死燕市[11],复瓶钵来看[12]。见山生归,欲复南游,募书册藏一部[13],以其便于展阅,欲下智慧根子[14]。山感此谊,闻此板即在贵府阿兰若内[15]。愿先生悯此白学[16],为此开缘[17],一册一函,莫非佛事[18],此似亦易为力。纸笔贵贱,总难悬度[19],彼若至诚,或当如愿[20]。载归之时,山若未死,当南向跪,诵《金刚经》一卷,以当报恩。枯木堂力疾草此[21],求恕不恭。寒温套语不敢作[22],诳秋翁先生菩萨[23]。傅山顿首,顿首[24]。

[1]博学:当时官府推荐傅山进京参加清廷为笼络有名望的知识分子而特开的"博学鸿词"科考试。

[2]起解:被官府押解上路。

[3]篮舆:竹轿。这句是说:坐了竹轿出发。

[4]累经部验:经过礼部几番验证(因称病不受职)。

[5]舁(yú):抬。这句是说:还是躺在木板上被抬回去。

[6]蒲轮:以蒲草裹轮,取其平稳。古代征聘贤士的特殊礼遇。这句是说:在"征聘贤士"的历史上还有这些特别的情形呵!(打趣自嘲之语)

[7]兴居:起居。李商隐《寄彭城公唐》:"慎安寝膳,勉护兴居。"这句是说:乘此方便机会(僧圆璧将访曹,见下文),我恭敬地向您问候,并使您知道这个情况。

[8]敦逼:催促,逼迫。

[9]将护:调养、护理。《三国志·吴书·孙策传》裴注引《吴历》:"策既被创,医言可治,当好自将护,百日勿动。"

[10]这句是说:不能忘怀。

[11]乃:继而。 燕市:指北京。

[12]这句是说:又拿着饮食(瓶钵)来看我。

[13]这句是说:募集书册收藏为一部。

[14]这句是说:要学习佛经的基本教义,在心上扎下皈依佛门的根子。

[15]板:印版。 阿兰若,梵文音译,意为闲静空净之处,即僧人居处。

[16]悯:怜惜。 白学:《宋书·蛮夷传》:"有白学先生,以为中国圣人,经纶百世,甚德弘矣。"此处指圆璧至诚好学。

[17]开缘:施舍,布施。
[18]这句是说:无不是为佛作善事。
[19]这句是说:总难以悬想猜度。
[20]或当:也许能。
[21]枯木堂:傅山在京临时居所,在崇文门外圆教寺。　力疾:勉强支撑病体。　草此:草草写成此信。
[22]寒温套语:嘘寒问暖之类的套话。
[23]诳:哄骗。　菩萨:比喻心肠慈善的人。
[24]顿首:信末致敬用语,意即再拜、再拜!

傅山晚年,拒不赴"博学鸿词"考试,并坚决不受"中书舍人"官职,充分表现了他不与清统治者合作的坚定的民族气节和不慕荣利、不畏权势的傲岸精神。这些在这封信中有着鲜明的表现。信中也写了傅山和僧人圆璧的深厚情谊:胁迫赴京时,为傅山煮粥熬药,精心护理;闻病倒在燕市,不远千里,前来探视。这封信对了解傅山晚年的思想、生活很有价值。

最厖最毒者

傅　山

【题解】

本篇选自《霜红龛集》"杂记",标题为选注者所加。厖(máng),大。此处谓凶狠。作者愤世嫉俗,认为"最厖最毒者"乃是"万物之灵"的人!

【原文】

贫道尝笑圣人谓"人为万物之灵",又曰"五行之秀气也"。不然哉,人焉敢与万物较灵也[1]?最蛊最毒者人!蛇虿狐蜮[2],虎狼猪狗,鸱枭鸺鹠[3],诸龌龊鄙委、阴细蠹窃之类[4],人中莫不有。而独无蜂蚁君臣天秩[5],颠沛必伸[6]。戴圆履方者[7],谁知有君父之当死也[8]?故吾谓蜂、蚁、乌鸦[9],五行之秀气也,万物之灵也。

[1]这句是说:是这样啊,人岂敢和万物较量灵智呢?
[2]虿(chài):蝎类毒虫。　蜮:古代相传为一种含沙射人的怪物。
[3]鸱枭:即鸱鸮(chīxiāo),猫头鹰一类的恶鸟。　鸺鹠(xiūliú):鸷鸟。
[4]鄙委:卑劣猥琐。　阴细:阴险诡诈。　蠹:蠹动。　窃:盗窃。
[5]天秩:天定的秩序,自然的法则。
[6]这句是说:遇到危难,必去救助。　伸:援救。以上都是形容蜂蚁的。
[7]戴圆履方:生于天地之间,指人。圆,指天。方,指地。
[8]这句是说:谁知为皇帝蒙难而尽节呢?君父:指君王、皇帝。

[9]乌鸦:乌鸦反哺,世称义鸟。

新评

这篇政论小品借"人为万物之灵"一语,横加发挥,痛斥统治阶级中"龌龊鄙委、阴细蠹窃之类""莫不有";并申斥那些高官显贵当国家危难之时无不贪生怕死。从而得出"最虺最毒者人","蜂蚁乌鸦"却是"五行之秀、万物之灵"的结论。这虽为愤激之语,却正是对明末清初那些寡廉鲜耻、巧取豪夺、丧失民族气节的汉族官员的有力抨击。

训子侄

傅 山

题解

本文选自《傅山全书》"家训"。傅山有子傅眉,有侄傅仁,此家训主要是以自己的切身体验指导他们应当十分重视学习和如何进行学习。写作时间当在作者中年、明亡以后。

原文

眉、仁素日读书,吾每嫌其驽钝[1],无超越兼人之敏[2]。间观人有子弟读书者[3],复驽钝于尔眉、仁,吾乃复少恕尔。两儿以中上之资,尚可与言读者。此时正是精神健旺之会[4],当不得专心致志三四年[5]?记吾当二十上下时,读《文选》京、都诸赋[6],先辨字,再点读[7],三四上口[8],则略能成诵矣。戊辰会试卷出[9],先兄子由先生为我点定五十三篇[10]。吾与西席马生较记性[11],日能多少?马生亦自负高资,穷日之力四五篇耳[12]。吾栉沐毕诵起[13],至早饭成唤食,则五十三篇上口,不爽一字[14],马生惊异叹服如神。自后凡书无论古今,皆不经吾一目[15]。然如此能记时亦不过六七年耳。出三十则减五、六,四十则减去八、九,随看随忘,如隔世矣。自恨以彼资性,不曾闭门十年读经史,致令著述之志不能畅快。值今变乱,构书无复力量[16]。间遇之[17],涉猎之耳[18]。兼以忧抑仓皇,蒿目世变[19],强颜俯首为蠹鱼[20],终此天年[21],火藏焰腾,又恨咕哔,大坏人筋骨[22]。弯强跃马,呜呼已矣[23]!或劝我著述[24]。著述须一副坚贞雄迈心力,始克纵横[25]。我庚开府萧瑟极矣[26]。虽曰虞卿以穷愁著书[27],然虞卿之愁,可以著书解者;我之愁,郭璞之愁也[28]。著述无时亦无地。或有遗编残句,后之人诬以刘因辈贤我,我目几时瞑也[29]。尔辈驽力[30],自爱其资,读书尚友[31]。以待笔性老成,见识坚定之时,成吾著述之志不难也。除经书外,《史记》、《汉书》、《战国策》、《左传》、《国语》、《管子》、骚赋皆须细读[32]。其馀任其性之所喜者,略之而已[33]。廿一史吾已尝言之矣[34]:金、辽、元三史列之载记,不得作正史读也。

[1]驽(nú)钝:才短力弱。驽,能力低下的马。
[2]兼人:胜过人,一人抵得几人。《汉书·韩信传》:"受辱于跨下,无兼人之勇,不足畏也。" 敏:聪慧敏捷。
[3]间:近来。
[4]会:际,时机。
[5]当不得:还不应当。
[6]《文选》京都诸赋:指《昭明文选》中《两京赋》、《两都赋》等篇。
[7]点读(dòu):指断句。
[8]"三四上口"二句:第三四遍就可以朗朗上口,大致能背诵下来了。
[9]戊辰:崇祯元年(1628)。 会试:明清时各省举人赴京参加科举考试曰"会试"。
[10]子由:傅山兄,名庚。
[11]西席:旧称家塾的教师或幕友为西席。 较:较量,比赛。
[12]穷日:一整天。穷,尽,极。
[13]栉(zhì)沐:梳洗。
[14]爽:失,差。
[15]目:视,看。
[16]构书:购书。
[17]间:间或,偶然。
[18]涉猎:谓泛览群书,不一定作深入的钻研。
[19]蒿目:关注(时局)《庄子·骈拇》:"今世之仁人,蒿目而忧世之患。"后称对世事忧虑不安为"蒿目时艰"或"蒿目世变"。
[20]强颜:厚着脸皮。 蠹鱼:亦称蟫或衣鱼,蛀蚀书籍衣物的小虫。傅山对自己无可奈何钻入故纸堆中的比喻。
[21]天年:指人的自然年寿。这是对清统治者入关后的高压统治表示不满。
[22]火藏焰腾:强把火掩盖下去,可火焰又要升腾起来。 咭哔:应作"佔毕",读书。 坏人筋骨:损害健康。
[23]弯强跃马:弯强弓,跃骏马,指驰骋疆场,以武力驱逐异族入侵者。 已矣:完了,做不到了。
[24]或:有人。
[25]克:能。 纵横:指笔底为文,任情挥洒。
[26]庾开府:庾信,南北朝新野人。梁元帝时以右卫将军使西魏,被扣留不返。周明帝、武帝并好文学,皆优礼相加,官至骠骑大将军开府仪同三司,世称"庾开府"。庾信位虽显贵,而常有乡关之思,因作《哀江南赋》。杜甫诗云:"庾信生平最萧瑟,暮年诗赋动江关。"这句是说:我像庾信一样萧瑟到极点了。
[27]虞卿:战国时游说之士。说(shuì)赵孝成王,一见赐黄金百镒,白璧一双;再见拜为上卿,故号虞卿。后离赵,困于梁,乃著书八篇,以刺国家得失,世传之曰《虞氏春秋》。
[28]郭瑀:晋朝敦煌人,字元瑜,精通经义,多才艺,因世乱志不得伸,隐于临松薤谷,凿石窟而居,作《春秋墨说》、《孝经错纬》等。
[29]刘因:元朝容城人,字梦吉,号静修,早丧父,事继母孝。至元中,不忍木以学问道德荐于朝,任右赞善大夫,以母疾辞归。著有《静修集》、《四书集义精要》。这句是说:今后如果有人拿刘因这样的人来比喻我、赞美我,我是死不瞑目的。

[30]弩力:努力。

[31]尚友:"尚"通"上"。上与古人为朋友。

[32]骚赋:指《离骚》和汉赋。

[33]略之:略读之,与"细读"相对。

[34]廿一史:二十一史。十七史(《史记》、《汉书》、《后汉书》、《三国志》、《晋书》、《宋书》、《南齐书》、《梁书》、《陈书》、《魏书》、《北齐书》、《后周书》、《南史》、《北史》、《隋书》、《唐书》、《五代史》)加《宋史》、《辽史》、《金史》、《元史》。

  这篇家训最核心的内容是讲自己资性虽高,却不能畅快著述之志。其原因有三:一是"著述须一副坚贞雄迈心力",但作者却因抗清事业失利而处于穷愁之中,"著述无时亦无地";二是正值变乱之际,"不曾闭门十年读经史";三是在清朝高压统治下"强颜俯首为蠹鱼",不能专心读书写作。因此全文与其说是教导子侄如何读书、著书,不如说是讲读书、著书与社会政治环境、历史背景的关系,借此给后代灌输民族主义思想。当然这篇家训也具体论述了如何读书的方法:首先要专心致志,特别是在青少年时代,要趁记忆力健旺之时,集中力量尽多背诵典范名篇,如此将终身受益。其次,"自爱其资""读书尚友"是著述的基础,待"笔性老成""见识坚定"之时方可著述,不可急于事功。最后指出读书要"细读"与"略读"相结合。文章结合个人身世,现身说法,有对青年时代得意的回溯和诚挚的检讨;有对当今世事的苍凉感慨和恨叹。末句金辽元三史"不得作正史读也"也是弦外有音,憎恨清朝统治者的民族意识溢于言表。本文可谓情、理交融,训示互见,不同于道学先生板起面孔的说教,从中可以看出傅山对子侄是循循善诱、平等相待的。

甲子夏书示莲苏

傅 山

  本篇选自《霜红龛集》"家训"。甲子为清康熙廿三年(1684)。莲苏,亦作连苏或莲甦,傅山长孙,傅眉长子。本年农历二月初九傅眉卒,六月十二日傅山卒。本文当作于傅眉去世后,是傅山与《哭子诗》(共十四首)同时写的最后一篇遗给孙辈的家训。亦可视为"遗嘱"。

  吾家自教授翁以来[1],七八代皆读书,解为文[2]。至参议翁[3],下至吾奉离垢君教[4],不废此业。然大半为举业拘系[5],不曾专力。至三十四五始务博综[6]。乱后无所为[7]，益放言自恣矣[8]。尔父秉有异才[9]，而我教之最严，自七、八岁以后，风期日上[10]。至十七八遂闳肆[11]。既遭乱，患难奔驰，寔无处无时不读书[12]，作诗淋漓感慨，见事风生[13]。大有见贼惟多身始轻，之胆之识真横槊才也[14]。所为诗文皆可以年谱之[15]，寔吾家异人。尔亲见其纵笔直书[16]，前无强敌之概者[17]，于今已矣。尔颇有细才，亦能为摩研抄撮[18]。吾家文种，全在尔一身承之。凡我与尔父所为文诗，无论长章大篇，一言半句，尔须收拾无遗，为山右傅氏之文献可也[19]。至于尔早承吾与尔父之教，亦慧而能文。吾数有问尔，尔能记忆。议论亦有先后，切不可自弃。残编手泽，穷年探讨，益当精进自得。粗茶淡饭、布衣茅屋度日，尽可打遣[20]。如求田问舍[21]，非尔之才。即当安命安分，不可妄想。人无百年不死之人，所留在天地间可以增光岳之气[22]，表五行之灵者[23]，只此文章耳，念之，念之。苍头小厮[24]，供薪水之劳者[25]，一人足矣。观其户寂若无人，披其帷其人斯在，吾愿尔为此等人也。尔颇好酒，切不可滥醉。内而生病，外而取辱，关系不小，记之，记之。韬精日沈饮[26]，谁知非荒宴[27]？尔解此意，便可再无向尔諵譇者[28]，吾至此绝笔可也。尔两人皆能读书[29]。苏志高心细而气脆，教之可使纯气[30]；宝颇疏快而傲慢处多[31]，当教之，使知礼。谆谆言之，皆以隐德为家法，势利富贵不可毫发根于心[32]，老到了自知吾言[33]。

[1] 教授翁：指傅山六世祖傅天锡，以春秋明经为临泉王府教授。

[2] 解：明白，通晓。"解为文"，通晓作文之道。

[3] 参议翁：指傅山的祖父傅霖，明嘉靖壬戌科进士，历官寿州知州、山东辽海参议等。

[4] 离垢：傅山之父傅之谟，终身养亲不仕，号离垢先生。

[5] 举业：科举之业。　拘系：束缚。

[6] 博：广博。　综：综合。这句是说到了三十四五岁才开始进行广博的探讨和全面的综合。

[7] 乱后：指明王朝灭亡之后。

[8] 放言：任性而言，不受拘束。　自恣：放纵，无所顾忌。

[9] 尔父：指莲苏之父傅眉。　秉：禀赋，天赋。

[10] 风：风采，指修养、学业。　期：期望，指志向。这句是说：修养、志向和学业天天上进。

[11] 闳肆：闳（hóng）中肆外，指文章内容丰富，而文笔又能发挥尽致。

[12] 寔：即"实"。

[13] 风生：善于议论，言辞生动。

[14] 之：其。"之胆之识"，其胆其识。　横槊：苏轼：《前赤壁赋》："酾酒临江，横槊赋诗"。曹操文才卓越，能于鞍马征战间为文赋诗。此处指傅眉能文能武。

[15] 以年谱之：可以按年代编纂成册。

[16] 直书：不停地写。直，一直。

[17] 概：气概。

[18] 摩研抄撮：揣摩研究，抄录撮要。

[19] 山右：太行山之右，指山西。

[20] 打遣：打发岁月。

[21]求田问舍:买田置屋。
[22]增光岳之气:给山河增添光彩和气势。
[23]表五行之灵:表现大自然的灵性。五行,指金、木、水、火、土。泛指大自然。
[24]苍头小厮:指仆役。
[25]供薪水之劳者:供给柴薪、用水之劳力。
[26]韬精:不发挥自己的才能、精力。韬,藏匿。这句是说:天天沉溺于饮酒。
[27]荒宴:荒唐放荡之饮宴。
[28]諓諓:言语琐碎的样子,即俗称"啰嗦"。
[29]尔两人:指莲苏和其弟莲宝(又名赤骥)。
[30]可使纯气:可以精纯其气质。
[31]宝:莲宝。 疏快:粗枝大叶而敏捷。
[32]根:植根。
[33]老到了:到老年时候。

  这篇临终绝笔语重心长,感人至深。开头先说读书解文乃世代家传;次说自己早年受举业束缚,中年以后方务博览综研,思想才得解放;接着又满含深情赞述爱子傅眉刻苦读书、坚持不懈的好学精神和文武双全的过人才华。从而嘱咐莲苏切不可辜负"吾家文种全在尔一承之"的重望,进一步坚定其致学之志。集以上三层,提出如下重望:第一,要把"我与尔父诗文"搜集无遗,"以成山右傅氏之文献";第二要继续穷年探讨,切不可求田问舍、沉饮滥醉,要把长留天地间的文章作为终身奋斗之大业;最后把两孙习性加以比较,并对症下药,指出"势利富贵不可毫发根于心"乃做人的根本。遗言条理分明,层次井然,辞重句实,情真意切。确系一篇劝诫子孙立身处世、勤奋志学的好教材。

序批二则

金圣叹

  金圣叹(1608—1661)本名采,字若采。明亡后更名人瑞,字圣叹。江苏吴县人。明诸生。入清后,以哭庙案被杀。少有才名,喜批书,又能诗,有《沈吟楼诗选》。
  此二则小品,前者选自金圣叹《水浒传序》,后者选自金批《西厢记》卷六。题目为编者所加。

原文

一

是《水浒传》七十一卷,则吾友散后,灯下戏墨为多;风雨甚,无人来之时半之;然而经营于心,久而成习,不必伸纸执笔,然后发挥。盖薄暮篱落之下,三更卧被之中,垂首捻带、睇目观物之际,皆有所遇矣。或若问,言既已未尝集为一书,云何独有此传?则岂非此传成之无名,石成无损,一;心闲试弄,舒卷自恣,二;无贤无愚,无不能读,三;文章得失,小不足悔,四也。

二

尝有狂生题半身美人图,其末句云:"妙处不传。"此不直无赖恶薄语[1],彼殆亦不解此语为云何也[2]。夫所谓妙处不传云者,正是独传妙处之言也……盖言费却无数笔墨,只为妙处,乃既至妙处,即笔墨都停。夫笔墨都停处,此正是我得意处。然则后人欲寻我得意处,则必须于我笔墨都停处也。

[1]直:只,仅仅。

[2]殆:大概,可能。

金圣叹是一位不幸的天才。他的批评道人所未道,见人所未见。《撼怀斋诗话》说:"圣叹批书,独具只眼,辩才妙笔,照彻古今,几于负贩之流,咸知名姓,亦可谓评论家之雄长也。"他曾有"六才子书"的批评计划,按顺序是《庄子》、《离骚》、《史记》、《杜诗》、《水浒传》、《西厢记》,可惜因为"哭庙案"被冤杀只完成了《水浒传》和《西厢记》两种,《杜诗》只完成了一部分。对《水浒传》和《西厢记》的评点,有许多闪光的议论,在我国文学批评史上具有"开创性"的价值和地位。这些评点文字和一些序跋都可纳入小品行列。这里所选的《水浒传序》被周作人认为是"最好的"小品文的典范,他把评点《水浒传》的过程写得那样真切,似不经意而又成竹在胸:《水浒传》之评在"吾友散后灯下戏墨为多;风雨甚,无人来之时半之;然而经营于心,久而成习……盖薄暮篱落之下,三更卧被之中,垂首捻带、睇目观物之际,皆有所遇"。这就把时时刻刻的静思默想、惨淡经营道于纸面。实际上他不仅评点而且还批改《水浒》,他把七十一回以后关于受招安、打方腊的内容全部删去,增入卢俊义梦见梁山头领全部被捕的情节以结束全书,使其更广泛地流行于世,英雄形象更深入人心。关于《西厢记》的这一则评点,巧妙有趣地道出艺术空白与完形想象的问题。"妙处不传"就是高明的艺术家从不将所描写的对象写尽写满,而要适当地给读者留下驰骋想象的馀地，使其在想象的再创造中获得审美的快感，如《西厢记》中描写崔莺莺"临去秋波那一转"，即使不写其他，也可想见她的美丽，这就是金批"妙处不传"的奥妙所在，这与当代美学理论完全吻合，而其超前数百年的论述更令人钦佩其不凡的慧眼。

怪　说

黄宗羲

【题解】

黄宗羲(1610—1695)字太冲，号南雷，又号梨洲，浙江馀姚人。父黄尊素为东林党名士，因弹劾魏忠贤被害。黄宗羲坚持反阉斗争，成为复社领导人之一。明亡，召募义军抗清，被鲁王任为左副都御史。兵败后隐居著述，屡拒清廷征召。著有《宋元学案》、《明儒学案》、《明夷待访录》、《南雷文定》集，今有《黄梨洲文集》。

本文选自《黄梨洲文集》，为晚年隐居著书时所作。写自身晚年境遇之"怪"。

【原文】

梨洲老人坐雪交亭中[1]，不知日之早晚，倦则出门行塍亩间[2]，已复就坐，如是而日而月而岁。其所凭之几，双肘隐然[3]。庆吊吉凶之礼尽废。一女嫁城中[4]，终年不相往来。一女三年在越[5]，涕泣求归宁[6]，闻之不答。莫不与老人之不情也[7]。

老人曰：自北兵南下[8]，悬书购余者二[9]，名捕者一[10]，守围城者一[11]，以谋反告讦者二三[12]，绝气沙墠者一昼夜[13]，其他连染逻哨之所及[14]，无岁无之，可谓濒于十怪者矣[15]。李斯将腰斩[16]，顾谓其中子曰[17]："吾欲与若复牵黄犬俱出上蔡东门逐狡兔[18]，岂可得乎？"陆机临死叹曰[19]："华亭鹤唳[20]，岂可复闻乎？"吾死而不死，则今日者，是复得牵黄犬出上蔡东门，复闻华亭鹤唳之日也。以李斯、陆机所不能得之日，吾得之，亦已幸矣！不自爱惜，而费之于庆吊吉凶之间，九原可作[21]，李斯、陆机其不以吾为怪乎！然则公之默默而坐[22]，施施而行[23]，吾方傲李斯、陆机所不如，而又何怪哉，又何怪哉！

[1]雪交亭：亭名，在作者家中。
[2]塍(chéng)亩：田野。塍，田间的土埂子。
[3]双肘隐然：双肘在小桌上磨出的印痕隐约可见。
[4]一女嫁城中：指大女儿，嫁给馀姚县城朱林。
[5]一女三年在越：指二女儿，嫁给山阴(今浙江绍兴)刘茂林。山阴，古属越国。
[6]归宁：已嫁女儿回娘家探望父母。

[7]不情:不通人情。
[8]北兵:指清兵。
[9]悬书购余者二:张贴布告,规定奖赏,这样来捉拿我的有两次。
[10]名捕者一:指名逮捕的有一次。
[11]守围城者一:被清兵围在城内一次。
[12]告讦(jié):告发。
[13]绝气沙坪:在沙地上死过去。坪(shàn),场地。
[14]连染逻哨:被牵连、被巡逻兵丁盘查。
[15]濒:近。
[16]李斯将腰斩:李斯曾在秦国任廷尉、丞相,后遭赵高陷害。公元前208年7月,秦二世胡亥下令将他腰斩。
[17]顾:回头。 中子:次子。
[18]上蔡:即今河南上蔡县,李斯为上蔡人。
[19]陆机:吴郡华亭(今上海松江)人。西晋文学家,在西晋皇族争夺政权的"八王之乱"中遭谗被杀。
[20]唳(lì):鸣叫。
[21]九原可作:(死人)在地下如能起来。九原,春秋时晋国卿大夫的墓地,这里泛指坟墓。
[22]公:疑"今"字之误。
[23]施施:缓慢地。

明末清初是一个伟大的历史时代,所以说其伟大是因为这个时代出现了许多具有民族气节的英雄人物,出现了不少有骨气、有识见而且有实际行动的思想家、大学者和先驱志士,黄宗羲、顾炎武、王夫之、傅山就是杰出的代表人物,他们在那个腐败、残暴、纷乱而黑暗的时代中放出了光辉。

黄宗羲,少年时代就气概不凡,他十四岁随父入京,朝局清浊流之分已心中尽知,父亲被阉党诬陷,惨死狱中。明思宗朱由检即位,他只身赴阙下,为父讼冤雪仇,与阉党对簿公堂,袖铁椎椎许显纯,拔崔应元须,归祭其父。后参加复社,与宦官权贵斗争,几遭杀害。清兵南下,他又在浙东一带集义兵抗清,本《怪说》中所说"悬书购余者二、名捕者一、守围城者一、以谋反告讦者二三,绝气沙坪者一昼夜,其他连染逻哨之所及,无岁无之……"真实地道尽了他晚年"隐居"的"死而不死"的景况。就是在这样的情况下他傲死靱韧,著书立说,写出了"君为天下之大害……敲剥天下之骨髓,离散天下之子女以奉我一人淫乐","视天下为莫大之产业,传之子孙,受享无穷"的《原君》与"臣之出仕是为天下,非为君也;为万民,非为一姓也"的《原臣》等富有民主主义思想的振聩发聋的名作,还写出天文、算术、乐律、经史百家以及释道等书一百二十多种,二千馀万字。对于这样一位伟大人物我们真可用"高山仰止"四字敬之。从这篇小品中也可看出他身处逆境、险境、绝境中的坚强、豁达和从容。

梧 桐

李 渔

题解

李渔（1611—1679？）字谪凡，号觉世稗官，别号笠道人、湖上笠翁等。浙江兰溪人，生于江苏如皋。自幼漫游四方，携歌妓伶人各地献艺演出。明末屡赴乡试不中，清兵南下后不再应举，曾一度充金华同知许檄彩幕僚，后居杭州从事戏曲小说创作。著有《笠翁十种曲》，小说《无声戏》、《十二楼》，诗文集《一家言》，杂著《闲情偶寄》等。

本篇选自《闲情偶寄》。作者借梧桐的生长变化以劝诫世人。

原文

梧桐一树，是草木中一部编年史也。举世习焉不察，予特表而出之。

花木种自何年？为寿几何？询之主人，主人不知。询之花木，花木不答。谓之"忘年交"则可[1]，予以"知时达务"则不可也[2]。梧桐不然，有节可纪，生一年纪一年。树有树之年，人即纪人之年，树小而人与之小，树大而人随之大，观树即所以观身。《易》曰："观我生进退。"[3]欲观我生，此其资也[4]。

予垂髫种此[5]，即于树上刻诗以纪年，每岁一节，即刻一诗，惜为兵燹所坏[6]，不克有终[7]。犹记十五岁时刻桐诗云："小时种梧桐，树叶小于艾。簪头刻小诗，字瘦皮不坏。刹那三五年，桐大字亦大。桐字已如许，人大复何怪。还将感叹词，刻向前诗外。新字日相催，旧字不相待。顾此新旧痕，而为悠忽戒[8]。"此予婴年著作，因说梧桐，偶尔记及，不则竟忘之矣[9]。即此一事，便受梧桐之益，然则编年之说，岂欺人语乎？

注释

[1]忘年交：年纪不相当而结为朋友。
[2]知时达务：认清时势，通达事务。
[3]观我生进退：语出《易经·观卦》，原意为我之所行可以进退，占者宜自审。作者引用，是说要注意观察生活的变化。
[4]资：取资，凭借。
[5]垂髫(tiáo)：古时未成年人不束发，因以"垂髫"称童年。
[6]兵燹(xiǎn)：兵火之灾。
[7]克：能。
[8]悠忽：游荡度日。

[9]不(fǒu)则：否则，不然。

李渔是一位在正统文人眼中视为浪子型的人物，对他的评价历来毁多于誉，甚至称之为"名教罪人"。其实他不过是个"性情中人"，于小说戏曲创作甚丰，对文学戏曲批评多有精辟见解。就小品而言，其《闲情偶寄》虽为一部闲适之作，但其一言一句无不抒发性灵，尤其是"种植部"之品评花草，一股清新之气力透纸背，与晚明精神可谓一脉相承。就这篇《梧桐》来看，就是一篇立意新颖、别有情趣的美文。前人写梧桐或写秋雨梧桐的凄凉，或写浓荫梧桐的繁茂，而李渔却道它的"有节可纪，生一年纪一年"能随着人的生长而生长："树小而人与之小，树大而人随之大"，是一"知时达务"的"编年史"；而且用自己"垂髫种此，即于树上刻诗纪年"的经历，和十五岁时所刻之诗加以印证，并由此劝诫世人光阴荏苒，不可虚掷，使读者在兴味盎然的阅读中领受教益。李渔为文主张内容要新奇，语言要通俗易懂，"能从浅处见才，方是文章高手"。此小品即体现了其文的特点。

菜

李渔

本文选自《闲情偶寄》。题为"菜"，实为咏菜花，以之寓以深意。

菜为至贱之物，又非众花之等伦[1]。乃《草本》、《藤本》中反有缺遗[2]，而独取此花殿后，无乃贱群芳而轻花事乎[3]？曰：不然。菜果至贱之物，花亦卑卑不数之花[4]，无如积至贱至卑者而至盈千累万[5]，则贱者贵而卑者尊矣。"民为贵，社稷次之，君为轻"者[6]，非民之果贵，民至多至盛为可贵也。园圃种植之花，自数朵以至数十百朵而止矣。有至盈阡溢亩，令人一望无际者哉？曰无之。无则当推菜花为盛矣。一气初盈[7]，万花齐发，青畴白壤，悉变黄金，不诚洋洋大观也哉！当是时也，呼朋拉友，散步芳塍[8]，香风导酒客，寻帘锦蝶与游人争路，郊畦之乐，什佰园亭[9]，惟菜花之开，是其候也。

[1]等伦：同辈、同类。

[2]《草本》、《藤本》：李渔《闲情偶寄》"种植"部分记木本、藤本、草本九类植物，"草本"指茎部为草质的植物；"藤本"指蔓生和攀援茎植物。

[3]无乃:岂非,莫不是。 群芳:众花。
[4]卑卑不数:卑微不足道。
[5]无如:无奈。
[6]"民为贵"句:语出《孟子·尽心下》。
[7]一气初盈:指春日阳气初升。
[8]塍(chéng):田埂。
[9]什佰园亭:十倍百倍于园亭。

这篇咏物小品以小见大、以微寓著,从"至卑至贱"然"盈千累万"的菜花,联想到千千万万的平民大众,从而联系到孟子"民为贵,社稷次之,君为轻"的古训,得出"贱者贵而卑者尊"的结论,并进一步强调民之所"贵",是由于"民至多至盛为可贵也",这就暗示民众力量大如天,"载舟之水亦覆舟"的真理。李渔之所以写出如此激进的文字,是由于他的思想比较自由解放,思想见解和生活态度都不同于当时的社会流俗,因此颇为自居正统的腐儒辈所诟病;加之他仕途不得意,本身是一介布衣平民,他曾将自己的居室名为"贱者居",其思想感情自然有别于达官贵人和上层文人,这就无怪于他能在一定程度上代民立言了。小品最后以抒情之笔盛赞菜花"一气初盈,万花齐发,青畴白壤,悉变黄金",这诗一样的语句不仅显示笠翁之飞扬文采,亦洋溢着他对普通百姓的爱戴之情。一位封建时代的士人能如此认同平民、赞美平民,实在是难能可贵,凤毛麟角了!

与叶讱庵书

顾炎武

顾炎武(1613—1682)初名绛,字忠清,明亡后改名炎武,字宁人,号亭林,江苏昆山人。少有大志,耿介绝俗,与同里归庄相善,共同参加复社活动。清兵南下,又参加昆山、嘉定一带的抗清斗争。弘光朝授兵部司务;唐王立,任兵部主事。著有《日知录》、《亭林诗文集》等。

本文选自《顾亭林诗文集·亭林文集》卷三。叶讱庵,名方蔼,字子吉,号讱庵,昆山人,康熙时任编修,充经筵讲官,官至刑部右侍郎。据全祖望所撰《顾先生炎武神道表》说:戊午(康熙十七年[1678])之次年,"大修《明史》,诸公又欲待荐之,贻书叶学士讱庵,请以身殉,得免。"则本文当作于康熙十八年(1679)。此文即顾炎武为被推荐修《明史》事,对叶讱庵的答复。

去冬韩元少书来[1],言曾欲与执事荐及鄙人[2],已而中止。顷闻史局中复有物色及之者[3]。无论昏耄之资[4],不能黾勉从事,而执事同里人也[5],一生怀抱,敢不直陈之左右。

先妣未婚过门[6],养姑抱嗣[7],为吴中第一奇节,蒙朝廷旌表[8];国亡绝粒[9],以女子而蹈首阳之烈[10]。临终遗命,有"无仕异代"之言,载于志状。故人人可出而炎武必不可出矣!《记》曰[11]:"将贻父母令名,必果;将贻父母羞辱,必不果。"七十老翁何所求,正欠一死!若必相逼,则以身殉之矣!一死而先妣之大节愈彰于天下,使不类之子得附以成名[12],此亦人生难得之遭遇也。

谨此奉闻。

[1]韩元少:名菼,字元少,长洲(今江苏苏州)人,康熙间会试殿试皆第一。累官至礼部尚书。
[2]荐及鄙人:推荐到我。指康熙十七年(1678)下诏,十八年举办博学鸿辞科,韩元少与叶讱庵推荐顾应试。 执事:这里指叶讱庵。
[3]顷闻:近闻。 史局:指修明史之部门。
[4]昏耄:愚昧、衰老。
[5]黾(mǐn)勉:亦作"僶俛",勤勉,努力。 同里:同乡。
[6]先妣:去世的母亲。 未婚过门:顾炎武嗣父顾同吉未婚去世,其未婚妻王氏(即顾炎武的嗣母)按封建礼教过门来。
[7]养姑抱嗣:奉侍婆母,善育嗣子。
[8]朝廷旌表:顾炎武《与史馆诸君书》中说:"先妣王氏未嫁守节,断指疗姑。崇祯九年巡按御史王公一鹗具题,奉旨旌表。"旌表,指以竖牌坊、赐匾额等方式加以表扬。
[9]国亡绝粒:同前书载:"乙酉之夏,谓不孝曰:'我虽妇人,身受国恩,义不可辱。'及闻两京皆破,绝粒不食。"
[10]首阳之烈:指伯夷、叔齐不食周粟,饿死首阳山事。
[11]《记》曰:引文见于《礼记·内则》:"父母虽没,将为善,思贻父母令名,必果;将为不善,思贻父母羞辱,必不果。"
[12]不类之子:犹言不肖之子。

顾炎武是一位有民族气节的爱国志士,一位杰出思想家、大学者。清兵南下,他从昆山令杨永言等举兵抵抗,失败后弃家遍游南北诸省,结纳各地爱国志士,考察山川形势,图谋匡复明室。其间多次险遭陷害,并曾被捕入狱,得友人营救方才得脱。他倡导"天下兴亡,匹夫有责"之说;主张学以"经世致用为本",反对空谈心性。他在经学、音韵、史地、文学等诸多方面都有很深的造诣,被推为"乾嘉学派"的祖师。这里所选的这篇书信小品虽然简短,却突出地表现了他坚贞不屈的民族气节:他先是拒绝了清廷博学鸿辞科的征选,又拒绝了编修明史的邀请,他以坚决的态度、决绝的言辞回答了当事者:"七十老翁何所求?正欠一死,若必相逼,则以身殉之矣!"这既是遵"无仕异代"之母训,亦是这位67岁老人的终身信条和不贰之志。锐利的笔锋挥洒出凛然不可侵犯的风骨气节,表现出这位志士学者的爱国思想至老不衰!

与人书

顾炎武

此文选自《亭林诗文集》,是一封答友人的书信。

尝谓公人纂辑之书[1],正如今人之铸钱。古人采铜于山,今人则买旧钱[2],名之曰废铜,以充铸而已。所铸之钱既已粗恶,而又将古人传世之宝舂剉碎散[3],不存于后,岂不两失之乎?承问《日知录》又成几卷?盖期之以废铜[4]。而某别来一载,早夜诵读,反复寻究,仅得十馀条,然庶几采山之铜也[5]。

[1]纂(zuǎn)辑:编纂,搜集材料编书。

[2]旧钱:指古钱币。

[3]舂(chōng):此指捣碎。 剉:"锉"的异体字,此指毁坏。

[4]期:看待。

[5]庶几:也许,或许。

这封短简是一篇出色的尺牍小品,其要旨是说当时社会上存在的一种不严谨、不实在、不下苦功夫研究的学风,但他不正面讲道理、发议论、指现象、探原因,而是用了一个巧妙的比喻:"如今人之铸钱"。纂辑书卷怎么会如铸钱?立即让人感觉奇怪,产生悬念;但当你看到下面几句言简意赅的解释后,便恍然大悟,你就会为这新奇而又贴切的比喻拍案叫绝:这个绝妙的比喻一下子说明了须用许多话说还不一定说得明白的道理。什么叫天才?天才就是用最简单的语言说明最复杂的问题,这则小品便是一个范例。

小品中还提到作者所著的《日知录》。这部32卷的大书是他30多年笔耕不辍的心血结晶,其中大部分作于他奔波于大江南北的"流亡岁月"。他的得意门生潘耒在《日知录序》中说:"公精力绝人,无他嗜好,自少至老,未尝一日废书,出必载书簏以随,旅店少休,便披寻搜讨,常无倦色。有一疑义,反复参攷,必归于至当。"由此可见他信中最后所说的:己作非为"废铜"而"庶几采山之铜"的话是非常实在的。

陈纬云文序

侯方域

题解

侯方域(1618—1655)字朝宗,号雪苑,河南商丘人。其父侯恂官至户部尚书。少有才名。崇祯末年,与方以智、冒襄、陈贞慧并称"四公子",并加入复社,对魏忠贤馀党多所抨击。清顺治八年(1651)参加河南乡试,中副榜。不久病死,年仅37岁。著有《壮悔堂文集》与《四忆堂诗集》。

本文选自《壮悔堂文集》。陈纬云,名维岳,字纬云,江苏宜兴人,侯方域好友陈贞慧之子,刻苦励学,与其仲兄陈维崧并有文名。此系为其文写的小序。

原文

纬云之文,矫秀高骞[1],吞吐出没,如夏云多奇,如秋日山阴道上[2],烟岚万状。余虽欲执一体以定之,不能也。文章不历变不工,纬云日夜读古人书,神而明之,变岂可穷?然吾闻蜣螂变而蝉鸣[3],鼯变而飞[4],此变之善者也;龙谪变而鳅,人感变而蛇虎[5],此变之不善者也。夫文岂有不变,亦顾其变之何如耳!吾愿纬云之审求之也。吾曩序纬云之兄其年之文[6],其年年十七。今更十馀年而序纬云之文,纬云亦年十七。何陈氏之少而多奇也!虽然余幸数见陈氏之少,而余且老矣!纬云若鉴余之蹉跎,而因求之于其年之精进,纬云盖可畏也哉!

注释

[1] 矫:通"挢",举起,昂起。 骞:高举,飞起。

[2] 山阴道上:《世说新语·言语》:"从山阴道上行,山川自相映发,使人应接不暇,若秋冬之际,尤难为怀。"

[3] 蜣螂:俗称屎壳郎,俗传其可变为蝉。

[4] 鼯(wú):俗称飞鼠,形似蝙蝠,其前后肢之间有薄膜,能在树林中滑翔。

[5] 蛇虎:即蝎虎,今名壁虎。

[6] 其年:陈维崧(1625—1682)字其年,号迦陵,维岳之仲兄,工诗文,尤善词,著有《湖海楼诗》、《迦陵文集》、《迦陵词》。

侯方域工诗,尤擅古文,为文取法韩、欧,与魏禧、汪琬并称"清初古文三大家",还被推为清初散文第一人。其散文成就主要在传记文,但所写的书序、赠序也卓有特色,其中有对文章的评论,也抒发人生的感慨,还有对当事人的期望和勉励,不受形式限制。这篇书序就有这一特色。他首先肯定了"纬云之文"的"矫秀高骞"。"夏云多奇"、"烟岚万状"之比喻是说明他文章多变不拘一格的特点,这正是朝宗所欣赏的。然后就又以比喻说明变有"变善"、"变不善"两种可能,提醒纬云要"审求之",要向好的方向发展,越变越好。"变"就是要创新,要发展。晚明袁宏道就强调文章"法不相沿,各极有变,各穷其趣,所以可贵"(《叙小修诗》);袁枚也强调"字字古有,言言古无,吐故纳新,其庶几乎"(《续诗品》);赵翼也说"李杜诗篇万口传,至今已觉不新鲜"(《论诗绝句》)。侯方域的"变"的观点是符合文学艺术发展规律的。在这指导性的建议之后,朝宗又以"纬云之兄其年"的成就予以激励;并以自己的"蹉跎"和"老"加以警示:侯方域少时曾纵情声色,与秦淮名妓李香君相恋,后来悔悟,自题斋名"壮悔堂";入清后又因参加河南乡试罹"晚节不终"之名……这"蹉跎"二字中含着无限的悔恨和辛酸。他希望侄辈纬云以己为戒,勇猛精进无愧于少壮之时——这是多么诚挚的劝勉呵,朝宗关切后生晚辈的真心昭昭可见!

自题墓石

王夫之

王夫之(1619—1692)字而农,人称船山先生,湖南衡阳人。崇祯举人。张献忠攻陷衡阳,招之,不从。瞿式耜荐于桂王,授行人,从事抗清活动。后归隐于石船山,闭门著述。主要著作有《黄书》、《张子正蒙注》、《读四书大全说》、《读通鉴论》等。

本篇选自《王船山诗文集·补遗》。墓石,即墓碑。这篇"自题墓石"即"自撰墓志铭"。

有明遗臣行人王夫之[1],字而农,葬于此。其左则其继配襄阳郑氏之所祔也[2]。自为铭曰:

抱刘越石之孤愤[3],而命无从致;希张横渠之正学[4],而力不能企。幸全归于兹丘[5],固衔恤以永世[6]。

墓石可不作,徇汝兄弟为之[7]。止此不可增损一字。行状原为志铭而作[8],既有铭,可不赘。若汝兄弟能老而好学,可不以誉我者毁我,数十年后,略记以示后人可耳。勿庸问世也[9]。背此者自昧其心。

[1]有明遗臣:作者入清不仕,自居明亡遗臣。　行人:作者曾任南明桂王的行人之官。

[2]祔(fù):合葬。

[3]刘越石:晋刘琨(270—317),字越石,中山魏昌(今河北无极)人,出身士族。西晋末年历任并州刺史,都督并、冀、幽三州军事等职,在北方抗战,虽屡战屡败而矢志不渝。曾与段匹䃅相约共扶晋室,终遭疑忌,为段杀害。作者自谓"抱刘越石之孤愤"寓有抗清复明之志未遂而心有馀愤之义。

[4]张横渠:宋张载(1020—1077)字子厚,凤翔郿县(今陕西眉县)横渠镇人,世称横渠先生。嘉祐二年(1057)进士。熙宁二年(1069)为崇文院校书。次年因病屏居,著书讲学,主张"理在气中",与程朱之学不同。著有《正蒙》等书。作者有《张子正蒙注》,继承其学说,有所发扬。

[5]全归:言自己为父母所生,不亏不辱而死,等于复归于父母。见《礼记·祭义》。　丘:此指坟墓。

[6]衔恤:含忧。特指孝子心忧父母。见《诗经·小雅·蓼莪》。

[7]徇:曲从。

[8]行状:用以叙述死者之生平事迹,为请人撰写碑记而作。

[9]勿庸问世:不必公开发表。

王夫之在明清之际是与黄宗羲、顾炎武并称的南方三大思想家和爱国志士。他的民族意识尤为强烈,在《黄书》等著作中主张保护种族,抵御侵略。他还主张土地应归耕者所有,"非王者所得私"。他的学识也非常渊博,对天文、地理、历法、数学都有研究,尤精于哲学、经学、史学,是明末著名的哲学家、启蒙思想家。这篇《自题墓石》可以说是最概括地讲出了自己的生平抱负和思想倾向,其中"抱越石之孤愤"是说自己有和刘琨同样的抱负抵抗外来侵略,保卫自己国家,但未能达到目的以致孤愤不已;"希张横渠之正学"是说自己也有和张载同样的思想(不同于二程和朱熹,具有唯物主义倾向),但还尚未企及。作者如此企慕刘琨和张载,正是他一生尤其是后半生为学的概括。自题墓石之文古已有之,但大多系悲叹痛伤之辞,船山语虽悲凉,气仍豪壮,正是其生平的思想和文风的体现。

小港渡者

周　容

周容(1619—1679)字茂山,一字鄮山,浙江宁波人,能诗善画,不求仕进。明亡后绝意功名,一度削发为僧,后还俗,放浪名山胜水之间。清廷开博学鸿辞科,朝臣荐其应试,以死相绝。有《春酒堂诗文集》传世。

本文选自《春酒堂诗文集》。作者描写城郊野渡之情景,并透现一种人生哲理。

庚寅冬[1],予自小港欲入蛟川城[2],命小奚以木简束书从[3],时西日沉山,晚烟萦树;望城二里许,因问渡者[4]:"尚可得南门开否?"渡者熟视小奚,应曰:"徐行之尚开,速行则阖[5]。"予愠为戏[6],趋行及半,小奚仆[7],束断书崩;啼不及起,理书就束,而前门已牡下矣[8]。

予爽然思渡者言近道[9]。天下之以躁急自败,穷暮而无所归宿者,其犹是也夫,其犹是也夫!

[1]庚寅:清顺治庚寅年,即公元1650年。
[2]小港:集镇名,今属浙江宁波。 蛟川城:今浙江镇海县城,因附近有蛟门山而得名。
[3]小奚:少年仆人。 以木简束书:书册上下各用一块木板夹住,再用带子扎上。
[4]因:于是。 渡者:摆渡的人。
[5]阖(hé):关闭。
[6]愠(yùn):埋怨。这句是说:我埋怨他开玩笑。
[7]仆:跌倒。
[8]牡:门闩锁牡下,上锁。
[9]爽然:默然的样子。 近道:近于道,符合客观规律。

小品的特点是"文约而意丰",这就要求行文的简洁。这篇小品就写得非常干净利落,无一笔赘文:记人物,对渡者重点记其言,对小奚重点记其行,对"我"则重点记所思。事件的时、地、因、果都从人物的言行中带出;而"西日沉山,晚烟萦树"又以简洁的笔墨勾画出一幅城郊夕照野渡图,使全文具有了水墨画般的时空意境,增添了优雅、清空的气氛。苏东坡曾有言云:用笔"所贵乎枯澹者,谓其外枯而中膏,似澹而实美"(《评韩柳诗》)。这篇小品就达到了"枯澹"的水平,加之最后由具体情节引出的"天下以躁急而自败"——"穷暮而无所归宿"的人生哲理,更使人回味无穷。

答赵廷臣

张煌言

张煌言(1620—1664)字玄著,号苍水,鄞(今浙江鄞州区)人。崇祯举人,南明大臣。弘光元年(1645)与钱肃乐等起兵抗清,奉鲁王监国,据守浙东山地和沿海一带。永历十三年(1659)与郑成功合兵,进入长江,围攻南京,终因郑成功兵败孤军无援而退。后鲁王政权覆灭,他又与荆襄十三家农民军联系抗清。至清康熙三年(1664)因见大势已去,遂解散馀部隐居南田,不久被俘,遭杀害。所作诗文慷慨激昂,有《张苍水集》。

本文选自《张苍水集》。这是一篇有名的答劝降书。曾为明朝将领后来降清任闽浙总督的赵廷臣致书张煌言,招其降清,张煌言写此复信,断然拒绝。

台翰俨颁[1],殊深内讼[2],岂仆一切愚忠,尚未足取信于天下耶?台下清朝佐命[3],仆则明室孤臣[4]。时地不同,志趣亦异。功名富贵,早等之浮云;成败利钝,且听之天命。宁为文文山[5],不为许仲平[6];若为刘处士[7],何不为陆丞相乎[8]?倘云桑梓涂炭[9],实为仆未解兵[10],仆亦何难敛师而去,但未知台下终能保障否乎?

区区之诚,言尽于此。间使说词[11],请从此绝。

[1]台翰俨颁:蒙您郑重地写信给我。台翰,对他人书信的尊称;俨,同"严"。
[2]殊深内讼:深深自责。内讼:犹自责。
[3]清朝佐命:辅佐清朝创业的大臣。
[4]孤臣:孤亡之臣。《孟子·尽心上》:"独孤臣孽子,其操心也危,其虑患也深,故达。"
[5]文文山:宋代民族英雄文天祥,号文山。
[6]许仲平:名衡,宋人,仕元,官至集贤大学士。
[7]刘处士:名秉忠,宋人,仕元,官至太保。
[8]陆丞相:名秀夫,志操高尚。宋亡,秀夫仅剑驱妻子入海,即负卫王投海而死。
[9]桑梓:指家乡,故土。
[10]解兵:解散抗清义师。
[11]间使:兵间使者。 说(shuì)词:游说之词。

张煌言是晚明著名的文学家,又是具有民族气节的抗清志士。明亡后他以舟山为根据地,组织抗清义军,出入沿海长江,不断给清军以威胁和打击,先后达十九年。他的诗文感慨悲凉,颇富时代特征。就以这则书信小品来看,其节操是何等坚贞,气魄是何等豪迈,言辞是何等剀切决绝,短短一封书简就显示了他崇高的人格和伟大的精神境界。面对降书他毫不暧昧,首先就表明自己是"明室孤臣",与你这"清朝佐命"之徒"时地不同,志趣亦异",你视荣华地位为命根,我对"功名富贵早等之浮云",这番话不仅义正词严,言语之间还略含着辛辣的讽刺。接着又表明"成败利钝"在所不顾的决心;马上再以"宁为"、"若为"两组对照鲜明的排比表明自己将随文天祥,陈秀夫而去,不像你那样做没有骨气的许仲平和刘处士,这是再一次以大义凛然的气魄对对方的嘲笑。与此同时,这位对敌毫不妥协的英雄还念及家乡人民:如果对方能"保障"不"涂炭桑梓",他可"敛师而去"。他怎能不担心"扬州十日""嘉定屠城"的血劫重演?因此他最后决绝于"间使说词"。张煌言真是一位铁骨铮铮文武双全的民族英雄呵,这篇短文无疑是一篇爱国主义的好教材!

与故人书

毛奇龄

题解

毛奇龄(1623—1716)字齐于,一字大可,号初晴,一号秋晴。萧山(今属浙江)人。康熙时任翰林院检讨,明史馆纂修官等职。治经史及音韵学,著述甚丰,有《西河合集》。

本文选自《西河合集》。这封写给友人的书信表达了思念家乡之情。

原文

初意舟过若下[1],可得就近一涉江水,不谓蹉跎转深。今故园柳条又生矣。江北春无梅雨,差便旅眺[2],第日熏尘起[3],障目若雾。且异地佳山水,终以非故园,不浃寝食[4]。譬如易水种鱼,难免圉困[5];换土栽根,枝叶转悴。况其中有他乎!向随王远侯归夏邑[6],远侯以官迹从江南来,甫涉淮、扬[7],躐濠、亳[8],视夏邑枣林榆隰[9],女城茅屋[10],定谓有过。乃与其家人者夜饮中酒[11],叹曰:"吾遍游北南,似无如吾土之美者。"嗟乎!远游者可知已。

[1]若下:你住的地方。若,你。
[2]差便:比较便于。差,比较。
[3]第:但。 日熏:日光和煦。
[4]不浃:不舒坦。
[5]圉(yǔ)困:如同困于马圈中。圉,马圈。
[6]向:从前,过去。 夏邑:县名,属河南省。
[7]甫:初,刚。 淮:淮河。 扬:扬州一带长江。
[8]躐(liè):走过。 濠、亳:州名。濠州在今安徽凤阳。亳州在今安徽亳县。
[9]榆隰:长着榆树的低湿之地。
[10]女城:女墙。城墙上呈凹凸形的小墙。
[11]中酒:酒酣。

新评

《清史》本传说毛奇龄"四岁,母日授《大学》,即成诵。总角,陈小龙为推官,奇受之,遂补诸生。明亡,哭于学宫三日"。又说"奇龄淹贯群书,所自者在经学,然好为驳辨,他人所已言者,必力反其词"。从这些记述来看,毛奇龄当是一位学问渊博、卓有己见而又具有个性的性情中人。这封尺牍小品也表现了这位经史学家的丰富感情。作者曾因仇家诬告逃亡于山东、河南等地多年,又曾在北京任职,因而对家乡十分思念。信的开头就写了原来舟过故人处时就打算寻访故园,结果未能如愿的遗憾;接着又写了身在江北"尘起障目"的情景,即使有佳山水"差便旅眺",总是"终以非故园,不浃寝food",亦如"易水种鱼""换土栽根"……继而又从自己相随过的另一江南人王远侯初到江北的感受加深说明自己思乡的感怀,借他人之口吐出自己的心底话:"吾遍游北南,似无如吾土之美者!"此小品写得有情有意,有感有思,有叙事有抒情,有自感有旁证。文笔轻松,感情凝重,语言清美,内蕴丰盈,可谓一篇小小佳作。

与展成

汤传楹

题解

汤传楹(生卒年不详)字子翰,更字卿谋,吴县(今属江苏)人,生活于明末清初。诸生。工于词曲,不幸早夭。著有《湘中草》及笔记《闲馀笔话》等。

本文选自《湘中草》卷六。展成是清初戏曲家尤侗(1618—1704)的字。长洲(今江苏吴县)人。顺治拔贡。康熙时举博学鸿辞科,授翰林院检讨,参与《明史》的修撰。这封信是约尤侗同游虎溪的。

原文

日来秋色绝佳,闭门兀坐[1],令我神爽都尽。思与君家买一叶[2],薄游虎溪[3]。看露苇催黄[4],烟蒲注绿[5]。坐生公石上[6],游目四旷,秋树如沐,翠微之色染襟裾。仰听寒蝉咽鸣,老莺残弄。一部清商乐[7],不减江州司马听琵琶时[8]。或可廓清愁怀,泠汰郁绪,差胜阛阓中苍蝇声耳[9]。

胸中块垒,急须以西山爽气消之[10]。吾与君登百尺楼[11],把酒问青天[12],酒后耳热,白眼视诸卿[13],求田问舍,碌碌黄尘,如蜣螂转丸,不觉抚掌大噱。此真旧日元龙豪举,安能效小儿曹牛衣对泣哉[14]?

白云在袖,期以诘朝[15]。

[1]兀坐:独自端坐。
[2]一叶:指一叶扁舟,即小船。
[3]薄:发语词,无义。 虎溪:在苏州市西虎丘山下。
[4]露苇:用《诗经·秦风·蒹葭》:"蒹葭苍苍,白露为霜"句意。
[5]烟蒲:远望如烟的一片蒲柳。 注绿:注于绿水中,即指倒影。
[6]生公石:指虎丘中央一块平坦巨石,可坐千人,传说晋代高僧竺道生在此说法,故称"生公石"。
[7]清乐:古代乐曲,起源于民间,北魏时收集中原旧曲和江南民歌,总称为清商乐。
[8]江州司马听琵琶:指白居易听弹琵琶,事见白居易《琵琶行》。
[9]差胜:超过,胜过。 阛阓(huánhuì):市肆,街市。
[10]西山爽气:《世说新语·简傲》载:王子猷(徽之)为桓冲参军,桓冲要他料理事务,他却说"西山朝来致有爽气"。
[11]百尺楼:《三国志·魏书·吕布传》载:许汜与刘备并在刘表坐,共论天下之人。许汜谈及他见陈登,登久不与语,自睡大床,使客睡下床。刘备批评许汜说:"君有国士之名,今天下大乱,帝主失所,望君忧国忘家,有救世之意,而君求田问舍,言无可采,是元龙(陈登字)所讳也,何缘当与君语?如小人欲卧百尺楼上,卧君于地,何但上下床之间邪?"下文"求田问舍""元龙豪举"亦出此典。
[12]把酒问青天:用苏轼《水调歌头》成句。
[13]白眼:《世说新语·简傲》注引《晋百官名》:"(阮)籍能为青白眼,见凡俗之士,以白眼对之。"
[14]小儿曹:小儿们。 牛衣对泣:《汉书·王章传》载:王章为诸生,"学长安,独与妻居。章疾病,无被,卧牛衣中,与妻决泣"。牛衣,指蓑衣之类。因编草被覆牛体,故称牛衣。
[15]诘朝:明朝,明天。

这篇尺牍小品写得豪情满纸,文采斐然。值此清秋佳日,欲邀好友爽神遨游,便先将想象中的美景大加渲染:"露苇催黄,烟蒲注绿。坐生公石上,游目四旷,秋树如沐,翠微之色染襟裾……"真如亲临其境,已经去过一般,该有多大的吸引力和诱惑力。景物渲染一通后,豪气便继之喷发:"……与君登百尺楼,把酒问青天,酒后耳热,白眼视诸卿……"虽然也是想象中情景,却把平生满腔豪情借此泄露无遗。一篇200字小品能把景情酣畅淋漓地倾泻于纸面,而且用典如行云流水,不带斧凿痕,不嫌掉书袋,自然流畅中蕴含着丰富的文化内涵,作者才学之深广于此可见!

口 技

林嗣环

林嗣环(生卒年不详)字铁崖,福建晋江人。顺治六年(1649)进士,历任广东提刑按察司副使,分巡兵备道,兼理学政。驻琼州。后因事被杖戍,遇赦免。客居武林(今杭州)而死。著有《铁崖文集》《湖舫存稿》《秋声诗》等。

本篇选自张潮编的《虞初新志》,原名《秋声诗自序》,是林氏为自己诗集所作的序,选家删去首尾改题《口技》,是一篇描写口技的绝世之作。

京中有善口技者。会宾客大宴[1],于厅事之东北角施八尺屏障[2],口技人坐屏障中,一桌、一椅、一扇、一抚尺而已[3]。众宾团坐。少顷,但闻屏障中抚尺一下,满坐寂然,无敢哗者。

遥闻深巷中犬吠,便有妇人惊觉欠伸。其夫呓语[4]。既而儿醒,大啼。夫亦醒。妇抚儿乳,儿含乳啼,妇拍而呜之[5]。又一大儿醒,絮絮不止。当是时,妇手拍儿声,口中呜声,儿含乳啼声,大儿初醒声,夫叱大儿声,一时齐发,众妙毕备。满座宾客无不伸颈,侧目,微笑,默叹,以为妙绝。

未几,夫齁声起[6],妇拍儿亦渐拍渐止。微闻有鼠作作索索,盆器倾倒,妇梦中咳嗽。宾客意少舒,稍稍正坐。

忽一人大呼"火起",夫起大呼,妇亦起大呼,两儿齐哭。俄而百千人大呼[7],百千儿哭,百千犬吠。中间力拉崩倒之声[8],火爆声,呼呼风声,百千齐作;又夹百千求救声,曳屋许许声[9],抢夺声,泼水声,凡所应有,无所不有。虽人有百手,手有百指,不能指其一端;人有百口,口有百舌,不能名其一处也。于是宾客无不变色离席,奋袖出臂,两股战战[10],几欲先走。

忽然抚尺一下,群响毕绝。撤屏视之,一人、一桌、一椅、一扇、一抚尺而已。

[1]会:适逢。
[2]厅事:大厅,客厅。 施:安放。
[3]抚尺:艺人表演时用的醒木。
[4]呓语:说梦话。
[5]呜之:轻声哼着哄他。
[6]齁(hōu):打呼噜。
[7]俄而:一会儿。
[8]间(jiàn):间杂,夹杂。 力拉:象声词,意即噼里啪啦。
[9]曳(yè)屋:拉倒房子(以灭火)。 许许(hūhū):象声词。
[10]战战:打哆嗦。

《口技》是明清小品中的一篇名文,曾长期入选中学语文课本,读其文既惊叹昔日这一民间非物质文化遗产的奇绝,亦赞叹描写此技此文的妙绝,无此文亦不会得知口技这一民间艺人的技艺会达到如此出神入化的高度。作者笔力的不凡在于他对无形的、无可提摸的声音的描摹,艺人所摹拟的犬吠声、妇人欠伸声、夫之呓语声、小儿醒啼声、含乳啼声、妇手拍儿声、呜声、儿含乳声、大儿初醒声、夫叱大儿声……是如此细致传神;在鼾声、鼠作作索索声、盆器倾倒声、妇梦中咳嗽声……的轻轻低潮之后,接着又掀起一个"火起"夫大呼、妇亦大呼、两儿齐哭、百千人大呼、百千儿哭、百千犬吠以及房倒屋塌、火爆泼水、求救抢险……万声齐发的高潮,口技艺人的绝妙艺术在跌宕起伏的描摹中已表现得淋漓尽致,同时作者又将听众的反应随着高潮的递进一一呈现,并加以"虽人有百手,手有百指,不能指其一端;人有百口,口有百舌,不能名其一处"评骘,画龙点睛,从而达到了使读者如临其境如闻其声的艺术效果,言其为小品中之"绝世"之作并不为过。

核工记

宋起凤

宋起凤(生卒年不详)字来仪,一字紫庭,沧州(今属河北)人,生活于顺治、康熙年间。顺治八年(1651)副贡生,授灵丘知县,后调乐阳知县,有诗名。曾举荐其应博学鸿辞科,未去。著有《大茂山房合稿》等。

本文选自《虞初新志》卷十六,文末有删节。文章详细地再现了一件雕刻在桃核上的、取意于唐人张继"姑苏城外寒山寺,夜半钟声到客船"诗意的精美工艺品。

季弟获桃坠一枚[1],长五分许,横广四分。全核向背皆山。山坳插一城,雉历历可数[2]。城巅具层楼,楼门洞敞,中有人,类司更卒[3],执桴鼓[4],若寒冻不胜者。枕山麓一寺,老松隐蔽三章[5]。松下凿双户,可开阖。户内一僧,侧首倾听。户虚掩,如应门。洞开,如延纳状——左右度之无不宜。松下东来一衲[6],负卷帙踉跄行,若为佛事夜归者。对林一小陀[7],似闻足音仆仆然。核侧出浮屠七级[8],距滩半黍。近滩惟一舟,蓬窗短舷间,有客凭几假寐,形若渐寤然。舟尾一小童,拥炉嘘火,盖供客茗饮也。舣舟处当寺阴[9],高阜钟阁踞焉。叩钟者貌爽爽自得,睡足徐兴乃尔。山顶月晦半规,杂疏星数点。下则波纹涨起,做潮来候[10]。取诗"姑苏城外寒山寺,夜半钟声到客船"之句。

计人凡七:僧四,客一,童一,卒一。宫器器具凡九:城一,楼一,招提一[11],浮屠一,舟一,阁一,炉灶一,钟鼓各一。景凡七:山,水,林木,滩石四,星,月,灯火三。而人事如传更、报晓、候门、夜归、隐几、煎茶,统为六。各致殊意,且并其愁苦、寒惧、疑思诸态俱一一肖之。

语云:"纳须弥于芥子[12]。"殆谓是与[13]!

[1]季弟:小弟。 桃坠:桃核做的坠子。
[2]雉:这里指雉堞,即城墙垛子。
[3]类;像;司更卒,打更的兵卒。
[4]桴:鼓槌。
[5]三章:三株。
[6]衲:僧人。
[7]小陀:小头陀,即小和尚。
[8]浮屠:这里指宝塔。
[9]舣舟:停泊船。
[10]此句意为:像潮来的样子。 候:征候。
[11]招提:寺院。
[12]纳须弥于芥子:佛教谓纳至大的须弥山于至小的芥子之内。须弥是佛教传说中的大山。
[13]此句意为:恐怕说的就是这吧。殆,恐怕,大概。与,语尾助词。

明人魏学洢(1596—1625)有一篇"能以径寸之木为宫室、器皿、人物以至鸟兽木石"的《核舟记》,其中写一核舟刻苏东坡泛赤壁,船舱与船上东坡、佛印、鲁直及舟子形态神情无不毕肖,自是一篇传世名文。这里所选的这一小品,字数比魏文几乎少一倍,而所写所雕之桃核"长五分许,横广四分"比"核舟"还要小一半,而所雕之内容比"核舟"还要复杂,而所表现出的情景、人物、器皿却同样真切、细致、传神、生动。如写城:"雉历历可数,城巅具层楼,楼门洞敞";写门中之人:"类司更卒,执桴鼓若寒冻不胜者";写山麓寺:"老松隐蔽三章,松下凿双户为开阖";写寺内僧:"侧首倾听,户虚掩,如应门";写寺外:"松下东来一衲,负卷帙踉跄行……对林一小陀,似闻足音仆仆前";另外浮屠七级,近滩一舟,舟上"客凭几假寐,形若渐寤然,舟尾一小童拥炉嘘火";还有高阜钟阁,"叩钟者貌爽爽自得……山顶月晦半规,杂疏星数点,下则波纹涨起……"唐人张继"姑苏城外寒山寺,夜半钟声到客船"诗意在径四五分的桃核上和宋起凤的文字中都表现得惟妙惟肖,此"物质文化遗产"和此小品意能不与核舟和《核舟记》比美,成传世之作?!

送王进士之任扬州序

汪 琬

题解

汪琬（1624—1690）字苕文，号钝翁，晚号尧峰。长洲（今江苏吴县）人，顺治十二年（1655）进士，官刑部郎中，后辞官乡居。康熙十八年（1679）举博学鸿辞科，授编修，次年告归，专力著述。著有《钝翁类稿》和《尧峰文钞》。

本文选自《尧峰文钞》卷二十四。王进士指王士禛，清代著名诗人，其于顺治十五年（1658）中二甲进士，派任扬州推官，汪琬作此赠序送之。

原文

诸曹失之[1]，一郡得之[2]，此十数州县之庆也[3]。国家得之，交游失之，此又二三士大夫之憾也。

吾友王子贻上[4]，年少而才。既举进士于甲第[5]，当任部主事，而用新令，出为推官扬州，将与吾党别。吾见憾者方在燕市[6]，而庆者已翘足企首，相望江淮之间矣！

王子勉旃[7]，事上宜敬，接下宜诚，莅事宜慎，用刑宜宽，反是罪也。吾告王子止此矣。

朔风初动，雨雪载涂[8]，摇策而行[9]，努力自爱。

注释

[1]诸曹：指中央各部的办事机构。
[2]郡：这里指府级行政机构。即谓王士禛为扬州府推官。推官掌管一府的刑狱之事。
[3]州县：指府所统属的散州和县。明清时的散州为县级机构。
[4]王子贻上：王士禛，字贻上。
[5]甲等：科举考试得第一等。
[6]燕市：指北京。
[7]勉旃（zhān）：勉之。旃，助词，相当于"之焉"。
[8]涂：通"途"。
[9]策：马鞭。

汪琬与魏禧、侯方域并称清初古文三大家，他为文主学韩（愈）、欧（阳修），要求明于辞义，合乎经旨，疏通畅达。《清史稿》称其"为文原本六经，疏畅类南宋诸家,叙事有法,公卿志状,皆争得琬事为重"。这篇小品也可看出其为文的"疏畅"特色。作者写的是一篇送别友人的赠序,却先将全文旨意托出:"诸曹失之,一郡得之"系"十数州县之庆","国家得之,交游失之"系"二三士大夫之憾";然后才写送别之言。而在行文时处处与上述主旨相关相扣,"疏畅"之法已见端倪。接着即以"四宜"相告:"事上宜敬,接下宜诚,莅事宜慎,用刑宜宽",敬、诚、慎、宽四字,看似简单,却是汪公一生经验之谈,而且是作为长者、至交、忘年友对一青年才俊后生晚辈的语重心长的谆谆告诫,肺腑之言。此言未尽,又以"朔风初劲,雨雪载涂……"十六字殷殷嘱咐,关爱之情溢于言表。寥寥百字小品感人如此至深,非"疏通"二字何能有此效力?!

鸭　媒

汪　琬

本文选自《钝翁类稿》,作者以寓言形式讽喻当世。

【原文】

江湖之间有鸭媒焉[1],每秋禾熟,野鸭相逐群飞。村人置媒田间,且张罗焉[2]。其媒昂首鸣呼,悉诱群鸭下之,为罗所掩略尽[3]。

夫鸭之与鸭类也[4],及其湎淰狡猾[5],而思自媚于主人,虽戕其类弗顾[6]。呜呼,亦可畏矣哉!

【注释】

[1]鸭媒:捕鸭人驯养的用以诱捕野鸭的鸭子。
[2]张罗:张设罗网。
[3]掩:盖。　略尽:几乎穷尽。
[4]类:同类。
[5]湎淰(tiǎnniǎn):污浊,卑污。
[6]戕(qiāng):害。　弗:不。

马克思曾说:伊索寓言是奴隶的语言。这不仅是说伊索的身份是奴隶,而且指出寓言本身就是带有反抗讽刺性质而又不能明言的奴隶的语言。(奴隶者非奴才也)。这篇寓言小品就带有这种性质。它表面上说的是鸭之媒——即诱惑同类入网者,实际正指的是人世间那种"湎淰狡猾而思自取媚于主人"的奸人、坏蛋。作者为何写此?联系其时代背景及其本人的身世行状即可了然:汪琬是苏州吴县人,又生活于清初顺康年间,此时这一带冤狱一直连续不断:顺治十四年的科场案、十八年的奏销案、哭庙案相继发生,株连数以万计的江南人士,著名人物吴兆骞、金圣叹均因之被杀,作者本人亦曾牵连进奏销案而被降调。每次大案中都有一些为了取悦清朝新主子的人形"鸭媒",干着欺友害人、卖身求荣的无耻勾当,作者正是怀着对这类东西的无比愤慨写作此文的。文章最后以"亦可畏矣哉"收煞,则是唤起人们对这班害人虫的警惕:要善于识别,敏于防范,而这也是他屡次辞官告归乡里的原因。

叶妪冢铭

朱彝尊

题解

朱彝尊(1629—1709)字锡鬯(chàng),号竹垞,浙江秀水(今嘉兴)人。早慧,被目为神童。少年时摒弃科举仕进之路,与明末爱国文人顾炎武、屈大均等过从甚密。直至康熙十八年(1679),始应博学鸿辞科试,以布衣授翰林院检讨,入直南书房,曾参加《明史》的修撰。康熙三十一年(1692)归里专事著述。著作有《曝书亭集》八十卷,《日下旧闻》四十二卷,《经义考》三百卷等。

本文选自《曝书亭集》卷七十九。是为奶妈写的墓铭。

原文

叶妪者,乳予于褓者也[1]。予生四龄,妪归。归九年,浙东西大旱[2],飞蝗蔽天,岁饥,人相食,而妪之夫适死,因就食予家。

予家自先太傅文恪公以宰辅归里[3],家无储粟。先大父继之[4],益以廉节自砺,知楚雄事还,力不能具舟楫。至是,先大父已卒。先处士安度先生家计愈窘[5],尝至绝食。从祖讳大定[6],通判成都[7],以蜀江米贻处士。米色殷而粝[8],食之咽喉若中鱼骨。妪不得饱,乃流涕辞去。十年之中凡五嫁,而夫辄贫。尝语人曰:"安得十郎骤富,使我老不复更嫁乎?"其言可悯如是。十郎,谓予也。

妪年七十有一而死。死之日,后夫益贫,予妻为典衣买棺以殓。越明年,予在济南,闻而哀之,资其夫钱若干,俾往瘗焉[9]。寄之以铭曰:

妇人五嫁,理则不可,贫则驱之,否谁依者[10]?伤哉贫乎,乃至辱其身乎!

[1]褓:襁褓。指婴儿时。

[2]浙东西大旱:此事发生在明崇祯十三年(1640),时作者十二岁。

[3]文恪公:指作者曾祖父朱国祚。国祚,字兆隆,明万历十一年(1583)状元,授翰林院修撰,历任礼部左侍郎兼翰林院侍读学士,摄本部尚书事,后入东阁,以户部尚书兼武英殿大学士加少傅致仕。卒赠太傅,谥文恪。

[4]大父:祖父。指国祚长子朱大竞,由荫生除授都察院照磨,擢工部主事,坐事获谴。思宗时又任云南楚雄知府,因奔母丧回籍,卒于家。

[5]处士安度先生:指其父朱茂曙,未仕,故称处士,学者称其为"安度先生"。

[6]从祖:指祖父的兄弟。

[7]通判成都:成都府通判,分掌粮运及农田水利等事。

[8]殷而砺:赤黑而粗糙。

[9]瘗(yì):埋葬。

[10]否(fǒu):如不这样,不然。 者:助词,表示反诘。

朱彝尊是清初有重要影响的文学家兼学者。诗与王士禛齐名,被称"南朱北王";其词为浙西词派创始人,与陈维崧为代表的阳羡派并峙词坛;其文受顾炎武等人的影响,经世致用,关注现实,并有"以民为本""保天下者,匹夫之贱与有责焉"的先进思想意识。就以这篇为嫁了五次的奶妈写的冢铭小品来看,对"饿死事小、失节事大"的程朱理学就是一声沉痛的控诉和针锋相对的反驳:"妇人五嫁,理则不可,贫则驱之,否谁依者?"结尾这几句愤激的话不啻是对伪道学的痛斥。文中"就食予家"、"流涕辞去"、"安得十郎骤富,使我老不得更嫁"等言辞以及"予妻为典衣买棺以殓"、"予资其夫钱若干,俾往瘗焉"等情节亦充满了同情和哀怜。作者对这样一位贫妇怀有如此深情,而且为其撰铭,盖与自身家世沦落有关:虽然祖辈曾经显赫,但到其父辈,"尝至绝食",赖叔祖济米"色殷而粝,食之咽喉若中鱼骨……"有此相类似的命运何能不惺惺相惜?彝尊可贵可敬处还在于"富贵"为官后仍不忘贫贱之乳母,堪称是位有道德良心的佳士。

遗夫人书

夏完淳

夏完淳(1631—1647)字存古,华亭(今上海市松江区)人。其父夏允彝,明亡后组织义军抗清,明福王南都失陷后,兵败投水殉难。夏完淳14岁就随父抗清,父亲死后,又与其师陈子龙等继续与清兵作战。顺治四年(1647)夏,在故乡被捕,解往南京,拒绝诱降,英勇就义,年仅17岁。著作有《夏完淳集》。

本文选自《夏完淳集》。这是夏完淳就义前写给妻子的遗书。

原文

三月结缡[1]，便遭大变，而累淑女相依外家[2]。未尝以家门盛衰，微见颜色。虽德曜齐眉[3]，未可相喻；贤淑和孝，千古所难。不幸至今吾又不得不死，吾死之后，夫人又不得不生。上有双慈，下有一女，则上养下育，托之谁乎？然相劝以生，复何聊赖！芜田废地，已委之蔓草荒烟，同气连枝[4]，原等于隔肤行路。青年丧偶，才及二九之期[5]；沧海横流，又丁百六之会[6]。茕茕一人[7]，生理尽矣。呜呼，言至此，肝肠寸断，执笔心酸，对纸滴泪。欲书则一字俱无，欲言则万般难吐。吾死矣！吾死矣！方寸已乱，平生为他人指画了了，今日为夫人一思究竟，便如乱丝积麻。身后之事，一听裁断，我不能道一语也！停笔欲绝。去年江东储贰诞生[8]，各官封典俱有[9]，我不曾得。夫人！夫人！汝亦先朝命妇也[10]。吾累汝，吾误汝，复何言哉？呜呼，见此纸如见吾也！外书奉秦篆细君[11]。

注释

[1] 结缡：结婚。
[2] 外家：娘家。
[3] 齐眉：《后汉书·梁鸿传》："每归，妻为具食，不敢于鸿前仰视，举案齐眉。"后喻为夫妻相敬相爱。
[4] 同气连枝：语出南朝梁周兴嗣《千字文》："孔怀兄弟，同气连枝。"连枝常用以比喻兄弟关系。
[5] 二九之期：十八岁。
[6] 丁：当。　百六：古人认为百六阳九为厄运。
[7] 茕茕（qióng）：孤独。
[8] 储贰：太子。
[9] 封典：封建王朝给予臣子或其祖先子孙以爵位名号的典礼。
[10] 命妇：受有封号的妇女。
[11] 秦篆：作者妻名钱秦篆。　细君：代称妻子。

新评

夏完淳是古今少见的少年民族英雄，他14岁随父抗清，宁死不屈，慷慨就义，中外罕有其匹；如此短命而能留下若干作品，令人传诵不绝，亦罕有其匹。完淳就义前夕写有《狱中上母书》与《遗夫人书》两文，前者"临终报母"，虽不惜一死，但"双慈在堂，下有妹女""哀哀八口，何以为生"？倾吐了临死前最痛切的心情；这封遗妻书亦写得令人感动肺腑，他深情称赞妻子深明大义、贤淑孝慈的品德；为自己"不得不死"累及妻子无处托身深表歉疚和牵挂："上有双慈，下有一女，则上养下育，托之谁乎？""青年丧偶，才及二九之期；沧海横流，又丁百六之会，茕茕一人，生理尽矣。""吾累汝，吾误汝，复何言哉？"……真是一字一泪，使人肝肠寸断。夏完淳不但是一个少年爱国英雄，也是一位天才的少年作家，他的《狱中上母书》《遗夫人书》所以写得这样感人,不仅是因为有壮烈的视死如归的崇高情志,还由于他有深厚的文化熏陶和文学素养:明亡后,他所作的《大哀赋》慷慨悲歌、凄楚激昂,表现了强烈的爱国主义精神;许多怀人感事之作如《六哀》、《六君咏》歌颂了抗清爱国烈士;长诗《细林夜哭》哀悼他的老师兼战友陈子龙;散文《土室馀论》中有"吞声归冥,含笑入地";犹复不忘,"中兴再造","为北塞之举"等语,都可见他为国献身的真情实感。完淳生命虽如彗星之一闪,却永远照亮历史人寰!

焦山题名记

王士禛

【题解】

王士禛(1634—1711)字贻上,号阮亭,又号渔洋山人。山东新城(今桓台)人。顺治进士,初任扬州推官,康熙朝累官至刑部尚书,后因事免官,乡居以终。士禛为清初诗坛领袖,诗文著述甚富,均收入《带经堂集》。

本文选自《带经堂集·渔洋文略》。焦山,在江苏镇江东长江中,与金山相对峙。据作者《居易录》载:顺治庚子,即顺治十七年(1660),王士禛与京口别驾程昆仑同游金、焦、北固诸名胜,本文便作于此时。

来焦山有四快事:观返照吸江亭[1],青山落日,烟水苍茫中,居然米家父子笔意[2];晚望月孝然祠外,太虚一碧[3],长江万里,无复微云点缀,听晚梵声出松杪[4],悠然有遗世之想;晓起观海门日出[5],始从远林微露红晕,倏然跃起数千丈,映射江水,悉成明霞,演漾不定[6];《瘗鹤铭》在雷轰石下[7],惊涛骇浪,朝夕喷激,予来游于冬月,江水方落,乃得踏危石于潮汐汩没之中,披剔尽致[8],实天幸也。

[1]吸江亭:亭在焦山上。
[2]米家父子:指宋代画家米芾、米友仁父子。
[3]太虚:指天空。
[4]梵声:诵经声。 松杪(miǎo):松树梢。
[5]海门:焦山东北有两石对峙,称为海门。
[6]演漾:荡漾。
[7]《瘗(yì)鹤铭》:华阳真逸撰,上皇山樵书,在焦山岩石上。其字后人考订为南朝梁陶弘景书。
[8]披剔尽致:仔细详尽地阅览、观赏。

王士禛为诗坛领袖数十年,所创"神韵说"影响甚大;亦善词,以小令为佳;其文简洁明畅,尤以写景之文充满诗情画意。这篇游记小品就是典型一例。写焦山之游省去一切过程,开门见山便直书其"四快事";而每一快事亦不详细描述,只突出其最佳之处、闪光之点,由于其观察到位、善于捕捉,又能准确形诸笔墨,因而尽管"简洁",却相当"明畅",给人们深刻印象,就如我们也亲历了焦山一趟。如写吸江亭"观返照":"青山落日,烟水苍茫,居然米家父子笔意";写孝然祠外晚间望月:"太虚一碧,长江万里,无复微云点缀,听晚梵声出松杪,悠然有遗世之想……"不仅景物描写历历如在目前,而且道出其时其地的感怀、想象和情意;至于海门日出之景,雷轰石下之浪,更写得气魄雄浑而又细致入微。渔洋山人堪称文坛领袖,寥寥小品150字已可窥其"神韵"之一斑。

引　经

王士禛

本文选自《池北偶谈》,系写一位县令在断案上的无能。

德清陈端庵[1],顺治乙丑进士[2],筮仕为新城令[3]。性仁厚,每械人[4],辄对之泣。有王生者,宅为人所夺,久不给值[5]。讼于官,陈不能决。第好语曰[6]:"《毛诗》云[7]:'维鹊有巢,维鸠居之[8]。'王秀才独不能作鹊邪[9]?"闻者笑之。

[1]德清:浙江省县名。　陈端庵:人名,名、字不详,"端庵"当是别号。

[2]顺治乙丑:即顺治六年(1649)。

[3]筮(shì)仕:原意为外出做官时先卜问吉凶,后引申为"初仕"意。筮,占筮,古时以蓍(shī)草占卜吉凶。　新城:今山东桓台。

[4]械,作动词用,拷打。

[5]值:物价。此指买房款。

[6]第:但,只是。

[7]毛诗:现所流存的《诗经》相传为西汉毛亨、毛苌所传,故又称《毛诗》。

[8]"维鹊"二句:引自《诗经·召南·鹊巢》,意谓喜鹊辛勤筑成的巢,被斑鸠占据。维,发语词,无义。

[9]独:难道。

《池北偶谈》是王士禛所撰写的一部笔记小品,共 26 卷,所记多明清典章制度及士大夫言行,亦杂有神怪奇异之事,其中《谈艺》9 卷,以"神韵说"为准则评诗论画,对当时及后世颇有影响。这里所选的这一小品,乃记述当时一位初出茅庐的县令,其虽系进士出身,但在实际公务上却一筹莫展,这当是八股科举考试弊端之暴露。作者所写时间、地点、人名俱实,当系实有其事,而且以"性仁厚"三字评骘,也颇具善意,但"每械人,辄对之泣";王生"宅为人所夺",却劝之承认"鸠占鹊巢"之既成事实甘心为"鹊",这种无能之举实际是不分是非,颠倒黑白,是绝对不能允许的。作者初为推官,后为刑部尚书,对刑法审判之事乃行家里手,他写这一小品,虽系善意,亦系讽刺、嘲谕,让为官为宦者引以为戒。

地 震

蒲松龄

蒲松龄(1640—1715)字留仙,一字剑臣,号柳泉居士,山东淄川人。清初著名小说家。他一生不得意,除出外游学和在江苏宝应县作了一年多幕宾外,一直在家乡为塾师,71 岁方补岁贡生。著有《聊斋志异》,另有《蒲松龄集》收有诗文、俚曲等。本篇选自《聊斋志异》。文中记叙了华北一次大地震的怪异现象,带有记实性。

康熙七年六月十七日戌刻[1],地大震。余适客稷下[2],方与表兄李笃之对烛饮。忽闻有声如雷,自东南来,向西北去。众骇异,不解其故。俄而几案摆簸,酒杯倾覆;屋梁椽柱,错折有声[3]。相顾失色。久之,方知地震,各疾趋出。见楼阁房舍,仆而复起;墙倾屋塌之声,与儿啼女号,喧如鼎沸。人眩晕不能立,坐地上,随地转侧。河水倾泼丈馀,鸡鸣犬吠满城中。逾一时许[4],始稍定。视街上,则男女裸聚[5],竞相告语[6],并忘其未衣也。后闻某处井倾仄[7],不可汲;某家楼台南北易向;栖霞山裂[8];沂水陷穴[9],广数亩。此真非常之奇变也。

[1]戌刻:晚上七点至九点。
[2]稷下:今山东济南。
[3]错折:错位折断。
[4]逾:过。

[5]裸聚：光着身体，聚在一起。
[6]兢：恐，惊恐。
[7]倾仄：倾斜。
[8]栖霞山：在江苏南京东北约20公里处。
[9]沂水：县名，在山东省东南部。

《聊斋志异》是蒲松龄的代表作，在他四十岁左右已基本完成，是作者一生心血的结晶，也是他文学创作的最高成就。在这部作品中主要是写"狐鬼故事"的小说，但也有部分作品出自作者的亲身见闻，如这篇记实性小品《地震》，就是以亲历的见闻而作：记中时间、地点、场合都相当明确、具体，从初闻"有声如雷"，到"几案摆簸，酒杯倾覆"；从"屋梁椽柱，错折有声"，到"楼阁房舍，仆而复起"；从"墙倾屋塌，儿啼女号"，到"人眩晕不能立，随地转侧"；从"河水倾泼，鸡鸣犬吠"到"男女裸聚，兢相告语"……把一次严重的地震过程和震中情景都如电影中的蒙太奇画面一般一节节地呈现于我们眼前，而且声光交错，物人并出，险状迭现，惊心动魄，无此亲身经历，无此亲睹亲闻，绝不会写得如此真切撼人。当然作者还实事求是地在"后闻"中补叙了"井倾汲绝"、"楼台易向"、"栖霞山裂"、"沂水陷穴"等情状，把这次齐鲁大地震波及的范围和强烈程度都作了交代，成为我国地震史上一份珍贵的史料，从而使其审美价值与认识价值俱在。

山　市

蒲松龄

本篇选自《聊斋志异》，系写一种出现在山地环境中的类似"海市蜃楼"的自然景观。

奂山山市[1]，邑八景之一也[2]。数年恒不一见。孙公子禹年[3]，与同人饮楼上，忽见山头有孤塔耸起，高插青冥[4]，相顾惊疑，念近中无此禅院[5]。无何[6]，见宫殿数十所，碧瓦飞甍[7]，始悟为山市。未几，高垣睥睨[8]，连亘六七里[9]，居然城郭矣，中有楼若者，堂若者，坊若者，历历在目，以亿万计。忽大风起，尘气莽莽然[10]，城市依稀而已[11]。既而风定天清，一切乌有。惟危楼一座，直接霄汉。五架窗扉皆洞开，一行有五点明处，楼外天也。层层指数[12]：楼愈高，则明愈少；数至八层，裁如星点[13]；又其上，则黯然缥渺，不可计其层次矣。而楼上人往来屑屑[14]，或凭或立，不一状。

逾时,楼渐低,可见其顶;又渐如常楼,又渐如高舍;倏忽如拳如豆,遂不可见。

又闻有早行者,见山上人烟市肆,与世无别,故又名"鬼市"云。

[1]奂山:一作焕山,在淄川县西北15公里处。
[2]邑八景:当地八大景观。
[3]孙公子禹年:即孙琰龄,淄川人,拔贡生,做过定州同知。
[4]青冥:青天。
[5]禅院:佛寺。
[6]无何:不一会儿。
[7]飞甍(méng):翘起的屋脊。
[8]睥睨(pì nì):城上的女墙,有孔,可窥望城外,故称"睥睨"。
[9]连亘:连绵。
[10]莽莽然:广大迷茫的样子。
[11]依稀:模糊不清。
[12]指数:指点计数。
[13]裁:一作"才"。
[14]屑屑:形容琐碎的动作。

我们听说过海市,幼时也读过杨朔先生写的《海市》,但"山市"却闻所未闻(至少是孤陋寡闻如我者)。蒲松龄在这里给我们提供了一则珍闻——山市,并将其绘形绘色地描写了出来。这也许不是他的亲见,但至少是他的亲闻:"有孙公子禹年"为证,当是时"与同人饮楼上,忽见山头有孤塔耸起……"即使不是亲见而是亲闻的吧,却写得如亲见一般:先是"宫殿数十所,碧瓦飞甍";未几,又变为"连亘六七里"的"城郭",中有如楼、如堂、如坊者"以亿万计";继而风起,忽而风定,惟见"危楼一座,直接霄汉",此际作者描写更细:"五架窗扉洞开,一行有五点明处……楼愈高明愈少",直至"黯然缥渺,不可计其层次",更及"楼上人往来屑屑,或凭或立,不一状……""山市"和"海市蜃楼"一样,同是因折光反射而形成的影像,"因数年恒不见",因而更为稀罕、珍视。留仙以如画之笔将这一景观捕捉于纸面,比摄影更为丰富变幻,于史地学、气象学、民俗学皆是极有价值的贡献,何况文学。

金圣叹先生传赞

廖　燕

廖燕(1644—?),初名燕生,字紫舟,后改名燕,字人也。广东曲江人。性简傲,终生布衣。工古文辞,善草书。有《二十七松堂集》。

本文选自《二十七松堂集》。系廖燕《金圣叹先生传》后的一段文字。金圣叹,明末清初的文学批评家,江苏吴县人。性狂傲。议论精辟。顺治十八年(1661)因苏州学子哭庙案被杀。传赞,文体名。系传记后面所附评论所传人物的文字。

予读先生所评诸书[1],领异标新,迥出意表,觉作者千百年来,至此始开生面。呜呼!何其贤哉!虽罹惨祸,而非其罪,君子伤之。而说者谓文章妙秘,即天地妙秘,一旦发泄无余,不无犯鬼神之忌,则先生之祸,其亦有致之欤?然画龙点睛,金针随度[2],使天下后学悉悟作文用笔墨法者[3],先生力也,又乌可少乎哉[4]?其祸虽冤屈一时,而功实开拓万世,顾不伟耶[5]?

予过吴门[6],访先生故居,而莫知其处,因为诗吊之,并传其略如此云。

[1]所评诸书:指金圣叹所评点的《西厢》、《水浒》和部分《杜诗》。
[2]金针:黄金针,喻金圣叹文学评点的巧思、妙笔。
[3]笔墨法:犹文法。
[4]乌可:何可。
[5]顾:岂,难道。
[6]吴门:古吴县城(今苏州市)的别称。

金圣叹是明末清初著名的文学批评家。他博览群书,于经史子集多所涉猎。在所读书上时加评点,见解全出己意,颇为精辟独到,尤其是评点小说戏曲,更是真知灼见跃然纸上,"略其形迹,伸其神理",其汪洋恣肆、痛快淋漓的文风也受到后人的赞叹。但是这位"常议论经史,旁若无人,屡发惊世骇俗之论,交友又率性而为"的"狂生",终因顺治十八年(1661)的苏州学子哭庙案而被杀。在他死的时候,廖燕才18岁。这位比他小36岁的晚辈却对他的才学十分钦佩,在这篇"传赞"中就开门见山称颂他"所评诸书,领异标新,迥出意表,觉作者千百年来,至此始开生面";并大胆地说他"虽罹其祸,而非其罪","其祸虽冤屈一时,而功实开拓万世"。在清政府文网日密的情况下廖燕敢于如此仗义执言,深表对犯杀头之罪的"钦犯"的无限同情,实在也是勇气过人,见识过人,令人钦佩。此外,作者还对金圣叹"画龙点睛,金针随度"之笔对后世的影响予以高度肯定:"使天下后学悉悟作文用笔墨法者,先生力也,又乌可少乎哉?"可以说是预言了"金批"对后世文学创作和批评的重大影响。

无核枇杷

王　械

王械(xián),生卒年不详,生平亦不详。著有《秋灯丛话》。
本篇选自《秋灯丛话》。以无核枇杷为由头,写日常生活中的小故事。

秀水朱某与某道士善[1]。观中有枇杷二株,熟时,每饷朱,俱无核。朱诘其故[2],道士以"仙种"对。朱终不信。

道士素善啖[3],尤嗜蒸豚[4]。一日,朱邀之,命仆市一豚肩而归,故令道士见。不逾晷[5],即出以佐餐,融熟甘美,饱啖而罢。因问朱以速化之法。朱曰:"早有小术,欲以易枇杷种耳[6]。"道士曰:"此无他,于始花时,镊去其中心一须耳。"朱曰:"然则吾之馔,乃昨所烹者也。"各抚掌而散[7]。

[1]秀水:今浙江嘉兴。
[2]诘:追问。
[3]素:一向。　啖(dàn):吃。
[4]豚(tún):此处指猪肘。
[5]不逾晷(guǐ):不过片刻。晷,日影。这里指片刻。
[6]易:交换。
[7]抚掌:谓喜而拍手。

这篇故事小品写日常生活琐事,但颇有情趣意味,有似《世说新语》之诙谐雅谑,于简单情节和简短对话中可见人物之个性风采:朱某当属深沉机敏之士,他虽不信道士的"仙种"之说,却丝毫不露神色,而不慌不忙暗设骗局(提前蒸豚)诱使对方入彀,当道士道出枇杷无核的奥秘时,仍不慌不忙以调侃语气道:"吾之馔乃昨所烹者也。"而道士则较单纯而少心计,他虽开始也不露枇杷无核之奥秘,但嘴馋的他一旦饱啖蒸豚之后便忘乎所以,情不自禁地将无核之秘泄露了出来。140多字的小品,即能把事情交代清楚,把人物写得鲜活,把故事讲得生动,实在值得我辈玩味借鉴。

《桃花扇》小识

孔尚任

题解

孔尚任（1648—1718）字聘之、季重，号东塘、岸塘、云亭山人。山东曲阜人，为孔子的第六十四代孙。早年避乱石门山中，搜集南明王朝兴亡的材料。1684年，康熙帝南巡过曲阜，孔尚任被召到御前讲经，得到皇帝褒奖，破格任命为国子监博士。后任户部主事、工部员外郎。1699年他的《桃花扇》传奇问世，引起康熙帝的不满，被罢职回家。其诗文近人辑为《孔尚任诗文集》行世。

本文选自《桃花扇》剧本，是其前言，作于剧本完成后的九年即康熙四十七年（1708）。

传奇者，传其事之奇焉者也，事不奇则不传。

《桃花扇》何奇乎？妓女之扇也[1]，荡子之题也[2]，游客之画焉[3]，皆事之鄙焉者也；为悦己容[4]，甘刲面以誓志[5]，亦事之细焉者也；伊其相谑[6]，借血点而染花，亦事之轻焉者也；私物表情，密缄寄信，又事之猥亵而不足道者也。

《桃花扇》何奇乎？其不奇而奇者，扇面之桃花也；桃花者，美人之血痕也；血痕者，守贞待字[7]，碎首淋漓不肯辱于权奸者也；权奸者，魏阉之馀孽也[8]；馀孽者，进声色，罗货利，结党复仇，隳三百年之帝基者也[9]。帝基不存，权奸安在？惟美人之血痕，扇面之桃花，啧啧在口，历历在目，此则事之不奇而奇，不必传而可传者也。人面耶？桃花耶？虽历千百春，艳红相映。问种桃之道士，且不知归何处矣[10]！

康熙戊子三月[11]，云亭山人漫书。

[1] 妓女：指李香君。
[2] 荡子：指侯方域。侯方域题扇赠李香君，见第六出《眠香》。
[3] 游客：指杨龙友。杨龙友就鲜血画成桃花扇，见二十三出《寄扇》。
[4] 为悦己容：司马迁《报任安书》："士为知己者用，女为悦己者容。"容，指修饰容貌。
[5] 刲（lī）面：割破脸。指李香君反抗田仰强娶，倒地撞头出血。
[6] 伊其相谑：《诗经·郑风·溱洧》："维士与女，伊其相谑，赠之以芍药。"
[7] 待字：待嫁。这里指李香君等待侯方域来迎娶。
[8] 魏阉：指明代宦官魏忠贤。　馀孽：残馀的邪恶势力，指马士英、阮大铖等人。
[9] 隳（huī）：毁坏。三百年，指明代统治近三百年。

[10]种桃道士：唐刘禹锡《再游玄都观》诗："种桃道士归何处？前度刘郎今又来！"这里作者自喻为种桃之道士。

[11]康熙戊子：康熙四十七年（1708）。

《桃花扇》是孔尚任贯注了毕生心血之作。他曾说："予未仕时，每拟作此传奇，恐闻见未广，有乖信史，寱歌之馀仅画其轮廓，实未饰其藻采也……"赴京任事之后又经过十多年的惨淡经营和三次易稿，才于康熙三十八年（1699）成书。孰料触犯了康熙"龙颜"，第二年即以文字祸罢官："命薄忽遭文字憎，缄口金人受诽谤。"（《放歌赠刘雨峰》）《桃花扇》是我国戏剧史上最辉煌的作品之一，它以侯方域、李香君的爱情故事为线索，集中反映了明末腐朽动荡的社会现实及统治阶级内部的矛盾斗争，即作者所说的"借离合之情，写兴亡之感"。其主旨亦即作者所言："桃花扇一剧，皆南朝新事，父老犹有存者。场上歌舞，局外指点。知三百年之基业堕于何人？败于何事？消于何年？歇于何地？不独令观者感慨涕零，亦可惩创人心，为末世之一救矣。"（《桃花扇小引》）这就指明其目的是以明朝覆亡的历史经验教训作为后人的借鉴。这里所选的这篇"小识"也点明魏阉之馀孽权奸"进声色，罗货利，结党复仇"乃"堕三百年之帝基者也"。此小品的新颖之处是突出地表达了对李香君"碎首淋漓，不肯辱于权奸者"的敬仰之情，它着眼于传奇的"奇"字来作文章，文中连用两个"何奇乎？"以两段文字作了一反一正的回答，抓住"桃花"、"美人"、"血痕"等意象反复阐释，层层深入地指出了《桃花扇》传奇"不奇而奇"、"不必传而可传"的所在。文字简短，言辞回环；语意深隽，耐人寻味；思维精湛，发人深思。

傍花村寻梅记

孔尚任

本篇选自《湖海集》，系写傍花村梅花之精神，表现自己热爱自然美景之情怀。

原文

维阳城西北，陵陂高下，多瓦砾荒冢[1]；唐人所咏十五桥者，已漠然莫考，行人随意指为此地云。地接城埤，富贵家园亭，一带比列[2]，箫鼓游舫，过无虚日。溪流转处，一桥高挂如虹，谓之虹桥。自阮亭先生宴集后[3]，改字曰"红桥"，而桥始传。旧有花村在桥东，今已墟矣。傍花村者，花村之附庸也，岿然独存焉。一酒旗出竹林，飘飐有致。主人爱梅，红白绿萼，参差种之，花时与竹篱茅屋相映，梅之精神倍出，富贵家不知也。戊辰正二月[4]，多雪雨，逗留梅信，至花朝方盛[5]。箫鼓游舫，皆集红桥，独留此数株老梅，为冷落薄游者[6]，吟诗买醉之所。余闻而美之，遂醵酒钱[7]，唤笙歌，作竟日欢。同一饮也，觉饮于旗亭，较饮于名园胜。同一诗也，觉入于歌者之口，较入于选楼胜[8]。安知今日之红桥不胜于十五桥；后日之傍花村，不胜于花村也哉！

[1]瓦砾：断壁。 荒冢：荒坟。
[2]比列：一处接着一处成行成列。
[3]阮亭先生：清初大臣、诗人王士禛（1634—1711），号阮亭。
[4]戊辰：康熙二十七年（1688）。
[5]花朝：旧俗以农历二月十五日为花朝节。
[6]薄游：俭约的旅游者。
[7]醵(jù)：凑钱饮酒。
[8]选楼：编选集的人所在地。

从这篇纪游小品可以看出孔尚任洒脱不羁的性格和质朴自然的文风，真可谓任性而发，信笔而写，完全摆脱了那种寻幽探胜小品的传统写法。总体来看作者是分两步来写：先写"地接城埂"之"富贵家园亭"，这一带"箫鼓游舫"，过无虚日，"溪流转处，一桥高挂如虹"，风景虽也不错，但作者视之好像淡漠；作者情有独钟的是"花村之附庸"傍花村："一酒旗出竹林飘？ 有致……梅红白绿萼……与竹篱茅屋相映，梅之精神倍出"——这里是"冷落薄游者吟诗买醉之所，余遂醵酒钱，唤笙歌，作竟日欢"。原来前者是富贵家集游之地，后者才是薄游者之所，作者于贫富之爱憎已分明可见；而"饮于旗亭，较饮于名园胜"；"入歌者口，较入于选楼胜……"等结尾之语更表现出作者倾向民间、倾向今朝、倾向未来的先进思想态势，而这正是他所以能写出《桃花扇》等伟大作品的首要原因。看似不经意的随兴信笔小品却透射出思想的光芒，也正是此作的价值。

醉乡记

戴名世

戴名世（1653—1713）字田有，又字南山、褐夫。号药身，又号忧庵。安徽桐城人。康熙四十八年（1709）进士，任翰林院编修。所作史传，多记抗清义士事迹。所著《南山集》被御史赵中乔告发有"狂悖"之语而罹罪被杀，株连三百多人。其著作被禁毁，百馀年后，戴钧衡搜辑佚稿刊行于世，今有新校本《戴名世集》。

本篇选自《戴名世集》卷十四,作者以醉乡影射现实,希望人们不要醉生梦死。

原文

昔余尝至一乡,辄颓然靡然[1],昏昏冥冥[2],天地为之易位,日月为之失明,目为之眩,心为之荒惑[3],体为之败乱。问之人:"是何乡也?"曰:"酣适之方[4],甘旨之尝[5],以徜以徉,是为醉乡。"

呜呼!是为醉乡也欤?古人之不余欺也!吾闻夫刘伶、阮籍之徒矣[6]。当是时,神州陆沉[7],中原鼎沸[8],而天下之人,放纵恣肆,淋漓颠倒[9],相率入醉乡不已[10]。而以吾所见,其间未尝有可乐者。或以为可以解忧云尔。夫忧之可以解者,非真忧也。夫果有其忧焉,抑亦必不解也[11],况醉乡实不能解其忧也。然则入醉乡者,皆无有忧也。

呜呼!自刘、阮以来,醉乡遍天下。醉乡有人,天下无人矣!昏昏然,冥冥然,颓堕委靡,入而不知出焉。其不入而迷者,岂无其人者欤?而荒惑败乱者率指以为笑[12],则真醉乡之徒也已!

[1]颓然靡然:萎靡不振的样子。
[2]昏昏冥冥:糊里糊涂。
[3]荒惑:荒忽、迷乱。
[4]酣适之方:舒适畅快的地方。
[5]甘旨之尝:美酒佳肴可尝。
[6]刘伶、阮籍:皆曹魏时人,生当乱世,为浇愁免祸经常醉酒佯狂。
[7]陆沉:大地沉陷。
[8]鼎沸:形容局势不安定,如鼎水沸腾。
[9]淋漓颠倒:酩酊大醉,神志不清的样子。
[10]相率:相互牵引。
[11]抑亦:却也。
[12]率:常,都。

戴名世的一生是悲剧的一生。他虽满腹才华,但仕途不顺,27岁才入县学为诸生,34岁以选贡生考取补正蓝旗教习,考授知县,应京兆试,被放。以后往来燕赵、齐鲁、河洛、吴越之间,以卖文为生。53岁时中会试第一,殿试一甲二名,授编修,好像时来运转。不料过了二年,就因《南山集》中有用南明三王年号,又引方孝标《滇黔纪闻》,被都御史赵申乔劾为"悖逆",下狱而死,而且株连亲属友人数百人。考其生平思想,与黄宗羲、顾炎武、王夫之有相近之处,他"喜谈《太史公书》,考求前代奇节玮行,时时著文以自抒湮郁,气逸发不可控御"(《清史稿》本传)。更有志于《明史》,自云:"二十年来,搜求遗编,讨论掌故,胸中觉有百卷书,欲触机而出。"(《与刘大山书》)这都是其惹祸的原因。就以这篇小品来看,他借"醉乡"以讽喻当世,认为"醉乡遍天下",举世皆"昏昏然,冥冥然,颓堕委靡",真是"醉乡有人,天下无人"。今天许多无知或"有知"而有意为之的文人把"康乾盛世"说得"莺歌燕舞"美如仙境,看看当时当地这位"榜眼"学者的亲历亲笔书写,不知该作何想?康熙朝的文字狱是历代空前的,为了消灭"民族意识"和明末清初李贽与"顾、王、黄"等人的民主思想,采取了极其严酷残暴的手段,以致使天下士人人人噤口,或匿于考据之学苟且度日,或沉于醉乡醉生梦死。戴氏此作即是对此现实状况真实写照。他是不入醉乡的真忧者,这也是其悲剧一生根本原因!

鸟　说

戴名世

本文选自《戴名世集》卷十五。它以小鸟的不幸遭遇,隐喻世路之险恶。

余读书之室,其旁有桂一株焉。桂之上,日有声咺咺然者[1],即而视之,则二鸟巢于其枝干之间,去地不五六尺,人手能及之。巢大如盏,精密完固,细草盘结而成。

鸟雌一雄一,小不能盈掬,色明洁,娟姣可爱,不知其何鸟也。雏且出矣,雌者覆翼之。雄者往取食,每得食,辄息于屋上,不即下。主人戏以手撼其巢,则下瞰而鸣。小撼之小鸣,大撼之即大鸣,手下鸣乃已[2]。他日,余从外来,见巢坠于地,觅二鸟及鷇[3],无有。问之,则某氏僮奴取以去。

嗟乎!以此鸟之羽毛洁,而音鸣好也,奚不深山之适而茂林之栖[4],乃托身非所,见辱于人奴以死!彼其以世路为甚宽也哉[5]?

[1]咺咺(guān):鸟鸣声。
[2]下:停,离开。
[3]鷇(kòu):待哺的幼鸟。
[4]奚:何。　栖:住。
[5]这句是说:那他是以为世上之路比山林甚宽吧?实际是世路比山林更险。

戴名世是一位说话为文比较放达、思想也比较开放的颇有个性的人。《清史稿》说:"诸公贵人畏其口,尤忌嫉之。"萧穆也说他:"才气汪洋浩瀚,纵横飘逸,雄浑悲壮,深得《左》、《史》、《庄》、《骚》神髓。"(《戴忧庵先生事略》)这样一个人处于文禁森严的时代,以其神经的敏感不可能不对自己的前途命运有所担忧,但他又不能改变自己的心性,于是就写下了《鸟说》这样寓言式的小品,通过其托身非所的不幸遭遇以喻世路的险恶,命运的不测,其中写鸟之"色明洁,娟姣可爱"、"羽毛洁,音鸣好"以及雌雄相依、"覆翼其雏"而最后毁于"人奴"而死,均有明显的深刻寓意。似乎真有预感似的,此小品不幸而真成了其罹惨祸的谶语,预言了他在文字狱中惨死和亲友被株连的下场。戴公还是太天真了,他居然相信统治者的"阳谋",以为"近日方宽文字之禁","天下所以避忌讳者万端"于今可以"示于后世"(《与余生书》)。因而陷其罗网,成为杀一儆百的示众者!

辕马说

方 苞

方苞(1668—1749)字凤九,一字灵皋,晚号望溪。安徽桐城人。康熙四十三年(1704)进士。曾以"《南山集》之狱"牵累被逮,几乎论斩。乾隆六年(1736),擢礼部侍郎。论文以《左传》、《史记》为准则,推崇韩、柳,倡"义法"说,为桐城派始祖,著有《望溪文集》。

本文选自《方苞集》,作者以辕马为喻,说明朝廷重臣在使用时要注意其品德和才力。

【原文】

余行塞上[1],乘任载之车[2],见马之负辕者而感焉。古之车,独辀加衡[3],而服两马[4];今则一马夹辕而驾,领局于軛[5],背承乎韅[6],靳前而鞦后[7]。其登阤也[8],气尽喘汗,而后能引其轮之却也[9];其下阤也,股蹙蹄攒[10],而后能抗其辕之伏也[11]。鞭策以劝其登,棰棘以起其陷[12]。乘危而颠[13],折筋绝骨,无所避之。而众马之前导,而旁驱者不与焉。其渴饮于溪,脱驾而就槽枥,则常在众马之后。

噫!马之任孰有艰于此者乎?然其德与力,非试之辕下不可辨。其或所服之不称,则虽善御者不能调也。驾蹇者力不能胜[14],狡愤者易惧而变[15],有行坦惊蹶而偾其车者矣[16]。其登也若跛,其下也若崩[17],泞旋淖陷[18],常自顿于辕中[19],而众马皆为掣[20]。呜呼,将车者其慎哉[21]!

[1] 塞上:边界险要之处。

[2] 任载之车:装运货物之车。任,担负。

[3] 辀(zhōu):或名"辕轩"。朱骏声《说文通训定声·孚部》:"按大车左右两木直而平者谓之辕,小而居中一木曲而上者谓之辀,故亦曰'辕轩',谓其穹隆而高也。" 衡:车辕头上横木。

[4] 服:古代大车一车四马,在两辕中间的两匹叫服,这里用作动词,作"驾"解。

[5] 领:颈。 局:束、套。 轭(è):马具,形状略作人形,驾车时套在马的颈部。

[6] 承:受。 鞙(xiǎn):驾具,搭于马背以承车辕的皮带。《左传·僖公二十八年》:"晋车七百乘,鞙靷鞅靽。"注:"在背曰鞙,在胸曰靷,在腹曰鞅,在后曰靽。"

[7] 靷(jìn):套在辕马胸部的皮带。 靽(bàn):套在辕马臀部的皮带。

[8] 阤(zhì):山坡。

[9] 引其轮之却:牵引着车轮,不使后退。

[10] 股蹙蹄攒:大腿收缩,四蹄并拢。蹙(cù),收缩;攒(cuán),聚集。

[11] 抗其辕之伏:举起向下压的车辕。抗,举;伏,下压。

[12] 棰(chuí):短木棍。 棘(jí):荆条。这里指用木棍、荆条之类打马。

[13] 乘危而颠:登上高山而坠落下来。危,高,指高山。

[14] 驽骞(núqiān):能力低下。

[15] 狄愤者:性情暴戾的马。《左传·僖公十五年》载晋庆郑论马语:"乱气狄愤,阴血周作,张脉偾兴,外强中干。"杜预注:"狄,戾也;愤,动也。"

[16] 偾(fèn):激动。

[17] 崩:倒塌。

[18] 泞旋淖陷:在泥泞中旋转,在泥沼中陷落。淖(nào),泥沼。

[19] 顿:困厄。

[20] 掣(chè):牵曳。

[21] 将(jiàng):驾。

　　方苞是有清一代视为"文坛正宗"的"桐城派"的鼻祖(此派从兴起到衰落一直延续近 200 年),他尊奉程朱理学和唐宋散文,提倡古文"义法",即"言有物"的内容与"言有序"的形式并重;标举散文的"清真雅正"与"雅洁"。这些主张显然与"公安派"所倡导的"率易为文"与"不拘格套"的小品特质殊不一致。然而作为一种散文艺术的探讨,桐城文论也未尝没有丰富小品艺术的作用。就以这篇《辕马说》来看,作为一篇托物言志的小品,全篇以负辕之马为喻,表明朝廷遴选宰辅和主要大臣的重要性,行文雅洁,描写细致,与晚明人的文风不同,却有雅健含蓄的特色。文章先描述一匹好辕马的"力"与"德":"其登阤也,气尽喘汗,而后能引其轮之却也;其下阤也,股蹙蹄攒,而后能抗其辕之伏也……乘危而颠,折筋绝骨,无所避之"。然后又从反面论述"驽蹇者力不能胜,狡愤者易惧而变",从而使"其登也若跋,其下也若崩,泞旋淖陷,常自顿于辕中,而众马皆为掣"。就这样从正反两面的形象阐述中得出"将车者其慎哉"的含而不露却其义自明又发人深思的结论,作为一篇以物喻世之小品,不也是非常出色的吗?何能一概言之为"桐城谬种"而排斥于外?!

封氏园观古松记

方苞

本篇选自《古今图书集成》。封氏园未详,当在当年京城附近,此文为方氏数次与友访此的小记。

封氏园盘松偃卧如盖,南北椭荫可半亩[1],为京师古迹,而余独未尝见。康熙壬寅秋[2],寓安将南归,邀余及若霖同往。时余暑未退,游者杂至,壶觞交哗。余三人就阴坐井栏,移时然后去。

雍正元年癸卯冬[3],寓安复至京师,逾年二月将归[4],曰:"吾十至京师,蹉跎竟世[5]。曩吾之归[6],不谓其复来也;吾今之来,不谓其复归也。独幸与古松得再见耳。"时新知又得舒君子展,而若霖改官吏部,无馀闲,期以二月既望[7],先后集松下。余与寓安、子展前至,林空无人,布席列几案,坐卧及饮酒疎数,惟所便拾[8],诵九歌、乐府古辞[9],日入星见,而若霖不至。异日相期再往,则薄暮矣。甫至[10],厉风起,遽登车[11],归饮于子展氏,坐方定,而风止。庄周云[12]:"物之生也,若骤若驰,无动而不变,无时而不移。"以一日之游,而天时人事不可期必如此,况人之生,遭遇万变,能各得其意之所祈向邪[13]?

余始见兹松,惟南枝色微黄,馀皆郁然;及再过而瘵伤者几半,虽生意未尽,非完松矣。兹松之植也五百馀年,其荣枯乃在间岁中[14],而余适见之[15]。岂其迹之将湮,而神者俾借吾辈之游,以传于后邪?见于文,所以志此松之遭遇,以为不幸中之幸也。

[1]椭荫:椭圆的树荫。 可:大约。
[2]康熙壬寅:康熙六十一年(1722)。
[3]雍正元年癸卯:公元1723年。
[4]逾:超过。
[5]竟世:一世。

[6] 曩：昔，以前。
[7] 既望：农历每月十六。
[8] 惟所便拾：各听其便。
[9] 九歌：《楚辞》之一，屈原所作。　乐府古辞：指汉魏南北朝乐府民歌及乐府形式的文人作品。
[10] 甫至：刚到。
[11] 遽：急。
[12] 庄周：庄子名周。
[13] 祈向：企盼。
[14] 间岁：近年。
[15] 适：恰，正。

方苞的这篇游记小品不同于一般同类题材与体裁的作品，景物描写不多而着重于"义法"："义即《易》之所谓'言有物'也，法即《易》之所谓'言有序'也，义以为经，而法纬之，然后为成体之文。"(《望溪先生文集·又书货殖传后》)本文之义就是以庄子"物之生也，若骤若驰，无动而不变，无时而不移"为主旨，言"以一日之游，而天时人事不可期必如此，况人之生，遭遇万变，能各得其意之所祈向邪？"作者写寓安"吾十至京师……"之话，写"二月既望……若霖不至"；写"异日相期再往……甫至，厉风起……"都是为表现这人生无常、瞬息多变的主旨。方苞写此记系雍正元年(1723)，时年55岁。12年前，他因给戴名世的《南山集》作序而入狱论死，经李光地力救方才得释。后虽入直南书房，雍正时又授左中允，三迁内阁学士兼礼部侍郎，又充一统志馆总裁，但那九死一生的心灵创伤总在时时作痛，因而祸福无常、世情难料的隐思不能不深深潜藏于心底。此小品中之此一"义"即是其自觉不自觉的流露。结尾一段写"五百年之松"将湮，而为吾辈所见乃"为不幸中之幸"一段更有深邃的哲理性寓意。古松已成为人世沧桑乾坤荣枯的见证，方公的"义法"说在本小品中得到了完美体现！

为　学

彭端淑

彭端淑(生卒年不详)字乐斋，四川丹棱(今洪雅)人。雍正十一年(1733)进士，由吏部郎中出为广东肇罗道，后辞官归里，主讲锦江书院，名重一时。著有《白鹤堂诗文集》。

本篇选自《白鹤堂文稿》。原题为《为学一首示子侄》，是就学习问题写给他的子侄看的。

原文

天下事有难易乎？为之，则难者亦易矣；不为，则易者亦难矣。人之为学有难易乎？学之，则难者亦易矣；不学，则易者亦难矣。吾资之昏不逮人也[1]。吾材之庸不逮人也，旦旦而学之[2]，久而不怠焉，迄乎成[3]，而亦不知其昏与庸也。吾资之聪倍人也，吾材之敏倍人也，屏弃而不用，其与昏与庸无以异也。圣人之道，卒于鲁也传之[4]。然则昏庸聪敏之用，岂有常哉[5]！

蜀之鄙有二僧[6]：其一贫，其一富。贫者语于富者曰："吾欲之南海[7]，何如？"富者曰："子何恃而往[8]？"曰："吾一瓶一钵足矣。"富者曰："吾数年来欲买舟而下，犹未能也。子何恃而往！"越明年，贫者自南海还，以告富者，富者有惭色。西蜀之去南海，不知几千里也，僧富者不能至，而贫者至焉。人之立志，顾不如蜀鄙之僧哉[9]？

是故聪与敏，可恃而不可恃也；自恃其聪与敏而不学者，自败者也[10]。昏与庸，可限而不可限也，不自限其昏与庸而力学不倦者，自力者也[11]。

[1] 逮：及。
[2] 旦旦：天天。
[3] 迄乎成：直到成功。乎，于。
[4] 卒于鲁也传之：终于由鲁钝的人传下来。鲁，指孔子的得意门生曾参。《论语·先进》："参也鲁……"相传孔子之道传给曾参，曾参传给子思，子思传给孟子。
[5] 岂有常哉：哪有不变的定规呢。
[6] 蜀之鄙：四川一个边僻之地。
[7] 南海：浙江定海县海中普陀山的俗称，系我国佛教圣地之一。
[8] 恃：靠，凭。
[9] 顾：却，反而。
[10] 自败者：自甘失败者。
[11] 自力者：自求上进者。

这是大家熟知的一篇家教小品，出语亲切浅近，说理通俗易懂，对于年幼的学子确是一篇易于接受、乐于接受的好教材，过去收入中学语文课本，起到了很好的启迪作用。作者的"奥妙"在于不是板起面孔说理，而是循循善诱：先说天下事难吗？容易吗？为之，难者便不难；不为，易者也变难。然后就推论到学，再后就推论到学资的聪明与否并不重要，关键在于刻苦用功，坚持不懈。这样循循善诱地讲道理之后，又讲了一个"蜀鄙之僧"的故事，既让学子听得兴趣盎然，津津有味，又从中受到启迪。最后再归结到学：聪敏不可恃，昏庸不可限，只要力学不倦，就会有所成就。《国朝先正事略》中说:彭端淑为人为诗"质实厚重,不为謷悗(浮华)之习,文亦如之",加之先生又是名重一时的锦江书院主讲,对教书育人乃行家里手,因此写这样的训子弟小品自会得心应手、言简意赅、言浅意深,令人终身不忘,终身受益!

焦山读书寄四弟墨

郑　燮

题解

郑燮(1693—1765)字克柔,号板桥,江苏兴化人。早年生活贫困,45岁始中进士,曾官山东范县、潍县知县,以办赈济得罪豪绅去职。遂居扬州卖画,为"扬州八怪"之一。工诗词书画,尤善画兰竹。有《板桥全集》传世。

本文选自《郑板桥集·家书》。写于乾隆十三年(1735),信是写给堂弟郑墨的。

原文

僧人遍满天下,不是西域送来的。即吾中国之父兄子弟,穷而无归,入而难返者也。削去头发便是他,留起头发还是我。怒眉瞋目,叱为异端而深恶痛绝之,亦觉太过。

佛自周昭王时下生[1],迄于灭度[2],足迹未尝履中国土。后八百年而有汉明帝,说谎说梦[3],惹出这场事来,佛实不闻不晓。今不责明帝,而齐声骂佛,佛何辜乎?况自昌黎辟佛以来[4],孔道大明[5],佛焰渐息,帝王卿相,一遵《六经》、《四子》之书[6],以为齐家治国平天下之道[7],此时而犹言辟佛,亦如同嚼蜡而已。

和尚是佛之罪人,杀盗淫妄,贪婪势利,无复明心见性之规[8]。秀才亦是孔子罪人,不仁不智,无礼无义,无复守先待后之意[9]。秀才骂和尚,和尚亦骂秀才。语云:"各人自扫门前雪,莫管他家瓦上霜。"老弟以为然否?

偶有所触,书以寄汝,并无方师一笑也[10]。

[1]佛:指佛教创始者释迦牟尼。其生年推断不一,或说约前565年,则为周灵王七年;或说约前624年,则为周襄王二十八年。这里说周昭王时,又把年代提前了四百多年,当误。

[2]灭度:当指僧人死亡,即涅槃的意译。

[3]说谎说梦:事见南朝梁王琰《冥祥记》:"汉明帝梦见神人,形垂二丈,身黄金色,顶佩日光,以问群臣。或对曰:'西方有神,其号曰佛,形如陛下所梦,得无是乎?'于是发使天竺,写致经像,表之中夏,自天子王侯,咸敬事之。"

[4]昌黎辟佛:昌黎,指韩愈,他有著名的排佛表章《论佛骨表》。

[5]孔道:孔子之道。

[6]《六经》:指《诗》、《书》、《礼》、《乐》、《易》、《春秋》。《乐》早亡,这里泛指儒家经典。《四子》:指《大学》、《中庸》、《论语》、《孟子》。为科举考试必读书。

[7]齐家治国平天下:《大学》:"身修而后家齐,家齐而后国治,国治而后天下平。"

[8]明心见性:指佛教禅宗的修持方法。

[9]守先待后:即继往开来、承先启后之意。

[10]无方师:僧人,与郑燮交游颇密,郑有赠诗、赠画诗等。

郑板桥出身贫苦,久居民间,深知平民百姓被压迫剥削的痛苦;也看到"吾辈读书人""一捧书本,便想中举、中进士、作官,如何攫取金钱,造大房屋,置多田产",从而发出"天地间第一等人只有农夫,而士为四民之末"的大胆议论(《范县署中寄舍弟墨第四书》)。他做官时间不长,官也做得不大,但忧国忧民,关注民生,最后也就因赈济灾民开罪于豪绅大吏而罢官去职,这封家书虽系"偶有所触",但所说的也是国家大事,而且观点明确,分析深刻,是长期思考的"一触而发"。他对当时影响国家政局的僧佛、儒教一分为二,并不一概笼统"捧杀"或"骂杀",对一般僧人他认为是"穷而无归,入而难返",看到僧人"怒眉瞋目,叱为异端而深恶痛绝之",太过分了;对"佛"本身也不应齐声斥骂,但对那些"杀盗淫妄、贪婪势利、无复明正见性之规"的"和尚"却加以痛斥,认为他们是佛之罪人。对"孔道大明"他也是肯定的,但对那些"不仁不智、无礼无义、无复守先待后之意"的"秀才"却毫不留情,斥责他们是"孔子罪人"。这些"和尚"和"秀才"显然是祸害百姓的虫豸,是与封建统治者一道残害人民的爪牙和帮凶,郑板桥这样痛斥他们就是从这一点出发的。另外作者对佛儒的发端、流变与矛盾消长的过程也了如指掌,由此也可看出其学养的深博。

画竹题记二则

郑　燮

这二则选自《郑板桥集》的《题画》及《补遗》。郑燮善画竹,并爱在画幅上题诗作记,这二则是写在画上的题记。

一

江馆清秋,晨起看竹,烟光日影露气,皆浮动于疏枝密叶之间。胸中勃勃遂有画意。其实胸中之竹,并不是眼中之竹也。因而磨墨展纸,落笔倏作变相,手中之竹又不是胸中之竹也。总之,意在笔先者[1],定则也;趣在法外者,化机也[2]。独画云乎哉!

二

画竹之法,不贵拘泥成局,要在会心人得神[3],所以梅道人能趋最上乘也[4]。盖竹之体,瘦劲孤高,枝枝傲雪,节节干霄,有似乎士君子豪气凌云,不为俗屈,故板桥画竹,不特为竹写神,亦为竹写生[5]。瘦劲孤高,是其神也;豪迈凌云,是其生也。依于石而不囿于石,是其节也;落于色相而不滞于梗概[6],是其品也。竹其有知,必能谓余为解人;石也有灵,亦当为余首肯。

甲申秋杪[7],归自邗江[8],居杏花楼。对雨独酌,醉后研墨拈管,挥此一幅,留赠主人。

[1] 意在笔先:王羲之《题卫夫人笔阵图后》:"夫欲书者,先干研墨,凝神静思,预想字形大小、偃仰、平直、振动,令筋脉相连,意在笔先,然后作字。"谓创作时落笔之前的构思。

[2] 化机:大化之机,谓创作时的灵感。

[3] 会心:领悟。 得神:得其内在精神。

[4] 梅道人:吴镇,字仲直,号梅花道人,元代嘉兴人,工诗文,善画山水竹石,每作题诗于上,时人谓之"三绝"。

[5] 生:生性。

[6] 色相:佛教用语,指事物的形状外貌。 梗概:此指本身的模样。

[7] 甲申:乾隆二十九年(1764)。 秋杪(miǎo):秋末。

[8] 邗(hán)江:江苏江都的古称。

郑板桥为"扬州八怪"之一,其诗、书、画皆精,时人称他"画、诗、书三绝","三绝"中又有"真气、真意、真趣"三真。而在画中他尤喜尤善画竹。这里所选的《画竹题记二则》便将他为何喜竹、为何画竹说得简明而透彻。第一则巧妙生动地说明了画竹的过程:先是客观事物自然界之竹引起了创作冲动,然后脑中构思就形成"胸中之竹",再进一步形诸笔墨就成为画中之竹。"自然之竹"、"胸中之竹"、"画中之竹"都不相同,其中就有他创作主体思想情感、审美意识以及忽然而至的灵感的参与,以神似胜于形似,成为主体意识对象化的"第二自然",实际上就阐明了艺术创作的一般规律。第二则说明了"竹之体瘦劲孤高,枝枝傲雪,节节干霄,有似君子豪气凌云,不为俗屈"就是自己喜竹、爱竹、画竹的原因,而画竹就要画出它的"神"、"生"、"节"、"品",也就是要贯注作者独特的创作个性,"不贵拘泥成局"。郑板桥特别钦佩明人徐渭(文长),他曾刻一印,曰"徐青藤门下走狗郑燮"。徐渭就是一位诗文书画皆精而又个性非常突出,身世极为坎坷的人物,郑板桥这样钦佩他,自称为他的"门下走狗",由此可见其性情及其创作的特征。

骡 说

刘大櫆

刘大櫆(1698—1779)字才甫,一字耕南,号海峰,安徽桐城人。一生仕途不达,晚年以诸生官黟县教谕。出于方苞门下,又是姚鼐的老师,系"桐城三祖"之一。著有《海峰文集》、《海峰诗集》。

本文选自《海峰文集》。作者以骡为喻,说明应该如何对待人才。

乘骑者,贱骡而贵马。夫煦之以恩[1],任其然而不然[2],迫之以威,使之然而不得不然者,世之所谓贱者也。煦之以恩,任其然而然,迫之以威,使之然而愈不然,行止出于其心[3],而坚不可拔者,世之所谓贵者也,然则马贱而骡贵矣[4]。

虽然,今夫轶而不善[5],榎楚以威之而可以入之善者[6],非人耶?人岂贱于骡哉?然则骡之刚愎自用[7],而自以为不屈也久矣。呜呼,此骡之所以贱于马欤?

[1]煦之以恩:用恩情温暖它。
[2]任:让。 然:这样。
[3]行止:一举一动。
[4]然则:既然这样,那么……
[5]轶(yì):同"逸",放任。
[6]榎(jiǎ)楚:亦作"夏楚",用于笞打的木制刑具。
[7]刚愎(bì)自用:强硬固执,自行其事。

刘大櫆家贫,自幼好学。年十八,应举入京师投方苞,苞一见惊叹,与人言:"如苞何足言邪,吾同里刘大櫆,乃今世韩、欧才也!"然仕途蹭蹬,只担任过黟县教谕一类的小官。但其文名世,在桐城派中他是"上承方苞、下启姚鼐"的中坚人物,他在方苞"义法"说的基础上提出"神气"说。后人刘师培评论说:"凡桐城古文家,无不治宋儒之学以欺世盗名,惟海峰稍有思想"(《论文杂记注语》)。所谓"稍有思想"即是对宋儒理学藩篱有所突破,而能注重自我的存在。这里所选的这一小品《骡说》就是一例。唐韩愈曾有《马说》,其要旨在"千里马常有,而伯乐不常有",以马喻世,强调当权者要善于发现人才。而刘大櫆之《骡说》是"各师其心,其异如面"(《文心雕龙·体性》),他强调的是如何对待人才:他从骡与马的比较中阐明马容易驯服,骡不易驯服,因此一般人看来马贵而骡贱;但从"行止出于其心,而坚不可拔者,世之所贵者"的角度看,当是马贱而骡贵。然后作者便将"骡"与"人"联系起来,认为人中有骡之"行止出于其心""坚不可拔"性格者亦应"贵之"而使之"入善",这对只贵"驯服工具"的当权者岂非具有自我个性的诤谏?!

游万柳堂记

刘大櫆

题解

本文选自《刘大櫆集》。题为"游万柳堂",然重点写其兴衰,非同一般。

原文

昔人之贵极富溢,则往往为别馆以自娱[1],穷极土木之工,而无所爱惜。既成,则不得久居其中,偶一至焉而已。有终身不得至者焉。而人得之久居其中者,力又不足以为之。夫贤公卿勤劳王事,固将不暇于此,而卑庸者类欲以此震耀其乡里之愚。

临朐相国冯公[2],其在廷时无可訾亦无可称[3],而有园在都城之东南隅,其广三十亩,无杂树,随地势之高下,尽植以柳,而榜其堂曰[4]:"万柳之堂"。短墙之外骑行者可望而见。其中径曲而深,因其洼以为池,而累其土以成山,池旁皆蒹葭[5],云水萧疏可爱。

雍正之初,予始至京师,则好游者咸为予言此地之胜。一至,犹稍有亭榭;再至,则向之飞梁架于水上者,今欹卧于水中矣;三至,则凡其所植柳,斩焉无一株之存。

人世富贵之光荣,其与时升降,盖略与此园等。然则士苟有以自得,宜其不外慕乎富贵。彼身在富贵之中者,方殷忧之不暇[6],又何必朘民之膏以为苑囿也哉[7]!

[1]别馆:别墅。
[2]临朐(qú):今属山东。 冯公:冯溥,字孔博,或作孔伯,山东临朐人。顺治进士,康熙时擢刑部尚书,拜文华殿大学士。明清时尊内阁大学士为相国,故说"相国冯公"。
[3]訾(zǐ):非议。 称:称道。
[4]榜:题名。
[5]蒹葭(jiānjiá):芦苇。
[6]殷忧:深切的忧虑。
[7]朘(juān):剥削。

新评

刘大櫆的散文小品较有个性,这是由于他的思想不完全禁锢于宋明理学,在一定程度上有所突破。就以这篇《游万柳堂记》的记游小品而言,它不同于一般的游记,单记游地景物之美,而是以三游万柳堂一次比一次衰败为意象,指出"人世富贵之光荣,其与时升降,盖略与此同等",提醒那些"卑庸者类"的当权者:人世的荣华富贵是不能永远不变的,得意之时切勿"外慕乎富贵",而要在"富贵之中"居安思危"殷忧不暇",如那些"贤公卿"一样"勤劳主事",从而也就不暇以"别馆自娱";如果"朘民之膏以为苑囿","欲以此震耀其乡里之愚",那只能归于荒败之一途,而且贻人笑叹。这篇小品简洁明快,主旨鲜明,"义法"突出,"神气"充沛,这正是其文学主张的实际体现:"文笔老则简,意真则简,辞切则简,理当则简,味淡则简,气蕴则简,品贵则简,神远而含藏不尽则简。"(《论文偶记》)刘公的其他作品也都具有这一特点。

黄生借书说

袁 枚

题解

袁枚(1716—1797)字子才,号简斋,又号随园老人。浙江钱塘(今杭州市)人。乾隆四年(1739)进士,历任江宁等地知县。辞官后,居江宁小仓山筑随园,不复出仕。以诗著称。论诗主张"性灵",不拘格套。著有《小仓山房诗文集》、《随园诗话》等。

本文选自《小仓山房诗文集》卷二十二。黄生允修,袁枚的学生。文章以黄生借书为由头谈读书的种种感受。

原文

黄生允修借书,随园老人授以书而告之曰:书非借而不能读也。子不闻藏书者乎?七略、四库[1],天子之书,然天子读书者有几?汗牛塞屋[2],富贵之书,然富贵人读书者有几?其他祖父积、子孙弃者无论焉。非独书为然,天下物皆然。非夫人之物,而强假焉[3],必虑人逼取,而惴惴焉摩玩不已[4],曰今日存,明日去,吾不得而见之矣。若业为吾所有[5],必高束焉[6],庋藏焉[7],曰姑俟异日观云尔[8]。

余幼好书,家贫难致,有张氏藏书甚富,往借不与,归而形诸梦,其切如是。故有所览,辄省记[9]。通籍后[10],俸去书来,落落大满,素蟫灰丝[11],时蒙卷轴[12],然后叹借者之用心专,而少时之岁月为可惜也。

今黄生贫类予,其借书亦类予。惟予之公书[13],与张氏之吝书,若不相类。然则予固不幸遇张乎,生固幸而遇予乎?知幸与不幸,则其读书也必专,而其归书也必速。为一说,使与书俱[14]。

[1]七略:中国最早的图书目录分类著作,汉成帝命刘向校录群书,向列举篇目,概述要旨;向死,其子歆续成,分为《辑略》、《六艺略》、《诸子略》、《诗赋略》、《六书略》、《术数略》、《方技略》七部,总称"七略"。"四库":指宫廷收藏图书的地方。《新唐书·艺文志》:"两都各聚书四部,以甲、乙、丙、丁为次,列经、史、子、集四库"。后世相沿,成为群书的总称。清乾隆帝曾命开设四库全书馆,选录全国图书,历十年而成,亦分经、史、子、集四部。

[2]汗牛:谓牛马运书时累得出汗。 塞屋:谓书多塞满屋子。"汗牛充栋",形容书籍之多。

[3]夫人,泛指求借之人。这句是说:不是他自己的东西,勉强借来。夫:指示代词。

[4]惴惴(zhuì):心里不安貌。

[5]业:已经。

[6]高束:束之高阁。

[7]庋(guǐ)藏:搁置不用,收藏起来。

[8]姑俟异日观云尔:暂且等他日再看吧。云尔,语助词。而已,罢了。

[9]辄省(xǐng)记:就明白地记住。辄,就;省,清楚、明白。

[10]通籍:初作官,意谓朝中已有名籍。

[11]素蟫灰练:白色的蛀书虫(又称白鱼、蠹鱼),灰色的蜘蛛网。

[12]卷轴:胡应麟《少室山房笔丛》卷一:"凡书唐以前皆为卷轴,盖今谓一卷即古之一轴"。后指图书的一部分为"卷"。此泛指图书。

[13]公书:把书借给别人,共同使用。

[14]使与书俱:意谓把文章和书一起交付给黄生。

袁枚生于乾嘉之际,正当朴学之考据、桐城之古文盛行之时,但他别辟蹊径,另成一家。自33岁辞官之后,即定居江宁(今南京),住于随园,从事著述。袁枚的小品以山水游记、尺牍及诗话为佳,能直抒胸臆,畅言性情。他在《所好轩记》中坦然宣称自己:"好味,好色,好葺屋,好游,好友,好花竹泉石,好圭璋彝尊、名人字画,又好书"。这与明末清初的小品大家张岱《自为墓志铭》中的表白如出一辙,显露出性灵文人的本色。这篇小品也写得随便、坦荡、无所拘束。读此文自然会联想到明初宋濂的《送东阳马生序》,由此也可看出他受前贤潜移默化的影响。但其文笔的挥洒自如,性情的率直坦诚更为突出,如对"天子之书"、"富贵人之书"以及当年不予借书的张氏的评骘与指责便毫不含糊,毫不掩饰;对借书如借"天下物"一样,都是"必虑人逼取,而惴惴焉摩玩不已"的心态,与自己为官买书后"落落大满,素蟫灰练,时蒙卷轴"的状况,与叮咛黄生"其归书也必速"的告诫都坦率直言,这都显现出随园老人个性之一斑。正是由于性格的坦诚,他激励黄生"读书也必专"的期望才显得更加恳切。"今其生贫类予,其借书亦类予,惟予之公书……生因幸而遇予"等肺腑言辞必将对黄生与后人爱书、读书、攻书、研书产生更好的效果。

随园记

袁　枚

本文选自《小仓山房文集》。随园是袁枚所居之处,此文记述其购置与修葺该园的经过。

金陵自北门桥西行二里[1],得小仓山。山自清凉胚胎[2],分两岭而下,尽桥而止。蜿蜒狭长,中有清池水田,俗号干河沿。河未干时,清凉山为南唐避暑所,盛可想也。凡称金陵之胜者,南曰雨花台,西南曰莫愁湖,北曰钟山,东曰冶城,东北曰孝陵,曰鸡鸣寺。登小仓山,诸景隆然上浮,凡江湖之大,云烟之变,非山之所有者,皆山之所有也。

康熙时,织造隋公当山之北巅[3],构堂皇[4],缭垣牖[5],树之荻千章[6],桂千畦,都人游者,翕然盛一时[7],号曰隋园,因其姓也。后三十年,余宰江宁,园倾且颓弛,其室为酒肆,舆台嚾呶[8],禽鸟厌之,不肯妪伏[9]。百卉芜谢,春风不能花。余恻然而悲,问其值,曰三百金,购以月俸,茨墙剪阖,易檐改涂。随其高,为置江楼;随其下,为置溪亭;随其夹涧,为之桥;随其湍流,为之舟;随其地之隆中而歉侧也,为缀峰岫;随其蓊郁而旷也,为设宦窔[10]。或扶而起之,或挤而止之,皆随其丰杀繁瘠[11],就势取景,而莫之夭阏者[12],故仍名曰随园,同其音,易其义。落成叹曰:"使吾官于此,则月一至焉;使吾居于此,则日日至焉。二者不可得兼,舍官而取园者也。"遂乞病,率弟香亭、甥湄君,移书史居随园。

闻之苏子曰[13]:"君子不必仕,不必不仕。"然则余之仕与不仕,与居此园之久与不久,亦随之而已。夫两物之能相易者,其一物之足以胜之也。余竟以一官易此园,园之奇可以见矣。己巳三月记[14]。

[1]金陵:即今南京市。
[2]清凉:山名,在南京市西北。胚胎:指事物的开始或形成。此句意为小仓山由清凉山而来,为其分支。
[3]织造:官名。隋公为雍正时江宁织造,名赫德。
[4]堂皇:官府的大堂。
[5]缭:营造。　垣:墙。　牖:门户。

[6]萩(qiū):通"楸",木名。《汉书·货殖传》:"山居千章之萩。"章:株。
[7]翕(xì)然:聚合的样子。
[8]嚾呶(huānnáo):喧闹。
[9]妪伏:鸟孵卵。《淮南子·原道训》:"羽者伏妪,毛者孕育。"
[10]宧窔(yíyào):指建造房屋。
[11]丰杀繁瘠:意为增减。
[12]夭阏(è):亦作"夭遏",摧折,遏止。
[13]苏子:指苏东坡。
[14]己巳:乾隆十四年(1749)。

袁枚号"随园老人",居处叫"随园",著作有《随园诗话》,他喜爱这个"随"字,一生追求"随"意。这篇小品《随园记》便夫子自道地表明了这"随"的内涵,体现了他的个性和人生态度。乾隆十四年(1749),34岁的袁枚借口有病辞去江宁县令之职。此前他先后在溧水、江浦、沭阳等地为官,颇具吏才,有政声。然而为官非易,须"为大官作奴","身往而心不随",真是"官苦原同受戒僧"。于是绝然步陶渊明后尘弃官归隐,于小仓山营造随园。在修葺花园时他处处强调一个"随"字,"……随其高,为置江楼;随其下,为置溪亭;随其夹涧,为之桥;随其湍流,为之舟……"短短一段文字便有八个"随"字,它是自由的代名词,也是袁枚人生哲学的表白。它决心"舍官而取园",就是不再"自以形为心役"(陶潜语),不再"为大官作奴",这不仅表明了他的人生态度,也是他"性情得其真,歌诗乃雍雍"的文学主张"性灵说"的根源!

看写缘簿

石成金

石成金(生卒年不详)字天基,号惺斋,乾隆年间扬州人,著有《传家宝》等。

本文选自《传家宝》第2集。内容系讽刺一个僧人的势利眼。缘簿,和尚化缘时登记施主姓名、施舍项目的簿记。

有一军人,穿布衣布靴游寺。僧以为常人,不加礼貌。军问僧曰:"我见尔寺中,也甚淡薄,若少甚的修造,可取缘簿来,我好写布施[1]。"僧人大喜,随即献茶,意极恭敬。

及写缘簿,头一行才写了"总督都院"四个大字[2],僧以为大官私行,惊惧跪下。其人于"总督都院"下连又添写"标下左营官兵[3]",僧以为兵丁,脸即一恼,立起不跪。又见添写"喜施三十",僧以为三十两银子,脸又一喜,重新跪下。及又添写"文钱"二字,僧见布施甚少,随又立起不跪,将身一揲[4],脸又变恼。

先不礼貌,因无钱;后甚恭敬,因有钱;先一跪,为畏势;后一跪,为图利。世人都是如此,岂不可叹!

[1]布施:指以财物施舍给佛寺。
[2]总督:清代以总督为地方最高长官,辖一省或二三省,总理军政要务。
[3]标下:麾下。标,为清代军队编制名称,相当于今一个团。
[4]揲(dié):此处指"转身"。

"畏势"、"图利"即对权力和金钱的崇拜,大概是人类的本性,尤其是在贫富悬殊、两极分化、差别极大的封建专制社会更是如此,我邦中国古往今来都堪称典型。本小品写的是300多年前的明代社会中的寺僧,在这以前,在这以后,直到今天几乎所有的人都还不是如此吗?此小品用的是夸张的手法,讽刺离不开夸张,夸张使丑恶的本质暴露更明显,于是就以讽刺的烈火烧炙丑恶。小品最后点明:"世人都是如此",清静佛门中的僧人都如此势利了,何况世俗的芸芸众生?作者应该进一步点明的是:古往今来都是如此。只要贫富悬殊存在,官本位存在,权力至上存在,金钱万能存在,对权钱的下跪就必然存在,"畏势"、"图钱"之辈就必然存在。对权钱下跪的人会站起来吗?我想有一天总会的!

断肠草

俞 蛟

俞蛟(生卒年不详)字青门,自号梦厂居士,山阴(今浙江绍兴)人。清乾隆、嘉庆年间宦游南北各地,能文善画。著有《梦厂杂著》等。

本文选自《梦厂杂著》。作者通过官方收购断肠草事写有关时政问题。

粤中深山大泽[1],多胡蔓草。其花有黄白二种,食之断肠。凡有愤激怨毒于中者[2],辄茹之[3]。或置食物,毒其仇。或持之以诈人财物,不遂,即纳诸口,须臾血溃百窍而死[4]。计阖省每年毙于毒者,何止百数十人[5]。

有监司某悯之[6]。出示村民,每日拔草以献,一筐给值若干[7]。于是卖菜佣及穷民无业者[8]，咸采此草[9]，荷担入城市[10]，踵相接也[11]。无如采者虽众[12]，而产于地者不竭，且愈拔愈多，未及一年而罢其役。

愚谓此举虽属仁人之用心，然何异郑子产之乘舆济人[13]，无补于事。为人上者[14]，惟贵乎洁己奉公，教民敦节行、励廉耻，加以纠察抚循，俾顽梗残忍之徒潜移默化[15]。如孟尝之治合浦而珠还[16]，宋均治九江而虎避[17]，方为循良卓行。区区拔草以救民，舍本逐末，亦何益哉！

[1]粤：广东。
[2]中：内心。
[3]茹：吃。
[4]须臾：一会儿。
[5]阖省：全省。
[6]监司：清代通指督察府州县政的高级官员，即司道。
[7]值：价钱。
[8]佣：受雇之人。
[9]咸：都。
[10]荷：挑。
[11]踵：脚后跟。
[12]无如：怎奈。
[13]"郑子产"句：子产，春秋时郑国人，姓公孙，名侨，字子产。　乘舆济人：以自己所乘的车帮助人渡河。事见《孟子·离娄下》。
[14]为人上者：做官之人。
[15]俾(bǐ)：使。　顽梗：非常顽固。
[16]合浦：汉代郡名，今广东合浦。沿海盛产珠宝。《后汉书·孟尝传》载，先时宰守大多贪婪，珍珠迁移别处。孟尝到任后，为官清廉，有政绩，珍珠又返回来。
[17]宋均：东汉光武帝建武年间九江太守，经其治理，九江虎患得以消除。

这篇时事小品写得非常精彩，其特点是叙事与议论相结合，现实与历史相结合，因而写得生动有趣、厚重深刻。断肠草并非作者杜撰，其学名叫"钩吻"，生长于广东、广西等地，其根、茎、叶均含剧毒，当时当地人自杀、投毒或敲诈勒索多用此物当为事实，有司出于善意，让民众采集予以收购也近乎情理。"愈采愈多"倒不一定，但自杀、投毒等事照样发生那是肯定的，因而"未及年而罢此役"是必然的。作者针对这一现象发表议论，认为当局应"洁己奉公，教民敦节行、励廉耻，加以纠察抚循，俾使顽梗残忍之徒潜移默化"才是根本措施；又举史例加以印证；单单"拔草救民"乃是"舍本逐末"……行文之顺序，逻辑之推理，事理之论证皆剀切扼要，简洁有力，作为一篇时事小品却有永恒的价值，值得今之为文者学习。

某公表里

纪　昀

纪昀(1724—1805)字晓岚、春帆,号石云,直隶献县(今属河北)人。曾任礼部尚书、协办大学士,《四库全书》总纂官,卒谥文达。著有《四库全书总目提要》、《阅微草堂笔记》、《纪文达公遗集》等。

本文选自《阅微草堂笔记》。内容系讽刺某公的表里不一。

同年项君廷谟言[1]:昔尝馆翰林某公家[2],相见辄讲学[3]。一日,其同乡为外吏者有所馈赠[4]。某公自陈平生俭素,雅不需此[5]。见其崖岸高峻[6],逡逡巡携归[7]。

某公送宾之后,徘徊厅事前[8],怅怅惘惘,若有所失,如是者数刻。家人请进内午餐,大遭诟谇[9]。忽闻数人吃吃窃笑。视之,无迹。寻之,声在承尘上[10],盖狐魅云。

[1]同年:科举制度中称同科考中的人。
[2]馆:借住。
[3]讲学:谈论学问道理。
[4]外吏者:在外地做官的人。
[5]雅:向来。
[6]崖岸高峻:喻人性情高傲,不随流俗。
[7]逡(qūn)巡:因有顾虑而徘徊。
[8]厅事:厅堂,客厅。
[9]诟谇(gòusuì):责骂。
[10]承尘:顶棚,天花板。

纪昀是乾嘉时期"位高望重"的学者,他31岁中进士,官至礼部尚书,曾主持纂修《四库全书》。其影响最大的《阅微草堂笔记》是从乾隆五十四年(1789)到嘉庆三年(1798)陆续写成的。其中除志怪笔记小说外,还有一些以现实生活为内容的笔记小品,鲁迅先生对它的评价是"隽思妙语,时足解颐;间杂考辨,亦有灼见。"(《中国小说史略》)这里所选的这篇《某公表里》就是取自现实生活中的一幅漫画式的剪影:一位外表崖岸高峻的翰林学士谈学论理头头是道,好像非常清高廉洁,但内心物欲却很强烈,面对前来"进贡"的馈赠虽然表面上一口拒绝,实际上却希望留下,而当馈赠者一旦拿走时便"怅怅惘惘若有所失",大发脾气。作者将官场官人的这种普遍心理捕捉得很准确,描写也很到位,活活画出其伪善的嘴脸。但是我想:这样的官员还不算太坏,他还有收与不收的内心矛盾,还想在表面上图个清廉的名声,总比当今那些凡是"馈赠",来者不拒,多多益善,甚至还强行索贿、敲诈勒索的"人民勤务员"们强得多!

无赖吕四

纪　昀

本篇选自《阅微草堂笔记》。系写一个无赖作恶多端最后自毙的故事。

沧州城南上河涯[1],有无赖吕四,凶横无所不为,人畏如虎狼。一日薄暮,与诸恶少村外纳凉。忽隐隐闻雷声,风雨且至。遥见似一少妇避入河干古庙中。吕语诸恶少曰:"彼可淫也!"时已入夜,阴云黯黑。吕突入掩其口,众齐褫衣相嬲[2]。俄电光穿牖[3],见状貌似是其妻,急释手问之,果不谬。吕大恚[4],欲提妻掷河中。妻大号曰:"汝欲淫人,至人淫我,天理昭然,汝尚欲杀我耶?"吕语塞。急觅衣裤,已随风吹入河流矣!彷徨无计,乃自负裸妇归。云散月明,满村哗笑,争前问状。吕无可置对,竟自投于河。

盖其妻归宁[5],约一月方归。不虞母家遘回禄[6],无屋可栖,乃先期返,吕不知,而构此难。

[1]沧州:见前注。　上河涯:村名。
[2]褫(chǐ):剥去。　嬲(niǎo):调戏。
[3]俄:片刻。　牖:窗。
[4]恚(huì):怒。
[5]归宁:已婚女子回娘家探亲。
[6]不虞:不料。　遘(gòu):遭遇。　回禄:本为传说中的火神,后指火灾。

纪晓岚是乾隆帝宠信的重臣,他的一生精力几乎都贡献于《四库全书》的编纂,《阅微草堂笔记》是他晚年退居乡里时搜集民间传闻之作,而其述记"见闻"的宗旨是"不乖于风教","有益于劝惩",因此全书大部篇章或彰显忠孝节义等伦理道德,或蕴寓因果报应等宿命思想,与具有批判揭露性的《聊斋志异》大相径庭,这自然是由于社会地位不同、"存在决定意识"的原因。就以这篇《无赖吕四》的小品来看,虽然也将无赖吕四的作恶行径写得非常生动,细节描写也十分真切,环境氛围也营造得使人如临其境,但为了表现恶有恶报这一主题,不惜把人物的性格作了人为的"矫正":按照常理来说,一个作恶多端的地痞流氓是不会羞愧自杀的,即使其妻被其他流氓所淫,他本人受到众人耻笑也不会自戕自尽,因为这些人已经无"耻"可言,只有兽性而没有人性。此笔记小品设置了许多巧合,带有小说性质,从真实性的角度来看是不成功的。

避暑山庄

纪　昀

本文选自《阅微草堂笔记》。避暑山庄是清代皇帝避暑之地。在河北承德市。此系作者游后之小记。

【原文】

余校勘秘籍,凡四至避暑山庄:丁未以冬[1],戊申以秋[2],己酉以夏[3],壬子以春[4],四时之胜胥览焉。每泛舟至文津阁,山容水态,皆出天然,树色泉声,都非尘境,阴晴朝暮,千态万状,虽一鸟一花,亦皆入画。其尤异者,细草沿坡带谷,皆茸茸如绿罽[5],高不数寸,齐如裁剪,无一茎参差长短者。苑丁谓之规矩草[6]。出宫墙才数步即鬖鬖滋蔓矣[7]。岂非天生嘉卉,以待宸游哉[8]!

【注释】

[1]丁未:乾隆五十二年(1787)。
[2]戊申:乾隆五十三年(1788)。
[3]己酉:乾隆五十四年(1789)。
[4]壬子:乾隆五十七年(1792)。　胥:皆,都。
[5]绿罽(jì):绿色地毯。罽,一种毛织品。
[6]苑丁:即园丁。
[7]鬖鬖(sānsuō):头发散乱的样子,此指绿草参差不齐。　滋蔓:滋生蔓延。
[8]宸:代指帝王。

纪晓岚一生精力,尽注于《四库提要》。这篇小品就是他身为《四库全书》总纂官时,于四次到避暑山庄校勘宫廷秘籍的间隙所记。全文虽只百餘字,却描绘出避暑山庄四时如画的美景,而且有详有略、有点有面地写出了它的总体景色。文津阁是避暑山庄一处最开阔、最美丽的景点,作者首先写它"天然"的"山容水态"和"尘境"少有的"树色泉声",而不涉笔它的亭台楼阁、宫廷殿宇,这就突出了山庄的自然美。在将"阴晴朝暮"间的明晦变化一笔带过之后,又着笔于那"沿坡带谷"一望无际的"细草"的描写:"皆茸茸如绿罽,高不数寸,齐如裁剪,无一茎参差长短者"。仅仅一百馀的文章却如此细腻地描写漫山遍野的茸茸绿草,真可谓重点突出,独具慧眼。看来纪晓岚这位一生几乎埋在故纸堆中的翰林学士对绿色情有独钟,他爱绿胜于一切。"岂非天生嘉卉,以待宸游"?不,它不单单是专为帝王的"临幸"而生,也是为热爱生命热爱学问典籍的纪公而生,纪公可谓珍爱绿色如生命的我辈的先贤前宗。

元　旦

潘荣陛

【题解】

潘荣陛(生卒年不详)直隶大兴(今属北京市)人,雍正间曾在皇宫供职,后又奉值史馆,乾隆初退职,专事著述,著有《工务纪由》、《月令集览》、《婚仪便俗》、《帝京岁时纪胜》等。

本篇选自《帝京岁时纪胜》,记述了当时帝城大年初一的"过年"情景。

【原文】

除夕之次[1],夜子初交[2],门外宝炬争辉[3],玉珂竞响[4],肩舆簇簇[5],车马辚辚,百官趋朝[6],贺元旦也。

闻爆竹声如击浪轰雷,遍乎朝野,彻夜无停。更间有下庙之博浪鼓声[7],卖瓜子解闷声,卖江米白酒击冰盏声,卖桂花头油摇唤娇娘声[8],卖合菜细粉声,与爆竹之声相上下,良可听也[9]。

士民之家,新衣冠,肃佩带,祀神祀祖;焚楮帛毕[10],昧爽[11],阖家团拜。献椒盘,斟柏酒,饫蒸糕[12],呷粉羹[13]。出门迎喜,参药庙[14],谒影堂,具柬贺节[15]。路遇亲友,则降舆长揖[16],而祝之曰:"新禧纳福。"至于酬酢之具[17],则镂花绘果为茶,十锦火锅供馔,汤点则鹅油方补,猪肉馒首,江米糕,黄黍钛[18];酒肴则腌鸡腊肉,糟鹜凤鱼,野鸡爪,鹿兔脯;果品则松榛莲庆,桃杏瓜仁,栗枣桂圆,楂糕耿饼,青枝葡萄,白子岗榴,秋波梨,苹婆果,狮柑凤桔,橙片杨梅;杂以海错山珍[19],家肴市点。纵非厚亲,亦必奉节酒三杯[20]。若至戚忘情,何妨烂醉!俗说谓:"新正拜节,走千家不如坐一家。"而车马喧阗[21],追欢竟日,可谓极一时之胜也。

【注释】

[1]除夕之次:农历大年三十次一日,即元旦。
[2]夜子初交:三十晚上刚到半夜子时即元旦凌晨。
[3]宝炬:火把、灯笼。
[4]玉珂:马笼头上的饰物。
[5]肩舆:轿子。
[6]趋朝:前往宫廷朝贺。
[7]下庙:街巷。
[8]摇唤:吆唤。
[9]良:甚。
[10]楮:纸。
[11]昧爽:黎明。
[12]饫(yù):此处谓吃。
[13]呷(xiá):喝。
[14]参:参拜。
[15]具柬:写帖子。
[16]降舆:下轿。　长揖:作揖。
[17]酬酢(chóuzuó):主客互相敬酒,此处泛指宴庆所用之物。
[18]饦(tuō):一种面食。
[19]海错山珍:产于山、海的精美食品。
[20]奉:恭敬地接受。
[21]喧闐(tián):喧闹嘈杂。

【新评】

　　此为风俗小品,客观地记录了17世纪北京人欢度大年初一的情景:子夜方交,灯火辉煌,车辚辚,舆簇簇,百官进宫朝贺;街巷里弄,爆竹如雷轰浪击,间杂各种叫卖市声,更为热闹;士民之家,人人新衣冠,肃佩带,祭神祭祖,焚香敬纸,团拜完毕即出门迎喜,宾朋相见,长揖打千,互道新禧纳福,而后访亲拜友,品茶欢宴……从子夜到黎明,从朝阙到市野,从家庭内到友宾间,全景式地描画出一幅"帝京元旦纪胜图",使今人跨越时空隧道回到300年前的大年初一。所不足的是后半部分写食品太多,未见平民百姓过年的情景。不过作者本系曾在宫廷供职之人,所接触、所了解的当然是上层社会,把当年上层人物过年时节的饮、食、茶、点、菜、肴、果、品详细记录下来也不乏认识价值。

游媚笔泉记

姚 鼐

姚鼐(1732—1815)字姬传,一字梦谷,室名惜抱轩,人称惜抱先生。安徽桐城人。乾隆进士,官至刑部郎中。晚年辞官,主讲钟山、紫阳等书院四十馀年,为桐城古文集大成者。著有《惜抱轩全集》。

本文选自《惜抱轩全集》卷十四。关于这篇游记的写作,作者在《左笔泉先生时文序》中有所说明:"鼐后成进士,从世父自天津归,则先生筑别业于媚笔泉,故自号'笔泉',其时鼐孤……先生邀编修府君(即鼐伯父姚范)及鼐游于泉上,鼐归为作记,先生大乐,而时诵之。"

桐城之西北,连山殆数百里[1],及县治而迤平[2]。其将平也,两崖忽合,屏蠹墉回[3],崭横若不可径[4]。龙溪曲流[5],出乎其间。

以岁三月上旬,步循溪西入。积雨始霁,溪上大声淙然十馀里[6],旁多奇石、蕙草、松、枞、槐、枫、栗、橡,时有鸣巂[7]。溪有深潭,大石出潭中,若马浴起,振鬣宛首而顾其侣[8]。援石而登,俯视溶云[9],鸟飞若坠。复西循崖可二里,连石若重楼,翼乎临于溪右,或曰宋李公麟之"垂云沜"也[10];或曰后人求公麟地不可识,被而名之。石罅生大树[11],荫数十人。前出平土,可布席坐。南有泉,明何文端公摩崖书其上[12],曰"媚笔之泉"。泉漫石上为圆池,乃引坠溪内。

左丈学冲于池侧方平地为室[13],未就,邀客九人饮于是。日暮半阴,山风卒起,肃振岩壁,榛莽、群泉、矶石交鸣。游者悚焉,遂还。是日,姜坞先生与往[14],使鼐为之记。

[1]殆:将近。
[2]县治:县之治所。即县城。
[3]屏蠹墉回:山崖像屏障一样蠹立,像城墙一样曲折环绕。
[4]崭横:高峻而横亘。
[5]龙溪:水名。
[6]淙(cóng)然:水流声。
[7]巂(guī):即杜鹃鸟,又叫子规鸟。
[8]宛首:回首。
[9]溶云:指潭水中云的倒影。

[10] 李公麟：字伯时，宋舒州舒城（今属安徽）人，进士出身，后归老于桐城西北之龙眠山，号龙眠居士。自绘《龙眠山庄图》。 泮(pàn)：同泮，水边。

[11] 罅(xià)：裂缝。

[12] 何文端公：何如宠，字康侯，明桐城人，万历进士，累官吏部尚书、武英殿大学士，卒谥文端。摩崖：指在山崖石壁上所刻的文字。

[13] 左丈学冲：左学冲，曾为武进教谕，他与姚鼐的伯父、父亲相友善，故姚鼐称其为"丈"。

[14] 薑坞先生：姚范，字南菁，号薑坞。乾隆进士，授编修，充武英殿经史馆校官，为姚鼐的伯父。

　　姚鼐是上继方苞、刘大櫆的桐城派古文的集大成者，他提倡义理、考据、文章三者合一；又把古今文章分为阳刚和阴柔两大类，认为二者皆不可偏废。他把自己的文章归于阴柔一类，在桐城诸家中以富有韵味胜，故其文迂徐深婉、跌宕有致，而且文辞简练，深具雅洁之美。过去中学语文课本中所选的《登泰山记》就是他散文中的代表作之一，这里所选的这一小品也有其特点。通观此篇，首先一个感觉是对景物描写非常注重实际，诸如方位、里程、树种、树荫、人数皆有数字化的记载；其次对其地的掌故如宋李公麟、明何如宠以及时人左学冲、薑坞先生的与其他有关的事迹都有实在的陈述。这就与作者为文注重"义理"与"考据"的思想有关而与其他人之小品不同。与此同时，作者对"文章"亦很注重，如他写"溪有深潭，大石出潭中若马浴起，振鬣宛首顾其侣"，就以独特的形象把潭中大石刻印于读者脑中；另外以"日暮半阴，山风卒起，肃振岩壁，榛莽、群泉、矶石交鸣，游者悚焉……"也以独特的氛围使接受者身临其境。但由于其理念较胜，文章风貌简洁平淡，鲜明生动不足，这也是桐城派小品在整个明清小品中处于弱势的原因。

老僧辨奸

沈起凤

　　沈起凤（1741—？）字桐威，号蘋渔，又号红心词客，江苏苏州人，清代戏曲、小说作家。一生潦倒抑郁，仅做过普通教官，创作戏曲剧本30余种，仅留《报恩缘》、《才人福》、《文星榜》、《伏虎韬》四种。另著有杂记小说《谐铎》。

　　本文选自《谐铎》，系写明代奸相严嵩年轻未贵时老僧对他未来的判断。

　　严分宜未贵时[1]，与敏斋王公读书菩提寺东院。一日，同阅《荆轲传》[2]，至樊於期自杀处，严曰："此骏汉也[3]！事知济不济[4]，辄以头颅作儿戏耶？"遂大笑。王曰：

"烈士复仇,杀身不顾,志可哀也!"遂大哭。又阅至白衣冠送别时,严复大笑曰:"既知一去不还,乃复遣之使去,太子丹真下愚也[5]。"王公又大哭曰:"壮士一行,风萧水咽[6],击筑高歌,千古尚有馀痛。"继阅至囊提剑斫[7],箕踞高骂[8],严更笑不可抑,曰:"是真不更事汉[9],不于环柱时杀之,而乃以嫚骂了事。"王更涕泗沾襟曰:"豪杰上报知己,至死尚有生气,铜柱一中,祖龙亦应胆落[10]。"一时哭声笑声,喧杂满堂。一老僧倾听久之,叹曰:"哭者人情,笑者真不可测也!二十年后,忠臣义士无遗类矣[11]!"后王官中牟县令[12],颇有政声[13],而严竟以青词作相[14],专权误国,植党倾良[15],为明代奸邪之冠,老僧预知之而不能救,殆佛门所谓定劫欤[16]?

[1]严分宜:即严嵩,以其籍贯江西分宜,故有此称。
[2]《荆轲传》:见《史记·刺客列传》。
[3]騃(ái):痴愚。
[4]济不济:成功不成功。
[5]下愚:相对于"上智",即最愚蠢的人。
[6]风萧水咽:燕太子丹送荆轲于易水,临行荆轲作歌曰:"风萧萧兮易水寒,壮士一去兮不复还。"
[7]囊提剑斫(zhuó):在荆轲追逐秦王时,侍医夏无且以药囊投掷荆轲,秦王拔剑将荆轲砍伤。提,投掷。斫,砍。
[8]箕踞高骂:踞:蹲。荆轲受重伤后,倚着柱子,两腿呈簸箕形下蹲,高声斥骂秦王。
[9]不更事:没经历过什么事。更,经历。
[10]祖龙:秦王(始皇)。
[11]遗类:留下来的同类人。
[12]中牟:在今河南境内。
[13]政声:政绩优良的声誉。
[14]青词:也叫"绿章",道士斋醮仪式上写给"天神"的奏章表文,明代词臣常以此邀宠。
[15]植党倾良:培植党羽,排挤忠良。
[16]殆:大概。

严嵩是明代臭名昭著的奸相。他以弘治进士于嘉靖二十一年(1542)任武英殿大学士,入阁,官至太子太师。以子世藩和赵文华等为爪牙操纵国事,吞没军饷,战备废弛,使东南倭寇和北方鞑靼侵扰更加严重。文武官员与他意见不合的,如主张收复河套的大臣夏言、将领曾铣、抗倭有功的总督张经、指摘他罪行的谏官杨继盛等都遭杀害。这样一个祸国殃民的大坏蛋却为嘉靖皇帝所宠信,作威作福长达二十馀年。这篇小品当是由民间流传的"史迹"而来,虽带有故事性质,却能从一个侧面表现这个白脸奸臣的心性本质:面对同样一篇《荆轲传》,读感却与常人截然两样,不用道行深远的老僧,就是我辈读者也能从两相对比中,看出这个无良之徒的活命哲学和实用主义嘴脸,从青少年时代起就没有起码的正义感,反而对英雄的献身精神大加嘲笑。俗语说:"三岁看大,七岁看老。"一个人日后的作为是与他早年的教养、心态、心理、性格分不开的。这则小品给我们的启示是:不但要善于从一个人的一言一行来判断其善恶良莠,而且要从一个人青少年时期的言行窥见其日后的发展,期间当然不能排除教育的转化,但其"遗传基因"固有的劣根性万不能不加重视。

亡妻龚氏圹铭

彭 绩

题解

彭绩(1742—1785)字其凝,更字秋士,清代苏州长洲人,乾隆年间著名诗人。应县试不售,绝意科举,清贫自守,安居乡里,读书写作自乐。著有《秋士先生遗集》。

本文选自《秋士先生遗集》,系为亡妻龚氏写的墓志铭。圹:墓穴,坟墓。

原文

乾隆四十三年九月朔[1],彭绩秋士具舟载其妻龚氏之柩[2],之吴县九龙坞彭氏墓,翌日葬之。龚氏讳双林,苏州人,先世徽州人,国子生讳用鳌之次女[3],处士讳景骙之冢妇[4]。嫁十年,年三十,以疾卒。在乾隆四十一年二月之十二日,诸姑、兄弟哭之[5],感动邻人。于是彭绩得知柴米价,持门户,不能专精读书,期年[6],发数茎白矣!铭曰:作于宫[7],息于土,吁嗟乎龚。

[1]朔:农历每月初一日为朔。
[2]柩(jiù):已盛尸体的棺材。
[3]国子生:国子监生员。
[4]处士:学未为官曰处士。 景骙,彭绩之父。 冢(zhǒng)妇:嫡长子之妻。
[5]诸姑:大姑、小姑,指丈夫的姐妹。
[6]期(jī)年:满一年。
[7]作于宫:当作于家。

这是诗人彭绩为亡妻写的墓志铭,可算作悼亡小品。其特点是文字短小,语言平淡而情深感人。文中大部写亡妻之葬年、卒年及葬地、家世,只有两处写其身后事:一是"诸姑、兄弟哭之,感动邻人";一是"彭绩得知柴米价,持门户,不能专精读书,期年,发数茎白矣"。身前之事毫不提及,只写身后之事,其感人之处正在这里:"诸姑兄弟"皆哭,可以想见其生前与家人相处何等和睦,品德何等贤惠;哭得都让"邻人感动",可见大家都是何等沉痛,盖由于互相之间情感十分深挚;至于诗人自己从妻去世后方"知柴米价",方"不能专精读书",可见妻生前是何等辛勤操持家务,自己能专精读书全赖妻子支撑门户。《彭氏宗谱》中记述他"家贫,衣食才足辄自喜,居屋数间,洒扫无旧尘,破琴古书,怡然自得",家贫而能如此,不是全凭妻子的含辛茹苦操劳应对吗?"期年,发数茎白矣",妻亡后身心的痛苦尽在不言中了。不直说而曲说,不明说而暗说,不正说而侧说,给人留下想象的空白、"再创造"的馀地,这就是此小品言少意淡而情深感人的"奥秘"所在!

经旧苑吊马守贞文

汪 中

汪中(1745—1794)字容甫,江都(今江苏扬州)人。幼年丧父,生活孤苦,曾为店铺学徒。由自学而考取秀才,又举拔贡生,长期为幕僚。为人恃才傲物,被目为狂人。为学提倡墨子,称赞荀子,不喜宋儒理学,为文精于骈体。著有《述学》、《广陵通典》。近人编有《汪容甫文笺》。

本文选自《述学·别录》。旧苑,指明代南京秦淮河畔一所官妓的宅院,又称"旧院"。马守贞,字元儿,小字月娇,号湘兰,明万历年间名妓,性豪侠,能诗,善画兰竹。本篇系哀吊其身世之文。其辞略。

岁在单阏[1],客居江宁城南[2],出入经回光寺,其左有废圃焉。寒流清泚[3],秋菼满田[4],室庐皆尽,唯古柏半生,风烟掩抑[5],怪石数峰,支离草际[6],明南苑妓马守贞故居也。秦淮水逝,迹往名留。其色艺风情,故老遗闻,多能道者。余尝览其画迹,丛兰修竹,文弱不胜,秀气灵襟,纷披楮墨之外[7],未尝不爱赏其才,怅吾生不及见也。

夫托身乐籍[8],少长风尘,人生实难,岂可责之以死?婉娈倚门之笑[9],绸缪鼓瑟之娱[10],谅非得已[11]。在昔婕好悼伤[12],文姬悲愤[13],剞兹薄命[14],抑又下焉[15]?嗟夫!天生此才,在于女子,百年千里[16],犹不可期,奈何钟美如斯[17],而摧辱之至于斯极哉!

余单家孤子[18],寸田尺宅,无以治生。老弱之命,悬于十指[19]。一从操翰,数更府主[20]。俯仰异趣,哀乐由人[21]。如黄祖之腹中,在本初之弦上[22]。静言身世,与斯人其何异?只以荣期二乐[23],幸而为男,差无床箦之辱耳[24]。江上之歌[25],怜以同

病;秋风鸣鸟[26],闻者生哀。事有伤心,不嫌非偶[27]。(下略)

[1] 岁在单阏:即太岁在卯,时为乾隆四十八年(1783)癸卯。单阏(chán è),即卯年之别称。
[2] 客居江宁:本年三月,汪中曾寓居南京。江宁,今南京市。
[3] 清泚(cǐ):形容流水清澈明净。
[4] 菘(sōng):白菜。
[5] 掩抑:笼罩,掩映。
[6] 支离:残存,散乱。
[7] 楮:纸。本为木名,皮可造纸,故为纸之代称。
[8] 乐籍:即乐户。古时妓女,单编户籍。
[9] 婉娈:形容柔媚之态。
[10] 绸缪:形容情意绵绵。
[11] 谅:料想。　非得已:不得已。
[12] 婕妤:此指班婕妤,汉成帝宫人,善诗歌,后为赵飞燕所谮,作赋自伤。
[13] 文姬:指蔡文姬,汉末蔡邕女,名琰,有才学,善音律,兴平年间为胡兵所俘,居留匈奴十二年。后为曹操赎回,重嫁董祀,因感伤离乱,作有《悲愤诗》和《胡笳十八拍》。
[14] 矧(shěn):况且。
[15] 此句是说:马守贞比婕妤、文姬更不幸。
[16] 百年千里:百年难遇,千里难逢。
[17] 钟美:聚集美才。
[18] 单家:寒门。
[19] 十指:双手。这时百说,母子的生活只靠双手劳作。
[20] 操翰:拿笔。这里是说,自从秉笔为文,经过几个幕府。作者曾作幕僚。
[21] 俯仰异趣:言己俯仰于人,跟人周旋应酬。
[22] 如黄祖之腹中:汉末祢衡为江夏太守黄祖作书纪,黄祖颇满意,曾对祢衡说:"处士,此正得祖意,如祖腹中之所欲言也。" 在本初之弦上:陈琳《为袁绍檄豫州》言曹操失德,不堪依附。后袁绍失败,陈琳归曹操,曹操指责陈琳,陈琳谢罪说:"矢在弦上,不可不发。"这句是说:自己作为幕僚,就如祢衡和陈琳,写作都不由自己。
[23] 荣期二乐:荣期,一作荣启期,春秋时人,他曾认为生而为人,而且为男,又得长寿,是三件乐事。(见《列子·天瑞》)。汪中言己已有"二乐"即为人、为男。
[24] 差无:幸而没有。　床箦(zé):即床席。床箦之辱指女子(此处指妓女)受人床上的凌辱。
[25] 江上之歌:此指伍子胥引述的河上之歌。《吴越春秋·阖闾内传》载:"子不闻河上之歌乎?同病相怜,同忧相救。"
[26] 秋风鸣鸟:桓谭《新论·琴道》:"但闻飞鸟三号,秋风鸣条,则伤心矣。"即句意所本。
[27] 非偶:不是同类。这句是说马守贞与自己的身世虽不同,但使人伤心是一样的。

汪中是清代中叶一位特出的学者和骈文家,他早年"私淑顾宁人(炎武)处士,故尝推六经之旨以合世用";后来"又为考古之学,实事求是,不尚墨守"。(汪喜孙:

《容甫先生年谱》)他的许多学术论著,合学术与文章为一,别是一格,特别是对先秦诸子的研究,有独创性,实开近代诸子研究的风气。但其一生坎坷惨怛,"少苦孤露,长苦奔走,晚苦疾疢","一生未尝有生人之乐"(同前);加之他"生平多谐谑,凌轹时辈,人以故短之",实际他"疾恶如仇,而乐道人善"。(阮元《淮海英灵集小传》)他之被目为"狂人",乃是因与庸俗的官僚士流社会存在着尖锐的矛盾所致。这篇《吊马守贞文》便是其特出身世、思想、性格、才情的表露。他不以士人自高,而对一位风尘女子抒写吊文,备加赞美,并且惺惺相惜,和自己的孤苦身世加以并比,这在将妓女视为"人下人"的封建社会,一般人是很难做到的,更不用说是"唯有读书高"的知识分子。在中国文学史上似乎只有白居易的《琵琶行》与之相类似,但白只是慨叹于"同是天涯沦落人,相逢何必曾相识",而汪是以马的"托身乐籍,少长风尘"、"钟美为斯"而备受"摧辱",与自己"一经操翰,数经府主,俯仰异趣,哀乐由人"相映照,直说"静言身世,与斯人其何异",差别只是己身"幸而为男,差无床簀之辱耳"!怜"人下人"之风尘女子即是怜"单家孤子"之自己。"心比天高,身为下贱,风流灵巧招人怨"。汪中的这篇文采斐然、文化含量极高的悼文,不啻是"秀气灵襟"的怀才不遇者的千古挽歌!

谢南冈小传

恽 敬

题解

恽敬(1757—1817)字子居,号简堂,武进(今江苏常州)人。乾隆四十八年(1783)举人,以教习官京师,历富阳、新喻、瑞金等县令,以廉声卓异,擢南昌府同知,改署吴城同知,为忌者诬劾去官。与张惠言等创立"阳湖派",著有《大云山房文稿》。

本文选自《大云山房文稿·初集》卷三。谢南冈是江西瑞金的一位穷秀才,由于性格狷介,诗文不为人所识,以致目盲,困顿而死。作者其时正任瑞金知县,在谢死后才发现了他的诗才,非常感叹,而为此文。

原文

谢南冈,名枝仑,瑞金县学生。贫甚,不能治生[1]。又喜与人忤,人亦避去,常非笑之。性独善诗,所居老屋数间,土垣皆颓倚,时闭门,过者闻苦吟声而已。会督学使者按部[2],斥其诗置四等,非笑者益大哗。南冈遂盲。盲三十年而卒,年八十三。

论曰:敬于嘉庆十一年自南昌回县[3]。十二月甲戌朔[4],大风寒。越一日乙亥,早起,自扫除蠹书,一册堕于架,取视之,则南冈诗也。有郎官为之序[5],序言秽腐,已掷去。既念诗,未知如何,复取视之,高邃古涩[6],包孕深远。询其居,则近在城南,而南冈已于朝日死矣。南冈遇之穷不待言;顾以余之好事,为卑官于南冈所籍已二年,南冈不能自通以死[7],必死而后始知之,何以责居庙堂、拥麾节者不知天下士耶[8]?古之人居下则自修而不求有闻,居上则切切然恐士之失所[9],有以也夫!

[1]治生:指经营家业。
[2]督学使者:或称提督学政,是清代派往各省的教育行政长官。 按部:巡查所辖地区。
[3]嘉庆十一年,即公元1806年。
[4]十二月甲戌朔:十二月初一。用干支记日,那天是甲戌日。朔,初一。
[5]郎官:指尚书省六部诸曹司郎中、员外郎。
[6]古涩:古奥典雅。涩,不浮华。
[7]自通:自己登门求见。
[8]居庙堂:指在朝中做大官的人。 拥麾节:指在军队当大官的人,将军。
[9]切切然:忧思的样子。

作为封建时代的一位地方官员,能发现一位贫病而死的书生,又在"贫毙"中发现其被人掩盖曲解的才华,然后深深自责作为死者所籍已二年的县官自身的失职,然后又写出此文为死者立传,同时也公布自己的缺失——这样的官员不仅在当时罕见,就是在今天也属凤毛麟角。何以能如此? 一方面是基于作者对穷书生谢南冈的同情和了解:"所居老屋数间,土垣皆颓倚,时闭门,过者闻苦吟声而已";其诗"高邃古涩,包孕深远……"寥寥几句却显示出作者不为非笑者的嘲弄和"郎官腐秽之序"以及"督学使者斥其诗于四等"等俗见所蒙蔽的慧眼。另外是基于作者具有为官"则切切然恐士之所失"的责任感。作者"为人负气,尚名节",在富阳、新喻、瑞金三地为县令时"廉声卓异",他遵循儒家"修、齐、治、平"的思想从政为官,恪守"先忧后乐"的古训为人处世,故能如此发现人才于贫死之中而且为自己的失职而遗憾抱愧!

送恽子居序

张惠言

张惠言(1761—1802)字皋文,江苏武进(今常州市)人。嘉庆四年(1799)进士,改庶吉士,授翰林院编修。以古文和词著称。文章为"阳湖派"的开创者之一。著有《茗柯文编》、《茗柯词》等。

本文选自《茗柯文编·初编》。恽子居即恽敬(1757—1817),字子居,阳湖(今江苏常州)人,乾隆四十八年(1783)举人,为京师教习,后历任新喻、瑞金知县,以廉洁称,被诬劾免。与张惠言同为阳湖派创始者。此为送序之文。

余少时尝服马少游言[1]:"求为乡里善人以没吾世。"年二十七,来京师,与子居交,观其议论、文章,礲切道德[2],乃始奋发自壮,知读书、求成身及物之要[3]。八年之间,共踬于举场[4],更历困苦,出颒仰尘俗[5],入则相对以悲。已[6],相顾自喜益甚。凡余之友,未有如子居之深相知者。《诗》曰:"无言不雠[7]。"子居之益余多矣。于其选而为令[8],余何以无言?

始子居之语余曰:"当事事为第一流。"余愧其言,然未尝忘也。凡余之学,尝求其上矣,自以为不足,则姑就其次,故往往无成焉。夫为令之道,六经、孔、孟之述,子居向时之所道者,皆其上者也,以子居为之,其不可以至耶?曰:"吾不为彼之所为者而已。"岂子居嚮时之所道耶?君子出其言,则思实其行;思其行,则务固其志。固志莫如持情,实行莫如取善。是乃子居之所以益余者也,子居勉之矣!

[1]马少游:东汉马援从弟,曾谓援曰:"士生一世,但取衣食裁足,乘下泽车,御款段马,乡里称善人,斯可矣。"
[2]礲:同"磨"。
[3]成身及物:指修身济世。及物,即"辅时及物"。
[4]踬于举场:指科举受挫。
[5]出颒仰尘俗:疑"出"字下脱"则"字。颒,同"俯"。此句言出则应酬世俗。
[6]已:随后。
[7]无言不雠:《诗经·大雅·抑》:"无言不雠,无德不报。"雠,义与"报"同。
[8]选而为令:被铨选为县令。

这是一篇送别小品,写得有情有义,真挚感人。作者先从27岁来京师与被送友人恽子居的交往,互相切磋道德文章,"奋发自壮";"八年之间共踬于举场,更历困苦,出则俯仰尘俗,入则相对以悲,已,相顾自喜益甚……"把科举困顿之时,于外懒于应对,于内心中愁苦,但又能调整心态转"悲"为"喜"的景况写得真切入微,从而道出与友人的"相知之深"。接着作者便转入正题:写临别之际对友人的赠言,即以友人当年激励自己"当事事为第一流"的赠言转赠于他,对其"吾不为彼之所为者而已"的较低要求用其赠己之言加以规劝,并把"出其言则思实其行","思其行则务固其志","固志莫如持情","实行莫如取善"等对友人的期望都说成是"子居之所以益余者",这样婉转的措辞,既包含着深深的友情,使友人乐于接受,又绝非浮泛之词,定能激励友人开拓前程。张惠言是桐城一支阳湖派的领袖人物,他少时学时文(八股),后学辞赋,再后才学古文,且间接得到了刘大櫆的传授,世人称他是刘的再传弟子,因此他的文章同当时桐城派的作者有所不同,未太受"义法"拘泥。阮元在《茗柯文编序》中说他"以经术为古文,不遁于虚无,不溺于华藻,不伤于支离",而又"婉转曲折,富于情趣"。

与友人书

陆继辂

题解

陆继辂(1772—1834)字祁孙,一作祁生,又字修平,江苏阳湖(今江苏常州)人。嘉庆五年(1800)举人,官合肥县训导,后迁江西贵溪县知县。善古文,著有《崇百药斋文集》、《合肥学舍札记》。

本文选自《崇百药斋文集》卷十四。这是一封与友人论述为官之道的信。

原文

伻来[1],言所治地僻而土瘠,城中居民不及百家,大府以足下曾任繁剧[2],才大不可以简县屈,若以治狱留省中待迁其可[3],足下遂瞻徇不行[4]。仆闻之,未以为信。何者?地僻,则官无奔走迎候之劳,可专志为治;土瘠,则民无骄奢淫荡之习,而教令易行。此正宜足下所乐,乃自春徂夏[5],犹未上事[6],是非徒有所瞻徇,而实自薄之不屑往也。果尔,则足下之才,方今郡守监司[7],不逮什佰者,何可数计,而足下乃浮湛县令[8],将并薄之不为耶?

向在京师,见牧令谒吏部出者[9],欣戚之意判然见于颜色,叩其故,则某地官富,某地贫,讼言而不讳[10]。吏习如此,可为深叹!岂足下胸中亦有此等计较,未能悉化耶?抑别有他故?望即裁答[11],毋令久蓄此疑,幸甚。

[1] 伻(bēng)来:使者来。《尚书·洛诰》:"伻来,以图及献卜。"
[2] 大府:明清时称总督、巡抚为大府。 繁剧:指事务极为繁重而又难治的大县。
[3] 省中:宫禁之内。
[4] 瞻徇:观望徘徊。
[5] 徂:至。
[6] 上事:向朝廷上书言事。
[7] 郡守:指知府。 监司:清代的布政使、按察使及各分守道、分巡道都称监司。
[8] 浮湛:浮沉。

[9]牧令:指知府、县令。牧,州牧,一州的地方行政长官,这里指知府。
[10]讼言:公言,明言。
[11]裁答:裁笺作答。

新评

在官本位的极权社会中,人人都想当官,而当了官就急于挑选为官之地的肥瘦,因为当官的目的表面说得冠冕堂皇,实际是为了一己的私利:当官为了发财,这是历朝历代每个当官者心知肚明的公开秘密。这里所选的这篇尺牍小品《与友人书》,大概是陈老先生写给他一位知心的忘年交或有深交的学生的。当他得知该人或该生为了当局派他去"地僻土瘠"之县当个知县什么的而逡巡"瞻徇"时,他便恳切地写了这封语重心长的规劝信,告他说:"地僻则官无奔走迎候之劳,可专志为治;土瘠则民无骄奢淫荡之习,而教令易行";然后又将"当今牧令"出入吏部送红包、走后门千方百计活动到"官富之地"即喜形于色的恶劣风气予以警示,让他不要受此风之污染而同流合污……老先生是一位受儒家正统思想教育很深的人,他九岁而孤,其母林氏教养甚严,"慎择友,学日进",他希望他的友人或学生也和他一样做一个真正为老百姓做事的父母官,不要"嫌贫爱富"为己考虑。这种良好的愿望,在极权社会当然只是个美丽的泡影,但终归还是美丽的。

登扫叶楼记

管 同

题解

管同(1780—1831)字异之,江宁上元(今南京)人,道光五年(1825)中举,入安徽巡抚邓廷桢幕。与梅曾亮同乡,同为桐城派姚鼐的弟子,但其为文"师姚师之文而不袭其派",独具特色,"淡而有味"。著有《因寄轩文集》。

本文选自《因寄轩文集》卷七,扫叶楼,在今南京市清凉山。明朝遗老龚贤自号扫叶僧,居此,故名。

原文

自余归江宁[1],爱其山川奇胜,间尝与客登石头[2],历钟阜[3],泛舟于后湖,南极芙蓉、天阙诸峰,而北攀燕子矶[4],以俯观江流之猛壮。以为江宁奇胜,尽于是矣。或有邀余登览者,辄厌倦,思舍是而他游。

而四望有扫叶楼,去吾家不一里,乃未始一至焉。辛酉秋[5],金坛王中子访予家[6],语及,因相携以往。是楼起于岑山之巅[7],土石秀洁,而旁多大树,山风西来,落木齐下,堆黄叠青,艳若绮绣。及其上登,则近接城市,远挹江岛[8],烟村云舍,沙鸟风帆,幽旷瑰奇,毕呈于几席,虽乡之所谓奇胜[9],何以加此[10]?

凡人之情,鹜远而遗近,盖远则其至必难,视之先重,虽无得而不暇知矣;近则其至必易,视之先轻,虽有得而亦不暇知矣。予之见,每自谓差远流俗[11],顾不知奇境即在半里外,至厌倦思欲远游,则其平生行事之类乎是者,可胜计哉!虽然,得王君而予不终误矣,此古人之所以贵益友欤。

[1] 江宁:今南京。
[2] 石头:山名,在南京江宁县西。
[3] 钟阜:钟山,又名紫金山,在南京城东。
[4] 燕子矶:在今南京市东北郊。矶头屹立长江边。
[5] 辛酉:嘉庆六年(1801)作者二十一岁。
[6] 金坛:县名,明清属镇江府。
[7] 岑山:小而高的山。
[8] 挹:牵引。
[9] 乡:通"向",从前,原来。
[10] 加此:超过这里。
[11] 差:比较、细微。

舍近求远,向声背实,这大概是人类的"通病",古人今人似乎概莫能外。这篇游记小品,就是以自己的亲身经历感受,再一次告诉我们他所悟出的这一道理:本来他以为"江宁奇胜"已经遍游了,此地再游已产生"厌倦",很想"舍是而他游"。不料有一次他与一位朋友去了一趟离家不远的扫叶楼便使他惊诧莫名:"山风西来,落木齐下,堆黄叠青,艳若绮绣";登高一望:"远挹江岛,烟林云舍,沙鸟风帆,幽旷瑰奇",并不亚于原来所谓"奇胜者"。于是不但原先之想一扫而空,而且还联想到"平生行事之类是者(舍近求远)可胜计哉?"这便升华为一人生之哲理:不要一味舍近求远、向声背实呵,在你的近处,在你的周围,在你的身边,都有许多应当发现而未发现的东西。不是没有美,而是你还没有发现。这就是这一小品对我们的启示。

《后湘集》自叙

姚 莹

姚莹(1785—1853)字石甫,号明叔,晚号幸翁。安徽桐城人。嘉庆十三年(1808)进士,选福建平和县知县。鸦片战争期间任台湾道,会同总兵达洪阿率军民抵抗侵台英军。咸丰初,授湖北盐法道,旋擢广西、湖南按察使。著有《中复堂全集》。

本文选自《中复堂全集》中《东溟文集》卷二,是作者诗集的自叙。

原文

天下之事,有适然而合,不知其然者,其风之过箫乎?世之为箫也,六其窍。大地之箫也万之,若川,若谷,若深林,若阜草,若筱荡[1],若松栝[2];若毛群鳞羽类,高者若鸾哕[3],若鹤唳,下者若虎啸,若龙吟,若蛙蚓之鸣。箫之为族不同,大地之风一也。风之为物,若呜呜,若肃肃,时而泠然,时而飒然,至于鼓天地,晦日月,其为情状亦不同,所以感于物而后动,则又一也。

故人之吹箫者,无离于宫商徵羽[4],而听之者或超然遗世,或泣下沾襟,惟吹之者异其情也,故所感亦异。若吹者之感于物,而异其情也,则亦有然矣。世有闻吹箫而不知感者,非宫商之不调,徵羽之不和也,无亦所感,而吹者其情未至,有强作者乎?若风之过箫也,必无是矣。

夫诗者,亦人之箫也,是其作也,不可以无风。苟无风,虽天地不能发其声音,而何强作之有哉!强而作者,虽引宫商,刻徵羽,吾弗之善也。知斯说者,可与言诗矣。嘉庆十九年冬月日[5]。

注释

[1] 筱荡:筱,小竹;荡(dàng),大竹。

[2] 松栝:松树、桧树。

[3] 哕(huì):象声词,这里指鸾鸣声。

[4] 宫商徵羽:代指曲调。

[5] 嘉庆十九年:公元1814年。

新评

姚莹是姚鼐的侄孙,为文承袭家学,与梅曾亮、管同、方东树并称"姚门四弟子",活跃于道光、咸丰之际。但他为文并不株守桐城"义法",而能"指陈时事利病,慷慨深切",具有经世致用思想,这大概与他关心国事,以天下为己任,在鸦片战争期间能抗敌救国的所作所为分不开。就这篇序跋小品来看,就可见其"唯物"的世界观:他认为天地间一切都是"感于物而后动"。文人之为诗,亦是如"箫之有风","苟无风虽天地不能发其声音"。这就是说无客观事物的感动即不能有诗,即使是"强而作者,虽引宫商,刻徵羽"亦"弗之善也"。这一观点追溯到《礼记·乐记》:"凡音之起,由人心生也,人心之动,物使之然也,感于物而动,故形于言。"以客观事物为第一性,心所感而为言为第二性,存在决定意识,物质派生精神,是唯物主义的哲学基础,也是现实主义文学创作的基本法则。姚莹在这一小品中提出的诗歌理念与自《诗经》以来的优秀文学传统相吻合,自然应当肯定。

答龚定庵书

林则徐

题解

林则徐（1785—1850）字元抚，一字少穆，晚号俟村老人。福建侯官（今福州）人。道光十八年（1838）被任命为钦差大臣，节制广东水师，到广东查禁鸦片。二十二年（1842）被革职，流放伊犁。赦回后任陕西巡抚、云贵总督。三十年（1850）再次任命为钦差大臣，赴广西中途病故。有《云左山房文钞》等。

本文选自《云左山房文钞》，是作者于道光十八年（1838）被任命为钦差大臣赴广州前给龚自珍的复信，龚自珍号定庵。

原文

定庵先生执事[1]：月前述职在都，碌碌软尘[2]，刻无暇晷[3]，仅得一聆清诲[4]，未罄积怀[5]。惠赠鸿文[6]，不及报谢，出都后舆中紬绎大作[7]，责难陈义之高[8]，非谋识宏远者不能言，而非关注深切者不肯言也。窃谓旁义之第三[9]，与答难义之第三[10]，均可入决定义[11]；若旁义之第二[12]，弟早已陈请，惜未允行，不敢再渎[13]；答难之第二义[14]，则近日已略陈梗概矣。归墟一义[15]，足坚我心，虽不才曷敢不勉[16]？执事所解诗人悄悄之义[17]，谓彼中游说多[18]，恐为多口所动，弟则虑多口之不在彼也[19]，如履如临[20]，曷能已已[21]？昨者附申菲意[22]，濒行接诵手函[23]，复经唾弃[24]，甚滋颜厚[25]。至阁下有南游之意[26]，弟非敢沮止旌旆之南[27]，而事势有难言者，曾嘱敝本家岵瞻主政代述一切[28]，想蒙清听[29]。专此布颂腊祺。统惟心鉴不宣[30]。愚弟林则徐叩头。戊戌冬至后十日[31]。

注释

[1] 执事：旧时书信中对对方的尊称。
[2] 碌碌软尘：在京城中忙忙碌碌。软尘：红尘，指繁荣都市。
[3] 刻无暇晷（guǐ）：没有片刻闲暇。晷，日影，引申为时间。
[4] 清诲：清明的教诲。
[5] 未罄积怀：未说尽心里话。罄，空，尽。
[6] 惠赠鸿文：指龚自珍写给林则徐的《送钦差大臣侯官林公序》。
[7] 舆：轿子。　紬（chōu）绎：把丝引出头绪，引申为体会。
[8] 责难：勉励别人去做艰难之事。
[9] 窃：自谦之词。　旁义之第三：指龚自珍向林则徐提出的应重视制造武器的意见。旁义，参考意见。
[10] 答难义之第三：指龚自珍驳斥腐儒对侵略者不能用武力之谬论的意见。答难义，批驳非难禁烟的意见。
[11] 决定义：关键性的意见。

[12]旁义之第二:指龚自珍提出的应限令外国人迁往澳门的意见。
[13]渎(dú):亵渎,冒犯。
[14]答难之第二义:指龚自珍对海关官吏提出的不进口呢羽等会减少税收的错误看法的批驳。
[15]归墟一义:归纳总结性的一个意见。指龚自珍提出的禁烟应达到的目的。归墟,海水归聚的地方,比喻事物的归结之处。
[16]曷:何。
[17]诗人悄悄之意:指龚自珍所引《诗经·邶风·柏舟》中"忧心悄悄"之句。悄悄,形容忧心的样子。
[18]彼中:那里,指广东。 游说(shuì):此指对严禁鸦片的种种责难。
[19]这句是说:"多口者"不在广东,而在朝廷中的反动势力。
[20]如履如临:《诗经·小雅·小旻》:"如临深渊,如履薄冰"。
[21]曷能不已:何能停止。
[22]菲意:微薄的心意,指送给龚自珍的一点烤火费。
[23]濒行:临行。
[24]唾弃:指龚自珍又把烤火费退了回来。
[25]颜厚:难为情。
[26]南游之意:指龚自珍想和林则徐一起到广东禁烟的打算。
[27]沮止:阻止。 旌旆之南:指龚自珍南行。
[28]岵瞻主政:即林扬祖,时任户部主事。
[29]清听:恳求别人听取自己意见的敬辞。
[30]心鉴不宣:彼此心里明白,不公开说出来。
[31]戊戌冬至后十日:道光十八年(1838)十一月十六日。

　　林则徐是禁烟抗英的民族英雄,龚自珍是具有民主意识的爱国先驱,他二人生活在同一时代,又同在朝中任职,共同的思想使他们结成志同道合的朋友,互通心曲,互相砥砺,同为国家民族安危忧乐、尽责。道光十八年(1838),当林则徐被任命为赴广东禁烟的钦差大臣后,龚自珍即写了《送钦差大臣侯官林公序》。在序中他说了三种决定义:禁白银外流,禁鸦片,重武力;三种旁义:禁止进口呢羽之类,限令外国人迁往澳门,注意修造武器;三种答难义:驳重货不重食,驳不进口呢羽会影响关税收入,驳毋用兵;一种归墟义:两年使国"银价平,物力实,人心定"。这些意见真是如林则徐所说的:"非谋识宏远者不能言,而非关注深切者不肯言也。"这意见一方面表现了龚自珍忧国忧民的远见卓识,同时也表明了他和林则徐的关系:非志同道合的知己绝不会如此开诚布公。林则徐的信也是披肝沥胆的肺腑之言,他不仅完全赞同龚兄的建议,一一加以答复;而且还暗示"多口之不在彼"(而在京城),要他"如履如临"多加小心;还透露"南游之意""事有难言者",让"敝本家岵瞻主政代述一切","统惟心鉴不宣"。这封信是两位伟大历史人物心灵交流的记录,它与《送钦差大臣侯官林公序》是两座永不磨灭、可与日月争辉的丰碑,伟大的心灵在崇高友谊的彩霞中进射金辉!

观 渔

梅曾亮

题解

梅曾亮(1786—1856)字伯言,一字柏枧,江苏上元(今南京市)人。道光二年(1822)进士,道光二十九年告归,主持扬州书院讲席。桐城派后期重要作家。著有《柏枧山房文集》。

本文选自《柏枧山房文集》卷一,作于1816年,是一篇即事明理的小品。

原文

渔于池者,沉其网而左右縻之[1]。网之缘,出水可寸许;缘愈狭,鱼之跃者愈多。有入者,有出者,有屡跃而不出者,皆经其缘而见之。安知夫鱼之跃而出者,不自以为得耶?又安知夫跃而不出者与跃而反入者,不自咎其跃之不善耶[2]?而渔者视之,忽不加得失于其心[3]。嗟夫!人知鱼之无所逃于池也。其鱼之跃者,可悲也;然则人之跃者,何也?

[1]縻:束缚,牵引。
[2]自咎:自责。
[3]忽:不经意,忽略。

读这篇小品,我们就如看见一位悲天悯人的哲学家:他坐在某地一处池塘边,静静地观看打鱼者撒网于池中打鱼:网缘提起来了,他看见无数在阳光下闪烁着白光的鱼儿在网中不停地上下跳跃,有的跳出网去了,有的跳来跳去跳不出网,有的原在网外反而跳进网中去了……于是此翁长叹一声:人呵,你们也不都是池中的鱼吗?跳出网者,你们高兴吗? 未跳出者和反跳入者,你们自责难过吗?唉,反正不管跳出跳不出者,你们都是网中之鱼,谁都逃不出渔人之网,只不过时间早晚而已。尘世之网,命运之网,冥冥中的天罗地网,传统之网,权力之网,名利之网,欲望之网……是谁也逃不脱的呵!梅曾亮真不愧一位悲天悯人的哲学家!

游小盘谷记

梅曾亮

题解

本文选自《柏枧山房文集》卷十。作于1818年。小盘谷,南京附近的一处自然景地。

原文

江宁府城[1],其西北包卢龙山而止[2]。余尝求小盘谷,至其地,土人或曰无有。惟大竹蔽天,多歧路,曲折广狭如一,探之不可穷。闻犬声,乃急赴之,卒不见人。熟五斗米顷[3],行抵寺,曰归云堂,土田宽舒,居民以桂为业。寺旁有草径甚微,南出之,乃坠大谷。四山皆大桂树,随山陂陀[4]。其状若仰大盂,空响内贮,謦欬不得他逸[5],寂寥无声而耳听常满。渊水积焉,尽山麓而止。

由寺北行,至卢龙山,其中坑谷洼隆[6],若井灶龈腭之状[7]。或曰:"遗老所避兵者[8],三十六茅庵,七十二团瓢[9],皆当其地。"日且暮,乃登山循城而归。暝色下积,月光布其上,俯视万影摩荡[10],若鱼龙起伏波浪中。诸人皆曰:"此万竹蔽天处也,所谓小盘谷,殆近之矣[11]!"

同游者:侯振廷舅氏,管君异之,马君湘帆,欧生岳庵,弟念勤,凡六人。

[1]江宁府:治所在上元。江宁(今南京市)。
[2]卢龙山:在南京市西北。
[3]熟五斗米顷:可以煮熟五斗米的时间。
[4]陂陀(pōtuó):倾斜的样子。
[5]謦(qǐng):轻声咳嗽。
[6]洼隆:凹凸,高下不平。
[7]井灶龈腭:比喻山地高低不平的样子,洼者如井,隆者如灶,凸起者如牙齿。龈腭,牙床,这里指牙齿。
[8]这句话是说:明朝遗民逃避清兵的地方。
[9]团瓢:圆形草屋。
[10]摩荡:动荡变化。
[11]殆近:近似,接近。

小盘谷是一处不为人所知的自然景地,作者围绕一个"求"字作文章,一步步写探求的过程,具有桐城古文"清淡简朴"的特点,但又曲折变化,富有引人入胜的趣味,如一开始写"大竹蔽天,多峡路……闻犬声,卒不见人";继而"寺旁草径甚微,南出之,乃坠大谷,四山皆大桂树……寂寥无声而耳听常满";在"遗老避兵者"之后,于归途见"月光布其上,俯视万影摩荡,若鱼起伏波浪之中",方才点明"殆近"小盘谷……这种笔法颇有柳宗元《永州八记》等游记"始得"的意味,与桐城"义法"颇不相同。林纾在《慎宜轩文集序》中评价说:"得桐城之嫡传者,惟上元梅曾亮。顾其山水游记,则微肖柳州。始学桐城者,必不近柳州,而伯言能之,此非异也……盖既深于文,固无所不可。"可谓知人之论。

书汤海秋诗集后

龚自珍

【题解】

龚自珍(1792—1841)字璱人,号定庵,浙江仁和(今杭州)人。道光九年(1829)进士,官至礼部主事。一生困厄下僚,后辞官南归。著有《龚定庵全集》。

本篇选自《龚定庵全集》。汤海秋,汤鹏,字海秋,湖南益阳人,道光三年(1823)进士,曾任户部员外郎。为人刚直,敢抨击权贵。诗文豪放,有《浮丘子》、《海秋诗文集》传世。本文系龚自珍在其诗集后的题词。

【原文】

人以诗名,诗尤以人名。唐大家者李、杜、韩及昌谷、玉溪[1],及宗元、眉山、涪陵、遗山[2]、当代吴娄东[3],皆诗与人为一。人外无诗,诗外无人,其面目也完[4]。

益阳汤鹏,海秋其字,有诗三千馀篇,芟而存之二千馀篇[5]。评者无虑数十家[6],最后属龚巩祚一言[7],巩祚亦一言而已,曰:"完。"何以谓之"完"也?海秋心迹尽在是,所欲言者在是,所不欲言而卒不能不言在是,所不欲言而竟不言,于所不言求其言亦在是。要不肯捃扯他人之言以为己言[8]。任举一篇,无论识与不识[9],曰:"此汤益阳之诗。"

[1]李、杜、韩:李白、杜甫、韩愈。 昌谷:李贺,河南昌谷人,著有《昌谷集》。 玉溪:李商隐,别号玉溪生。
[2]眉山:苏轼,四川眉山人。 涪陵:黄庭坚,曾被贬到四川涪陵,自号涪翁。 遗山:金代诗人元好问,号遗山。
[3]吴娄东:清初诗人吴伟业,江苏太仓人,太湖支流娄江东流经太仓入长江,故称太仓为娄东,代指吴伟业。
[4]完:完整。
[5]芟(shān):删除。
[6]无虑:大约。
[7]属:同"嘱"。 龚巩祚:龚自珍初名巩祚。

[8]要不肯:总不肯。 捪扯(xínchě):剽窃,摘取。
[9]识:知。

龚自珍是晚清成就最大、声誉最高的诗人,他的诗以先进的思想、独特的风格别开生面,真正打破了清中叶以来诗坛模山范水的沉寂局面。"九州生气恃风雷,万马齐喑究可哀,我劝天公重抖擞,不拘一格降人才。"这首七绝如"万马齐喑"时的雷鸣,至今仍然激荡着我辈的心扉。因此他是最有资格论诗的权威。这篇论诗小品就是他对诗的最根本的看法:诗与人应当为一,"人外无诗,诗外无人,其面目也完"。什么叫"其面目也完"? 就是说诗人的作品应当完整地体现自己的个性,体现自己独特的品格、情韵,达到诗与人的统一,因人可以见其诗,因诗可以见其人。按照这一评诗标准,他认为汤海秋之诗达到了这种"统一"和"完整",因而"无论识与不识",一看其诗就知道:"此汤益阳之诗也。"诗人的个性在诗中得到了突出的表达,因而诗也具有了突出的个性。如文章开头所称颂的李白、杜甫、韩愈、李贺、李商隐、苏轼、黄庭坚、元好问以及龚自珍本人,都是以一看其诗就知是谁人所作的独特面目彪炳于千秋文坛。这一论诗标准,也应是今人学诗、论诗的指南。

病梅馆记

龚自珍

本篇选自《龚定庵文集》卷三。篇名又题《疗梅记》,写于道光十九年(1839)辞官南归后。

江宁之龙蟠[1],苏州之邓尉[2],杭州之西谿[3],皆产梅。或曰:梅以曲为美,直则无姿;以欹为美[4],正则无景[5]。梅以疏为美,密则无态。固也。此文人画士,心知其意,未可明诏大号[6],以绳天下之梅也[7];又不可以使天下之民,斫直、删密、锄正,以夭梅、病梅为业以求钱也[8]。梅之欹、之疏、之曲,又非蠢蠢求钱之民,能以其智力为也。有以文人画士孤癖之隐,明告鬻梅者[9],斫其正,养其旁条;删其密,夭其稚枝;锄其直,遏其生气,以求重价,而江浙之梅皆病。文人画士之祸之烈至此哉!

予购三百盆,皆病者,无一完者。既泣之三日,乃誓疗之。纵之,顺之,毁其盆,悉埋于地,解其棕缚[10],以五年为期,必复之全之。予本非文人画士,甘受诟厉[11],辟病梅之馆以贮之。呜呼!安得使予多暇日,又多闲田,以广贮江宁、杭州、苏州病梅,穷予生之光阴以疗梅也哉[12]?

[1]江宁:南京。 龙蟠:即今江苏南京市清凉山下之龙蟠里。
[2]邓尉:山名,在今江苏苏州市西南。
[3]西溪:地名,在今浙江杭州市灵隐山西北。
[4]欹(qī):倾斜。
[5]景:同"影"。
[6]明诏大号:公开号召。
[7]绳:绳墨,木匠用以取直的墨线,引申为衡量。
[8]夭:谓使之夭折。
[9]鬻(yù):卖。
[10]棕:此指用于捆束的棕绳。
[11]诟厉:辱骂。
[12]穷:尽。

　　龚自珍不仅是位杰出的诗人,而且是位杰出的思想家和文学家,他的思想带有极大的叛逆性,文学极富创造性。他生当鸦片战争前夕,对清王朝由"治世"转为"衰世"的迹象有清醒的认识,他所著的许多政论文指出清王朝制度的弊病并提出改革的建议,议论精辟,震动人心,开创了士大夫"慷慨议天下事"的政治风气。他接受经学《公羊》派的影响,以公羊学说陈述改革现实的主张。梁启超《清代学术概论》评他:"好今文,往往引《公羊》义讥切时政,诋排专制,晚清思想之解放,自珍确与有功焉。"在这一现实、思想背景下,我们来看这一咏物小品《病梅馆记》,就能发现其更深刻的内涵意义。以前学者多认为这是对"八股"科举考试制度下扭曲人才、扼杀人才的针砭与批判,这当然是不错的,但我认为其意义并不仅在于此,它还蕴含着对整个社会制度的批判。作者在文中反复出现"斫直"、"删密"、"锄正"、"以殀梅、病梅为业";"斫其正"、"删其密"、"锄其直"、"遏其生气"等字眼;三次强调"此文人画士,心知其意未可明诏大号,以绳天下之梅,又不可以使天下之民……";"文人画士之祸之烈至此哉";"予本非文人画士,甘受诟厉"。这"文人画士"实指为谁?其"斫"、其"删",其"锄",以"遏"、以"殀"、以"病"为何?不是明明指谪专制独裁的封建统治者对整个社会软硬皆施,无所不用其极,包括文字狱在内的压迫、控制和扼杀吗?作者"泣之三日,誓疗之";"穷予生之光阴以疗梅",不仅仅是为人才的解放呼吁,而是对整个社会改革打破"万马齐喑"局面的呼唤!

书《魏叔子集》后

王庆麟

题解

王庆麟（生卒年不详）字时祥，号希仲，一号澹渊，江苏华亭（今上海松江）人，嘉庆间举人，官宣城教谕。工古文词，著有《洞庭诗文集》。

本文选自《洞庭诗文集》。魏叔子，清代散文家魏禧，字叔子。这是作者读魏禧文集后的笔记。

原文

观叔子文，最长人见识。叔子盛推朝宗[1]，朝宗故当不及也。集太多，予欲录其精美者为一集，而薙去客游后作什之八九以附焉[2]。嗟夫！使叔子足不下金精山[3]，不爱浮誉，不受大腹贾金钱滥作文字，不急欲成集，益之年岁，演漾平迤[4]，时而出之，庶几乎儒者之文矣。昌黎云[5]："无慕于速成，无诱于势利[6]。"有味哉！有味哉！

叔子庚申七月自叙云[7]："予费日月已五十有七年，自矢得邀天幸[8]，逢七十四甲子之正月[9]，六十既周，便当焚弃笔砚，萧闲颐适[10]，无为劳攘岁月[11]，自戕寿命。"孰知即于是岁之十一月下世也？无乃久客外，酬应杂遝[12]，心气耗败而致然与？

舟中无事，日阅此集，泊维扬[13]，感叔子客死于此也[14]，遂书之。甲戌五月十日[15]。

[1]朝宗：侯方域，字朝宗，河南商丘人。早年有才名，参加复社，与当时名士共檄阉党阮大铖，为避迫害报复，往投江北镇将高杰，得免。入清后还居乡里。顺治八年（1651）应河南乡试，中副榜。擅古文，时人以他和汪琬、魏禧并称"国初三大家"。著有《壮悔堂文集》、《四忆堂诗集》等。

[2]薙(tì)去：删去。

[3]金精山：在江西宁都县西北十五里。魏禧所居之翠微峰，即金精十二峰之一。

[4]演漾：形容文势流动起伏。　平迤(yǐ)：平缓而又曲折。

[5]昌黎：指唐代文学家韩愈。

[6]"无慕乎"二句：见韩愈《答李翊书》。

[7]庚申：康熙十九年（1680）。　自叙：指《魏叔子文集二集·自叙》。

[8]矢：誓。

[9]七十四甲子：据黄宗羲《历代甲子考》黄帝元年为第一甲子，则第七十四甲子为康熙二十四年（1684）。　正月：魏禧生于正月十三日。

[10]萧闲颐适：闲暇安适。

[11]劳攘：辛劳纷乱。

[12] 杂遝(tà)：众多而纷杂。
[13] 维扬：今江苏扬州市。
[14] 客死于此：魏禧客死于仪真，当时属扬州府。
[15] 甲戌：嘉庆十九年（1814）。

这是作者写的《魏禧文集》的读后感，是一篇序跋小品，也是一篇短小的评论。魏禧（1624—1680），江西宁都人，明亡后隐居翠微峰，年40出游江浙一带，广泛结交隐逸之士。康熙十七年（1678）诏举博学鸿词，以疾辞。有司催就，不得已至南昌，称疾笃，乃放归。后二年卒。喜读史，尤好《左传》，其文"凌厉雄杰"，与汪琬、侯方域并称"清初三大家"，《大铁椎传》《江天一传》《周忠介公遗事》等文为世所熟知。这篇读后感写于魏公下世一百多年之后，作者以冷静的心情客观的态度而又充满悼惜的情怀写出这一篇虽然短小但却很有分量的文字：首先他对魏公的成就作了肯定，认为他超过侯朝宗，观其文"最长人识见"；但同时也毫不含糊地指出其文太多太滥，竟可删去其中"什之八九"，其原因是"爱浮誉"、"受大腹贾金钱滥作"、"急欲成集"所致；但同时又满怀深情地悼惜他未满花甲而逝，并于其客死之地的维扬书之于此。王庆麟虽然没有魏禧名气大，但他却是一位正直的批评家，他有好说好，有坏说坏，他不因送红包而捧场，也不为自己出名而踩在别人头上酷评，他没有宵小鼠辈的贪婪卑劣，有的是一个具有人的正常良心的公正和正义。这篇小品还有一个重要的现实意义是：作者引用的韩愈的那两句话，也就是魏禧一生的教训："无慕乎速成，无诱于势利"。今天我们的作家所以无所成就或无大的建树，除了素质、才能等原因外，很主要的一点不就是"慕乎速成，诱于势利"，以一年一部或几部长篇为能，以获取多少稿费版税为快而导致垃圾遍地无一奇瑰的吗？！

书归震川文集后

曾国藩

曾国藩（1811—1872），初名子城，字伯涵，号涤生，湖南湘乡人。道光十八年（1838）进士。太平天国兴起后，先后在湖南、湖北办团练。后升任两江总督，节制苏、皖、赣、浙四省军务。太平天国被镇压后，又任命为直隶总督等职。著有《曾文正公全集》。

本文选自《曾文正公全集》。归震川：归有光（1507—1571）字熙甫，明代散文家，人称震川先生。昆山（今属江苏）人。会试屡试不第，至嘉靖年间始中进士。反对"前后七子""文必秦汉，诗必盛唐"，倡导学唐宋散文，人称"唐宋派"。著有《震川先生文集》。这是作者在"文集"后所写的题记。

近世缀文之士,颇称述熙甫,以为可继南丰、王半山之为文[1]。自我观之,不同日而语矣。或又与方苞氏并举[2],抑非其伦也。盖古之知道者,不妄加毁誉于人,非特好直也。内之无以立诚,外之不足以信后世,君子耻焉。自周诗有《崧高》《烝民》诸篇[3],汉有《河梁》之咏[4],沿及六朝,饯别之诗动累卷帙[5],于是有为之序者。昌黎韩氏为此体特繁[6],至或无诗而徒有序。骈拇枝指[7],于义为已侈矣[8]。熙甫则不必饯别而赠人以序,有所谓贺序者、谢序者、寿序者,此何说也?又彼所为抑扬吞吐,情韵不匮者,苟裁之以义,或皆可以不陈,浮芥舟以纵送于蹄涔之水[9],不复忆天下有曰海涛者也。神乎?味乎?徒词费耳。然当时颇崇茁轧之习[10],假齐梁之雕琢[11],号为力追周秦者,往往而有。熙甫一切弃去,不事雕饰,而选言有序,不刻画而足以昭物情,与古作者合符,而后来者取则焉,不可谓不智已。人能宏道,无如命何[12]!藉熙甫早置身高明之地,闻见广而情志阔,得师友以辅翼[13],所诣固不竟此哉[14]!

[1]南丰:宋代文学家曾巩。王半山:王安石,宋代政治家、文学家。两人皆为"唐宋八大家"之一。
[2]方苞:"桐城派"创始人。见前作者介绍。
[3]《崧高》、《烝民》:均为《诗经·大雅》篇名,为送别之诗。
[4]《河梁》:李陵《与苏武》诗:"携手向河梁,游子暮何之。"写离别之情的诗。
[5]动:动辄,常常。 累卷帙:连篇累牍。
[6]昌黎韩氏:指唐代文学家韩愈。
[7]骈拇枝指:喻多馀无用。骈拇,大拇指旁枝生一指。
[8]侈:过分。
[9]芥舟:小草般的小船。 蹄涔(tícén):路上蹄迹中的秋水。
[10]茁轧:谓文词性异生涩。据沈括《梦溪笔谈·人事一》载:欧阳修主试,举子刘几好为悦险之语,曰:"天地轧,万物茁,圣人发"。修斥之。
[11]齐梁之雕饰:齐梁时期骈文兴起,作者们喜欢雕章琢句,写华而不实的文章。
[12]无如命何:无奈命运坎坷。
[13]辅翼:帮助,提携。
[14]诣:造诣。

曾国藩不但是清代著名的政治家、军事家,而且是桐城派的古文名家,对我国古代散文的发展有较深刻的认识,这篇评论归有光的序跋小品就表现了作者敏锐独到的批评眼光。归有光是明代杰出的散文家,他的作品朴素简洁,善于叙事状物,为人所称道,但也有题材狭窄、应酬之作特别是赠序之作过多的问题,今存《震川先生集》中就有"赠送序"、"寿序"130多篇。曾国藩正是针对这一点予以批评,而且将赠序一类文章生发沿革到"特繁"以至沦为"骈拇枝指,于义为已侈"的现象作了简明的概括。并根据这一点,认为归文不能与曾巩、王安石、方苞等大师相比。但是曾国藩也客观公正地对归有光的散文予以肯定,指出在"当时颇崇茞轧之习、假齐梁之雕琢,号为力追周秦者"的情况下,归有光却能"一切弃去,不事雕饰",写出"不刻画而足以昭物情"的文章,使"后来者取则焉"。同时还指出了归有光写作问题的根源:如果能"早置身高明之地,闻见广而情志阔",再加上"师友以辅翼",则会避免这一缺陷。这就把文章的得失与作者的身世命运联系了起来,"人能宏道,无如命何"。归有光因会试不第,失意潦倒,赴邑西之安序镇设馆授徒达二十年之久,而不能"早置身高明之地"。曾国藩对他的身世极为同情,为他本应有更高的成就而未能达到表示惋惜。

习惯说

刘 蓉

【题解】

刘蓉(1816—1873)字孟容,号霞仙,湖南湘乡人。咸丰四年(1854)以附生入曾国藩幕府,后官至陕西巡抚,因事罢职归乡。著有《养晦堂集》及《思辨录疑义》等。本篇选自《养晦堂集》。作者通过生活小事说明生活习惯对人的重要性。

【原文】

蓉少时,读书养晦堂之西偏一室[1],俯而读,仰而思;思有弗得,辄起,绕室以旋。室有洼,径尺[2],浸淫日广[3]。每履之,足苦踬焉[4]。既久而遂安之。

一日,父来室中,顾而笑曰:"一室之不治,何以天下家国为?"命童子取土平之。后蓉复履其地,蹶然以惊[5],如土忽隆起者。俯视,地坦然,则既平矣。已而复然。又久而后安之。

噫!习之中人甚矣哉[6]!足之履平地,而不与洼适也,及其久,则洼者若平;至使久而即乎其故,则反室焉而不宁[7]。故君子之学,贵乎慎始。

[1]养晦堂:堂名,取《诗经·周颂·酌》"遵养时晦"意。

[2]径尺:直径一尺。

[3]浸淫:逐渐。

[4]踬(zhì):绊倒。

[5]蹶(guì)然:急起的样子。

[6]中(zhòng):影响。
[7]窒:阻碍。

习惯成自然,这是我们人人常说也人人熟知的道理。养成好习惯,一生终身受益;养成坏习惯,一辈子受害无穷。所以一位伟人说:"习惯势力是最可怕的势力。"这可怕是对坏的习惯而言;对于好的习惯,则是"可怕"的反面——最可贵的了。这篇小品的可选之处,在于它把这个人人都知道的道理说得新鲜,说得微妙,说得有趣,说得带有哲理味,因而能再次发人深思,启人领悟。作者写此小品显然是为教育子孙的,他从自己少时读书时的一件小而又小的事谈起:地不平,走多了就觉得平了;地平了,反而不习惯,觉得不平;再多走走,也就觉得平了。这样娓娓道来,孩子一定觉得有趣。然后忽然一转:"故君子之学,贵乎慎始!"最后点明主题:在学习上一定要一开始就养成好习惯;再引申:人生一开始在各方面都应养成好习惯,若能如此,你一生就打下了好基础,再发展就无往而不利了!

延师教子

俞 樾

俞樾(1823—1906)字荫甫,晚号曲园居士,浙江德清人,道光二十四年(1844)恩科举人。三十年举礼部试,获一等第一名,殿试二甲,赐进士出身,授翰林院编修,后提督河南学政,因文字狱罢官。侨居苏州,专治经学,主讲紫阳书院。著有《春在堂全集》。

本文选自《春在堂全集·一笑》。

有延师教其子者。师至,主人曰:"家贫,多失礼于先生,奈何!"师曰:"何言之谦,仆固无不可者。"主人曰:"蔬食可乎?"曰:"可。"主人曰:"家无臧获[1],就洒扫庭除[2],启闭门户,劳先生为之,可乎?"曰:"可。"曰:"或家人妇子欲买零星什物,屈先生一行,可乎?"曰:"可。"主人曰:"如此,幸甚。"师曰:"仆亦有一言,愿主人勿讶焉。"主人问:"何言?"师曰:"自愧幼时不学耳!"主人曰:"何言之谦!"师曰:"不敢谦,仆实不识一字。"

[1]臧获:奴仆。

[2]庭除:庭前阶下。

这是一篇讽刺小品。作者以对话形式刻画轻侮教师的吝啬鬼和嘲弄吝啬鬼的教师。那个延师的吝啬鬼接二连三地提出一个个刻薄无理的条件,得寸进尺;而另一方被聘教师故作谦让,一退再退,最后逼到绝处,巧妙一击,使情节发生突变:教师"不识一字"并不真是如此,而是一种巧妙的、针锋相对的回击。这样一来,不仅让对方处于尴尬的境地,而且为自己拂袖而去找到一个合适的理由,就如相声最后"抖包袱"似的,在嘲笑声中看到被嘲弄者的狼狈。

城隍庙

王　韬

王韬(1828—1897),本名利宾,字仲弢,一字紫诠,号弢园。江苏吴县人。18岁中秀才,后乡试落榜,从此放弃仕途。后因谋作太平军内应受清廷通缉,便游英、法、日等国。晚年居上海,主持格致书院,其政论文是近代报章文体的先驱。著述有《弢园文录外编》、《蘅华馆诗录》、《淞隐漫录》、《瓮牖馀谈》、《乘槎漫记》、《瀛壖杂志》等。

本篇选自《瀛壖杂志》,系写元宵之夜上海城隍庙的热闹情景。

城隍庙内园以及萃秀、点春诸胜处[1],每于朔望拔关[2],纵人游览。正月初旬以来,重门洞启,嬉春士女,鞭丝帽影[3],钏韵衣香,报往跋来[4],几于踵趾相错、肩背交摩。上元之夜[5],罗绮成群,管弦如沸,火树银花,异常璀璨,园中茗寮重敞[6],游人毕集。斯时月明如昼,踩跫街前[7],惟见往还者如织,尘随马去,影逐人来,未足喻也。远近亭台,灯火多于繁星,爆竹之声,累累如贯珠不绝,借以争奇角胜,若其稍作断续声音,辄以为负。宵阑兴剧,正不知漏箭之频催也[8]。春原富贵,国几长春,夜亦风流,天真不夜,此门管钥,亦为竟夕不键[9]。殆所谓"金吾不禁"欤[10]!斯亦风月之馀情,承平之乐事。

[1]城隍庙、萃秀、点春:均为上海园林名胜,位于今上海市区南部。
[2]朔望:分别指每月的初一和十五。　拔关:开门。
[3]鞭丝:指骑马或乘车的男子。　帽影:指穿着讲究、服饰华丽、涂脂抹粉的妇女。

[4]报往跂来:匆匆来去。报,通"赴"。
[5]上元:元宵节。
[6]茗寮:茶室。　重敞:纷纷开张。
[7]踥蹀(diéxiè):往来漫步。
[8]漏箭:指时间。古人以铜壶滴漏计时,"箭"为漏壶上计时的指标。
[9]不键:不上锁,不关门。这句是说:指庙门整夜不关,让游人自由出入。
[10]金吾不禁:原指京城正月十五夜,禁卫部队(金吾)经皇帝批准开放夜禁,以便百姓游乐。此处比喻城隍庙等园林名胜元宵之夜彻夜开放。

不知道现在怎样,反正我们二十世纪五六十年代的年轻人,一到上海,首先要去城隍庙,看那里的民俗,看那里的热闹。然而今天一读此小品,我感到今不如昔,一百多年前的城隍庙元宵之夜要比几十年前笔者看到的热闹多了,美丽多了。那情趣、那韵味更无法比拟了。王韬的文笔确实好,写上海元宵之夜比前面潘荣陛的北京元旦之夜更有意境,更具氛围,更有意味:"鞭丝帽影"、"钏韵衣香"、"罗绮成群","管弦如沸",加之明月、灯火、爆竹……把繁荣富丽、人山人海、狂欢竟夜的热闹场景描摹得淋漓尽致,活生生画出一幅清末城隍庙元宵之夜的民俗画卷。另外,在语言上本文以流畅、浅显的文言文写成,辞采丰富,典雅华丽,这种语言风格,与王韬"辄直抒胸臆,不假雕饰,不善作谦词,亦不喜为谀语,少即好纵横议论,留心当世之务,每及时事,往往愤懑郁勃,必尽倾吐而后快"的"报章文体"大相径庭,代表了他语言风格的又一侧面,作者可谓有多种笔墨的才子。

观巴黎油画记

薛福成

薛福成(1838—1894)字叔耘,号庸庵,江苏无锡人。光绪年间充曾国藩幕僚,又曾助李鸿章办外交,其后又以左副都御史出使英、法、比、意四国,主张变法图强。为洋务派中具有改良思想的人物,为桐城派的后继者。讲求经世致用,不尽守桐城"义法"。著有《庸庵全集》。

本文选自《庸庵全集》第三种《庸庵文外编》卷四。写于光绪十六年(1890)。

余游巴黎蜡人馆。见所制蜡人,悉仿生人,形体态度,发肤颜色,长短丰瘠,无不毕肖。自王公卿相,以至工艺杂流,凡有名者,往往留像于馆:或立、或卧、或坐,或俯,或笑,或哭,或饮,或博;骤视之,无不惊为生人者。余亟叹其技之奇妙。

译者称西人绝技,尤莫逾油画,盍往油画院[1],一观普法交战图乎[2]?

其法:为一大圆室,以巨幅悬之四壁,由屋顶放光明入室。人在室中,极目四望,则见城堡冈峦,溪涧树林,森然布列。两军人马杂遝[3]:驰者,伏者,奔者,追者,开枪者,燃炮者,搴大旗者[4],挽炮车者,络绎相属[5]。每一匹弹堕地,则火光迸裂,烟焰迷漫;其被轰击者,则断壁危楼,或黔其庐[6],或赭其垣[7]。而军士之折臂断足,血流殷地[8],偃仰僵仆者,令人目不忍睹。仰视天,则明月斜挂,云霞掩映;俯视地,则绿草如茵,川原无际。几自疑身外即战场,而忘其在一室之中者,迨以手扪之[9],始知其为壁也,画也,皆幻也。

余闻法人好胜,何以自绘败状,令人丧气若此?译者曰:"所以昭炯戒[10],激众愤,图报复也。"则其意深长矣。

[1]盍:何不。
[2]普法交战:1870年普鲁士与法国交战,法国战败,拿破仑第三宣布投降。
[3]杂遝(tà):杂乱众多。
[4]搴(qiān):拔举。
[5]络绎相属(zhǔ):连在一起。
[6]黔:此作熏黑解。
[7]赭:此作熏作赤褐色解。
[8]殷(yān):此作染作赤黑解。
[9]迨:及至。
[10]昭炯戒:明示鉴戒。

薛福成一生主要从政,但在学术方面亦有成就。他是桐城派的后期作者,与黎庶昌、吴汝纶并称为"桐城后三杰"。但在行文方面也不尽拘守桐城"义法",在其文集中很有一些纵横恣肆的文章,这与他对清末现实的忧患之感和出使海外见闻广阔有关。这篇《巴黎油画记》属记实小品。一方面它有桐城派力求雅洁的特点,但也比较活泼奔放,开始写蜡像馆就笔力跳荡,把蜡人"或立,或卧,或坐,或俯,或笑,或哭,或饮,或搏"的情态尽现毕肖,颇有张岱的行文特点;接下来写普法交战之画,将两军人马对峙、交火、厮杀的情景和折臂断足、血流殷地、偃仰倾仆的惨烈场面更绘形绘色地呈现于读者眼前,就如同目睹了油画一般。这不仅为桐城派文中之空前未有,就在整个古文领域也是别开生面,可谓晚清小品中一粒殿后的明珠。

高念东三事

宣 鼎

题解

宣鼎(生卒年不详)所著《夜雨秋灯录》以传奇笔法,记写奇异故事,叙述委婉,辞采富赡。

本文选自《夜雨秋灯录》,系写高念东其人的精神风貌。高念东,名珩,字念东,官至刑部侍郎。

原文

王尚书阮亭[1],尝述高公念东三事:

一、公少宰家居时[2],夏月独行郊外,于堤边柳阴中乘凉,一人载瓦器抵堤下,屡拥不得上,招公挽其车,公欣然从之。适县尉张益至,惊曰:"此高公,何乃尔[3]?"公笑而去。

一、达官遣役来候公,公方与群儿浴河内,役亦就浴,呼公为洗背,问"高侍郎家何在?"一儿笑指公曰:"此即是。"役于水中跪谢,公亦水中答之。

一、公赋诗,兀坐斋中[4],一无赖子与公族人相角,走诉公,且以头撞公,家人奔赴,劝之去。公徐问曰:"此为谁,所言何事?"盖公酣吟,毫不挂念,其胸次为何等物邪[5]!

[1]王尚书阮亭:即王士祯,号阮亭,官至刑部尚书。
[2]公少宰:吏部侍郎的别称。
[3]何乃尔:你怎能这样呢?
[4]兀坐:端正地坐着,凝神构思的样子。
[5]胸次:胸怀。这句是说他的胸怀多么宽广呵!

这篇记人小品写得很有特色:只用三件小事便刻画出高念东这位身居高位却待人平等、平易近人的品格:车夫运瓦器,坡高上不去,让他来帮忙,他就欣然去帮他去推;差役来候驾,恰遇他与群儿在河中洗澡,差役不知是他还让他给搓背,经孩子指点方才惊悟……这些情节都写得具体、实在、有趣,足见其平时就不端架子,如平常人一样生活在群众之中。第三件事更显示出他的涵养:遇无赖取闹不急不火,及至其以头顶撞还平静地发问:"此为谁,言何事?"由此可见他从不以势压人。在封建等级森严的时代有如此官员实属罕见。此事由其同事上级刑部尚书王士禛说出更显得真实可信。王士禛是清初大臣、著名诗人,又号渔洋山人,他们二人同僚而相得,亦可见其品格。

湖心泛月记

林　纾

题解

林纾(1852—1924)原名群玉,字琴南,号畏庐,福建闽侯(今福州市)人。光绪八年(1882)举人,考进士不中,遂专力古文,为桐城派作家吴汝纶所推重,曾任北京大学讲习,以文言文翻译(与人合作)外国作品180多种,对中外文学交流有所贡献。著述有《畏庐文集》、《畏庐续集》、《畏庐三集》、《畏庐诗存》、《畏庐论文》等。写有小说、笔记、传奇等。

本文选自《畏庐文集》,系写西湖月夜泛舟之美。

原文

杭人佞佛[1],以六月十九日为佛诞。先一日,阖城士女皆夜出[2],进香于三竺诸寺[3],有司不能禁,留涌金门待之[4]。余食既,同陈氏二生霞轩、诒孙,亦出城荡舟,为湖游。霞轩能洞箫,遂以箫从。月上吴山,雾霭溟濛,截然划湖之半。幽火明灭间,约丈许者六七处,画船也。洞箫于中流发声,声微细,受风若咽,而凄悄哀怨,湖山触之,仿佛若中秋气[5]。雾消,月中湖水纯碧。舟沿白堤止焉。余登锦带桥,霞轩乃吹箫背月而行,入柳阴中。堤柳蓊郁为黑影[6],柳断处,乃见月。霞轩着白袷衫[7],立月中,凉蝉触箫,警而群噪,夜景澄澈,画船经堤下者,咸止而听,有歌而和者。诒孙顾余:"此赤壁之续也。"余读东坡《夜泛西湖五绝句》[8],景物凄黯。忆南宋以前,湖面尚萧寥,恨赤壁之箫,弗集于此。然则今夜之游,余固未袭东坡耳。夫以湖山遭幽人踪迹,往往而类,安知百馀年后,不有袭我者?宁能责之袭东坡也?天明入城,二生趣余急为之记[9]。

[1]佞(nìng)佛:沉迷于佛教。
[2]阖城:全城。
[3]三竺诸寺:杭州有下天竺寺、中天竺寺、上天竺寺。
[4]涌金门:杭州城门之一。
[5]中(zhòng)秋气:感染了悲凉之气。
[6]蓊(wěng)郁:茂盛的样子。

[7]白袷(jiá)衫：白夹衣。
[8]《夜泛西湖五绝句》：苏轼诗，作于杭州任上。
[9]趣(cù)：催促。

林琴南是清末"五四"之交的"守旧人物"，他反对白话文，反对"新文化运动"，固守文言文，认为文言有白话"无可比拟之美"。这与他对文言文的纯熟掌握，与对文言文的技巧的高超运用有关。他不懂外文，却是一位大翻译家，其译事由他人口述，自己用文言随声笔录，生动传神。他翻译的法国小仲马《巴黎茶花女遗事》，蜚声海内外，可见其文言文的功底之深。他的文言小品更是典雅明洁，委婉细致。就这篇《湖心泛月记》来看，景物描写与人物情态穿插，颇有张岱、王思任之风而又有其独特的韵致；有苏东坡《赤壁赋》的影响而又绝不相同。他写"洞箫于中流发声，声微细，受风若咽，而凄清哀怨，湖山触之，仿佛若中秋气……""霞轩乃吹箫背月而行，入柳阴中，堤柳蓊郁为黑影，柳断处，乃见月，霞轩着白袷衣，立月中……"这些情、景、人交融的描写，都有前人未有、后人亦不见的独特的意境。林纾之作，在整个明清小品中是有其不容忽视的地位的！

湖之鱼

林　纾

本文选自《畏庐文集》。作者以观鱼之感喻人世之情。

林子啜茗于湖滨之肆，丛柳蔽窗，湖水皆黯碧若染，小鱼百数，来会其下。戏嚼豆脯唾之，群鱼争噆，然随噆随逝，继而存者三四鱼焉。再唾之，坠缀茿草之上，不食矣。始谓鱼之逝者皆饱也，寻丈之外，水纹攒动，争噆他物如此。余方悟钓者之将下钩，必先投食以引之。鱼图贪食而并吞钩，久乃知凡下食者，皆将有钩矣。然利名利之薮，独无钩乎？不及其盛下食之时而去之，其能脱钩而逃者几何也？

[1]啜茗：饮茶。　肆：店，铺子。此处指茶馆。
[2]噆(zhá)：聚食的样子。
[3]攒(cuán)：聚集。

观鱼之作多矣。《庄子·秋水》中就有庄子与惠施关于"子非鱼,安知鱼之乐?""子非我,安知我非知鱼之乐"的哲理性辩论;东汉严子陵也有富春江观鱼的隐逸之乐的记述。林纾的《湖之鱼》,由人投饵而鱼之争食,隐喻人也如鱼一样为名利而竞逐,但不知名利如饵,背后皆有钩,能在"其盛下食之时而去之"、"能脱钩而逃者"该有几人?这个比喻不错,可以警醒世人,勿太贪图名利,但也并不算新鲜、独特。此小品的亮点在于其情境真切,描写人之投食、鱼之争食与鱼之随水而逝后的食与不食……写得准确细致,从而使其隐喻有了"形象大于思想"的味外之味,令人驰想沉吟。再者将林纾本人与此小品联系,也觉得此小品对其人还有一定的象征性。林纾自中举后考场失利就弃绝仕途而一味治学;甲午战争失败后,痛感国势颓弱,即以诗文宣传爱国维新、富国强兵;同时又以大量精力从事翻译,他翻译的目的,"非巧于叙悲,以博阅者无端之眼泪,特为奴之势逼及吾种,不能不为大众一号"。又说:"今当政变之始,而吾书适成,人人既蠲弃故纸,勤求新学,则吾书虽俚浅,亦是为振作志气、爱国保种之一助。"(《黑奴吁天录跋》)超脱名利,致力爱国,所以才能写出绝妙小品。

爱国歌

辜鸿铭

辜鸿铭(1857—1928)名汤生,自号汉滨读易者。福建厦门人,自幼留学英国,游历欧洲,精通多国文字,曾为张之洞、周馥幕僚,任清朝外务部左丞。辛亥革命后,为北京大学教授。著有《春秋大义》、《读易草堂文集》等。

本篇选自《辜鸿铭文集》,系抨击慈禧太后万寿庆典。

壬寅年张文襄督鄂时[1],举行孝钦皇太后万寿[2]。各衙署悬灯结彩,铺张扬厉,费资匹万,邀请各国领事,大开筵宴。并招致军界、学界奏西乐,唱新编《爱国歌》。余时在座陪宴,谓学堂监督梁某曰:"满街都是唱《爱国歌》,未有人唱《爱民歌》者。"梁某曰:"君胡不试编之?"余略一伫思[3],曰:"余已得佳句四,君愿闻之否?"曰:"愿闻。"余曰:"天子万年,百姓花钱;万寿无疆,百姓遭殃。"座客哗然。

[1]壬寅年:光绪二十八年(1901)。张文襄:张之洞,谥文襄。

[2]孝钦皇太后:即慈禧太后。其徽号(即谥号)长达16字,时人称为孝钦。 万寿:君主的诞辰。
[3]伫思:站着思考。

新评

辜鸿铭是"五四"时期北京大学唯一的"辫子教授"。他以清朝"遗老"自居,但他学问渊博,学贯中西,他精通国学,又精通多种外语,在"西学东渐"之时他将中国传统文化译介到西方,可谓"东学西渐"之第一人,因而以"兼容并包"为办学指导思想的教育家蔡元培特聘他为师,与陈独秀、胡适、鲁迅等新文化运动健将共掌学府之牛耳。今看这则小品,老先生思想并不保守,不但不保守,而且还相当激进,相当叛逆,相当具有不怕坐牢杀头的大无畏精神和十足的勇气,在举国各界军政官员为极权独裁者慈禧太后大张旗鼓祝寿之际,他竟敢编出"天子万年,百姓花钱;万寿无疆,百姓遭殃"的《爱民歌》,而且当众道出,竟使"座客哗然"。慈禧这个大权独揽、祸国殃民、穷奢极欲的老太婆实在太无耻了,1900年刚刚与八国联军签订了丧权辱国的《辛丑条约》,第二年1901年就如此大肆祝寿,劳民伤财,还"邀请各国领事",还新编什么《爱国歌》……真是不知天下有羞耻事。辜先生实在是气愤不过,就在满汉官员各界巨头、各国领事灯红酒绿、觥筹交错、酒酣耳热颂祝老妖婆"万寿无疆"的筵席上悖发此言,真乃石破天惊之奇迹。辜鸿铭真不愧一位有胆有识有骨气的倔老头!

成衣何必言尺寸

钱　泳

题解

钱泳(1859—1944)字梅溪,江苏常熟人,长于书画金石,亦善诗文。其著作有《说文识小录》、《履园金石目》、《履园诗钞》、《履园丛话》等。

本文选自《履园丛话》。作者借成衣匠的话讽喻人情世态。

原文

成衣匠各省俱有,而宁波尤多。今京城内外,成衣者皆宁波人也。昔有人持匹帛,命成衣者裁剪。逐询主人之性情、年纪、状貌,并何年得科第[1],而独不言尺寸。其人怪之。成衣者曰:"少年科第者,其性傲,胸必挺,需前长而后短;老年科第者,其心慵[2],背必伛[3],需前短而后长。肥者,其腰宽;瘦者,其身仄[4];性之急者,宜衣短;性之缓者,宜衣长。至于尺寸,成法也,何必问耶?"

余谓斯匠,可与言成衣矣。今之成衣者,辄以旧衣定尺寸,以新样为时尚,不知长短之理,先畜觊觎之心[5]。不论男女衣裳,要如杜少陵诗所谓"稳称身"者[6],实难其人。

[1] 逐询:逐一询问。
[2] 慵:慵懒。
[3] 伛(yǔ):背弯曲。
[4] 仄:窄。
[5] 觊觎:非分之想。
[6] "稳称身":合身、贴身。杜甫《丽人行》:"珠压腰衱稳称身。"

这是一则讽世小品,作者借成衣匠之口讽喻人情世态,既巧妙,又形象,又诙谐有味。俗话说:量体裁衣,这是人人皆知的常识,成衣匠自然更清楚无疑;但宁波成衣匠的高明处在于:不仅要看"体",而且得看"态":年轻者、得意者、自命不凡者、趾高气扬者、飞扬跋扈者……必得前长后短,因其挺胸凸肚,否则就不合体;相反年老者、失意者、颓败者、垂头丧气者、处心积虑而又干瘦者……就得前短而后长,因其弯腰驼背,否则前襟就垂磨于地。这就是其问"主人性情、年纪、状貌,并何年得科第"之缘由。"人穷志短,马瘦毛长";"春风得意,衣帽飞扬",连成衣匠都明白贫富荣辱、世态炎凉与"体"之关系,那裁衣量"体"就必量其"态"。其实作者就是一位"可与言成衣"的"成衣匠"!

养心语录

梁启超

梁启超(1873—1929)字卓如,一字任甫,人称任公,号饮冰子,或署饮冰室主人。广东新会人。光绪十六年(1890)举人。光绪二十一年(1895)赴北京参加会试,与康有为发动"公车上书",后以六品衔办京师大学堂、译书局。戊戌政变后逃亡日本。辛亥革命后回国出任司法总长,后又策动蔡锷组织护国军反袁。后出任段祺瑞政府财政总长。著述甚丰,有《饮冰室全集》等。

本文选自《饮冰室全集》。作于1899年9月15日。

人之生也,与忧患俱来。苟不尔[1],则从古圣哲可以不出世矣。种种烦恼,皆为我练心之助;种种危险,皆为我练胆之助,随处皆我之学校也。我正患无就学之地,而时时有此天造地设之学堂以饷之[2],不亦幸乎!我辈遇烦恼遇危险时作如是观,未有不洒然自得者。

凡办事必有阻力,其事小者,其阻力亦小;其事愈大,其阻力亦愈大。阻力者乃由天然,非由人事也。故我辈惟当察阻力之来而排之,不可畏阻力之来而避之。譬之江河,千里入海,曲折奔赴,遇有沙石则挟之而下[3],遇有山陵则绕越而行。要之,必以至海为究竟[4]。办事遇阻力者当作如是观。至诚所感,金石为开,何阻力之有焉?苟畏而避之,则终无一事可办而已。何也?天下固无无阻之事也。

[1]苟不尔:假如不是这样。苟,假如。
[2]饷:赠送,馈赠。
[3]挟:裹带。
[4]究竟:结果,目的。

梁任公启超为戊戌变法领袖之一,世称"康梁变法"。变法失败后他九死一生逃亡日本;尔后助蔡锷反袁也历经艰险,但他却以胆、以勇、以谋、以智冲出险境,化险为夷。任公于脱离政坛后致力于著述,成就了他近代思想家、文学家、学者的崇高地位。这篇语录式小品谆谆告诫我们对"烦恼"、"危险"、"阻力"要有正确的认识,要把它们当做"练心"、"练胆"、"练志"的学校,要勇于克服它们,要如江河一样勇往直前,不到大海不达目的,决不停止。这是他一生经历的经验谈,他就是这么从险境、困境、阻境中走过来的,他的一生就是我们的榜样和表率。另外他在文章的语言形式上,开创了一种"新文体",这种文体,"务为平易畅达,时杂以俚语、韵语及外国语法,纵笔之所至不检束,而条理明晰,笔锋常带情感,对于读者,别有一种魔力焉。"(《清代学术概论》)"新文体"猛烈冲击了传统古文,在文坛上产生了引人瞩目的广泛影响,从这篇语录小品中也可以看到这种新文体的新魅力!

◎ 附　录

明清小品文研究著作举要

1. 明人小品集　刘大杰辑　上海北新书局1934年版
2. 晚明二十家小品　施蛰存编　光明书局1935年版
3. 晚清小品文总集选　王英编校　南强书局1935年版
4. 晚清小品文库　阿英编著　大江书店1936年版
5. 小品文和漫画　陈望道编　上海书店1951年版
6. 心灵清泉——提升现代人生活情趣的晚明小品　蔡茂雄编注　台视文化公司1987年版
7. 小品文艺术说　李宁编　中国广播电视出版社1990年版
8. 旨永神遥明小品　吴承学著　汕头大学出版社1992年版
9. 性灵之声：明清小品　陈万益编撰　三环出版社1992年版
10. 闲雅小品集观——明清文人小品五十家　董卓越辑著　百花文艺出版社1996年版
11. 明清小品　赵伯陶著　广西师大出版社1997年版
12. 明清小品一百篇　丁洪章编注　华龄出版社1998年版
13. 春墨写性灵　李煜民著　东方出版社1999年版
14. 晚清小品研究　吴承学著　江苏古籍出版社1999年版
15. 闲情逸趣：明清小品赏析　徐潜等编　吉林文史出版社2000年版
16. 小品高潮与晚明文化　尹恭弘著　华文出版社2001年版
17. 明清小品对读　山东友谊出版社2002年版
18. 谐趣小品精华评析　林志军　张云编著　解放军出版社2004年版
19. 从文人之文到学者之文（明清散文研究）　陈平原著　三联书店2004年版
20. 明清小品选评　李玫编著　岳麓书社2006年版

图书在版编目（CIP）数据

明清小品文选/（明）张岱等著；张厚余注析．—太原：三晋出版社，2008.8（2024.5重印）
（中国家庭基本藏书．综合选集卷）
ISBN 978-7-80598-972-3-02

Ⅰ.明… Ⅱ.①张…②张… Ⅲ.古典散文—作品集—中国—明清时代 Ⅳ.I264

中国版本图书馆 CIP 数据核字（2008）第 111992 号

明清小品文选

著　　　者：（明）张岱等	注 析 者：张厚余
责任编辑：郝文霞	审 订 者：陈霞村
封面设计：敬人工作室	版式设计：敬人工作室
责任校对：郝文霞	责任印制：李佳音

出版发行　山西出版集团·三晋出版社
地　　址　太原市建设南路 21 号
电　　话　（0351）4956036（咨询）　　4922268（邮购）
传　　真　（0351）4922102
网　　址　www.sxskcb.com
邮　　编　030012

印刷装订　山西新华印业有限公司
（本书如有破损、缺页、装订错误，请与本社联系调换）

开　　本　787mm×960mm　1/16
字　　数　278 千字
印　　张：17
版　　次：2008 年 8 月第 2 版
印　　次：2024 年 5 月第 3 次印刷
书　　号：ISBN 978-7-80598-972-3-02
定　　价：65.50 元

版权所有，翻印必究。本书图文未经书面授权，不得以任何方式转载或公开发表。